Lydia Kieven
Kaffee im Tempel

Das Buch

Die Autorin erzählt von ihrem Leben, das aus einer behüteten, immer beengender werdenden Kindheit in einem deutschen Dorf hinausführt in die weite Welt. Da sind kleine Schritte wie Hochdeutsch-Sprechen in einem Plattdeutsch geprägten Umfeld, Brieffreundschaften quer durch die Welt, dann die wilden End-70er Jahre, und schließlich kommt der große Schritt – sie geht ihrer Asien-Liebe nach und lernt Indonesien kennen. Von da an gibt es kein Halten mehr: Java wird zum Hauptziel ihres Interesses, ihres Lebens, ihres Studiums und Forschens. Die faszinierende Kultur, die Atmosphäre javanischer Gelassenheit – im Gegensatz zur deutschen Exaktheit – werden ihr zum Lebenselixier. Die Erzählungen atmosphärischer Episoden und assoziative, zum Teil sehr persönliche Betrachtungen lassen ein lebendiges Bild ihres Werdegangs entstehen, der oft genug auch durch Fragen nach der Vereinbarkeit der beiden Welten geprägt ist. Die javanischen Panji-Liebesgeschichten, die vom Meistern vieler Hindernisse erzählen, werden ihr selbst Vorbild zum Überwinden von Schwierigkeiten in ihrem eigenen Leben.

Die Autorin schreibt ihre Geschichte für eine Leserschaft mit Neugierde an individuellen Lebenswegen, insbesondere mit Interesse an asiatischer und indonesischer Kultur. Vielleicht kann das Teilen ihrer persönlichen Erfahrungen Inspirationsquelle werden.

Lydia Kieven ist promovierte Südostasienwissenschaftlerin mit Fachgebiet Indonesische und Javanische Kunstgeschichte und Kultur. Sie hat jahrzehntelang zur altjavanischen, hindu-buddhistisch geprägten Tempelarchitektur und Kunst geforscht und veröffentlicht. Zum Hauptthema wurden die Tempelreliefs mit Darstellungen der Panji-Geschichten. Sie engagierte sich in der Revitalisierung der nahezu verlorengegangenen Panji-Traditionen, zum Beispiel in Formen des *wayang* (Puppenspiel). In Indonesien und in Deutschland bringt sie ihr Wissen und ihre Begeisterung einem interessierten Publikum nahe. Als Mitglied eines Orchesters für Gamelanmusik praktiziert sie javanische Kultur in Deutschland. Seit 40 Jahren lässt ihre Liebe zu Indonesien nicht nach und führt sie regelmäßig insbesondere nach Java.

Ihre beruflichen Tätigkeiten umfassen Universitätsdozentur, Übersetzungen, Sprachunterricht, Führungen in Museen. Sie lebt in Köln. Dies ist ihr erstes belletristisches Werk.

Lydia Kieven

Kaffee im Tempel

Ein Leben zwischen rheinischem Dorf
und Java

Bibliografische Information der Deutschen Nationalbibliothek:
Die Deutsche Nationalbibliothek verzeichnet diese Publikation in der
Deutschen Nationalbibliografie; detaillierte bibliografische Daten sind
im Internet über dnb.dnb.de abrufbar.

Photo auf Umschlag: Agus Bimo Prayitno, Candi Panataran 2013

Verlag: BoD · Books on Demand GmbH, Überseering 33,
22297 Hamburg, bod@bod.de
Druck: Libri Plureos GmbH, Friedensallee 273, 22763 Hamburg

ISBN: 978-3-7693-5099-9

Gib niemals auf! Es geht immer weiter.

KENDALISODO

Ich bin verzaubert. Ein Mann hält eine weibliche Figur auf dem Schoß, ein Musikinstrument ähnlich einer Laute liegt quer über seinen Knien. Ein Bein des Mannes reicht zum Boden, das andere Bein hat er auf den Oberschenkel gelegt. Die weibliche Figur sitzt eng an ihn geschmiegt, ihr Kopf keck abgewendet und gestützt mit ihrem linken Arm. Das knappe Brusttuch lässt zarte Schultern frei. Der linke Arm des Mannes umfängt ihre Taille und legt die Hand auf die Saiten des Musikinstruments. Die rechte Hand greift mit anmutiger Geste den Hals der Laute. Die feinen Musikklänge begleiten die Zartheit der Liebenden, leichtes Wasserplätschern, Vogelgezwitscher, Windrauschen in den Bäumen, Kühle, nach dem erschöpfenden Gang über steile Felspfade. Atmen, hören, spüren, genießen, Ruhe.

Nach schweißtreibendem Anstieg auf engen Pfaden in Schwüle, abwechselnd der sengenden Sonne ausgesetzt und vom Schatten großer Baumkronen erfrischt, sind wir nach fast drei Stunden endlich angekommen. Wir sitzen erschöpft auf dem Boden, hier, in einer alten heiligen Stätte. Mein Blick ist magisch angezogen von dem steinernen Reliefbild. Die romantische erotische Szene ist fast 600 Jahre alt.

Aus der Tiefe taucht eine Erinnerung auf: Vor ein paar Jahren reichte mir Ki Padmapuspita mit einem Lächeln ein Photo dieser Szene und sagte auf Indonesisch: *"Kapan-kapan kamu akan meneliti relief ini dan Panji!"* – "Irgendwann wirst Du dieses Relief und Panji erforschen!". Er gab mir Kopien von Texten mit Panji-Geschichten. Sein Lächeln war eine Aufforderung. Die in Stein gemeißelte Szene ist tatsächlich genau diejenige vom Photo: Die männliche Figur ist Prinz Panji, und er hält die Prinzessin Sekartaji liebevoll auf dem Schoß. Die Aufforderung von Ki Padmapuspita wird zum Auftrag, den ich – mir in diesem Moment noch nicht bewusst – annehme. Panji und Sekartaji werden mein Leben begleiten. Panji trägt als Kopfbedeckung eine Kappe. Männliche Figuren mit Kappe in javanischen alten Tempelreliefs werde ich intensiv studieren und erforschen.

Drei weitere Reliefpanelen erzählen Szenen des Liebespaares Panji und Sekartaji. Sie knien neben einem Paar, das schlafend in einem Raum liegt, und nehmen Abschied. Sie gehen über einen steinigen Pfad, der sich durch Berge und an Bäumen entlang windet, begleitet von einem Dienerpaar, welches die Laute trägt. Dann folgt die romantische Szene: Das Liebespaar hält Rast neben einem Wasserbecken, Panji spielt seine zarten Weisen auf der *vina*-Laute mit zwei Kalebassen, sie nehmen sich Zeit für ihr Liebesspiel. Später stehen sie am Meeresufer, er weist mit der Hand in Richtung des Meeres, aus den Wellen tauchen große Fische auf, er lädt seine Liebste zum Überqueren des Meeres ein. Hier bricht die Erzählung ab. Mein Blick wird zu einer Mauer gelenkt, die einen Spalt in der senkrecht aufragenden Felswand abschließt. Eine aus den 1950er Jahren stammende Photographie dieser Mauer war für mich der eigentliche Anlass, zu diesem Platz zu gehen. Das Photo zeigt ein in die Mauer eingemeißeltes Relief: Ein Mann sitzt in meditierender Haltung mit ineinander gelegten Händen, rechts und links von ihm schmiegen sich zwei Frauen an seinen Körper. Es ist der nach Erkenntnis suchende Arjuna, der von verführerischen Himmelsnymphen *bidadari* gestört wird. Eine legt den Arm eng um seine Schulter, die andere reibt ihren Busen an seinem Oberkörper, sie bieten ihm ihre schönen Körper zum erotischen Spiel an. Arjuna lässt sich in seiner Meditation nicht stören. Er hat lange geübt, sich frei zu machen von den Ablenkungen durch die Sinne, er nähert sich der Erkenntnis der Höheren Wahrheit. Aber – wo ist das Relief? Meine Augen springen vom Photo zur Mauer und wieder zurück. An der Stelle klafft glatte Steinwand. Ich bin entsetzt. Das Relief wurde herausgemeißelt, zerstört, entwendet. Der örtliche Begleiter unserer Gruppe kennt die heilige Stätte seit vielen Jahren und erzählt, dass das Relief schon lange nicht mehr existiert. Man weiß nicht, wer es zerstört hat. Unten auf der linken Seite neben der Maueröffnung ist – vollkommen mit Moos bedeckt – eine gemeißelte Oberfläche zu erkennen. Bei genauerem Hinsehen entpuppt sich hier ein Relief mit der Darstellung von Himmelsnymphen, die in einem Wasserbecken baden, sich die Haare kämmen, in einen Spiegel schauen, den Kopf geneigt halten. Es sind die sieben Himmelsnymphen, die sich bereit machen für die Verführung des schönen Arjuna. Die Geschichte *Arjunawiwaha*, verfasst in altjavanischen poetischen Versen, mit esoterisch und philosophisch tiefen Gedanken, habe ich einige Jahre zuvor studiert und die Darstellungen des meditierenden Arjuna an javanischen Tempeln erforscht. Dieses poetische Werk hatte mich fasziniert und mich zu Forschungen über seine Darstellungen an alten javanischen Tempeln geführt und war in meine Magisterarbeit gemündet. Sie war das Ergebnis zahlreicher Besuche von Tempeln und Recherchen in

Bibliotheken und Photo-Archiven. Das Relief im Candi Kendalisodo war mir bei meinen Forschungen jedoch entgangen. Die alte Photographie fiel mir lange nach Abschluss und Veröffentlichung der Magisterarbeit in die Hände. Meine Neugier trieb mich dazu, diese Darstellung aufzusuchen und brachte mich nun zum Aufstieg am Hang des Penanggungan-Berges, im Osten von Java gelegen. Enttäuschung über die Zerstörung des meditierenden Arjuna – gleichzeitig die Begegnung mit Panji und Beginn von etwas Neuem!

Das Bruchstück eines dritten Reliefs ist links oben in der Mauer erhalten: Wellen sind zu erkennen, ähnlich den Meereswogen im letzten der vier Panji-Reliefs. Das alte Photo, das ich zerknittert in meiner Hand halte, zeigt eine Gestalt, die in diese Wellen eintaucht. Es ist Bhima, einer der vier Brüder des Arjuna, der ebenso nach höherer Erkenntnis strebt. Er steigt in den Ozean und wird dort einer Miniatur seiner selbst begegnen und in dessen kleinem Körper das Göttliche und das heilige Wasser der Erkenntnis und Unsterblichkeit finden. Auch diese Geschichte, *Bhimasuci* oder *Dewaruci* genannt, ist von tiefer philosophischer und esoterischer Bedeutung, hier in Bildsprache in Stein gemeißelt. Der Körper von Bhima ist verschwunden, nur die Wellen zeugen noch von seiner Suche nach Erkenntnis.

Die Stätte Kendalisodo war im 15. Jahrhundert eine Einsiedelei. Pilger hatten einen langen beschwerlichen Weg zurückgelegt, hatten bewiesen, dass sie sich nicht von ihrer Suche nach Lehre und Erkenntnis abhalten ließen; sie hatten unterwegs Rast gemacht und sich der Schönheit der Natur hingegeben; schließlich waren sie bereit für spirituelle Reinigung und die Lehren, die ihnen der Einsiedler oder eine Einsiedlerin vermitteln würde. Sie folgten der Wanderung von Panji und Sekartaji, die sich mit der Überquerung des Meeres gereinigt auf eine andere Ebene menschlichen Daseins begeben.

Eine Gruppe deutscher Touristen steht im weiten Innenraum einer Kirche in Frankreich, versammelt um einen steinernen Sarkophag. Herzog Philibert II. von Savoyen liegt hier begraben. Die Reiseleiterin erzählt von der großen, romantisch verklärten Liebe zwischen dem Fürstenpaar Philibert und Herzogin Margarete und der vielfach gepriesenen Geschichte über den Bau der Kirche als Ausdruck dieser großen Liebe. Die Reiseleiterin – das bin ich – weist auf eine kleine weibliche Figur, in Stein gemeißelt an einer der Ecken des Sarkophags. Der Oberkörper ist leicht gedreht, der Kopf ist sanft geneigt, sie hält mit einer Hand den üppigen Faltenwurf ihres Gewandes, das lange Haar fällt lose geflochten über Rücken und Schulter. Anmut und Schönheit. Ich liebe mittelalterliche Malereien und Steinbildkunst in Europa. Die Darstellung der schönen, zarten Frau ähnelt der Prinzessin Sekartaji. Sekartaji wird auch Candrakirana genannt, das heißt "Mondstrahl".

Vierzehn Jahre nach dem ersten Besuch von Candi Kendalisodo mache ich wieder den schweißtreibenden Anstieg auf den Penanggungan-Berg; es ist das Jahr 2010. Moos und Flechten, die damals große Teile des Mauerwerks und der Reliefs bedeckt hatten, sind entfernt. Offensichtlich werden die Bauten nun regelmäßig vom zuständigen Tempelwärter gereinigt. Meine Photos, die ich jetzt mache, gleichen denjenigen aus den alten niederländischen Archiven mit ihren klar sichtbaren Details; auch damals waren die Reliefs intensiv gereinigt. Ich empfinde Anerkennung für den archäologischen Dienst und den Tempelwärter und die Würdigung, die dieser altehrwürdigen Stätte inzwischen entgegengebracht wird, wenngleich die seinerzeitige Moosbedeckung mit den dunkelgrünen und weißen Partien einen besonderen, verwunschenen Charme hatte und womöglich zu meiner Verzauberung mit beigetragen hatte. Beim genauen Blick erlebe ich jedoch einen gewaltigen Schrecken: In zwei der Reliefpanelen klaffen Löcher, dort, wo jeweils ein Panji-Kopf war, die Köpfe sind zerstört und herausgemeißelt. Der liebevolle Musikant und der fingerzeigende Mann am Meeresstrand haben keinen Kopf mehr. Ich weine. Ein befreundeter Journalist interviewt mich später und schreibt einen Artikel für die renommierte Jakarta Post: *"No relief from the Vandals"*, ein Photo zeigt mich energisch gestikulierend.

Bei einem weiteren Besuch von Candi Kendalisodo ist schon eine andere Gruppe hier angekommen; sie haben einen kleinen Kocher dabei und bereiten gerade duftenden Kaffee zu. Ich sehe begierig hin. Mir wird ein Becher gereicht, der aus einer Plastikflasche zugeschnitten ist, gefüllt mit heißem Kaffee. Die drei Schlucke sind der Himmel. Ein Photo zeigt mich erschöpft, ich fasse eine Rose an dem sich seit Jahren beharrlich haltenden spärlichen Rosenstock, es ist einer der vielen glücklichen Momente in Java. Ich trage mein schwarzweißes luftiges Hemd, mein Tempel-Hemd.

"*Kapal Api*" – "Feuerschiff" – ist meine Lieblingskaffeesorte in Indonesien. Der nach einer Mischung aus scharf gebrannten Kaffeebohnen mit einem Flavour von Kakao schmeckende Kaffee ist ein wichtiger Teil meines Morgenrituals in Deutschland: Nach dem Wachwerden erst mal ein *morning tea* im Bett, Frühstück, duschen, danach der Genuss von *kopi Kapal Api* auf dem Balkon. Ob Sommer oder Winter, ich sitze mit meinem braunen Glas aus Indonesien auf meinem Balkonstuhl. Es gibt kein Dach über dem Balkon; bei Regenwetter setze ich mich in die offene Balkontür, Wind und Regenspritzer wehen herein und ich schlürfe meinen Kaffee.

*

Ich gebe gelbes duftendes Shampoo "*Sun-Silk*" in das warme Wasser im Waschbecken. Alte Lappen weichen in der Lauge ein. Sie waren im Schuhputzbeutel meiner Mutter. Nach ihrem Tod habe ich den Beutel aus ihren Hinterlassenschaften herausgefischt. Die Lappen waren zerrissene Teile von Taschentüchern meines Vaters, ehemals solide Stoffware. Große Taschentücher für große Vater-Nasen, das weiße Stoffquadrat gerahmt von Streifenmustern. Wenn wir früher mit der Familie spazieren gingen und ich mein Taschentuch vergessen hatte, fand ich es gemütlich, mir Papas Taschentuch auszuleihen für meine kleine Nase. Für alles gibt es, auch im verbrauchten, kaputten Zustand, eine Verwendung: Zerrissene Taschentücher eignen sich hervorragend zum Blankputzen von Schuhen, bevor die Schuhbürste den letzten Schliff gibt. Ich werde nun bestimmt auch eine weitere Verwendung finden – als kleine Läppchen, die man immer mal brauchen kann. Feine Kleidungsstücke wie Kaschmirpullover wasche ich immer mit Shampoo, damit das Textil schön weich bleibt. Den Taschentücherfetzen erweise ich die gleiche Ehre, sogar mit *Sun-Silk*-Shampoo. Es mein Lieblings-Shampoo aus Indonesien. Ebenso wie mit *Kapal Api* sorge ich immer für genügend Vorrat, ich gehe sparsam damit um. Bei der ersten Wäsche steigt fader Geruch aus der Lauge, schließlich sind dies Lappen mit jahrelang tief eingezogener Schuhcreme. Nach mehrmaligem Auswaschen bleibt das Wasser schließlich klar. Der feine Duft des Haarwaschmittels steigt wieder auf, meine Nase zieht ihn genüsslich ein. Was für ein beglückendes Gefühl!

Das beglückende Gefühl durch den Duft von *Sun-Silk* weckt Erinnerungen an laue Morgenluft in den Tropen, bevor ein heißer Tag einsetzt, und an kühle Abendluft nach einem heißen Tag. Ich sitze mit nassen gewaschenen Haaren und lasse sie an der Luft trocknen. Die erfrischende Kühle am Kopf hält eine Weile vor und löst sich allmählich kaum spürbar auf. Wenn Wind weht, ziehen zarte Duft-Schwaden an meiner Nase vorbei und lassen meinem Mund einen wohligen Seufzer entweichen. Ein noch intensiverer Seufzer entweicht, wenn neben mir jemand sitzt, der oder die gerade die Haare mit *Sun-Silk* gewaschen hat; eine weitere Steigerung ist der Duft langer Männerhaare. Den höchsten Duft-Genuss erlebte ich auf einer Fahrt mit einem jungen Javaner, ich saß hinter ihm auf dem Moped. Wir fuhren in der Abenddämmerung auf schmalen Wegen durch Reisfelder zu seinem Dorf. Wind wehte durch sein nasses flatterndes Haar, die volle Dröhnung von Duft verbreitend. Dazu noch Verliebtsein in den jungen Mann! Oh ja, auch in späteren Jahren erlebte ich Verzaubertsein. Das erste Mal aber – "und jedem Anfang wohnt ein Zauber inne" – besser als Hermann Hesse in seinem Gedicht "Stufen" kann ich es nicht ausdrücken.

Taschentücher aus der Heimat und Java-Duft: Es mischen sich Welten, die mein Leben bestimmen!

2

AUSFLÜGE

Ein kleines Mädchen spaziert auf einem schmalen Weg zwischen niedrigen Bäumen; zwischen den zarten nadelartigen Blättchen hängen kleine rote Beeren. Die Hände streifen über das Geäst, weich und nachgiebig ist es, wie leichte Federn, die dünnen Stämme wiegen sich im Wind, Sonnenstrahlen flimmern hindurch. Ich bin etwa vier Jahre alt und gehe durch Spargelreihen im Garten meiner Eltern. August oder September muss es sein, denn nach der letzten Spargelernte am Johannistag 24. Juni bleibt der Spargel sich selber überlassen, sprießt aus den aufgehäufelten Sandreihen in die Höhe und entwickelt Spargelkraut von etwa einem Meter Höhe, für mich ein dichter Wald. Ich gehe vergnügt und genieße es, mich zu verstecken und alleine zu sein und gleichzeitig zu wissen, dass jemand aus meiner Familie draußen vor dem Wald in meiner Nähe ist. Es gibt kein Photo von mir im Spargelwald, aber das Bild ist tief in meiner Erinnerung.

Es gibt ein Photo, das mich zeigt, wie ich alleine im Alter von etwa 2 Jahren auf die Kamera zulaufe, ich bin in Großaufnahme, bin nicht da stehen geblieben, wo ich mich "hinstellen" sollte. Ich habe einen ganz unbefangenen Gesichtsausdruck, ein bisschen unwillig oder "ich schere mich um nichts". Viele Jahre lang habe ich mich noch an diese Situation erinnert, wie ich einfach losgelaufen bin, ohne auf die Aufforderung von Vater oder Mutter zu hören. Später konnte ich mich nur noch daran erinnern, dass ich mich erinnert hatte. Beim Blättern im Photoalbum mit der Familie wurde zu diesem Bild immer irgendeine besondere Bemerkung gemacht.

Ein richtiges Photo wurde so gemacht: "Stellt Euch mal hin". Meine Schwester und ich stellten uns hin. Zu Fronleichnam, vor einer Burg, am Moselufer, stehen wir in adretten, neu genähten Kleidchen aus dem gleichen Stoff mit dem gleichen Muster, mit gerader Körperhaltung, die Beine eng nebeneinander, die Arme hängen gelassen. Wir sollten lächeln, dann kam das Vögelchen und das Bild war geknipst. Auf den Bildern sehen unsere Gesichter unwillig oder gleichgültig aus. Die Füße sind oft abgeschnitten, was immer zu gegenseitigen Vorwürfen zwischen meinen Eltern führte. Ich glaube, mein Vater knipste meistens.

Die Spargelreihen waren schon wochenlang vor dem Johannistag faszinierend. Die glatte Oberfläche der schnurgerade aufgehäufelten Sandreihen zeigt an einigen Stellen feine Risse. Einen Tag später werden an diesen Stellen kleine spitze Erhebungen sichtbar. Am nächsten Tag ist die Erhebung als Spitze eines weißen Spargelköpfchens erkennbar. Morgen wird sie eine leichte lila Färbung zeigen. Dann ist die beste Zeit zu stechen, bevor die Spitze noch weiter herauswächst und sich aufzufalten beginnt wie eine Knospe.

Beim häufigen Begleiten meines Vaters beim Spargelstechen lernte ich, die kleinen weißen spitzen Erhebungen in der Sandoberfläche zu erkennen, und irgendwann fing ich an, schon die Risse in der Sandoberfläche zu erkennen. Das war spannend! Irgendwann hatte mein Vater die Technik entwickelt, kleine Blumentontöpfe auf die rissigen Stellen zu stülpen. So konnte die Spargelstange ein Stück weiter aus dem Boden herauswachsen und ein größeres weißes oder lila Köpfchen entwickeln, ohne zur aufgefalteten Knospe zu werden. Ab Mitte April begann die Spargelzeit. Sonntagmittags gab es Braten mit Kartoffeln und Spargel, mit weißer Mehlschwitze-Soße. Gekochter Spargel hat einen herrlichen, süßlich-bitteren Geschmack, vor allem das zartlila Köpfchen ist Hochgenuss. Alle in unserer Familie machten "Hmmmm". Große Mengen des während der Saison gestochenen Spargels wurden für den Herbst und Winter eingefroren. Gelegentlich nahm meine Mutter dann sonntags ein in Cellophantüte portioniertes Paket, mit einem Gummi verschnürt, aus der Gefriertruhe: Vor den dampfenden Goldrandtellern wurde uns wieder ein "Hmmmm" entlockt. Erst viel später wurde erzählt, dass mein Vater einer der ersten im Dorf war, der Spargel anbaute. Woher er die Idee hatte – ich weiß es nicht. Anfang der 1960er Jahre war Spargel noch nicht als Königin des Gemüses bekannt, als die er heute gilt. Meine Mutter hat mir, als sie hochbetagt im Heim war, Spargel im Glas gekauft und mir mitgegeben, damit ich etwas Leckeres zu essen habe. Sie konnte mir ja sonst nichts mehr zum Essen mitgeben, wie sie es jahrzehntelang getan hatte. Beim späteren Ausräumen ihrer Schränke im Heim fand ich ganz hinten hinter ihren Pullovern ein solches Glas; das Verfallsdatum war lange abgelaufen.

Im Oktober 2013 kam es zur "Spargelaffäre". Meine Mutter lebte noch in ihrem Haus und hatte eine Betreuerin. Für meinen Sonntagsbesuch sollte Spargel auf dem Tisch stehen. Die Gefriertruhe gab schon lange keine in Cellophantüten verpackten Spargelportionen mehr her, nachdem meine Eltern irgendwann den mühsamen Spargelanbau aufgegeben hatten. Die Betreuerin kaufte teuren frischen Spargel aus Griechenland, wobei doch im Herbst kein deutscher Spargel wächst und selbstverständlich der Kauf von Spargel im Glas gemeint war. So sah es jedenfalls meine Mutter und verstand die Welt nicht, wie jemand so unwissend sein konnte und jetzt frischen Spargel kaufte. Meine Mutter geriet völlig außer sich und wurde gegenüber der – eigentlich wohlmeinenden – Betreuerin ausfällig. Dies führte schließlich zu einem großen und einschneidenden Konflikt innerhalb der Familie mit dem Ergebnis, dass meine Mutter ein paar Tage später ins Heim kam.

Bis heute esse ich zwischen Mitte April und 24. Juni fast täglich mit Begeisterung Spargel. Wenn ich am Stand gefragt werde, ob der Spargel geschält sein soll, sage ich "Nein, den schäle ich selber." Manchmal muss ich die Spargelstangen regelrecht retten, bevor sie ungefragt in die Schälmaschine gesteckt werden. Spargelschälen zelebriere ich: Am Küchentisch mit Blick aus dem Fenster, ausgebreitetes Zeitungspapier, auf das die Schalen fallen; dazu der zarte bittere Duft der Feuchtigkeit der frisch geschälten Stangen. Am 24. Juni, dem Johannistag, ist Ende der Spargelsaison. Mein Vater heißt Johann, sein Namenstag am 24. Juni wurde immer besonders gefeiert. Ich verbinde damit schönes Frühsommerwetter und Heiterkeit.

*

Sonntags machten wir mit der Familie häufig einen Ausflug in die Eifel. Am frühen Morgen wurde eine Thermoskanne mit Kaffee gefüllt, der Kartoffelsalat wurde eingepackt, dazu Würstchen. Angekommen im waldigen hügeligen Gelände der Eifel wurde nach einem von der Straße abgehenden Seitenweg Ausschau gehalten. "Hier rechts." "Nee, das passt nicht." "Hier rechts." "Ach warum sagst Du das immer so spät, wir sind schon dran vorbei, wir suchen die nächste Stelle." "Hier links, da ist der Weg auch breit genug zum Parken." "Da ist eine Kurve, da ist es gefährlich, links rüberzufahren." "Da vorne rechts geht ein schöner Waldweg rein, der ist auch breit genug." "Ja, da ist auch ein Stück Wiese. Den nehmen wir." Es wurde ein paar Meter reingefahren, bis zu einer kleinen Ausbuchtung. Hier wurde der grüne VW-Käfer geparkt, Klappliegestühle, Klappstühle und Klapptisch wurden aufgebaut, Decken auf die Wiese gelegt, es wurde gesagt "Das ist schön hier". Wir aßen Kartoffelsalat und Würstchen und Brot. Tranken wir Kinder auch Kaffee? Ich denke, vielleicht tranken wir Limonade.

Ich erinnere mich an meinen ersten Kaffee. Bei der Kinderkommunion einer meiner vielen Cousinen gab es das übliche opulente Frühstück nach der Kommunionsmesse: Brötchen mit einer Scheibe Gouda-Käse, gekochtes Ei, Kaffee. Diese Geschmackskombination gehört zu meinen frühen Highlights. Wenn ich heute ein solches Frühstück zu mir nehme, dann ist gleich wieder alles da: Kinderkommunion mit Kaffee. Alle Bestandteile müssen dabei die richtige Konsistenz haben, sonst funktioniert es nicht: die Brötchen knusprig, die Butter ein bisschen hart, die Käsescheibe mit leichtem Schmelz.

Beim Eifelausflug gingen meine Schwester und ich ein paar Schritte in den Waldweg hinein, vor allem natürlich dann, wenn wir mal "mussten". Gewandert wurde nicht; es wurde geruht. Bald vergrößerte sich die Teilnehmerschaft bei den

Ausflügen, wir fuhren mit Verwandten zusammen im VW-Käfer und später in unserem Taunus, vier Erwachsene, drei Kinder. Alle saßen eng nebeneinander gequetscht, die Kinder auf dem Schoß der Erwachsenen. Auf unserem Picknickplatz erzählten und lachten die Erwachsenen miteinander, wir Kinder aalten uns auf der Decke, erzählten und lachten miteinander und liefen herum. Alle Familienmitglieder waren gelöst und heiter und haben viel gelacht. Ich habe diese Ausflüge und Picknicks geliebt. Die Waldwege lockten mich eigentlich, aber es kamen meistens Rufe: "Geht nicht zu weit rein!" und wir Kinder trauten uns nicht.

Im Alltag war meine Mutter streng und rigide, schimpfte oft mit uns Kindern. "Iss ordentlich!" "Sei nicht so eigensinnig!" Meine Eltern stritten oft miteinander, jeder von beiden wollte Recht haben; ich hasste das. Mein Vater hatte wenig Zeit für uns. Er arbeitete den ganzen Tag, abends war er müde. Das war normal in den Familien, die ich kannte. Geliebt habe ich umso mehr, wenn mein Vater am Wochenende Zeit für uns hatte. Samstagabends liegen meine Schwester und ich und unser Vater in der Ecke des Zimmers, übereinander und ineinander verknäuelt, wir jauchzen und stöhnen: Wir spielen "böser Wolf", unser Vater jagt uns, wir Schwestern necken ihn und jagen ihn unsererseits, er schnappt mit dem Maul nach uns, fängt uns mit seinen Armen ein, wir kugeln uns auf dem Boden herum, schreien wie vor Angst und vor Freude, lachen, haben Spaß. "Rolzen" wurde das genannt, es war der größte Spaß, den wir als Kinder mit unserem Papa haben konnten.

*

Meine Eltern, meine Volksschulfreundinnen, meine Tanten und Cousinen und Vettern nannten mich Lydi. Lydi klingt vertraulich, diejenigen, die mich so nennen, mögen mich. Ich sage jedes Mal "Lydi-a". Ich bin kein kleines Kind, ich habe einen wunderschönen Namen, der komplett ist mit einem a. Wie oft sage ich "a" wie ein Automat! Wie oft werde ich dann belächelt oder werde mit einem Seufzer "Lydia" genannt! "Immer dieses Kind mit ihrer Extrawurst!", denken sie vielleicht bei sich. Irgendwann haben sie es alle kapiert, ich weiß nicht mehr wann. Der Automat war abgestellt. Heute kommt es ganz selten vor, dass mich Cousinen so nennen; dann bin ich doch gerührt.

In der Lydia-Zeit wurde ich in den Sommerferien mit der Caritas verschickt, gemeinsam mit Cousinen und Freundinnen: in den Hunsrück, in den Schwarzwald, nach Österreich. Wir machten Spiele und gingen wandern, Fahrtenlieder aus der Mundorgel schmetternd. Ich erinnere mich an den Geruch von Tannen oder Fichten. Ich mochte dieses Wandern nicht sehr, vielleicht weil es Wandern in der Herde war. Oder war es das erzwungene Singen – obwohl ich doch eigentlich gerne gesungen habe und es bis heute tue?

*

Eine Frau wandert auf einem schmalen Weg zwischen hohen Bäumen, der Wind weht im Geäst der Buchen, durch das Laub flimmern Sonnenstrahlen. Das zarte Grün zeigt den Mai an, die frisch gesprossenen Blättchen fühlen sich fein an wie Samt und Seide. Die Frau erfreut sich am Alleinsein im Wald, hört die Vögel, erlebt die Stille und die Natur, die sie umgeben. Ich werde bald an meinem Ziel ankommen, der Mauer eines alten Klosters in der Eifel. Ich fühle mich wohl und geborgen wie seinerzeit im Spargelwäldchen.

Erst als junge Erwachsene habe ich das Wandern lieben gelernt. Mein Freund und ich sind häufig in die Eifel gefahren, ausgerüstet mit Wanderkarte. Eine ganz andere Wahrnehmung der Eifel! Es ging nicht darum, einen netten Picknickplatz zu finden, wo Kartoffelsalat und Würstchen ausgepackt wurden. Wir haben neue Gegenden erkundet, kleine Ortschaften entdeckt, sind Hügel und Berge rauf- und runtergegangen, wir haben die Wanderkarte gelesen und uns trotzdem oft verlaufen, wir genossen die Aussicht in weite Landschaft, Täler mit plätschernden Bächen, hatten gute Gespräche. Wir sind auch gemeinsam mit Freunden gewandert, mit zunehmenden Herausforderungen an Wegen mit Steigungen und Abstiegen. Irgendwann habe ich mir "richtige" Wanderschuhe angeschafft.

Mein Alleine-Wandern begann, als ich in einer Wohngemeinschaft auf dem Land lebte und die Umgebung erkundete. Mit einem Blumenbestimmungsbuch in der Hand entdeckte ich die kleinen Gewächse und konnte bald Miere, Wiesenschaumkraut, Ehrenpreis, Buschwindröschen und viele Feld-, Wald- und Wiesenblumen unterscheiden. Schon im Biologieunterricht hatte ich es geliebt, wenn wir Blumenbestimmungen machten. Im Sommer trug uns die Biologielehrerin auf, Wiesenblumen zu sammeln und mitzubringen. Sie nahm die zarten Blumenstängel in die Hand, strich mit der anderen Hand zärtlich darüber und weiter ganz behutsam über die Blüte. Von ihr habe ich es gelernt, diese kostbaren, zarten Geschöpfe der Natur zu würdigen. So liebte ich es dann auch später, in der Umgebung des Hauses unserer Wohngemeinschaft Blumen zu sammeln und alleine in Wald und Natur zu sein. Ich hatte keine Angst, wovor auch. Natur ist wohlwollend und hält alles bereit, ich bin wohlwollend und genieße alles.

Mit fortschreitendem Alter gehe ich immer häufiger alleine wandern. Wald, Wiesen, Vögel, Wind, schon mal ein Fuchs oder Reh, Wolken, Sonne, Regen, Schnee, Nebel, kahle Bäume, vor Grün strotzende Bäume, blühende Sträucher, Blumen in weiß und blau und gelb und lila und rot, Tümpel und gluckernde Bäche. Es ist beglückend und reinigend, beruhigend, erfrischend, wohltuend. Ich wandere auch gerne mit einem Freund oder einer Freundin, dann müssen Geh-

Tempo, Schwierigkeitsgrade, Länge der Strecke, Freude an der Natur passen. Ständiges Stehenbleiben beim Erzählen mag ich nicht, ebenso wenig wie ständiges Reden während des Gehens. Oft gehe ich allein wandern in Stille; ich erlebe mich dann stärker als Teil der Natur. Mein Vater sagte in seinen letzten Jahren oft: "Der Mensch ist auch bloß Natur." Ich stimme ihm voll zu. Auch in der Stadt erlebe ich das beim Betrachten einer auf dem Balkon wachsenden Blume, deren Knospe sich zur Blüte entfaltet und gerade von einer Hummel besucht wird – während ich meinen *Kapal Api* schlürfe. Mein Balkon ist im Sommer, wenn meine vielen Pflanzen sprießen und blühen, mein kleines Paradies. Mein Vater sagte oft von seinem geliebten Garten, in dem er gerne und lange saß: "Mein Paradies." Das "ie" in "Paradies" dehnte er lang. Mein Papa sprach auch andere Wörter mit einer ihm eigenen Betonung: "Nivea" betonte er auf dem "i". Eine große Nivea-Creme-Dose musste immer im Haus sein. In meinem Badezimmer steht auch eine große Dose Nivea.

*

Wenn wir in meiner späteren Jugendzeit Ausflüge machten und wir mit dem Mercedes fuhren – nach VW und Taunus kaufte mein Vater nur noch Mercedes-Autos –, gab es keine Picknicks mehr, sondern wir hatten als Ziel einen hübschen Ort, wo wir im Hotel essen gingen. Es hieß für uns "Hotel", und nicht "Restaurant". Wir aßen Riesenportionen Schnitzel mit Fritten oder auch schon mal Forelle Müllerin oder Forelle blau. Eine gestärkte Tischdecke war eine besondere Freude für meine Mutter. Manchmal ging es bloß in ein Café: "Kaffeetrinken – lecker Kuchen mit Sahne". Es wurde dann ein Spaziergang durch das Örtchen gemacht, zum Beispiel in Nideggen in der Rureifel mit idyllischen Sträßchen, oder durch das Städtchen Cochem an der Mosel. Ich fand die Spaziergänge immer langweilig; aber begeistert war ich beim Besuch der alten Burgen und Ruinen in Nideggen, in Cochem, auf dem Drachenfels. Auch die Ahr war ein beliebtes Ziel; dort wurde jedes Mal erzählt, dass man mit dem Kegelclub letztens noch einen feuchtfröhlichen Ausflug gemacht hatte, was uns Kinder überhaupt nicht interessierte. Bei solchen Ausflügen hieß es natürlich: "Stellt Euch mal hin!" Es wurde geknipst, die Ergebnisse waren immer gleich: steif, gleichgültig, in die Sonne blinzelnd, das Gesicht verzogen, ein klägliches Lächeln. Ich drückte den Bauch raus und hielt mich stramm, um erwachsener auszusehen. Das habe ich von meinem Vater: Wenn er photographiert wurde, stellte er sich stramm hin, Brust raus, ein fröhliches Lächeln, und immer mit schräg geneigtem Kopf. Strammstehen und Brust raus waren wichtig beim Soldaten-Appell. Er war im Zweiten Weltkrieg Soldat gewesen.

Ein Photo zeigt mich mit blauer Bluse, ich hocke neben einer Gruppe von jungen Leuten an einer Tempelwand, ich bin in Java. Ich bin eingeladen worden, einer Schulklasse die Reliefs an der Wand zu erläutern. Sie haben selber beschrieben, was sie sehen, ich habe die Szenen erklärt und habe von Panji erzählt. Sie haben mir staunend zugehört und sind begeistert. Bisher waren diese Steinmeißelungen für sie bloß irgendwelche Figuren gewesen, jetzt haben sie sie verstanden. Ich selber sehe gelöst und glücklich aus. Diesen Gesichtsausdruck habe ich auf vielen Photos, die mich bei Tempelbesuchen zeigen. Das ist kein "Hinstellen und Brust raus"!

*

Dass mein Vater die Natur und sein Paradies sehr liebte, erlebte ich erst als Erwachsene. Mir scheint, er entfaltete diese Liebe besonders nach seiner Pensionierung, als er viel Zeit zuhause verbrachte. Angetrieben vom häufigen Genörgel meiner Mutter machte er dann seine kleinen Fluchten in das – "Au" genannte – nahe Wäldchen, über die Felder oder an den Baggersee bei unserem Dorf, um der miesen Stimmung zuhause zu entgehen. "Ich fahr mal ne Runde mit dem Rad". Manchmal war er auch einfach so verschwunden, ohne Bescheid zu sagen. Meine Mutter rief nach ihm und suchte ihn im Garten. "Er ist wohl mal mit dem Rad in die Au". Es dauerte nie lange, vielleicht eine halbe Stunde, dann tauchte er wieder auf. Mit dem Fahrrad herumfahren mache ich auch gerne.

Je älter mein Vater wurde, desto mehr hatten wir schöne Gespräche über Natur und das All, über Religion und die ständigen Sprüche von "Sünde" in der katholischen Kirche, die er absolut nicht leiden konnte. Wir saßen auf der Bank im Garten, mein Vater wies mich auf Vogelstimmen hin: Amseln, Meisen, Finken. Heute ist für mich Heimat, wenn ich meine Eltern auf dem Dorffriedhof besuche und dort Amseln singen höre, und wenn ich zu Fuß oder mit dem Fahrrad eine Runde durch die Au drehe. Dann denke ich: "Der Mensch ist auch bloß Natur." Ich freue mich wie ein Kind, wenn ich auf Baumstämmen Spuren roter Formen von Spechten sehe; sie sind im Laufe der Jahre zunehmend verblasst. Es sind Hinterlassenschaften meines Vaters: Er hatte eine Schablone angefertigt, mit der er auf Baumstämmen die Specht-Formen aufsprühte. Meine Mutter sagte dazu immer: "So ein Blödsinn!" Anscheinend gab es Leute im Dorf, die es auch blöd fanden: Einige der Spechtbilder auf Baumstämmen sind abgekratzt. In jüngerer Zeit finde ich nur noch einen einzigen Specht, er verblasst zunehmend und dehnt sich gleichzeitig mit dem Wachsen der Rinde aus. Mein Vater machte mir irgendwann ein Specht-Profil aus rotem Plastik, um Tauben auf meinem Balkon abzuwehren. Es funktioniert bis heute. Wenn eine Amsel auf den Balkon kommt, dann "besucht" mich mein Papa: Er ist für mich eine Amsel; deren Gesang hat er am meisten geliebt. Die Papa-Amsel ist schon einige

Male genau zum rechten Zeitpunkt aufgetaucht, um mich zum Lachen zu bringen. Später wurde dann die braune Amsel-Frau meine Mutter und taucht auch gelegentlich auf, eher ruhig und bedächtig.

Das Programm der Familienausflüge änderte sich in späteren Zeiten leicht: Die komplette Familie – mit Schwester, Schwager, Töchtern, deren wechselnden Freunden bzw. schließlich Ehemännern – fuhr in ein Hotel oder Ausflugslokal zum Mittagessen. Ich habe diese "Begängnisse" nicht besonders geliebt, es wurde irgendwas geredet, über Leute hergezogen, die Nichten haben noch die interessantesten Dinge erzählt von ihren Erlebnissen, ich selber wusste nicht viel beizutragen, beziehungsweise ich wurde gar nicht erst gefragt nach meinen Ereignissen. Ich fühlte mich eng, ich war die "Exotin", mit der man nichts anfangen kann und die auch selber nichts beitragen will. Die Photos von solchen Restaurantbesuchen sprechen Bände. Es gibt aber auch ein schönes Bild: Es zeigt meine Eltern, meine Schwester und mich an einem See stehend, mit Wind in den Haaren; wir gucken alle erstaunlich natürlich. Es war nach einem dieser leidigen Restaurant-Besuche entstanden. Es ging also auch anders! Das Photo habe ich "die Kleinfamilie" genannt, meine Eltern mochten es gern. Wer auch immer uns photographiert hat, sagte vermutlich nicht: "Stellt Euch mal hin!"

3

HORIZONTE I

In der Volksschule war ich gut, ich brachte gute Noten nachhause. Meine Eltern waren zufrieden mit mir. Morgens beim Unterrichtsbeginn forderte der Lehrer mich auf, mit meiner treffsicheren Stimme die Morgenlieder anzustimmen, in Klasse 3 und 4 ließ er mich Diktate der Mitschüler korrigieren. Ich fand das alles ganz normal und war auch stolz darauf. Viel später erzählte mir meine Familie, dass ich nach der Schule häufig erschöpft war und dass ich mich über das "Korrekturenmachen" beklagt habe; heute habe ich an diese Reaktionen keinerlei Erinnerung mehr. Vor einigen Jahren traf ich einen ehemaligen Mitschüler aus der Volksschule wieder; er meinte, ich sei doch damals die Musterschülerin gewesen. Ich war ganz baff, dieses Bild habe ich überhaupt nicht von mir.

Auf den Rat und das Drängen des Lehrers hin wurde ich auf das Gymnasium im nahen Städtchen geschickt. In der Quinta wurde ich Klassensprecherin, ich war beliebt unter den Mitschülerinnen. In den Pausen auf dem Schulhof haben wir über einige Lehrer hergezogen und von anderen geschwärmt, mit einer Schulfreundin habe ich Lakritzröhrchen mit geheimen Briefzettelchen gefüllt und ausgetauscht. Sie hat mir davon erzählt, dass sie in einem Tümpel Kaulquappen züchtet, eine Freundin spielte Tennis, eine Mitschülerin ging mit ihren Eltern wandern, eine hatte einen Notar-Vater, eine andere war gerade als Tochter eines Geschäftsmanns von Südafrika in unser Städtchen umgesiedelt. Eine Freundin besuchte ich manchmal am Wochenende, bei ihr zuhause konnten wir tun und lassen, was wir wollten, mit dem Rad fahren, wenn uns danach war, ohne der Mutter Bescheid zu geben, im Badeanzug an einem Bach plantschen, für uns alleine im Garten sitzen, ohne ständig von der Mutter gefragt zu werden, was wir machen und tun wollen, ob wir Hunger haben. Neue Welten erschlossen sich mir! Wenn wir in der Schule nach dem Beruf unseres Vaters gefragt wurden, sagte ich anfangs, dass mein Vater Fuhrunternehmer sei, im Laufe der Zeit sagte ich Transportunternehmer, nachdem er einen LKW hatte und "Güternahverkehr" machte. Genauso wie er wuchs auch ich äußerlich und innerlich. Wir übten für Karneval ein Theaterstück ein, ich spielte eine kesse Sängerin, ging aus mir heraus mit ausdrucksvoller Stimme und frechen Bewegungen. Ich fühlte mich wie eine vollkommen Andere. In der Schule mit meinen Schulfreundinnen, mit den Lehrern war ich Lydia, zuhause in der Familie war ich noch Lydi. Lydia, die selbstbestimmte; Lydi, die in der Familie artige Jüngste, mit dicken geflochtenen Zöpfen. Ich erinnere mich an diese beiden grundverschiedenen Gefühle und wusste, dass die Schul-Lydia die "echte" war. Irgendwann war ich die zwei Zöpfe, die meine Mutter morgens vor der Schule mit Hingabe flocht, leid, sie flocht mir nun auf meine Ansage hin einen langen Zopf hinten im Nacken, ich wurde vom Kind zum jungen Mädchen. Mit 14 fielen die Zöpfe beim Friseur auf den Boden. Herrlich, dieser leichte Kopf mit Haaren, die ich hin und her wehen konnte. Ein Gefühl von Freiheit! Jetzt war ich auf allen Ebenen Lydia.

Jedes Jahr in den Tagen zwischen Weihnachten und Neujahr besuchten wir Onkel und Tante, die keine Kinder hatten, mein Vater brachte ihnen eine Flasche Schnaps oder Wein mit. Die Verwandten hatten Bücherschränke mit Werken über andere Länder, über Edelsteine, über Kunst, über Reisen. Ich habe den ganzen Nachmittag vor diesen Schränken – mit vor mir ausgebreiteten Büchern – verbracht. Bei uns zuhause gab es das nicht. Wir hatten das Bertelsmann-Volkslexikon, mit Abbildungen von Edelsteinen auf zwei oder drei Hochglanzseiten. Onkel und Tante schenkten meiner Schwester und mir ab einem gewissen Alter Bücher: Bücher über Kunst und Maler, zum Beispiel über Van Gogh, über Goya. Ich wurde als Gymnasiastin wahrgenommen und als eine, bei der besonderes Interesse an Kunst geweckt und genährt werden sollte. Reiseberichte, Abenteuerromane, Romane aus anderen Ländern, Tausendundeine Nacht, dies alles interessierte mich. Aus der Pfarrbücherei lieh ich mir Bücher über die große Welt. Hinter dem Horizont der Familie und des Dorfes gab es so vieles zu entdecken und zu erleben.

*

Häufig erzählten meine Eltern von ihrer Hochzeitsreise im Sommer 1952. Es gibt ein paar wenige Schwarzweiß-Photos davon, eins ist vom Niederwald-Denkmal. Ganz klein stehen sie unterhalb dieses überdimensionierten Bauwerks an einem steilen Hang im Rheintal. Kürzlich schickt mir meine Schwester ein Photo per WhatsApp: Sie steht am Niederwald-Denkmal. Sofort kommen das Bild meiner Eltern sowie die ganze Geschichte der Hochzeitsreise in meiner Erinnerung hoch; wie oft wurden bei uns zuhause die Stationen der Flitterwochen erzählt. Diese Reise gehört zum "kulturellen Gedächtnis" der Familie. Für meine Mutter war eine ganz spezielle Kleinigkeit eine "Großartigkeit": In einem der Hotels hat sie abends die Schuhe vor das Zimmer gestellt, und morgens waren sie geputzt. Im Leben meiner Mutter waren zuvor keine Hotels vorgekommen, es gab Kühe und Felder und Stall und Stricken und Putzen und Socken stopfen und einen Vater, der bei Untätigkeit seiner Kinder schimpfte und sie anherrschte: "Häste nix ze donn?"

Auch in späteren Jahren, wenn ich von meinen Java-Studien und wissenschaftlichen Arbeiten erzählen wollte, kam von ihr: "Davon verstehe ich nichts. Für so etwas hatten wir keine Zeit, wir mussten zum Feld, Kühe melken, auf Knien rutschen und die Rüben im Feld vereinzeln." Es schwang nie Bedauern mit, es war einfach so. Für meine Mutter ist Leben Arbeiten. Nichts tun ist schlecht. Wie sehr habe ich diese Haltung in meinem Leben verinnerlicht! Ich bin froh, mich irgendwann davon befreit zu haben, und dass ich es genießen kann, "einfach so" auf dem Sofa zu liegen, auch wenn es genügend "zu tun" gibt.

In Indonesien kann ich dieses Nichts-Tun-Müssen am besten leben. "*Santai*" - ruhig, gelassen, gemütlich, entspannt: eine Lebenshaltung der meisten Menschen in Indonesien. Sich nicht aufregen, die Dinge langsam und ruhig angehen, gerne auch mit Verspätung zu einer Verabredung kommen, sich nicht stressen lassen, herumsitzen. Eine deutsche Freundin erzählte vom Warten, das sie während ihrer langen Indonesienzeit erfahren hat: Man ist verabredet mit jemandem und wartet. Man wartet nicht auf diesen Jemand und schaut auf die Uhr und ist auf die Verabredung und die geplante Aktivität ausgerichtet. Das Warten ist einfach ein Zustand, eine Zeit, die man verbringt und lebt. In dieser Zeit sitzt man und schaut, man trinkt Kaffee, man redet mit Vorbeikommenden; auf einmal ist ein Vogel zu hören, der die Ankunft des "Erwarteten" ankündigt. Es kommt alles zur rechten Zeit. "*Tunggu dulu*" - warte erst mal ab. Diese Haltung tut mir so gut, meine Diszipliniertheit und mein Anspruch auf Genauigkeit und Pflichterfüllung lockern sich in Java; wenn ich dort bin, sackt automatisch etwas in mir zusammen und fällt ab. Mein Bauch kann ganz viel gluckern, mein untrügliches Zeichen für Entspanntsein! "*Santai saja*" - "Bleib ganz ruhig, bloß kein Stress!"

*

Mit ihrer Hochzeitsreise hatten meine Eltern zum ersten Mal den Horizont der Umgebung des Dorfs als Paar überschritten. Die Hochzeit fand im Kölner Dom statt, sie gingen essen im "Treppchen", sie fuhren am Rhein entlang bis zum Bodensee.

30

Mein Vater hatte Lust bekommen zu reisen. Vielleicht war es die Sehnsucht nach Ferne, die ihn als jungen Mann schon umgetrieben hatte; Afrika wäre sein Ziel gewesen, er ist nie dorthin gekommen. Vielleicht war das Reisen auch der Ausgleich für die schlimmen Jahre im Krieg, er war "in der Ferne" kurz vor Moskau gewesen.

Anfang der 1960er Jahre fuhren meine Eltern und meine Schwester in Urlaub, nach Berchtesgaden. Ich kam währenddessen bei einer Tante unter. Sie schickten Postkarten, brachten mir einen Spazierstock mit aufzunagelnden Plaketten mit, zeigten die Photos vom Königssee, von der Kirche St. Bartholomä, vom Zug in das Salzbergwerk, Papa - Mama - meine Schwester. Ich war nicht dabei. Bis heute versetzt es mir einen Piekser. Meine Schwester hat mir neulich erzählt, sie hätten mich deshalb nicht mitgenommen, weil ich noch in die Hose machte. Ach so! Ein paar Jahre später fuhren meine Eltern mit befreundeten und verwandten Paaren nach Italien und später nach Spanien. Mit uns Töchtern ging es auch in Urlaub: in den Schwarzwald und nach Mittenwald. Mir wurden die Reisen in Deutschland jedoch langweilig, der Horizont war mir zu eng.

*

In der Schule wurden Listen mit Adressen von jungen Leuten verteilt, die Brieffreundschaften suchten; aus aller Welt kamen die Adressen. Name, Alter, Wohnort und Land waren angegeben, Interessen und Hobbys. Ich suchte mir etwa zehn Namen heraus: aus Ghana, aus Indien, aus Australien, aus Bangkok, aus Frankreich. Mit dem jungen Mann in Bangkok tauschte ich Briefe, er schrieb von Wasserstraßen und Hitze. Er fand die Halskette mit dem runden silbernen Anhänger schön, die ich auf meinem Porträtphoto trug. Ich kaufte einen ähnlichen Anhänger und schickte ihn an seine Adresse. Ich war mit meinem

Brieffreund in Bangkok verbunden, fühlte mich ihm und seinem Land in der Ferne nahe.

Tropische heiße Luft, chaotischer Verkehr, Gestank von Abgasen, darin Türme buddhistischer Tempel, von Booten befahrene Wasserstraßen: In den 1980er Jahren bin ich in Bangkok und fühle das, was ich mir damals beim Lesen der Briefe so oder ähnlich ausgemalt hatte. Es war gar nicht arg exotisch. War es ein Vorgeschmack auf das Gefühl von Vertrautsein, Nicht-Fremd-Sein, das mich später in Java begleiten sollte? Schade, dass ich den Namen des Brieffreundes nicht aufgeschrieben hatte. Ob ich seine Adresse und ihn überhaupt hätte finden können in dem Gewusel von Bangkok?

Regen Briefaustausch hatte ich mit meiner Brieffreundin in Frankreich. Ich lernte in der Schule Französisch und fand diese Sprache mit ihren feinen Vokalen, nasalen Lauten und den akzentuierten Konsonanten herrlich. Vor allem liebte ich die schnelle Sprechweise; hier konnten meine schnellen Gedanken mit der schnellen Sprache mithalten. Zuhause wurde mein Reden ausgebremst, oft bekam ich von meiner Mutter zu hören: "Sprich langsam!" Ich wollte doch bloß alles sofort loswerden und vermeiden, dass ich irgendeinen Gedankenfetzen vergessen würde; vielleicht wollte ich auch bloß genügend wahrgenommen werden. Ich konnte nicht ruhig sitzen bleiben, wollte immer in Bewegung sein, immer neue Ideen haben und sie ausleben: Meine Mutter nannte mich dann einen "Wibbelstätz"!

Mit 14 fuhr ich in den Sommerferien zu meiner Brieffreundin nach Frankreich. Mich wundert bis heute noch, dass meine Eltern es erlaubten und ermöglichten: Ich fuhr alleine mit dem Zug nach Lothringen! Wochen vorher schon hatte mir der Bahnbeamte am Schalter im Bahnhof unseres Städtchens aus den verschiedenen dünnen und dicken Kursbüchern die Route mit allen Umsteigebahnhöfen und -zeiten herausgesucht und aufgeschrieben. Meine Fahrtroute erinnere ich noch: von unserem Städtchen nach Aachen, von dort nach Nancy, von dort nach Metz, und weiter nach Épinal in Lothringen. Dort wurde ich am Bahnhof von der französischen Gastfamilie nach Le Val d'Ajol abgeholt. Wir hatten vorher Photos ausgetauscht, sodass wir uns hoffentlich erkennen würden. Zur Sicherheit hatte ich noch als Erkennungszeichen ein grünes Frosch-Steiftier - *"grenouille vert"* - mitgenommen, das ich bei meiner Ankunft hochhalten würde.

Während der Zugfahrt kam der Bahnschaffner, um die Fahrscheine und den Pass zu kontrollieren. Ich holte voller Stolz den Pass aus meiner Tasche, schaute kurz hinein und stellte fest, dass es der Ausweis meiner Schwester war. Kleiner Schreck, dann hielt ich dem Schaffner ganz locker und selbstverständlich den Ausweis hin. Ein kurzer Blick des Kontrolleurs auf mein Gesicht und ein Schätzen des Alters. Okay. Ich sehe vollkommen anders aus als meine Schwester, sie ist drei Jahre älter. Ich hatte wie eine geübte Reisende die Situation gemeistert und fuhr vergnüglich weiter. Vor noch nicht allzu langer Zeit waren meine langen Zöpfe gefallen. Die drei Wochen bei der französischen Familie waren schön. Die Brieffreundin erwies sich allerdings als langweilig, sie war langsam und wir wussten uns nicht viel zu erzählen, sie unternahm nicht viel. Aber ihre jüngere Schwester war flink und rege und mir ähnlich. Wir fuhren gelegentlich mit Mofas durch die Gegend; *"se promener"* hieß das. Aus der Beschreibung unserer Hobbys in den Briefen hatte ich verstanden: "zu Fuß spazierengehen". Erst war ich etwas enttäuscht über das Missverständnis, aber dann war das Mofa-Fahren in der Gruppe ein toller Spaß und machte erwachsen. Mireille war im nächsten Sommer bei uns. Wir fuhren mit den Rädern durch die Gegend und machten Ausflüge

mit meinen Eltern, es war nicht sehr spannend. Die Freundschaft hielt nicht lange an.

4

HORIZONTE II

Die französische Sprache und alles, was mit Frankreich zu tun hatte, liebte ich weiterhin. Bei Fèten in Teenager-Zeiten, ob im Sommer im Freien oder im Winter in Partykellern, tranken wir Lambrusco-Rotwein aus den großen ALDI-Flaschen. Wenn ich nach ausgiebigem Konsum betrunken war, fing ich an, Französisch zu reden. Dann lachten die anderen: "Lydia ist hinüber". Mit 17 lernte ich einen wunderschönen jungen Franzosen kennen, der mit seiner Musikgruppe an einem internationalen Musikwettbewerb in unserem Dorf teilnahm: Er hatte einen vollen Mund, schwarze halblange Haare, dunkle Augen, ein leichtes Lächeln, ganz erwachsen selbstbewusst ernst dreinschauend. Er tat es mir an, ich tat es ihm an. Wir knutschten und waren voll ineinander verliebt. Ein gemeinsames Fest der Musikgruppen im Nachbardorf verließen wir zu zweit und spazierten ganz romantisch, eng umschlungen zum Knutschen an einer Hecke neben einem Wasserschloss entlang. Die Situation kannte ich doch! Ich hatte mit 12 oder 13 einen Roman gelesen: Junges Mädchen und junger Mann verlieben sich ineinander und gehen gemeinsam an einer Hecke entlang, die den betörenden zarten Duft von Geißblatt ausströmt, der in Frankreich spielende Roman schreibt *chèvre-feuille*. Unsere Hecke am Wasserschloss hatte kein *chèvre-feuille*, aber der frühsommerliche Abend war voller samtener Duftnoten und lauem Wind. Mein Vater suchte uns, weil wir vom Fest verschwunden waren. Er kam uns auf der Straße entgegen und fing an zu wettern. Wie kann man so eine wunderbare romantische zarte Stimmung so rabiat kaputtmachen? Mein schöner Franzose sagte: "Ich bin ehrenaft". Ich war gerührt, mein Vater auch.

Der "Beau" und ich schrieben einander romantische, leidenschaftliche Briefe. Ich hörte französische Radiosender, las französische Romane, mit Vorliebe Balzac. Frankreich wurde für mich das Synonym für Weite und Freiheit und Schönheit.

Ein paar Wochen später fuhr ich mit einer Schulfreundin und ihren Eltern nach Holland ans Meer, wir wohnten in einer Pension. Wir beide machten Fahrradausflüge hinter den Dünen, waren mit den Eltern am Strand und aalten uns mit Hunderten anderer Sonnenhungriger. Zu viert gingen wir gemeinsam essen, häufig Fisch und Frituur. Wir Mädchen wurden wie junge Erwachsene behandelt. Ich erzählte meiner Freundin von meiner großen Liebe zu dem jungen Franzosen und wie sehnsüchtig ich darauf hoffte, ihn bald wiederzusehen. Wir machten ein schönes Photo von mir am Strand, ich trage ein kurzes enges hellgeblümtes Kleid, dessen Saum im Wind weht, um den Kopf habe ich ein schwarzes Stirnband gewunden – ich fand, ich sah sehr mondän aus. Das Photo schickte ich Jean. Lange lag kein Brief von ihm im Briefkasten, dann kam einer mit nichtssagendem Text. Es dauerte wieder Wochen, ehe die Antwort auf meinen nächsten Brief kam, die Abstände vergrößerten sich zunehmend. Ich hatte Liebeskummer. Dann kommt ein Brief, in dem Jean schreibt: "Es gibt so viele schöne Mädchen ..." Es war also aus. Aus und vorbei!

*

Seitdem ich 13 bin, schreibe ich Tagebuch: grüne, mit Leder oder Stoff eingebundene Bücher mit kleinem Schloss und dazugehörigem Schlüsselchen. Ich schreibe meine Erlebnisse auf. Meine Eintragungen werden zunehmend persönlicher, ich spreche von mir und meinen Wahrnehmungen, meinen Empfindungen, meinen Freuden und meinem Kummer mit Eltern, Freunden und Freundinnen. Bald, mit 14, geht es zur Sache: Ich mache einen Tanzkurs und verliebe mich in einen

Jungen. Es kommt zum ersten Kuss. Entdeckung, Erleben von etwas vollkommen Neuem. Es ist schön, und zugleich stört der Zigarettengeschmack des Jungen. Eine leichte Berührung meiner noch jungen Brust über dem Pullover erinnere ich, ganz zaghaft. Ab da gibt es kein Halten: Ich verliebe mich oft, nicht immer kommt es zum Küssen oder Berühren, ich schwärme in Sehnsüchten und Nahe-Kommen-Wollen, warte auf Zeichen von einem im Schulbus mitfahrenden süßen Jungen, küsse einen anderen Jungen aus dem Tanzkurs. Und dann kam Jean. Von da an schrieb ich in meinem Tagebuch auf Französisch, einmal weil ich die Sprache liebte, aber vor allem weil ich befürchtete, dass meine Mutter meine Tagebücher las. Eines Tages hatte ich festgestellt, dass das Tagebuch irgendwie anders als gewöhnlich an seinem Platz lag. In den Eintragungen nannte ich Jean ab jetzt mit dem von mir kreierten Namen "Jaguin". Der Name ließ sich wunderbar aussprechen, mit weichem J, mit gedehntem Nasal. Wie lange habe ich auf Französisch geschrieben? Ein Blick in meine lange Reihe von Tagebüchern würde es zeigen. Die grünen Tagebücher der ersten Jahre wurden später abgelöst von andersfarbigen Heften und Büchern. In den Anfangszeiten schrieb ich regelmäßig, später war es alle paar Wochen, heute liegen Monate zwischen den Einträgen. Das Tagebuch-Schreiben ist zu einer inneren Auseinandersetzung mit mir selber geworden, im Schreiben wird mir vieles klar, Worte geben den Gedanken und Gefühlen eine Form, werden zur Manifestation von zuvor Verworrenem, geben Durchblicke. Wenn ich gelegentlich in einem alten Tagebuch etwas suche, dann lese ich mit einem Schmunzeln sich wiederholende ähnliche Fragen und Überlegungen und Erkenntnisse. Vor einiger Zeit habe ich die Tagebücher chronologisch sortiert; es sind über 30 Stück.

Als junges Mädchen ging ich bei einer Familie im Dorf Babysitten. Sie zeigten mir die Wohnung; den Plattenspieler könne ich benutzen. Das Kind schlief meist ruhig, ich hatte nichts zu tun, als im geräumigen Wohnzimmer zu sitzen und zu lesen und schließlich eine Platte herauszusuchen. Ich fand Platten mit klassischer Musik und legte eine auf. Ich war fasziniert von der zarten leichten und dann dramatisch anschwellenden Musik von Streichern und Klavier. Vielleicht war es Musik von Mozart. Zum ersten Mal erlebte ich bewusst klassische Musik. Ich war von da an sehr gerne Babysitterin in der Familie. Die Eltern des Kindes hatten studiert, sie behandelten mich als Erwachsene und übertrugen mir Verantwortung.

Ich liebte Musik, sang gerne, bekanntlich mit treffsicherem Einsatzton der Schullieder beim Unterrichtsbeginn, lernte neben Flöte auch Klavierspielen. Das "Klavier" hatte einen Haken: Es war eine Heimorgel, ohne dynamischen Anschlag, die Tonstärke wurde durch das Bewegen eines Hebels mit dem Knie verändert. Rechts und links fehlten je eine Oktave. Ich lernte gut bei dem netten Klavierlehrer, dessen feine lange Finger auf den Tastaturen ich vor mir sehe. Wegen der verkürzten Klaviatur musste ich bei etlichen Stücken die hohen Noten in die darunterliegende Oktave transponieren, es gelang mir zwar technisch, aber es machte mich sehr unzufrieden, das Stück zu "amputieren". Insbesondere klassische Stücke wie solche von Mozart gingen in die hohen Oktaven, und es tat mir weh, die wunderschönen Tonabfolgen auseinanderreißen zu müssen. Wenn meine Eltern samstag- oder sonntagnachmittags im Wohnzimmer saßen, forderten sie mich auf: "Spiel doch was für uns!" Ich spielte meine kürzlich eingeübten Lieblingsstücke, das waren Menuette und

Präludien und Deutsche Tänze. "Spiel doch was Vernünftiges! ‚Ach wie so trügerisch'!" Okay, ich tat es, ihnen zum Gefallen. Ich hasste diese eingängigen populären Stücke aus Opern und Operetten. Ich hasste die amputierten Tonläufe. Irgendwann hat mir der Kirchenküster das ausgediente Klavier des Kirchenchors für 50 DM verkauft, es kam in den Keller, wo ich ungestört Sonatinen und Sonaten üben konnte. Das Klavier war schlecht gestimmt. Trotzdem: Welche Freude! Welche Erweiterung! Dieses Klavier habe ich später mitgenommen zu meinem zweiten Studienort und es bei meinen diversen Umzügen von Wohnung zu Wohnung mitgeschleppt, ich habe es für 800 DM stimmen lassen, mit neuen Hämmerchen und neuen Bezügen. In den hellhörigen Wänden traute ich mich allerdings nie richtig, in die Tasten zu hauen und mich zu entfalten, sodass ich schließlich das Klavier verschenkt habe. 20 Jahre später kaufte ich mir ein e-Piano mit Anschlagdynamik und spiele seither mit Freuden meine alten Menuette und übe neue anspruchsvollere Stücke ein, am liebsten Mozart. Zum Namenstag meines Vaters, einige Jahre nach seinem Tod, habe ich für ihn "Ach wie so trügerisch" gespielt, mit einem Lächeln.

*

Mit einem Hämmerchen aus Horn schlage ich auf eine metallene Tastatur und erzeuge helle Töne, ein mit Kordel umwickelter Holzstab holt voll klingende Töne aus kleinen Kesselgongs hervor, tiefe Gong-Klänge erfüllen den Körper, Trommelschläge machen den Rhythmus. Musik – auch diese liebe ich! Sie wird mich im späteren Laufe meines Lebens begleiten, mir Freude machen, mir Gänsehaut machen, mich ruhig machen, mich innerlich zappelig machen, mich entzücken und verzücken.

*

Zwei Mitschülerinnen und ich sind in der Wohnung einer ihnen bekannten Familie in Köln. Die Wohnung steht uns für ein Wochenende zur Verfügung; sie liegt im Uni-Viertel. Wir wollen einen Tag lang in der Innenstadt verbringen. Ich erinnere mich sehr genau an Details in der Wohnung: Im Schlafzimmer stand neben dem breiten, heute würde man sagen "Kingsize"-Bett, mit dunkelblauen Bettbezügen ein offenes Regal mit Büchern als Raumtrenner; die Räume der Wohnung waren mit hellen Möbeln ausgestattet, es gab viele offene Regale mit Büchern. Bei uns zuhause gab es weiße Qualitätsbettwäsche von Witt-Weiden, die wenigen Bücher standen in Schränken hinter Glastüren oder Holztüren, die man mit einem Schlüssel verschließen konnte. Hier war ich in einer Wissenschaftler-Wohnung! So wollte ich auch einmal leben! Wie einengend waren die klobigen Schränke und wuchtigen Eichenmöbel und "Clubsessel" zuhause, auch wenn man darin zugegebenermaßen durchaus mit Kissen und Decke gemütlich eingekuschelt sitzen konnte. Als Erwachsene habe ich in meiner Wohnung viele offene Regale mit Büchern; es gibt keine abschließbaren Schränke oder Schubladen.

Im Jungen-Internat im Nachbardorf spiele ich in einem Theaterstück mit; in ein paar Monaten machen wir Abitur. Ich hatte die Rolle einer hysterischen exaltierten Gräfin! Ich ging aus mir raus! Ich genoss es, so war ich im normalen Leben nie! Das Zusammensein, die Gespräche, das Herumalbern, das Philosophieren über das Leben an sich und im Besonderen, die ernsthafte Regie durch einen uns als Erwachsene behandelnden und fördernden Pater, eröffneten mir weitere Horizonte. Ein Mitspieler, der Souffleur, war verliebt in mich, aber ich hatte mein Herz schon jemand anderem vergeben. Er tat mir irgendwie auch leid, wir verbrachten jedoch viele Stunden gemeinsam und redeten über die Welt und das

Schicksal und den Kosmos. Er schwärmte von der Musik von Yes und von Genesis – dies sei die Musik, in der alles drinstecke, sie sei göttlich. Ich hörte sie auf Cassetten, die er mir lieh. Beim ersten Hören fand ich die Musik fremd, merkwürdig; nach häufigerem Hören und bereichert durch die enthusiastischen Worte meines Souffleur-Freundes öffnete sich mir die Weite und die Komplexität der Musik mit ihren sphärischen psychedelischen Klängen, ihren heftigen Rhythmen, ekstatischen Phrasen und ihren hohen Gesangslagen. Diese Musik war tatsächlich anspruchsvoller als die Beatles oder Stones oder Simon and Garfunkel, die bislang meine Favoriten waren. Ich war in die intellektuelle Welt eingetreten.

Ich glaube, der Souffleur hat mich weiterhin lange verehrt; mehr als das eine Prozent, das ich ihm als Chance gegeben habe, hat er nie erlangt. Viele Jahre später hat er mir den Scan eines Photos von mir geschickt, es war sein Lieblingsphoto: Selbstbewusst und sexy stehe ich da, mit leicht geöffnetem Schmollmund. Ich mag dieses Photo auch.

5

WILD

Was sollte ich nach dem Abitur machen? Geographie, Französisch studieren, Architektur? In der Schule war ich gut in Mathe, und zu der Zeit gab es einen Mangel an Mathe-Lehrern. Ich entschied mich schließlich für Mathematik und Kunstgeschichte für das Lehramt am Gymnasium, eine eher ungewöhnliche Kombination. Das erste Fach wählte ich ganz vernünftig, um dem Sicherheitsdrängen meiner Eltern zu genügen. Im Zweitfach wollte ich meinem Interesse an den schönen Dingen und Künsten und der weiten Welt nachgehen. Meine Eltern ließen mir die Wahl: entweder zuhause wohnen und für die täglichen Fahrten in die nahe Universitätsstadt die Finanzierung eines Autos, oder die Finanzierung der Miete für ein Studentenzimmer. Für mich war die zweite Alternative sonnenklar. Ich wollte raus aus der Enge des Dorfes, der Rücksichtnahme auf andere Dorfbewohner mit der ständigen Frage "Was sagen die Leute dazu?", dem Klatsch und Tratsch, raus aus der Enge der Familie mit ihren Kleinlichkeiten, mit ihren Erwartungen an mich, mit ihrer Kritik an mir, mit ihrem Nicht-Verstehen, mit ihrem Über-Mich-Hinweggehen, mit dem Nicht-Wissen über meine Vorlieben und Neigungen und Talente, mit ihrer Ablehnung meines Freiheitsdrangs. Wie oft sagte ich "Ich will selbständig sein". Mein Vater lachte dann immer.

Die ersten vier Semester des Studiums verliefen glatt. Die Mathematik lief gut, Kunstgeschichte war spannend. Mein Freund studierte in einer anderen Stadt. Ich fuhr am Wochenende häufig zu ihm, oder er kam zu mir. Meine Eltern wollten mich am Wochenende auch sehen. Meine Mutter wollte meine Wäsche waschen, wollte für mich kochen. Ich sollte nicht Tage und Nächte bei meinem Freund verbringen. Ich war häufig hin- und hergerissen, mit schlechtem Gewissen.

Zwei Jahre später hörte dieser ständige innere Konflikt auf, als wir uns entschieden, beide gemeinsam nach Köln umzusiedeln und dort weiter zu studieren. Eine neue Stufe von Selbständigsein war erreicht. Ich kam in neue Kreise: Durch meinen Freund lernte ich linke studentische Politik kennen, im Studium wandte ich mich von den braven fleißigen Studenten ab. Ich diskutierte in Zirkeln über die großen Fragen der Welt: Pershing-Raketen, Nato-Doppelbeschluss, Religion als Opium für das Volk, Produktivkraft und Kapitalismus, die Werktätigen. Ich schaffte die blauen 'Marx-Bibeln' an und mühte mich damit ab, so viel wie möglich zu verstehen. Politik war aber nicht wirklich meine Stärke und ist es bis heute nicht, ich machte mit, weil es zum Progressiv-Sein gehörte, und das wollte ich sein! Ich trug Kleider vom Flohmarkt, ging in eine Selbsterfahrungsgruppe mit Schreitherapie nach Casriel, um mit dem ständigen Fremdgehen und Nicht-Zu-Mir-Stehen meines Freundes klarzukommen. Ich lernte und übte zu schreien und zu sagen "Ich bin ich!". Ich zog mit zwei Freundinnen in eine Wohngemeinschaft, Gorleben sollte leben, ein Bürgerzentrum entstand gleich um die Ecke, die ersten Ideen der "Grünen" kamen auf. Wir kifften. Ich erlebte Gefühle und Wahrnehmungen, die meinen Horizont wer weiß wohin erweiterten. Wir mieteten zu 10 Studenten ein altes Fachwerkhäuschen in der Eifel und renovierten es; wir verbrachten dort Wochenenden oder Tage, zum Hausarbeiten schreiben und Lernen. Es wurde natürlich nicht nur gelernt, wir saßen oft zusammen und palaverten, gingen im Wald spazieren, machten wilde Kajak-Fahrten auf dem nahen Fluss. Außer uns 10 Mietern kamen andere Freunde, es ging ziemlich bunt zu. Langhaarig, flippig, mit Latzhosen und weiten Hemden waren wir dem Dorf ein Dorn im Auge. Von den zwei Bäckerei-Verkäuferinnen war die ältere uns gut zugetan, während die jüngere uns äußerst schnippisch bediente. Im wilden Garten hinter dem Haus zogen wir Cannabispflanzen. Wir schliefen auf Matratzen auf den Böden in den kleinen Zimmerchen, Freund neben Freundin und noch ein Freund daneben; während wir zu zweit in Umarmung lagen, spielten Füße mit dem Nebenmann.

Mit Freundinnen, Freunden und Cousinen fuhr ich mehrmals nach Cassis in Südfrankreich, in die Jugendherberge, hoch oben auf einem Plateau gelegen mit Fernblick auf die weit gegenüberliegende Steilwand des Cap Canaille. Die JH-Bewohner – aus Belgien, Holland, viele aus Deutschland – waren eine große Gemeinschaft, es wurde abends gemeinsam gekocht, dazu ein Rouge getrunken, ich lernte Knoblauch als herrliche Würze für die Speisen kennen. Tagsüber stieg man hinunter in die Buchten, suchte sich eine Stelle auf einem der glatten Kalksteinfelsen, dort sonnte man sich nackt, und man badete natürlich nackt. In diese Welt tauchte ich im Laufe der folgenden fünf oder sechs Jahre regelmäßig ein. Eine Reise nach Kreta brachte mich zum ersten Mal in ein Flugzeug. Was war mir schlecht! Ich musste mich übergeben. Aber es lohnte sich: Meine Cousine L. und ich hingen in kleinen Dörfern am Meer herum, hatten Liebschaften mit deutschen jungen Männern. Wir lernten griechischen *way of life* kennen beziehungsweise das, was wir dafürhielten: nämlich ein Leben, das geprägt ist durch intensiv wirkende Einfachheit.

Meine Eltern verstanden mich immer weniger, ich hielt immer mehr Abstand zu ihnen. Es gab wenig innere Verbindung. Die Kluft zwischen dem gemütlichen engen Dorfleben und meiner freien wilden Stadtluft war groß. Aber ich besuchte sie, ein- bis zweimal im Monat. Meine Mutter kochte dann lecker, und sie gab mir eine große Cellophantüte gefüllt mit gekochten Kartoffeln mit, auch Gemüse und Eier.

Meine Mitbewohnerinnen in unserer Dreier-WG lachten sich jedes Mal schief, wenn ich schon wieder mit den Kartoffeln kam. Wir drei hatten was davon, und meine Mutter auch, denn sie freute sich, mir was Gutes tun zu können. Also war alles gut. Zuhause bei meiner Familie lief alles "wie früher". Dort war ich ein Zwitterwesen zwischen Lydi und Lydia. Oft empfand ich beim Zurückfahren in die Stadt: "Stadtluft macht frei!" Es gab natürlich auch nette Situationen zuhause, vor allem liebte ich es, mit meinen Eltern im Sommer auf dem Rad Runden durch die Umgebung zu drehen. Im Garten sitzen, auf dem Balkon sitzen und Kaffeetrinken waren weitere schöne Momente. Überhaupt – Kaffeetrinken: Meine Mutter war eine hervorragende Kuchen-Bäckerin, Apfelkuchen und Schwarzwälder Kirsch waren meine Favoriten; wenn ich kam, hat sie oft genau die beiden Kuchen oder einen davon gebacken. Wenn ich freitagnachmittags kam, war das Haus erfüllt vom Duft von gebackenem Kuchen und vor allem von frisch gebackenen süßen Brötchen. Diese Brötchen waren eine besondere Spezialität meiner Mutter. Bis ins hohe Alter hinein hat sie sie gebacken und in Rationen von zwei oder drei Stück in Cellophantüten eingefroren. Jedes Mal gab sie mir eine Ration mit. Die ganz frischen schmeckten natürlich am allerbesten. Ein Brötchen in einer Cellophantüte habe ich lange im Gefrierfach meines Kühlschranks aufbewahrt. Nach dem Tod meiner Mutter habe ich es herausgenommen und wollte es voller Genuss essen. Aber: Das Brötchen war vollkommen verdorben. Nie mehr habe ich süße Brötchen gegessen.

*

In meiner Familie gab es in dem wilden Jahr 1978 zwei große Einbrüche. Mein Vater hatte einen starken Herzinfarkt. Die Befürchtung von Ärzten und dann natürlich auch von der Familie war, dass er nicht lange damit leben würde. Mein Vater erholte sich aber in nur wenigen Monaten zu einem gewissen Maß. Das für ihn richtige Maß halten, bestimmte sein weiteres Leben. Seine Liebe zum Aktivsein, zum Arbeiten musste er häufig drosseln. Oft genug hat meine Mutter es übernommen, wenn sie merkte, er atmete kurz. Oft genug aber hat sie ihn genervt, wenn sie vorsorglich angstvoll ihn von seinen Aktivitäten abhalten wollte. Er hatte nun immer eine kleine Sprühflasche bei sich, die in vielen Situationen sein Lebensretter wurde: bei Atemnot und Herzbeklemmung sprühte er damit in den Mund und erholte sich schnell. Er hat uns bestimmt nicht immer gesagt, wann er sie eingesetzt hat. Mein Vater war ein Mann, der nie Schwäche zeigen wollte. Im selben Jahr heirateten meine Schwester und ihr langjähriger Freund. Kurz nach der Hochzeit geschah das, was das gesamte Leben der beiden geprägt hat: Er hatte einen sehr schlimmen Unfall mit weitreichenden Folgen. Ich habe hier und da ausgeholfen, so gut es ging. Meine verschiedenen Welten waren wieder einmal sehr disparat, und doch: Es war meine eine Welt.

*

Mein Studium zog ich durch, die Mathematik machte mir immer weniger Spaß. Ich ging davon aus, dass ich in der Umsetzung als Lehrerin wieder einen Zugang finden würde. Ich gründete eine kleine Gruppe von Mitstudenten, die über alternative Unterrichtsmethoden sowie über philosophische Aspekte der Mathematik diskutierten. Die Kunstgeschichte machte mir Spaß, meine Examensarbeit über eine frühromanische Kirche an der Maas erfüllte mich mit Forschergeist und einer zunehmenden Vorliebe für die einfachen Formen früher Architektur. Hatte ich nicht schon als Kind die Burgen mit ihrem alten Natursteingemäuer geliebt? Ja, altes Gemäuer ist für mich bis heute eine Quelle von Freude geblieben, ob aus europäischer Antike und Mittelalter oder aus altjavanischer Tempelbaukunst. Nach dem Ersten Staatsexamen zog ich auch das Referendariat durch; es gab eine gute Zusammenarbeit innerhalb der Referendarschaft mit politischen, sozial- und unterrichtskritischen Gedanken und Konzepten zum "Neuen Lernen". Der Mathematikunterricht lief gut, aber ich war nicht wirklich mit voller Seele dabei. Der Kunstgeschichteunterricht war dagegen richtig gut, ich entwickelte neue Fähigkeiten und Interessengebiete und kam bei den Schülern gut an. Ich fiel in der Mathematikprüfung durch, der Seminarleiter mochte mich nicht. Bei der Bekanntgabe schleuderte ich voller Zorn einen Schuh gegen die Wand. Ein paar Tage danach wurde ich für eine Verlängerung des Referendariats an einer anderen Schule mit einem anderen Seminarleiter eingeschrieben. Einen Tag lang ging ich hin. Abends habe ich mich an den Schreibtisch gesetzt und meine Kündigung geschrieben. Mir war klar, ich wollte nicht Mathematiklehrerin werden.

Ich erinnerte mich an einen Lehrer der vorherigen Schule, der meine Neigungen erkannt und mir geraten hatte, ich solle Reiseleiterin werden; dort könne ich mein Talent für das Umgehen mit Menschen und meine kunsthistorischen Kenntnisse und Vorlieben perfekt einbringen. Dieser Rat arbeitete in mir. Frankreich kam wieder zum Vorschein: französische Kunst und Geschichte und meine Vorliebe für das Land überhaupt. Ich bewarb mich bei Studienreisen-Anbietern und wurde von einem Veranstalter zum Einweisungsseminar eingeladen. Ich bestand die Prüfung und wurde für Reisen in die Provence ausgebildet und eingesetzt. Die Provence und Frankreich waren mein Lieblingsland geblieben, über das seinerzeitige Debakel mit Jean hinaus. Ich war glücklich, die Mathematik ad acta gelegt zu haben, ich konnte mich in ihr nicht entfalten, aber in der Kunst lagen so viele Möglichkeiten vor mir. Vom Reiseleiten alleine konnte ich nicht leben, ich brauchte zusätzliche Arbeiten. Es war die Zeit der vom Arbeitsamt finanzierten Arbeitsbeschaffungsmaßnahmen. Ich erhielt eine Stelle als Museumspädagogin in einem kleinen Provinzmuseum. Hier konnte ich meine Kreativität ausleben und neue Fertigkeiten und Fähigkeiten entwickeln, ich lernte die Museumswelt mit ihren theoretischen und praktischen Konzepten von Museumspädagogik kennen. Mein Horizont weitete sich in viele Richtungen.

6

INDIEN?

Ein Vetter, etwa 15 Jahre älter als ich, kam meine Familie besuchen, ich war etwa 11 Jahre alt. Er war einige Wochen oder Monate auf Montage in Indien gewesen. "Er war im fernen Indien, das kenne ich aus Tausendundeine Nacht, wie wunderbar!" Er hat ein Mitbringsel für uns: einen hölzernen Elefanten, etwa 15 cm hoch, mit echten Elfenbein-Stoßzähnen. Der Elefant kam auf unseren Wohnzimmerschrank – neben die kleine Pendeluhr in der Glasbedeckung – und beeindruckte mich jeden Tag: Er kam aus Indien! Dort wollte ich hin und die Tausendundeine-Nacht-Geschichten selber erleben und erfahren.

Es sei vorweggegriffen: Ich bin in meinem Leben nie nach Indien gereist. Der Elefant steht heute in meiner Wohnung oben auf einem Regal, neben der kleinen Pendeluhr in der Glasbedeckung, das Pendel bewegt sich nicht mehr. Vor dem Holz-Elefant stehen zwei bronzene Mini-Elefanten, die ich aus Thailand und Java mitgebracht habe. Vor kurzem ist ein kleiner Elefant von einer verstorbenen Freundin hinzugekommen, die auch häufig nach Asien reiste.

*

Mit einer Freundin plane ich eine gemeinsame Fernreise. Ich schlage Indien vor, kann sie aber nicht dafür gewinnen; ganz sicher bin ich auch nicht mit meiner Idee. Sie hat von Bali gehört, wo es wunderschön sei und wo der Hinduismus als Religion praktiziert werde, also eine Art Miniatur und Vorbereitung für Indien. Freunde haben ihr einige praktische Vorschläge für Zielorte und Unterkünfte gegeben, ansonsten wollen wir einfach vor Ort weitersehen. Also, kurzentschlossen buchen wir eine dreiwöchige Reise nach Bali. Es ist das Jahr 1985. Ich bin fast 30 Jahre alt.

Die Ankunft im Flughafen in Denpasar, der Hauptstadt von Bali, und das Heraustreten aus dem Flughafengebäude: Eine Feuchte und Hitze wie in einem Badezimmer nach einem heißen Dusch- oder Wannenbad schlug uns entgegen, dazu fremdartige, aber nicht unangenehme Gerüche, gemischt mit Autoabgasen. Es herrschte eine satte tropische Schwüle. Später würde ich erfahren, dass der fremdartige Geruch der Duft der Nelkenzigaretten *kretek* ist, der mir zum Synonym für indonesische Luft wurde. Ein Gewusel von Menschen, Rufe von Gepäckträgern, Rufe von Taxi-Fahrern, Rufe von Money-Changern, gaffende und uns beäugende Menschen, dunkelhäutig, Geruch nach Schweiß, Reihen von Palmen entlang der Zufahrtsstraße. Fremd und herrlich, berauschend, Asien!

Unser Ziel in Bali war Ubud, das als Künstlerort gepriesene Kulturzentrum Balis, und dort die Unterkunft Karawan in einem kleinen Gässchen im Ortszentrum. Hinter dem steinernen offenen Eingangstor öffnete sich eine andere Welt: einzelne Häuschen inmitten eines Gartens mit üppig blühenden Sträuchern, Bananenstauden, Palmen, steinernen Figuren, Blüten auf dem Boden, Düften von Räucherstäbchen. Wie wunderbar, dass wir das Ziel Bali gewählt hatten! Beim Wachwerden nach der ersten Nacht stand schon eine Thermoskanne mit Tee auf dem Tisch auf der kleinen Veranda bereit: *morning tea*. Der Tee ist stark und schmeckt leicht nach Rose: *teh mawar*. Ich werde ihn für immer mit diesen ersten Tees in Bali verbinden. Betörender Wohlgeruch steigt auf von einem kleinen Körbchen mit Blütenblättern und Räucherstäbchen und einem Duftöl, ausgelegt auf der Veranda-Stufe. *"Good morning, how are you? Sleep well?"* werden wir von der hübschen, schlanken, lächelnden Betreiberin der Unterkunft begrüßt. Zum Frühstück gibt es *banana pancake* mit Kokosraspeln,

Ananas-Stücke, fein geschnittene tieforangene saftige Stücke der mir bis dahin unbekannten Papaya-Frucht. Wir erkunden das Dorf, schlendern durch die Straßen und Sträßchen, schauen den lärmenden, herumspringenden fröhlichen Jungs auf dem Sportplatz in der Ortsmitte zu, betreten ein Lokal, wo andere westliche Touristen sitzen und kühle Getränke aus Strohhalmen schlürfen. Junge Balinesen sprechen uns mit einem gewinnenden Lächeln an und fragen *"Where are you from? You just arrive? You have to see dance performance tonight!"* Wir gehen vorsichtig durch ein steinernes offenes Tor in eine Tempelanlage hinein und bestaunen die vielen kleinen und größeren Schreine und offenen Hallen, mit weißen und gelben und karierten Stoffen geschmückt, Dämonenfiguren mit weit aufgerissenen Augen und wüsten Körperhaltungen, fein-filigrane Figuren von Göttern in großen und kleinen Ausführungen, Steinmetzornamente an den Schreinen, duftende Frangipani-Bäume, alles ist berauschend. In der weitläufigen Anlage sitzen Männer in weißer Kleidung und weißen, um den Kopf gebundenen Tüchern. Frauen balancieren Körbe auf dem Kopf, darin Blüten und Räucherstäbchen, knien nieder und setzen den Opferkorb auf dem Boden ab, fächeln mit der Hand anmutig den aufsteigenden Rauch der Stäbchen in Richtung des Schreins, neigen den Kopf leicht nach vorne und legen die Hände zusammengefaltet vor die Stirn. In Stille. Gezirpe von Grillen, Krähen von Hähnen, Vogelgezwitscher. Wir beide sind auch still. Abends gehen wir zur Vorführung des *Baris*-Kriegertanzes, den die Insider im Café empfohlen haben! Die abrupten Bewegungen des Tänzers, die Augäpfel nach rechts und nach links springend, hochgezogene Schultern, horizontal ausgebreitete angewinkelte Arme, glitzerndes kurzes Kostüm in Gelb und Weiß und Grün, die winkelförmige Haltung der

Beine, der Kopf bekrönt von einem dreieckigen, vielfarbig und glitzernd verzierten Kopfputz. Eine Spannung des Körpers mit enormer Körperbeherrschung – die Sprünge und Bewegungen erzeugen sowohl Schrecken als auch Verzückung. Der ekstatische Tanz wird berauschend untermalt von heftigen schnellen metallenen Klängen, Trommeln treiben die Musik an. Ich bin wie in Trance. Ich habe später und im Laufe der Jahre viele balinesische Tänze gesehen, aber der *Baris*-Tanz ist für mich der eindrücklichste und 'balinesischste' Tanz geblieben.

Wir fuhren nach Lovina an der Nordküste von Bali. Ich verliebte mich in einen schnuckeligen jungen Balinesen, der hin und weg war von mir als Weißer, die sogar mit ihm nachhause ging und seiner Familie seine enge Verbindung mit der verheißungsvollen westlichen Welt demonstrierte, mit der Aussicht auf hoffentlich daraus resultierende Auswirkungen auf sein zukünftiges Leben. Nach der Bali-Reise habe ich ihm aus Deutschland Adidas-Schuhe geschickt, mit denen er gegenüber seiner Familie und den anderen Strand-Jungs prahlen konnte. Es gab ein paar Briefwechsel, damit hatte sich die Sache erledigt. Ich besitze noch ein Hemdchen von ihm, wir hatten es '*swapped*' (getauscht), er bekam dafür meines, als Ausdruck unserer Verliebtheit. Ob er mein Hemdchen auch noch irgendwo aufbewahrt? Viel später habe ich erfahren, dass er mit einer Deutschen zusammen ein Restaurant aufgemacht hat.

Im nahe gelegenen Ort Banjar besuchten wir das buddhistische Kloster. Seit geraumer Zeit schon hatte ich Interesse an den Lehren des Buddhismus und hatte in Deutschland an Meditationsunterweisungen und Vorträgen teilgenommen; nun war ich gespannt auf diesen Ort mit 'echten' Mönchen. Die Innenwand eines Raumes war bedeckt mit dem übergroßen Poster eines Tempelgebäudes. Ein Mönch erklärte, dies sei der buddhistische Borobudur-Tempel auf Java, ein bedeutender Bau aus alten javanischen Zeiten. Er zog mich magisch an. Altes Gemäuer! Buddhismus! Dieses Bild brannte sich mir ein, mit dem Wunsch, irgendwann dieses Bauwerk zu sehen und überhaupt mehr von Java und Indonesien kennenzulernen.

*

Zurück in Deutschland war mir schnell klar, dass ich wieder nach Südostasien wollte. Ich wollte Java bereisen, den Borobudur besuchen, wollte andere Länder wie Thailand und Malaysia kennenlernen und schließlich noch einmal nach Bali fahren. Im nächsten Jahre setzte ich den Wunsch in einer zweimonatigen Reise um, ich fand per Such-Anzeige eine Reisegefährtin. Wir verstanden uns gut, hatten gemeinsame Interessen, insbesondere den Buddhismus. In unserem ersten Land der Reise, Thailand, suchten wir im Ort Chiangmai ein Kloster auf und begaben uns in ein einwöchiges Meditationsretreat. Als Novizinnen wurden wir in Weiß eingekleidet, wir teilten uns ein Zimmer, wir schwiegen, wir aßen ein Frühstück und eine Mittagsmahlzeit, wir wurden von einer Nonne in der Vipassana-Meditation unterwiesen. In Stille sitzen, Beachten der *"four foundations of mindfulness"* – die "vier Grundlagen der Achtsamkeit", Belehrung über *anicca* – Veränderlichkeit allen Seins, *dukha* – Leiden, *anatta* – Ich-Losigkeit. Praxis und Lehre des Buddhismus sind zu einem wichtigen Teil meines weiteren Lebens geworden.

Wir setzten uns weiteren neuen Erfahrungen aus: Wir probierten Opium, es machte leicht, weich und fließend und ließ lachen und ließ verliebt sein. Wir reisten zur Insel Koh Samui, einem Insider-Tipp mit einfachen Unterkünften und Idylle. Am Strand hielt mir ein Junge einen kleinen dunkelblauen, funkelnden Stein hin. *"Saphir, Saphir"*. Ich

53

glaubte ihm nicht. Er hatte einen Hammer dabei und klopfte auf den blauen Stein, keine Kerbe, keine Versehrtheit entstand. Ich wurde neugierig. Der Junge sagt weiter *"Saphir, Saphir"*, nennt den Dollar-Betrag, den er dafür will, schlägt wieder mit dem Hammer auf das Steinchen, das sich mir nun allmählich tatsächlich als Edelstein entpuppt. Ich willige ein und kaufe den Saphir. Auf unserer nächsten Reisestation in Penang in Malaysia brachte ich den Saphir zu einem Juwelier – ein schäbiger Raum in einer wuseligen Straße mit mir dubios erscheinenden, ziemlich heruntergekommenen Läden – und ließ ihn in einen Silberring fassen. Jahre später ließ ich die Fassung in Java leicht ändern, sodass der Stein stärker im Licht funkelt, und ein schmaler Silberdraht wurde um den Edelstein gelegt, unterbrochen durch drei kleine Silberkügelchen. Die Frau eines javanischen Heilers bot mir in späteren Jahren sehr viel Geld für den Ring – er habe besondere heilbringende Kraft. Ich habe ihn ihr nicht verkauft. Diesen Ring trage ich bis heute am Ringfinger meiner linken Hand, Tag und Nacht. Dreimal musste ich den Ring ablegen. Einmal habe ich voller Schreck die leere Fassung gesehen, der Saphirstein war weg. Ich war im Flur des Malaiologie-Instituts an der Uni und war ganz aus dem Häuschen. Da funkelte etwas auf dem Boden: der Saphir! Ich habe den Ring reparieren lassen. Zweimal musste ich den Ring bei Operationen ablegen.

Java: Der Borobudur war faszinierend! Aus heutiger Sicht betrachtet, verstand ich damals kaum etwas, wusste nichts von seiner Symbolik, nichts von den Inhalten der kostbaren Reliefs mit Darstellungen der Lehre Buddhas. Ich war einfach fasziniert. Wahrscheinlich besuchten wir auch den großen hinduistischen Prambanan-Tempel, an den ich mich allerdings nicht mehr erinnere. Berührt und tief getroffen hat mich die Musik im Sultanspalast in Yogyakarta, dem *kraton*: Gamelan mit gesanglicher Begleitung von hohen Frauenstimmen. Fremdartige Tonalität, fremdartige Klänge, fremdartiger Gesang in nasalen Höhen. Befremdend und ergreifend zugleich. Ich hatte Gänsehaut. Ich glaube, diese Musik hat in mir den Zugang zu Java aufgeschlossen. Die javanische Gamelanmusik ist weicher, fließender, inniger als die dynamische balinesische Schwester. Sie setzt mein Gefühl in Schwingung. Viel später, im Zuge des Studiums der javanischen Kultur, lernte ich den Begriff *rasa* - Gefühl - kennen, es ist sowohl das Gefühl, das in der Komposition eines javanischen Gamelanstückes liegt, als auch das Gefühl, das die Spieler selbst haben, und das Gefühl, das beim Zuhörer geweckt wird: drei Ebenen von *rasa*, deren dritte ich als Zuhörerin im *kraton* erlebt habe und von deren erster ich eine allererste Ahnung bekam. Gamelan hat mich bis heute nicht losgelassen; der Borobudur und viele weitere altjavanische Tempel haben mich bis heute auch nicht losgelassen - *rasa*!

Nach dem Aufenthalt auf Java reiste ich ohne meine Reisebegleiterin alleine weiter nach Bali. Ich traute mich nicht, den schnuckeligen Jungen in Lovina aufzusuchen. Dafür fand ich in einem Amerikaner, der in Ubud ein Business betrieb, einen mir wertvollen Freund, der mir neue Seiten von Bali aufschloss: die Welt der Westler, die zum Kauf von Kunst, Schmuck, Stoffen und Ethnographica in Bali waren und in ihren Herkunftsländern damit Geschäfte machten. Ich kaufte drei balinesische Gemälde von einem Maler in Pengosekan, ich wollte mich in Deutschland als Kunsthändlerin erproben. Das Gemälde von Sutasoma, einer menschlichen Gestalt, im Maul des feuerspeienden Drachen stehend und unversehrt bleibend, hängt heute noch in meiner Wohnung. "*Sutasoma, the best*", so war die Erklärung des balinesischen Malers bei meiner Frage nach der Bedeutung der Figur. Viel später erfuhr ich den tiefen Sinn dieses

Charakters aus der altjavanischen Dichtung, dem *kakawin Suta-soma* aus dem 14. Jahrhundert. Hier erkennt Sutasoma, dass Buddha und Shiwa – Lehrer beziehungsweise Gottheit in den Religionen Buddhismus und Hinduismus – verschieden, aber doch eins sind. Diese Weisheit ist das Staatsmotto Indonesiens: *bhinneka tunggal ika* – "Einheit in der Vielfalt". Kunsthändlerin bin ich nie geworden.

In Deutschland erfuhr ich von einem Wochenende mit Vipassana-Meditation, unter der Leitung eines thailändischen Mönchs, in einem Ort in der Eifel. Ich nahm daran teil und bin jahrelang Schülerin des Mönchs gewesen. Er hatte sein Zentrum in Holland, viele Male habe ich mit holländischen und deutschen Freunden an Meditationsretreats und -Wochenenden teilgenommen. Auch wenn ich nie Buddhistin wurde, habe ich mich doch als Teil der buddhistischen Gemeinschaft, des *Sangha*, gesehen. Vipassana ist bis heute ein wichtiges Element in meinem Leben.

7

JAVA

Schon nach der ersten Reise nach Bali hatte ich erfahren, dass an der Kölner Uni das Fach Malaiologie existierte, in dem Indonesische Sprache unterrichtet wurde. Als ich den Entschluss für die zweite Reise getroffen hatte, nahm ich am Sprachunterricht teil und rüstete mich mit sprachlichen Grundlagen aus, die über den Kauderwelsch-Sprachführer hinausgingen.

In unserer Familie wurde rheinisches Platt gesprochen. Als Schulkind sprach ich ein Kauderwelsch von Hochdeutsch und Platt. Wenn ich in der Familie Platt redete, lachten alle über mich. Meine Aussprache war nicht richtig. Ich wollte nicht ausgelacht werden, also sprach ich Hochdeutsch, das ich auf dem Gymnasium schnell perfektionierte. Zuhause in der Familie war mein Hochdeutsch mit rheinischen Einsprengseln durchsetzt. Wörter mit dem Buchstaben D im Anlaut verschlossen meinen Mund, bis er mit zweimaligem Anlauf "der" oder "die" oder "dann" herausbrachte: Ich stotterte. Nur zuhause! Nachdem meine Mutter 61 Jahre nach meiner Geburt gestorben ist, spreche ich mit einer Cousine D. gerne rheinisches Platt, wir lachen uns kaputt über die komischen Ausdrücke; kein Anlauf beim "d"!

Sprachen zu lernen, machte mir in der Schule großen Spaß: Englisch, später Französisch, auch Latein. Die modernen Fremdsprachen eröffneten Zugang zu Literatur, zum Denken, zur Kultur anderer Länder. Vor späteren Reisen nach Griechenland, Italien, nach Thailand und Indonesien habe ich immer ein bisschen von der Landessprache gelernt, um nicht vollkommen "außen vor" zu stehen. In der jeweiligen fremden Sprache redete ich einfach ohne Hemmungen drauflos, auch wenn ich nur Grundkenntnisse hatte. Kauderwelsch reden – immer waren es Türöffner.

Zu der Zeit, als ich begann, an der Uni Indonesisch zu lernen, hatte ich verschiedene berufliche Tätigkeiten und Jobs: Ich arbeitete weiterhin als Studienreiseleiterin nach Frankreich und verfasste einen Denkmalführer durch eine Region in der Umgebung von Köln. In diesem Kunterbunt von Tätigkeiten und Neigungen nahm meine Vorliebe für Indonesien ein zunehmend stärkeres Gewicht ein; nach der zweiten Reise stand fest, dass es mit Indonesien weiterging. Ich schrieb mich als Gasthörerin im Fach Malaiologie ein und besuchte Seminare zu Literatur und Geschichte. Nach einigen Semestern und einem rasanten Wissens-Erwerb kam die Frage auf: Warum sollte ich nicht auch Reiseleitungen nach Indonesien machen? Die Bewerbung bei meinem Studienreiseveranstalter war erfolgreich, und ich wurde 1989 erstmalig als Indonesien-Reiseleiterin eingesetzt.

Von da an ist kein Halten mehr! Warum soll ich mich nicht offiziell für das Studium einschreiben? Meine Idee ist, im Laufe der kommenden Semester ein Stipendium für ein einjähriges Studium an einer Uni in Indonesien, am allerliebsten in Java, zu beantragen. Ein ganzes Jahr lang vertiefen, lernen, studieren, in die javanische Atmosphäre und Kultur eintauchen! Einen Vorgeschmack darauf mache ich mir selber zum Geschenk, indem ich bei einer der Reiseleitungen eine Verlängerung anhänge und einen zweiwöchigen Intensivsprachkurs Indonesisch in Yogyakarta absolviere. Eine der Lehrerinnen, die mir eine nahe Freundin wird, fragt mich, warum ich Java so mag. Diese Frage wird mir bis heute gestellt, und ich habe sie mir selber unzählige Male gestellt. Eine Antwort ist immer noch schwierig. Ist es "Schicksal", "Karma"? Es ist ein Zusammenklingen. Was sind die "javanische Atmosphäre", die "javanische Kultur" für mich? Was fasziniert mich so? Was lässt mich darin wohl und sogar zuhause fühlen?

Das Sanfte, Langsame, Höfliche der Menschen, das viele Lächeln und Lachen, nicht grob sein, Feinheit, Leichtigkeit, keinen Ärger zeigen, geduldig sein, gelassen, das Bemühen um den anderen, das Miteinandersein und sich gegenseitig helfen, miteinander philosophieren und Weisheiten diskutieren, die Kultur mit dem verfeinerten javanischen Tanz, dem Gamelan, dem Gesang, den darin steckenden althergebrachten Weisheiten. Natürlich ist das eine idealisierte Sicht, es gibt auch die dunkle Seite: Keinen Ärger zeigen, nicht Nein sagen zu wollen führen zu Unehrlichkeit. Beim Schlange-Stehen in der Post habe ich mich oft tief geärgert, wenn die Leute nach vorne drängeln und sich mit Ellbogen an den Schalter stellen: von wegen Rücksicht und Höflichkeit! Das Leben des javanischen Ideals mag denen möglich sein, die geübt haben, sich der eigenen Sinne und Gefühle bewusst zu sein und sie kontrollieren zu können; sie haben die javanischen Weisheiten gelernt und verinnerlicht. Von solchen Dingen werde ich später erst erfahren.

Ein Erlebnis hat mich geschockt: Bei einem Besuch des Sultanspalastes in Yogyakarta war ein großer Menschenauflauf nahe der hohen Mauer im Vorhof des *kraton*. Laute Rufe waren zu hören, viel Reden und Murmeln. Die Leute schauten alle wie gebannt in eine Richtung zur Mauer. Ich fragte, was los sei. Da vorne sei ein Dieb, er sei erwischt worden, man bestrafe ihn jetzt. Ich konnte durch die Menschenkörper hindurch ein paar Blicke auf den Armen erhaschen: Männer standen um ihn herum und drückten brennende Zigaretten auf seinem entblößten Körper aus. Das sei gut so, sagten die Leute, die unmittelbar vor mir standen. Ich war entsetzt: Diese feinen, höflichen Menschen, die niemandem wehtun wollen, die sich gegenseitig achten, sie können so grausam sein! Ich war drauf und dran, meine Begeisterung für Java einzupacken. Was für eine Heuchelei! Was für ein Getue! Keine Spur von Erbarmen oder Mitgefühl! Der kleine Taschendiebstahl stand für mich in keinem Verhältnis zur grausamen Bestrafung.

Über diese Widersprüchlichkeit diskutierte ich mit den Lehrern an der Sprachschule. Jahrzehntelang haben mich derartige Diskussionen begleitet, ich habe gelernt, die vielen Seiten Javas zu akzeptieren. In den alten Epen *Ramayana* und *Mahabharata*, die in den javanischen Künsten eine große Rolle spielen, gehören Gutes und Böses nebeneinander, sie kämpfen gegeneinander, sie existieren beide. Das müssen wir akzeptieren. *Nerima* – annehmen; dies bedeutet nicht Resignation. Es bedeutet, die Dinge so zu nehmen wie sie sind, sie so zu lassen wie sie sind, und damit umzugehen. Es klingt einfach, es ist zugleich weitreichend und tiefgehend; alte javanische Weisheitstexte geben Hilfen: Das ist "javanische Philosophie"! Nach und nach verstand ich ein bisschen mehr von diesen Lehren. Auch im Vipassana geht es darum, die Dinge so zu lassen wie sie sind, sie anzunehmen, und dabei uns selbst wahrzunehmen und zu beobachten. In meinem Leben sollte ich noch vieles von diesen Weisheiten lernen und üben.

*

In meinem Studium in Köln lege ich natürlich einen Schwerpunkt auf Java. Ich erarbeite mir Themen in Ethnologie, Literatur, Kunst. Mein Wissen über Java erweitert sich um viele Facetten. Meine Reiseleitungen nach Indonesien kombiniere ich häufig mit privaten Verlängerungen, so kann ich Geld-Erwerb, Begeisterung und Wissensdurst gut miteinander verbinden.

Als Hauptanliegen in der Beschäftigung mit Java schält sich das Studium der Tempelreliefs heraus. Die in Vulkanstein gemeißelten Episoden aus dem *Ramayana*-Epos am hinduistischen Prambanan-Tempel faszinieren mich, ich

60

tauche ein in das große Geschehen um den Helden Rama und seiner entführten Gemahlin Sita. Der starre Stein zeigt Figuren in dramatischen Posen und Bewegungen, zeigt eine würdevolle Figur mit Königskrone, fein gemusterten Gewändern und üppigem Schmuck. Drei männliche Gestalten, Söhne des Königs, treten auf. Der Kronprinz Rama, in stattlicher Körperhaltung, muss als Ergebnis einer List seinem Bruder Bharata die Thronfolge abtreten. Rama und seine Angetraute Sita, in Begleitung seines Bruders Lakshmana, werden in die Wildnis geschickt. Die drei sehen im Wald einen goldenen Hirsch, der behände und elegant vor ihnen umherspringt. Sita ist verzaubert und bittet ihren Gemahl, den Hirsch zu jagen und ihr zu bringen. Rama legt zu ihrem Schutz einen magischen Bannkreis um seine Gemahlin, Lakshmana soll sie bewachen, während Rama dem Hirsch nacheilt. Von ferne hört Sita den vermeintlichen Schrei ihres geliebten Rama und bittet flehentlich den treuen Lakshmana, ihm hinterherzueilen. Sita ist alleine im Bannkreis zurückgelassen. Die Geschichte wird dramatischer, ebenso die tief in den Stein gemeißelten Körperhaltungen: Ein alter Mann mit Turban, dadurch als Einsiedler gekennzeichnet, nähert sich Sita und greift in ausholender Gebärde nach ihr, die abwehrend und angstvoll ihren Körper zurückbiegt. Der alte Mann ist Rahwana, der Dämonenkönig, der Sita bereits lange begehrt und sie nun mit voller Kraft und Gewalt aus dem Bannkreis reißt. Mitten in dieses Handgemenge kommt der große Vogel Jatayu geflogen, und Sita gelingt es in ihrer Verzweiflung, den Ehering vom Finger zu streifen und ihn Jatayu zu reichen. Rahwana fliegt mit Sita davon. Rama und Lakshmana kommen von der Jagd zurück, finden Sita nicht vor, sind in Panik. In tiefer Trauer nebeneinandersitzend, die Körper zur Seite gebeugt, Rama mit seiner linken Hand den Kopf stützend, erscheint der Vogel Jatayu mit dem Ring im Schnabel. Er berichtet von dem schlimmen Geschehen.

In dramatischen Episoden wird erzählt, wie Rama bei seiner verzweifelten Suche nach Sita Hilfe findet im Affengeneral Hanuman; der tritt in die Dienste von Rama und springt über die Meerenge zur Insel Langka, wo Rahwana über die gewalttätigen Dämonen herrscht. Hanuman entdeckt Sita, die sich standhaft dem Begehren des Dämonenkönigs widersetzt. Hanuman wird zwar entdeckt, aber er entkommt den Dämonen mit einer List und springt zurück über die Meerenge. Hanuman und das Affenheer bauen nun eine Brücke aus riesigen Felsbrocken, über die Rama und Lakshmana trockenen Fußes das Reich Rahwanas beschreiten können. Es kommt zum furchtbaren Kampf mit Hauen und Stechen und Gemetzel. Der riesengestaltige Bruder Rahwanas, Kumbhakarna, schläft währenddessen in vollkommener Ruhe und kann weder durch Elefantengetrampel auf seinem Körper noch durch ein ohrenbetäubendes Muschelhorndröhnen in seinem Ohr aus dem Schlaf gerissen werden. Für ihn sind dies wohlige Körpermassage und wohlklingende Musik. Kumbhakarna hat bereits entschlossen, nicht in den Kampf einzutreten, da er die verbrecherische Tat seines Bruders verurteilt. Gleichzeitig ist er als Familienmitglied aber auch loyal. Dieser ambivalenten Situation entgeht er durch seinen gemütlichen, tiefen Schlaf und wird getötet. Schließlich zeigt dann ein Relief, wie Rahwanas toter Körper mit seinen zehn Köpfen flach auf dem Boden liegt. Um es kurz zu machen: Nach vielen Wirren kehrt Sita zu ihrem Gemahl zurück, sie leben in Frieden miteinander.

Über diese Reliefs will ich forschen, die einzelnen Szenen weiter entschlüsseln, vielleicht auch vergleichen mit Reliefs am

Borobudur. Ich bin offen für Türen und Tore, die sich in der Forschung auftun werden.

*

Währenddessen führe ich weiterhin Studienreisen nach Frankreich, fühle mich wohl in den Aufenthalten in der Provence, in den Cevennen, an der Loire. Nach wie vor liebe ich die französische Sprache, mag die französische lässige und zugleich verfeinerte Lebensart, liebe die Düfte des Südens wie Platanen und Pinien in der Sonne, liebe die Städtchen und Dörfer mit alten Kirchen und Palästen, in hellem Kalkstein, die mächtigen römisch-antiken Bauten wie Theater und Arena, Reliefs an Kapitellen in mittelalterlichen Klosterkreuzgängen, Lavendelfelder, Parfümdüfte in Grasse. Ich liebe die Wanderungen über steinige Pfade mit weiten Blicken über kahle Landschaften und an verwunschenen Bachbetten entlang, die robusten wasserspeichernden Büsche von Rosmarin, Salbei, dazwischen Steineichen und Zypressen. Die Helligkeit und Leichtigkeit, besonders in den Küstenorten, beschwingen. Den Ort Antibes liebe ich besonders und hier das Musée Picasso. Helle lichte Räume mit großen Fenstern, Gemälden und Keramiken mit Darstellungen von Meer, Strand, Fischen und Krabben, griechische Faunen-Gesichter, Frauen, Landschaften, und vor allem das Bild "*La Joie de Vivre*" (Lebensfreude), das neben einem Fenster mit Blick auf das tiefblaue Meer hängt. Es zeigt mit leichten Strichen dahingemalte Figuren aus der griechischen Mythologie, die Picasso so gerne einbrachte, sie tanzen auf einem hellbraunen und zartblauen Hintergrund.

Die Leitung von Studienreisen machen über mehr als 20 Jahre lang einen wichtigen Teil meines Lebens aus. Ich mache diese Arbeit mit Freude, sei es in Frankreich, in Indonesien, und eine Weile auch in den Niederlanden. Ich erzähle gerne, freue mich, wenn ich neugierige und zufriedene Gesichter sehe.

Dabei erfordert das Umgehen mit den Gästen oft Geduld, wenn den einen die Besichtigungen zu kurz, den anderen zu lang oder die Wanderungen zu einfach oder zu schwer sind.

Mein Interesse und meine Expertise und meine innere Verbundenheit verschieben sich aber unaufhaltsam von Frankreich nach Indonesien. Eine Weile noch geht beides parallel, irgendwann wird das Schwergewicht klar. Ich erkenne es auch an den Reaktionen der Reisegäste.

In Indonesien freue ich mich, den Gästen die Lehre Buddhas im Borobudur zu erklären, Textstellen aus den überlieferten Lehrreden zu zitieren, kleine Spaziergänge durch duftende, zart-grüne Reisfelder zu machen und unterwegs einem Reisbauern mit einer kleinen Schar von watschelnden Enten zu begegnen. Aber auch hier gibt es die unterschiedlichsten Reaktionen: Einigen Gästen ist das Tagesprogramm zu dünn, andere japsen nach Luft bei der wiederholten Besichtigung von Tempeln in der prallen Sonne, andere wiederum sind den ganzen Tag über begeistert und saugen alles auf, was sie erfahren und erleben, wieder andere wollen ständig loswerden, was für spektakuläre Abenteuer sie auf ihren anderen Reisen schon erlebt haben. Ich lerne und übe Geduld und bin froh, unseren einheimischen Begleiter zu haben, der Probleme mit Gleichmut und leichtem Humor glättet. Luxus-Hotels und einfachere Unterkünfte wechseln sich ab, auch die damit verbundenen Meckereien über zu spät auf das Zimmer gebrachtes Gepäck, fehlende Handtücher, stockfleckige Duschvorhänge, das häufig funzelige Licht in den Zimmern, die Mücken. Alles versuche ich stoisch zu richten. Lustig ist eine Geschichte in einem Hotel in Java während des islamischen Fastenmonats Ramadan: Alkoholische Getränke sind verboten. Die deutschen Gäste wollen zum Abendessen Bier! "Es gibt kein Bier", sagt die Bedienung. Die Gäste sind aufgebracht: "Das darf doch wohl nicht wahr sein!" Unser indonesischer Begleiter spricht in der Küche mit den Angestellten, und siehe da, es werden Teekannen und Teebecher serviert: In den Teekannen ist Bier. *Semua bisa diatur* (Alles kann geregelt werden) hat mal wieder, wie so oft, funktioniert. Alle Aufregung ist gelöst, man lacht und prostet dem indonesischen Begleiter zu, er hat ab jetzt einen Stein im Brett und wird am Ende der Reise ein gutes Trinkgeld bekommen. Bei den wiederholten Übernachtungen in denselben Hotels kennen mich die Angestellten inzwischen, das bei jedem Mal freudige Wiedersehen lässt mich willkommen fühlen, einige Hotels werden zu einem temporären "Zuhause". Es gibt Überschneidungen mit anderen Studienreisegruppen in den Hotels oder an gleichen Besichtigungsobjekten, mit einem großen "Hallo" und Austauschen von Geschichten – meist von Katastrophen oder anstrengenden Gästen, und wir hocken beim Bier zusammen und lachen. In der Anfangszeit der Reiseleiterarbeit sitze ich oft abends spät im Hotelzimmer und lese die Fakten für den nächsten Tag, oder ich stehe morgens ganz früh auf, muss die Abläufe und Zeiten für das Programm planen; zum Glück weiß ich, dass auf den einheimischen Begleiter Verlass ist und er alle eventuellen Probleme richten wird. Die Arbeit macht Spaß. Und vor allem, ich bin in meinem Lieblingsland und kann die mir liebgewonnenen Plätze und Inhalte und meine Begeisterung teilen! Die Gäste sind davon angesteckt. Hochachtung erlebe ich immer wegen meiner indonesischen Sprachkenntnisse. Die helfen mir auch bei den Besichtigungen und den Spaziergängen durch Dörfer und Straßen in den Städten: Ich fühle mich mit den Einheimischen verbunden, sie lassen mich mehr in Ruhe als sie es den Touristen gegenüber tun. Erzählungen und Informationen über einheimisches Leben und meine Erfahrungen während meiner privaten Aufenthalte in Indonesien werden gerne aufgenommen. Ich entwickle zwei Perspektiven: Ich verstehe sowohl die Seite der Deutschen mit ihren europäischen Gewohnheiten und Ansichten, und ich verstehe die indonesische Seite. In mir selbst habe ich beide Seelen. Ich werde zur Brückenbauerin.

8

ARJUNA

Ich höre einen Vortrag von Rüdiger Siebert, einem versierten Indonesienkenner und engagierten Journalisten, und erfahre zum ersten Mal über die Besonderheiten von Ostjava, über die dortigen kleinen alten Tempel. Bisher hatte ich nur Zentraljava kennengelernt. Das Photo von der Meditationshöhle Goa Selomangleng nahe der Stadt Tulungagung brennt sich ein: In einen riesengroßen, abgerundeten, frei liegenden Felsen ist eine breite rechteckige Öffnung geschlagen. Darüber ist schwach der verwitterte, flach gemeißelte Kopf eines Dämons *kala* zu erkennen. Wie überall in Java über altjavanischen Tempeleingängen angebracht, so schützt er hier den Zugang zur Höhle, er wehrt Böses ab. Der Vortrag zeigt auch Reliefs im Innenraum der Höhle, meine Neugierde ist geweckt.

1991 reise ich mit meinem Freund K. nach Java. Nach einem Aufenthalt in Yogyakarta geht es für mich zum ersten Mal in den Ostteil von Java; zuvor habe ich diesen Teil der Insel nur von den Besuchen des Vulkans Bromo mit den Studienreisegruppen kennengelernt. Ich empfinde die Straßen und die Orte viel klarer, geordneter, sauberer, mit weniger Verkehr als in den Städten und auf den Straßen in Zentraljava. Viele Landstraßen sind von Bäumen gesäumt, deren Stämme im Mittelteil weiß bemalt sind. Ich denke zuerst, das habe den Zweck, die Straßen heller und freundlicher aussehen zu lassen; später lerne ich, dass die weiße Farbe im Dunkeln das Licht der Autoscheinwerfer reflektieren lässt und vor Unfällen schützen soll. Wir übernachten in Tulungagung im Hotel Gajah Mas. Ein junger Mann fährt uns mit seiner Fahrrad-Rikscha, dem *becak*, durch das nette Städtchen und hinaus in Richtung Süden über eine ruhige Landstraße, an Reis-, Mais- und Zuckerrohrfeldern entlang. In der Ferne erblicken wir einen Höhenzug. An dessen

Fuß liegt unser Ziel, etwa 8 km von unserem Hotel entfernt. Heute wundere ich mich, dass der *becak*-Fahrer diese ganze Strecke geradelt ist. Wenn ich bei Google Map eingebe: "von Tulungagung nach Selomangleng mit dem Verkehrsmittel Rad", erscheint: "*Sorry, your search appears to be outside our current coverage area for biking.*" – "Es tut uns leid, Ihre Suche scheint derzeit außerhalb unserer Reichweite für Fahrräder zu liegen."

Der Fahrer lädt uns bei einer kleinen Ansiedlung ab. Er wird hier auf uns warten. Wir gehen zu Fuß über einen trockenen, staubigen Weg, der uns nach ein paar Metern zu den Überresten des kleinen Tempels Candi Sanggrahan bringt; der Wärter empfängt uns freudig, selten kommen hier Weiße vorbei. Er zeigt uns die Buddha-Figuren, die wie Miniaturen der Borobudur-Buddhas aussehen. Der Tempel ist offensichtlich ein buddhistisches Heiligtum. Von dort geht es weiter durch Buschwerk und an einem kleinen Bach entlang, von hohen und im Wind leicht rauschenden Bambusgewächsen gesäumt, bis sich ein Plateau öffnet. Dort erhebt sich der ersehnte Felsen mit der Höhlenöffnung. Der Blick geht auf eine weite, hügelige Ebene hinaus.

Als behäbiger Monolith liegt der Felsen am Fuß der Hügelkette, die Vorderseite mit der Höhlenöffnung und dem darüber eingemeißelten *kala*-Kopf ist zur Ebene hin ausgerichtet. Ein ehrfürchtiges Gefühl überkommt mich. Wir gehen auf den Monolithen zu und werfen Blicke in die Höhle. Sie ist tief in den Felsen hineingeschlagen, Reliefstrukturen sind an den drei Wänden zu erkennen. Das Niveau der Höhle liegt etwa einen halben Meter über dem Erdboden, ich klettere hinein. Drinnen rümpfe ich die Nase: Gestank umfängt mich. Er rührt von den Ausscheidungen von Fledermäusen her, die hier ihr Nachtlager haben. Spuren davon sind große weiße

Flecken auf Wänden und Boden. Mein Auge erkennt in den Steinmeißelungen figürliche Darstellungen von weiblichen und männlichen Figuren, Ornamente und pflanzliche Ranken. Auf der Rückwand sind drei Szenen auszumachen, eine der Darstellungen ist vom seinerzeitigen Vortrag in meiner Erinnerung hängengeblieben: Ein Mann im Lotussitz mit im Schoß zusammengelegten Händen ist rechts und links gerahmt von je einer weiblichen Figur, beide sind dem Mann zugewandt, eine Schöne hat ihren Arm um die Schulter des Mannes gelegt. Die Szene stellt den Helden Arjuna dar, der sich in seiner tiefen Meditation nicht stören lässt von zwei Himmelsnymphen *bidadari,* die ihn verführen wollen. In den Reliefs auf der linken Wand haben sie zuvor gebadet und sich geschmückt und für die Begegnung mit Arjuna vorbereitet. Ein weiteres Relief zeigt zwei einander zugewandt hockende männliche Figuren: Einer der beiden erhebt den Arm, so als wenn er dem anderen etwas erklären will. Hier vermittelt Gott Indra in Gestalt eines Weisen dem meditierenden Arjuna seine Lehre. Die hier dargestellte altjavanische Geschichte *Arjunawiwaha* wird mich in den folgenden Jahren begleiten. Ein Photo zeigt mich, wie ich mit langem Haar in der Höhle hocke und zärtlich zu den Reliefs blicke, ähnlich wie eine der *bidadari.*

Bei einem späteren Besuch mit meinem javanischen Freund A. meinte er mit verschmitztem Gesicht, dass Bauern bei ihrer harten Arbeit in den Feldern in der Hitze des Tages hierhin zum Ausruhen im Schatten kamen, und dass sie aus Langeweile nebenbei Löcher in den großen Felsen schlugen, sodass nach und nach die Höhle entstand; später meißelten sie als weiteren Zeitvertreib die Reliefs. Es stecke nichts spirituell Höheres in diesem Ort. Wir mussten jedes Mal lachen, wenn er diese Geschichte in späteren Jahren wieder erzählte: ein

Gegenentwurf zur akribischen archäologischen Forschung und Deutung und zur Interpretation esoterischer Symbolik.

Ein anderes Mal besuche ich mit meiner deutschen Freundin S. den Ort. Ein Photo zeigt uns mit wie schwebend anmutenden, tanzenden Körperhaltungen. Wir sind Himmelsnymphen und haben unser kürzlich gegründetes Reiseunternehmen "Bidadari-Reisen" genannt.

Bei meinem jüngsten Besuch – knapp 30 Jahre nach der ersten Begegnung mit Arjuna in der Goa Selomangleng – steht ein junger Mann aufrecht in der Höhle, sein Gesicht der Rückseite zugewandt. Er lässt Töne erklingen, *ohm, ahhhh, waaauuuu,* er singt, es hallt tief nach. Wir probieren aus, an welcher Stelle der Höhle der Klang besonders intensiv ist; sie scheint im linken Bereich vor der Rückwand neben der Verführungsszene zu sein. Eine neue Entdeckung!

*

K. und ich ziehen weiter zum Städtchen Blitar, wir wohnen im Hotel Sri Lestari. Es hat den verfallenen Charme einer ehemals luxuriösen Anlage aus der Kolonialzeit. Wir werden durch ein niedriges steinernes Tor mit darüber angebrachtem Dämonenkopf wie durch einen Tempeleingang zu einem Hof mit kleinem Wassertümpel geführt, im rechten Trakt liegen die Hotelzimmer, wir wählen eines auf der luftigen ersten Etage, Korbstühle stehen auf dem Gang. Essen gibt es im Restaurant vorne zur Straße hin, auch hier vergangener kolonialer Charme mit schmiedeeisernen schmalen Säulen. Alles ist zum Wohlfühlen. Gegenüber vom Hotel auf der anderen Straßenseite ist ein Goldgeschäft, auf der Wandfläche über dem Laden steht der Name des Geschäfts *Semar* und darüber ist eine dickbäuchige Gestalt gemalt. Im Laufe vieler folgender Jahre werde ich diesen Schriftzug und die dickbäuchige Gestalt immer mehr verblassen und verwittern sehen und sie oft photographieren; der Goldladen wurde irgendwann geschlossen. Semar ist der göttliche Spaßmacher aus dem Schattenspiel.

Der Besuch des Panataran-Tempels in der Nähe von Blitar steht an. K. hat morgens Bauchschmerzen. Ich fahre alleine zum Candi Panataran, nehme einen *angkut*, eine Art Sammeltaxi, in dem gebückt und gequetscht acht bis 10 oder sogar noch mehr Passagiere sitzen. Nach einer dreiviertel Stunde Fahrt, die zunächst kreuz und quer durch das Städtchen führt und ständig Passagiere aus- und neue einsteigen lässt, dann über eine leicht ansteigende Ebene mit üppig grünen Reisfeldern, hält das klappernde und ratternde Fahrzeug an. Ich winde mich aus dem Gefährt heraus, zahle meinen Obolus und stehe vor einem hohen Stacheldrahtzaun. Dahinter erstreckt sich eine Ansammlung von kleineren und größeren, flachen und hohen Bauten. Im Zaun ist ein Zugang zur Anlage, hier erheben sich rechts und links zwei gewaltige, mehr als zwei Meter hohe Dämonenfiguren. Dicke Körper und Köpfe, kugelrunde, weit geöffnete Augen, in halb kniender Haltung, schlagbereit eine Keule in der Pranke haltend, eine Mähne von lockigem bis zur Hüfte herunterwallenden Haar, eine grimmige Fratze: Sie schrecken ab, das ist ihre Aufgabe. Ihnen unwillkürlich Ehrfurcht erweisend, trete ich zwischen den beiden Figuren in die Anlage ein. Zur rechten Seite ist ein kleines Gebäude, in dem ein Wärter sitzt und mir sein großes Heft hinhält, in dem ich Name, Herkunft und Anliegen des Besuchs sowie den freiwilligen Eintrittsbetrag eintrage; den Geldschein lege ich zwischen die Seiten des Hefts und klappe es zu. Dann beginne ich meinen Gang durch die weite Anlage. Nebeneinander und hintereinander, scheinbar ohne System, sind Gebäudesockel, Fundamente, hochaufragende Bauten verteilt, dazwischen Reste von Trennmauern zwischen den offensichtlich drei aufeinanderfolgenden Höfen. An den Schwellen zum jeweils nächsten Hof stehen wieder steinerne Dämonenpaare, sie sind kleiner und weniger furchterregend, sie erzeugen bei mir nicht solche Ehrfurcht wie bei den Eingangs-Dämonen.

Im hinteren Hof liegt das größte Gebäude, weit ausladend mit drei aufeinander aufbauenden Terrassen, oben von einem Plateau abgeschlossen. Die Außenwände sind ringsum mit Reliefs versehen. An der unteren Terrassenmauer sind es einzelne Panelen, die jeweils eine Szene darstellen: Figuren kämpfen mit Waffen gegeneinander, einige haben die typischen runden Augen und das wilde Haar der Dämonen, ich erkenne eine wiederkehrende Figur mit einem Affenschwanz. Zwischen den Panelen ist jeweils ein Medaillon-Ornament mit Abbildungen von Elefanten, Hunden, Pferden, einer Eule, einem Pfau, einer Ente eingefügt. Die Affen lassen mich an das *Ramayana* aus dem Prambanan-Tempel denken: Ist hier vielleicht die gleiche Geschichte dargestellt? Zwei Steintreppen rechts und links laden zum Heraufsteigen ein. Auf der zweiten Terrasse empfangen mich weitere Reliefs. Hier sind es fortlaufende Darstellungen ohne Trennung in einzelne Szenen, Figuren erscheinen in schreitenden Positionen, halten Dinge in den Händen, verbeugen sich und knien vor anderen Gestalten, dazwischen Pferde, eine sitzende Figur mit Aureole, Wasserkännchen mit herausfließendem Wasser, Darstellungen von Architektur. Es ist offensichtlich die Abfolge einer Geschichte, die sich mir absolut nicht erschließt. Ich folge der Geschichte im Uhrzeigersinn, entsprechend der Ausrichtung der Figuren und der Stellung der Füße, und umrunde die Terrasse. Wieder führen Treppen hinauf zu einer weiteren Terrasse. Die Außenwände sind hier nicht mit erzählenden Szenen, sondern mit geflügelten Tier-Skulpturen geschmückt. Darüber dann das Plateau: Hier kann der Blick über die gesamte Tempelanlage schweifen und ich erkenne meinen Weg, den ich – wie durch ein Labyrinth – zwischen den einzelnen Mauerresten und Bauten zurückgelegt habe. Jahre später werde ich bei wiederholten Besuchen dieses Labyrinth verstehen, ich werde die Reliefgeschichten verstehen, ihre Symbolik, ich werde die Bedeutung des gesamten Tempels erfassen, ich werde das kleine Wasserheiligtum finden, das mir beim ersten Besuch entgangen ist. Ich werde den Tempelwärter als einen treuen Freund gewinnen. Aber selbst bei diesem ersten Besuch, wo ich noch nicht viel verstehe, nehme ich das Besondere dieses Ortes wahr, spüre Ehrfurcht, bin in der prallen Sonne in langsamem Tempo umhergeschritten. Außerhalb, unmittelbar hinter dem Stacheldrahtzaun sind kleine Buden aufgebaut, ich bestelle einen Kaffee, der wird mir durch den Zaun gereicht; auf einer Holzbank sitzend genieße ich im Schatten unter Baumkronen die Stille und das heiße süße Getränk! So wie Indonesier trinke ich in der Hitze gerne Heißes.

Zurück im Hotel, erzähle ich begeistert von meinem Ausflug und dem Tempel. Ich schlage vor, am nächsten Tag noch einmal hinzufahren, aber wir verwerfen den Plan schließlich. In späteren Jahren werde ich viele Male wieder herkommen.

Wir spazieren durch die Hotelanlage mit ihren verschiedenen Trakten und Höfen und geraten in den hinteren Teil des alten Kolonialgebäudes. Auf der Veranda stehen Musikinstrumente, von niemandem bewacht. K. setzt sich an die Trommel und schlägt sie munter rhythmisch an. Ich setze mich an eines der Metallophone und bemühe mich, mit einem bereitliegenden Schlegel eine Melodie hervorzuholen. Wir sind eine ganze Weile vertieft, finden einen gemeinsamen Rhythmus und freuen uns. Es ist meine "Initiation" in das Gamelanspielen.

*

1992 ist es so weit, dass ich mich für ein einjähriges DAAD-Stipendium in Indonesien mit einer Forschung zu den Reliefs am Prambanan-Tempel bewerbe, aber ich falle durch die Prüfung durch. Eine Begründung ist, dass ich bereits zu viel Wissen einbringe, als dass eine Forschung innerhalb eines Grundstudiums an einer indonesischen Universität gerechtfertigt wäre. Enttäuscht und sauer über die Ablehnung, aber umso weniger gebremst in meinem Vorhaben, beschließe ich, das Studium an der von mir favorisierten Universität Gajah Mada in Yogyakarta auf ein Semester begrenzt auf eigene Faust und mit eigener Finanzierung anzugehen. "Fördernd ist Beharrlichkeit!", dieser Spruch aus dem I-Ging hilft in solchen Lebenslagen.

Im September begleite ich eine Reisegruppe, am Ende der Reise bleibe ich in Indonesien und beginne mein Semester an der Universität in Yogyakarta. Ich belege ein enormes Pensum an Fächern und Vorlesungen: Javanisch, Altjavanisch, altjavanische Archäologie und Tempelarchitektur, *karawitan* (Gamelan). Meine Javanisch-Lehrerin bringt eines Tages Noten mit und lädt mich ein, javanischen Gesang *macapat* zu lernen - kennt sie mein Gesangstalent? Außerhalb der Uni nehme ich privat Altjavanisch-Stunden bei dem hochgeschätzten betagten emeritierten Dozenten Ki Padmapuspita. Ich lerne javanischen höfischen Tanz beim renommierten Romo Sasmita und seiner Frau Ibu Tiyah im Dalem Pujokusuman. Ich übe Gamelanspielen in einem Dorf mit einer Gruppe von Lehrern, angeleitet vom Vater des *Sun-Silk*-Jungen, der mich mit wehenden duftenden Haaren auf seinem Moped zum Dorf fährt. Bei einer dieser Fahrten darf ich vorne sitzen und lerne Moped-Fahren. Ich sauge Java auf. Türen und Tore öffnen sich.

Eine Handvoll deutscher Studienkollegen und -kolleginnen mit Stipendium ist gleichzeitig mit mir an der Uni. Unsere häufigen Treffen erweitern sich schnell durch indonesische

Kommilitonen. Wir sind begierig, voneinander zu lernen. Oft sitzen wir abends in *lesehan-warungs* an der beliebten Malioboro-Straße im Stadtzentrum oder am Rand des großen Platzes *Alun-Alun* vor dem *kraton* zusammen auf dem Boden und essen *nasi gudeg* aus gekochtem Nangka-Fruchtfleisch, trinken süßen Tee oder das heiße Ingwergetränk *ronde*. Junge Musiker gesellen sich mit Gitarren dazu und singen Evergreens wie "*It never rains in California*" oder "*Imagine*" mit gebrochenem Akzent. Andere Musikanten spielen auf einer Zither und singen traditionelle Lieder, halten dann eine selbstgebastelte Tüte aus Aluminiumfolie und Papier hin und bitten um einen Obolus – *ngamen*. Es ist warm, mit einer gleichzeitigen angenehmen Kühle, wohltuend nach einem heißen feuchten Tag. Wir reden über Gott und die Welt, über das Leben in Java und Indonesien, in Deutschland und Europa. Die indonesischen Freunde wollen alles darüber erfahren, wie wir als Studenten in Europa leben; vor allem sind sie neugierig, wie es bei uns mit Sex gehalten wird. Wir Deutschen entwickeln den Plan, solche Diskussionen aus den kleinen privaten Zirkeln hinauszutragen in ein größeres Forum. Wir arrangieren eine Veranstaltung an der Uni zum Thema "Freie Sexualität in Deutschland". Der Zustrom ist riesig. Der Vorlesungssaal ist gefüllt. Wir deutschen Studenten erzählen von der Entwicklung des Umgangs mit Sexualität seit der Bewegung der 1968er, der Ablösung von der Moral unserer Eltern-Generation, dem freien Zusammenleben von unverheirateten Paaren und von Wohngemeinschaften, vom Küssen in der Öffentlichkeit. Es kommen zunächst zaghafte und schüchterne Fragen aus dem Publikum und dann zunehmend konkretere: "Was sagen die Eltern zum freien Leben ihrer Kinder? Leben alle jungen Leute auf diese Weise? Ist diese Art von Leben eher bei Künstlern und Studenten üblich, nur in der Stadt oder auch auf dem Land?" Wir erklären, dass es sehr unterschiedliche Lebensweisen bei uns gibt, dass es auch unangenehme Auswirkungen gibt, wie z.B. häufiger Wechsel zwischen Partnern mit gegenseitigen emotionalen Verletzungen, Unsicherheiten über die Zukunft, Konflikte mit Eltern und Verwandten, und dass es durchaus auch junge Leute gibt, denen feste Partner und Heiraten und Gründen einer Familie mit gesichertem Job wichtig sind. Es gibt so viel Diskussionsstoff, dass wir aus diesem einen Treffen eine Serie machen. Die Sensationslust, die anfangs einen Großteil der Studenten gelockt hat, entwickelt sich zu tiefgreifenden Diskussionen und Gesellschaftskritik sowohl in Bezug auf Europa als auch auf Indonesien. Wir lernen tatsächlich viel voneinander. Weitere Freundschaften entwickeln sich. Aus heutiger Perspektive finde ich es enorm, dass wir damals die Erlaubnis von der Universitätsleitung für diese öffentlich bekanntgegebenen Veranstaltungen zum Thema "Sex" bekamen. Heute, wo streng-islamische Lebensprinzipien auch das Leben an den Universitäten immer stärker bestimmen, ist so etwas absolut nicht mehr denkbar.

Ich fahre gerne nach Parangtritis, dem etwa 20 km südlich von Yogyakarta gelegenen Küstenabschnitt, manchmal mit Freunden, manchmal alleine. Ich spaziere am breiten Sand-strand entlang, lasse den heftigen Wind durch meinen Rock und mein Haar wehen, halte die Sandalen in der Hand und springe immer wieder mal in die Luft vor Freude über die emp-fundene Freiheit. Das wild rauschende Meer mit hohen Wellen tut das seine dazu. Es ist verboten, hier zu schwimmen. Ich würde es auch gar nicht wagen. Es heißt, dass die Göttin des Südlichen Meeres hier lebt und Menschen in ihr tief im Meer liegendes Reich verschlingt. Wenn man am Strand grüne Klei-dung trägt, läuft man Gefahr, von der Göttin geholt zu werden.

Also trage ich einen unverfänglichen rosa Rock mit weißer Bluse. Oft werde ich bei solchen Spaziergängen von Leuten gefragt: "*Kok sendirian*" – "Ach, du bist ganz allein", mit mitleidigem und erstauntem Tonfall. Ich antworte jedes Mal lachend, dass es mir Spaß macht. Es gibt auch junge Paare, die am Strand nebeneinander hocken und sich hier sogar trauen, sich in den Arm zu nehmen. Kleine Bauten am Rand des Strandes haben nach vorne hin Buden, wo man Hühnersuppe, Tee und Kaffee bekommt und in Ruhe auf das Meer schauen kann. Im hinteren Teil werden kleine Kammern angeboten zum "*istirahat dan mandi*" – "ausruhen und duschen". Dorthin verschwinden, vor allem im geschützten Dunkel des Abends, die Liebespaare. Parangtritis ist bekannt für den freien Sex, der hier praktiziert wird, vor allem auch mit Prostituierten. So sieht es aus mit der nach außen demonstrierten Moral! Mich fragte einmal ein junger Straßenverkäufer in Yogya, ob ich mit ihm nach Paris fahre ... Gemeint war Par-angtrit-is! Ich habe das Angebot mit ungläubigem Gesicht abgelehnt.

Indonesische Freunde, die ich von meinen vorherigen Aufenthalten in Yogyakarta kenne, helfen mir bei der Wohnungssuche. Ich ziehe in ein kleines Haus am Stadtrand neben Reisfeldern. Dass ich als Frau alleine ein Haus bewohne, wird von den Nachbarn zunächst mit Argwohn betrachtet. Offiziell wohnt eine indonesische Freundin mit mir zusammen, sie taucht oft bei mir auf, das glättet die schiefen Blicke. Unmittelbar hinter dem Haus neben den Reisfeldern ist ein Stand, in dem nachts Männer sitzen und auf den *kampung*, den dorfähnlichen Stadtteil, aufpassen. Sie sind freundlich zu mir und sagen immer wieder, dass ich nicht *takut* (ängstlich) sein brauche. Ich fühle mich durch sie tatsächlich geschützt. Angst machen mir bloß die Ratten und die Kakerlaken, die ich oft in Küche und Bad zu sehen bekomme. Die Ratten rasen zum Glück von selber schnell weg, aber Kakerlaken schlage ich mit einem Schuh tot, es ekelt mich jedes Mal an.

In den ersten Wochen in Yogya war ich Fahrrad gefahren; ich kam immer in Schweiß gebadet an der Uni an und fühlte mich ungepflegt. Dann habe ich mir ein Moped zugelegt. Das Mopedfahren wurde mir eine große Freude, mit Wind im Gesicht, egal ob gemischt mit Schwaden von Abgasen oder Duft von Reisfeldern. Leider musste ein Helm auf den Kopf. Mit dem Moped mache ich größere Ausflüge, zum Prambanan-Tempel, finde Wege und Sträßchen, die wenig befahren sind und durch kleine Ansiedlungen und an Reisfeldern vorbei führen, es duftet von den Reisfeldern her, wenn die Reispflanzen in frischem Grün stehen, in der Ferne ist bei klarem Wetter der Merapi-Vulkan zu sehen. Hier nehme ich den Helm oft ab und lasse den Wind durch die Haare wehen. Zwischendurch mache ich Stopp an Essständen und Büdchen, ich werde Stammgast bei einem kleinen Laden, lerne die Betreiberin kennen, ihr kleines Kind, ich sehe zum ersten Mal den großen – für indonesische Babys normalen – muttermalartigen Flecken auf dem Rücken. Ich liebe dieses Herumfahren. Eine Strecke von 40 km fahre ich bis zum Borobudur-Tempel, schlängele mich durch kleine Nebenstraßen und frage unterwegs nach dem Weg; mein Orientierungsgefühl und eine grobe Straßenkarte helfen mir. Am Borobudur wohne ich im Losmen einer liebgewonnenen Familie, die mich immer mit einem Erstaunen herzlich willkommen heißt, wenn ich erschöpft und frohgelaunt dort ankomme. Natürlich besuche ich den Borobudur, der mich über viele Jahre hin anziehen wird.

Über eine deutsche Freundin lerne ich eine indonesische Familie kennen: Vater und Mutter und 13 erwachsene Söhne und Töchter, von denen nur noch ein paar im Haus der Eltern wohnen. Sie werden mir zu nahen Freunden und zur häufigen liebgewonnenen Anlaufstelle. Der Vater ist buddhistischer Lehrer, die Mutter hat die Kinder großgezogen. Ich gehe regelmäßig zu ihnen für Tandem-Unterricht: Ich mache mit dem Vater Javanisch-Konversation und die Mutter mit mir Deutsch-Konversation. Gleichzeitig lerne ich wieder mehr von der javanischen Welt. Es ist ganz selbstverständlich, wenn ich dort auch unangemeldet auftauche; manches Mal gibt es gemeinsame Unternehmungen mit den Söhnen. Als ich in mein Haus einziehe, bekomme ich von der Familie ein grünes Moskitonetz, ein ganz wichtiges Zubehör am Rande der Reisfelder! Als der Vater in späteren Jahren starb, war ich zufällig in Yogya und habe mich als Trauergast unter die vielen Söhne und eine Tochter gemischt. Die Mutter wurde seither zunehmend agiler, las buddhistische Bücher, nahm an Meditationsretreats, an einem Englisch-Konversationskurs teil, ging zur Gymnastik. Sie lachte viel und hatte bis ins hohe Alter ein hübsches Gesicht mit vollem Mund. Bei einem Aufenthalt in Yogya viele Jahre danach bin ich als Erstes zum Haus der Mutter gefahren, sie war schon lange krank. Wie habe ich mich gefreut, sie – zwar klein und etwas verwirrt geworden – vorzufinden, mit ihrem so offenen Lachen! Ein Jahr später hat mich einer der Söhne zum Grab seiner beiden Eltern gefahren, wir haben Blüten darauf gestreut und Räucherstäbchen angezündet.

Meine Freundin von der Sprachschule in Yogya half mir bei vielen kleinen Dingen, wir unternahmen kleinere Ausflüge, wir kochten zusammen. Gelegentlich war mir ihre Fürsorge allerdings zu viel, ich hatte auch Bedürfnisse nach Alleinseine und drückte es ihr gegenüber aus. Ich habe einen Brief von ihr, in dem sie über diese für sie paradox erscheinende Haltung schreibt: "Lydia möchte *sendiri* (alleine) und gleichzeitig in

Verbindung mit Freunden sein." Für viele Indonesier ist dies befremdend, sie fühlen sich am wohlsten im Beisammensein mit Menschen, dann sind sie in der Welt. Jahre später hat ein javanischer Freund genau dies auch zu mir gesagt: "*Mau sendiri dan tak sendiri.*" (Du willst alleine sein und doch nicht alleine sein). Ja, es stimmt.

Ich traute mich, den niederländischen Jesuitenpater und hoch angesehenen Gelehrten P.J. Zoetmulder aufzusuchen, der in Yogyakarta lebte. Er ist Experte für altjavanische Literatur. Ich treffe ihn in seinem Arbeitsraum: Die Wände sind voller Regale mit eng und dicht stehenden Büchern, auch auf dem Schreibtisch und auf Nebentischchen stapeln sich Bücher und Papiere. Der übliche leichte Geruch nach Kampfer hängt im Raum, er soll die Motten von den Büchern abhalten. Pater Zoetmulder begrüßt mich mit lächelndem, gütigem Gesicht. Als ich mich als Deutsche vorstelle, erzählt er, dass seine Familie aus Deutschland stammt, ihre Vorfahren hatten in der Nähe von Hannover eine Mühle. Sie waren Müller – "*mulder*" auf Niederländisch; er erzählt auch von der Bedeutung des Wortteils "*zoet*" = süß. An seine weiteren Erklärungen erinnere ich mich nicht mehr: Gab es früher Mühlen, die Süßes mahlten? Ich erinnere mich auch an keine weiteren Einzelheiten meines Besuchs, außer dass ich mich sehr geehrt fühlte, von ihm empfangen worden zu sein und ein freundliches Gespräch zu führen: Vielleicht sprachen wir über seine tiefgehenden Forschungen und meine ersten Gehversuche in der altjavanischen Literatur? Zoetmulder ist es, der die esoterische Bedeutung der altjavanischen Dichtung erkannt, diskutiert, analysiert und schließlich in einem Buch öffentlich zugänglich gemacht hat. Im Laufe meiner späteren Forschungen bin ich immer tiefer in seine Auslegungen und sein Wissen eingestiegen. Zoetmulder schreibt von Schönheit, Verzückung,

Ekstase als die tragenden Elemente der altjavanischen poetischen Werke.

*

Es zieht mich wieder nach Ostjava. Als eines von mehreren Zielen möchte ich zum ökologischen Bildungszentrum PPLH (*Pusat Pendidikan Lingkungan Hidup*), südlich der Großstadt Surabaya gelegen. Im PPLH, inmitten üppiger tropischer Natur, bleibe ich ein paar Tage. Was für ein beglückender Ort! Der Gründer und Leiter des Zentrums hat mit seinen Ideen und Inspirationen eine Schar von Mitarbeitern zusammengebracht, die mit Enthusiasmus und Kreativität ökologisches Bewusstsein und Handeln praktizieren und es in Kursen und Aktionen für Kinder und Erwachsene weitergeben. Die Lage abseits von Besiedlung und Straßen rahmt und unterstützt diesen lebendigen Geist. Ich soll in Zukunft oft wiederkommen, der Ort wird mir zu einem Refugium werden.

Ich habe mit einer deutschen Freundin aus Yogya verabredet, uns zu einem späteren Zeitpunkt an einem bestimmten Ort nicht weit vom PPLH zu treffen und die Reise durch Ostjava gemeinsam fortzusetzen. Wir haben die Landkarte studiert und als Treffpunkt eine Abzweigung von der vielbefahrenen Durchgangsstraße im Ort Trowulan festgelegt, dort, wo es zum Museum Trowulan geht. Gegen Mittag wollen wir an der Straßenecke aufeinander warten, so haben wir es beim Abschied in Yogya ausgemacht; es wird bestimmt einen *warung* in der Nähe geben. Ich finde ungefähr zur verabredeten Zeit einen *warung* direkt an der Straßenkreuzung und trinke einen Kaffee, esse eine Hühnersuppe *soto ayam*, eingehüllt in den tobenden Lärm und die Schwaden von Abgasen der vorbeirasenden Lastwagen, Bussen und Pickups, und da steigt sie auch schon aus einem Bus direkt an der Ecke aus. So funktioniert das in diesen Zeiten vor WhatsApp und Google Map. Wir besuchen die Ausgrabungsstätten und das Museum in Trowulan. Majapahit, das alte glorreiche Königreich, das über 200 Jahre lang bis etwa zum Jahr 1500 herrschte und die Endphase der hindu-buddhistischen Zeit in Java ausmacht, hatte hier seine Hauptstadt. Bauten aus rotem Backstein erheben sich in recht großer Entfernung voneinander, wir nehmen ein *becak*, dessen Fahrer uns herumfährt. Dieses Areal und seine Bauten haben es mir nie besonders angetan, sie rühren bei mir nichts an, das ist bis heute so. Vielleicht liegt es daran, dass hier die politische Macht geballt ist mit profanen Bauten wie die Eingangstore zum Stadt- und Palastareal und die Fundamente von Stadtarchitektur. Die wenigen sakralen Stätten gehen fast unter.

Später fahren wir auch zur Höhle Selomangleng: Ich freue mich, die Reliefs mit Arjuna und den Himmelsnymphen wiederzusehen. Nachdem ich in Yogya in das Studium des *Arjuna-wiwaha*-Werks eingestiegen bin, verstehe ich nun die Szenen besser und kann sie meiner Freundin erklären. Wir besuchen eine weitere Höhle, auch mit einer Darstellung der Verführungsszene aus dem *Arjunawiwaha*; hier ergreift mich allerdings nicht die gleiche Ehrfurcht wie in Selomangleng - ich weiß nicht warum. Dieses Phänomen erlebe ich immer wieder: Es gibt alte Stätten, die mich still und ergriffen machen, und andere lassen mich kalt.

*

In meinen Privatstunden in Altjavanisch hat mein Lehrer Ki Padmapuspita als spezielles Lernobjekt das poetische Werk *Arjunawiwaha* ausgewählt. Der Held wird von den Göttern drei Tests unterzogen: Er besteht im Kampf gegen Gott Shiwa, er widersteht den Verführungskünsten der sieben betörenden Himmelsnymphen *bidadari*, und er begreift die Lehre von Gott

Indra. Die poesievollen Beschreibungen der *bidadari* – ihr Gleiten durch die Lüfte über hügeligen Landschaften voller Grün und Schluchten mit murmelnden Bächen und verzauberndem Vogelgesang, ihr Baden im Fluss und das Auflegen von Duftwassern und -salben, ihr Einüben von erotischen Posen und verführerischem Lächeln, das feine Schwärzen der Zähne und das Auflegen von Rouge auf Lippen und Wangen – solch einer Schönheit und Verzückung erliege auch ich als Leserin. *Langö* entsteht! Ki Padmapuspita eröffnet mir, dass das Ziel des Dichters eines altjavanischen Gedichts *kakawin* ist, diesen Zustand von *langö* – Verzückung und Ekstase – zu erzeugen, so wie es auch Zoetmulder dargelegt hat. *Langö* kommt in den Inhalten der Geschichte, der Sprache und des Reims und vor allem in den poetischen Beschreibungen von Schönheit der Natur und von Erotik zum Ausdruck. Der Dichter selber wird *langö* erleben, sich über das Weltliche erheben und dadurch die Vereinigung mit einer Gottheit erreichen; der Leser wird *langö* erfahren und die Vereinigung mit dem Überweltlichen erleben. Esoterik und Tantrismus – mir bis dahin nur aus der europäischen New-Age-Bewegung bekannt – lerne ich in subtilster Weise kennen. Im weiteren Verlauf des *Arjunawiwaha*-Texts sucht Gott Indra in der Gestalt eines Weisen Arjuna auf und spricht über das Verhaftetsein der Menschen an äußeren Verführungen durch die Sinne. Sein Vergleich dieses Zustands mit dem Schattenspiel, dem *Wayang*, ist eine der tiefst-philosophischen Betrachtungen in altjavanischer Dichtung. Noch begreife ich all diese Weisheit nicht. Eines Tages fragt mich Ki Padmapuspita lachend: "*Are you looking for truth or for reality?*" Ich ahne, dass die Antwort auf diese Frage die Essenz des *Arjunawiwaha* ist, dass diese Essenz auch für mich persönlich gilt, und dass sich hier ein Tor öffnet.

Die Betrachtung und Erforschung der Reliefdarstellungen des meditierenden Arjuna in altjavanischen Tempeln soll meine Magisterarbeit werden.

Das Bild des Mondes ist in einem Topf zu finden, der mit Wasser gefüllt ist,
Ebenso enthält alles, was klar und rein ist, den Mond.
(Arjunawiwaha 11.1)

Mein Vipassana-Lehrer in Holland führte oft einen ähnlichen Vergleich an: So wie sich in einem turbulenten, aufgewühlten See langsam die Algen und der Schlamm legen und das Wasser klar wird, ist es beim Meditieren, wenn sich das anfangs verworrene Denken und Fühlen bei durchgehender Praxis zu Ruhe und Klarheit wandelt und damit zur Einsicht.

Dann kann sich auch der Mond im Wasser spiegeln.

*

Schon als Kind und Jugendliche habe ich gerne den Mond und vor allem den Vollmond angeschaut. Meine Eltern sagten dann: "Du bist mondsüchtig", mit einem leicht spöttischen Gesichtsausdruck. Bis heute erblicke ich oft ganz plötzlich, selbst in der Stadt, die Mondsichel oder den zunehmenden und abnehmenden Mond mitten zwischen den Häusern oder über der Landschaft, wie magisch angezogen; ich kenne das kaum von jemandem sonst, zumindest nicht in Deutschland. Wenn ich den Vollmond erblicke, erlebe ich immer eine kurze Schrecksekunde, dann kommt Glück auf. Manchmal fahre ich mit dem Rad herum und suche den aufgehenden Vollmond im nahgelegenen Park – ich kenne hier die Stellen, wo der Vollmond zeitgleich mit dem Sonnenuntergang aufgeht. Auch am Dom oder am Rhein habe ich bezaubernde Vollmonde gesichtet. Candrakirana, der "Mondstrahl", ist ein anderer Name für Sekartaji.

An dem Tag im Winter, als mein Vater stirbt, ist es 10 Grad unter Null. Straßen, Landschaft, Häuser, alles ist mit Schnee und Eis bedeckt. In der Nacht steht der Vollmond am klaren Himmel, ich spaziere durch das Dorf – das Leuchten der weißbedeckten Häuser, der Straßen und der Gärten im Mondlicht ist ergreifend. Am Abend, bevor meine Mutter stirbt, habe ich ein Photo vom Vollmond über dem Dom gemacht, neblig verschwommen, ergreifend.

In Indonesien gilt die Vollmond-Nacht – *purnama* – als magisch.

*

Nach sieben Monaten in Java habe ich, zurück in Deutschland, das große Glück, dass der neue Leiter der Malaiologie an der Universität Köln Altjavanologe und Kenner des *Arjunawiwaha* ist. Professor Peter Pink begleitet und unterstützt mich in meiner Forschung, Gespräche über philosophische Fragen bereichern mein Wissen und Verstehen. Ich werde meine Magisterarbeit zu den Darstellungen von "Arjunas Askese" schreiben.

9

MATTHIAS

"Kind, komm nur ja nicht mit einem Indones nachhause!" Meine Mutter befürchtet, ich verfalle einem indonesischen Mann. Ich erzähle von Reisfeldern und Reisernte und Vulkanen in Indonesien, ein bisschen von den Tempeln und den Reliefs, von javanischer Musik. Ich spreche wenig von den Menschen, die ich dort kenne; es würde sich fremd anfühlen. Die Reaktion auf meine Erzählungen ist häufig so: "Guck mal draußen, wie die Amsel auf dem Balkon herumhüpft." "Guck mal, es fängt gleich an zu regnen." Ich schweige mitten im Satz. Ich treffe einen Bekannten im Dorf, er sagt mit einer Spur von Bewunderung in der Stimme, dass ich ja viel in der Welt herumkomme; wann denn die nächste Reiseleitung nach Indonesien losgeht. Ach, da hat wohl ein Mitglied meiner Familie über die Exotin erzählt? Anscheinend mit Stolz, denn die Leute im Dorf geben doch bloß Erfolgsmeldungen über ihre Kinder zum Besten. Ich bin im Garten und sehe meinen Vater am Gartenzaun im Gespräch mit einem Nachbarn; ich komme dazu. Mein Vater sagt zum Nachbarn: "Unsere Lydia macht ja weiter ihre Reiseleitungen, sie kommt in der Welt herum." Höre ich da einen Unterton von Stolz heraus? Warum nicht unmittelbar mir, seiner Tochter, gegenüber?

Mein Vater sagt einmal zu mir: "Du bist ein Fremdkörper." Ich bin wie vor den Kopf gestoßen, aber gleichzeitig fühle ich mich verstanden. Ich sehe mich ja selbst als Exotin innerhalb der Familie. Mein Vater sagt auch oft: "Du bist ein Wandervogel." Das klingt nett. "Wir haben früher leider nicht die Gelegenheiten dafür gehabt" ist ein weiterer häufiger Satz von ihm. Er hätte gerne eine höhere Ausbildung gemacht, mehr gelernt, wäre gerne weiter in der Welt herumgekommen, gab sich gerne weltmännisch. Ich mache das, was ihm verwehrt war, ich führe seinen 'inneren Auftrag' aus. Es erfüllt ihn einerseits mit Stolz und zugleich mit Neid. Und er ist irritiert dadurch, dass er nicht mithalten und nicht verstehen kann, was ich in der weiten Welt erlebe und lerne. Seinen großen Wunsch, einmal nach Afrika zu reisen und die großen Tiere dort zu sehen, hat er nie verwirklicht. Zu seinem 80. Geburtstag verfassten meine Schwester und ich ein Gedicht zu seinen Ehren und schmückten es mit Photos aus. Ein Photo zeigt mich auf dem World Trade Center im Jahr 1986, dazu der Text "Lydia reist in der Welt, was dem Papa gut gefällt." Über der gesamten Familie meines Vaters – sowohl seine Geschwister als auch der eigene Vater – liegt ein Schleier von großen unerfüllten Wünschen. Eine seiner Schwestern hat Gedichte geschrieben und eine Unmenge an Büchern über Geschichte und Religion gelesen; ein Bruder hat Kunstschlosserarbeiten angefertigt. Alle sind über ein gewisses Maß an künstlerischer Tätigkeit nicht hinausgekommen. Der Vater wollte Pastor werden, es gab kein Geld für eine Ausbildung; aber er wurde zu einer wichtigen Anlaufstelle für Dorfbewohner, wenn sie Probleme hatten und seinen Rat suchten. Auf ihre Weise und mit ihren jeweiligen, wenn auch begrenzten, Möglichkeiten haben die Familienmitglieder ihre Talente leben können. So tue ich es auch. Ich habe dabei das Glück, sehr viel mehr Möglichkeiten zur Verfügung zu haben.

*

Es ist dunkel, ich liege eingerollt in wohliger feuchter Wärme wie in einem Cocon, gemütlich. Mein Mund ist von warmer Flüssigkeit umspült, nach der vielen Bewegung und Unruhe meines Cocons und den eindringenden Geräuschen ist nun Ruhe und Stille, weich wiege ich ganz sanft und leicht in der Dunkelheit. Es verlangt mich wieder nach dem rötlich-orangenen Licht, in dem ich zuvor lange Zeit geborgen war und in dem ich mich wohlfühle. Aber die Dunkelheit bleibt bestehen, ebenso die Ruhe und Stille, ab und zu unterbrochen von äußeren Bewegungen und vom Heben und Senken des Cocons. Ich wiege mich weiter sanft. Eine Kraft in dem Cocon – oder ist sie in mir? – treibt und drängt, will Bewegung, drückt in eine Richtung, zieht mich aus der eingerollten Position in die Gerade. Mir bisher unbekannte Töne dringen in den Cocon, hoch, kurz, dann langanhaltend, breit, tief und mich ins Innere erschütternd. Nichts wie raus. Raus, wohin? Durch den Tunnel, der sich mir öffnet, hinaus. Grell, schmerzlich ist es dort, es überstrahlt das vertraute Rötlich-Orangene. Aus mir kommen ähnliche Töne wie die, die ich vorhin vernommen habe, spitzer, höher, heller, mich durchflutend und aufreißend. Ich bin ein Körper. Mund öffnet sich, hineinströmend ein Fluss eines anderen Elements. Augen öffnen sich, grelles Erscheinen von Unbekanntem, aufgelöster Cocon. Polternde, tiefe Töne: "Schon wieder ein Mädchen!" Dann weiß ich nichts mehr. Gelegentlich ist da weiche Wärme: meine äußere Körperfläche an großer aufnehmender Haut, Geborgenfühlen im Dunkeln. Bewegen von Teilen meines Körpers in das hinein, was mich umgibt, große Haut und Stoff halten und wiegen mich, das ist ein anderer Körper. Es geschehen immer wieder Wechsel von Helligkeit und Dunkel, mit Sehnen und Verlangen nach Geborgenfühlen im Hellen. Irgendwann erfüllt sich mein Wunsch.

Meine Mutter hatte eine Nierenkrankheit, der Arzt hatte ihr zwei Wochen vor der Geburt und zwei Wochen nach der Geburt Bettruhe im Dunkeln und salzlose Kost verordnet. Mein Vater war bei meinem Erscheinen verärgert, dass das zweite Kind schon wieder kein Junge war, und er tobte. Er hat sich schnell wieder beruhigt, erzählt meine Mutter. Während meiner Kindheit hat mein Vater oft zu uns zwei Schwestern gesagt: "Eine von Euch hätte ja ein Junge werden sollen. Der hätte Matthias geheißen, so wie mein Vater." Es klang jedes Mal wie ein kleiner Scherz, mein Vater liebte es, Witze zu machen. Meine Schwester und ich grinsten; ich habe es witzig gefunden, mit einem schalen Beigeschmack. War es nicht eine Ungeheuerlichkeit, die mich mit diesen Sätzen jahrelang begleitet hat? Vor kurzem habe ich in der Eifel eine Kapelle besucht. Im Altarbereich stand eine Figur, die ihren eigenen Kopf mit Bischof-Tiara vor sich in Händen hielt. Ein Spruchband auf der Mauer besagt, dass dies der Heilige Matthias ist. Ach so! Ich bin froh, dass ich in meinem Leben den Kopf aufbehalten habe. "Kopf hoch, auch wenn der Hals dreckig ist" war auch solch ein Spruch meines Vaters, der aufmunternd gemeint, aber für mich eher schal war.

Über die Geschichte meiner Geburt gibt es eine andere Version: Meine Mutter erzählte, ich sei an einem Dienstag geboren, und morgens habe sie noch Wäsche aufgehängt. Also doch nicht permanent im Dunkeln liegen? Wäsche aufhängen - wieso dienstags? Waschtag war immer montags, immer! Was stimmt hier, was nicht? Leider kann ich sie nicht mehr fragen.

*

Wenn ich verreiste, nach Frankreich und später nach Indonesien, gab ich meinen Eltern immer eine Kopie des Reiseverlaufs des Reiseveranstalters mit Angaben der Hotels und Telefonnummern. Bei meinen privaten Aufenthalten in Indonesien stellte ich sorgfältig eine Tabelle meines Reiseplans auf, mit Datum, Ort, Kontaktperson, Telefonnummer, Bemerkung über mein jeweiliges Vorhaben. Der Plan war in deutscher Sprache für Eltern, Schwester und Freunde bestimmt. Auf Indonesisch schickte ich ihn an meine Freunde und Kontaktpersonen in Indonesien. Auch für mich selber war der Plan wichtig, damit ich den Überblick behielt über meine vielfach eng getakteten

Verabredungen und Programme. Lydia, die Planerin! Selbstredend erfuhr der Plan während der Reise immer Änderungen.

Meine Eltern hatten natürlich nur wenige Vorstellungen von den Namen und Orten, aber sie fühlten sich mit einbezogen und irgendwie sicher. Einige Namen kannten sie: Yogya, den Namen meiner langjährigen indonesischen Freundin dort, den Namen von deutschen Freundinnen in Indonesien, die Städtenamen Jakarta und Surabaya, die Inselnamen Java, Bali, Sumatra. Ich erzählte irgendwann über die Hauptstadt Jakarta, die früher während der holländischen Kolonialzeit Batavia hieß. "Was? Batavia! Kennst Du den Spruch: *Jank noh Batavia Aape vange*!". Ja, ich erinnerte mich: Der Spruch wurde früher manchmal gesagt, wenn jemand sich in den Augen anderer verrückt verhielt oder zu viele Hirngespinste im Kopf hatte oder zu große Ambitionen. Wir hatten damals keine Ahnung, was mit Batavia gemeint war. Erst jetzt verstand ich den Sinn: "Geh nach Batavia Affen fangen!" Der Spruch muss aus der Zeit stammen, als Deutsche in die Dienste der niederländischen Verwaltung in der seinerzeitigen Kolonie oder in dortige deutsche Firmenniederlassungen eintraten. Viele Deutsche sind seit dem 17. Jahrhundert ihrer Abenteuerlust gefolgt oder weil sie zuhause keine Position und Arbeit fanden oder einfach Überdruss hatten. Was sie dann dort erlebten, war oft die herbste Enttäuschung der hochtrabenden Vorstellungen und Sehnsüchte. Drückte der Spruch "Affen fangen" das Bild der Menschen in Europa aus, das sie von den "Wilden, mit Affen zusammenlebenden" Leuten im fernen Osten hatten? Oder drückte es Ironie aus: "Du wirst schon sehen, dass das Leben dort kein Zuckerschlecken ist, Du wirst Dich mit Affen und wildem Getier und vielen anderen lauernden Gefahren herumschlagen müssen?"

Jahrelang, wenn ich meinen Eltern von Jakarta erzählte und mir Batavia einfiel, mussten wir lachen.

*

Mein Pendeln zwischen den Welten Deutschland und Indonesien bestimmte zunehmend mein Leben. Ebenso wie meiner Familie konnte ich auch meinen Freunden in Deutschland meine Indonesien-Verbundenheit nicht wirklich nahebringen. Lange Zeit litt ich darunter und erlebte Zerrissenheit: Hier ist Bidadari, hier ist Lydia. Einige Freunde nennen mich Ly: die kreative, unabhängige, Zwischen-den-Welten-Lebende. Es sollte noch einige Jahre dauern, bis sich die Welten ausbalancierten.

10

VIBRATION

Im Sommer 1993 vibriert es. Ein javanischer Künstler, der in Köln lebt, hat mich vor geraumer Zeit in seine bunt zusammengewürfelte Gruppe von Musikern, Künstlern und Java-Affinen gebracht. Er inspiriert, motiviert und ermutigt jede und jeden, kreativ zu sein und sich zu entfalten. Wir entwickeln gemeinsam eine Performance. Anlass ist der Workshop von Suprapto Suryodarmo aus Solo, einer Stadt in Java. Er, kurz Prapto genannt, ist Künstler und Tänzer und tourt seit einigen Jahren in Europa und Amerika mit seinen Workshops in "freier Bewegung". Im Juli ist er in Köln. Unsere Performance soll eine Parallelveranstaltung sein: Musik, Gesang, Tanz, Masken, Stimmen, wild und auch meditativ, in einer Choreographie, die keine ist. Ich setze feine Bewegungselemente ein, die ich während meines halben Jahres in Java im klassischen javanischen Tanz gelernt habe. Wir inspirieren uns gegenseitig, wir agieren miteinander sowie als Individuen, jeweils mit den eigenen Talenten und Ausdrucksformen. Wir führen unsere Aktion im Park in der Nähe des Prapto-Workshop-Ortes auf. Viele der Workshop-Teilnehmer schauen zu. Ich erinnere nicht mehr, wie die Resonanz war. Unsere Gruppe jedenfalls hatte großen Spaß, und ich fühlte mich sehr innig mit den anderen, mit mir, mit der Umgebung verbunden.

Ich sitze im Publikum bei der abschließenden Aufführung des Workshops von Prapto. Auf der großen Bühnenfläche geschehen fließende Bewegungen von Körpern, alleine und miteinander, dynamisch und wirbelnd oder in Ruhe und Stille, Trommelrhythmen, Laute, und mittendrin Prapto wie ein Ruhepol, dessen immer wieder in die Höhe erhobener Arm die Vertikale und Achse des Gleichgewichts markiert. Ein anderer junger Javaner fließt mit zugleich weit ausholenden und konzentrierten Bewegungen hinein. Ein schwarzes und ein weißes Huhn werden vor ihm freigelassen und springen wild aufeinander zu und umeinander her. Der junge Mann scheint sie mit seinen Bewegungen und mit langsamem Mantra-ähnlichen Gesang zu beruhigen. Die beiden Hühner bleiben schließlich friedlich nebeneinander, legen sich hin. Ruhe und Entspanntsein erfüllen den gesamten Raum. Ausatmen, Gebanntsein, ein Begriff wie "Einssein" taucht auf.

Beim Reden hinterher stellen der Javaner A., und ich fest, dass wir beide mit ähnlichen Themen beschäftigt sind: Er hat Mantren in altjavanischer poetischer Literatur studiert, ich studiere Reliefdarstellungen von Geschichten aus altjavanischer Dichtkunst. An einem der folgenden Abende treffen wir uns und reden stundenlang. Eine lang andauernde Verbindung ist geboren. Bei meiner im selben Jahr folgenden Indonesienreise besuchen wir gemeinsam Tempel mit Darstellungen von Arjunas Askese. Wir bereichern uns gegenseitig mit unserem Wissen und mit unserem jeweiligen Zugang zu Kunst und Literatur. Eine Übung, zu der er mich einlädt, wird mir wichtig, nämlich die langsame Annäherung an einen Tempel, das Erleben des Gesamten, das Erspüren der Atmosphäre, und nicht das sofortige Losgehen und Suchen und Photographieren der Details. Dieses Herangehen stärkt meine Wahrnehmung des Besonderen, das ich oft in den alten Stätten empfinde. Zum einen bin ich ausgestattet mit erworbenem Wissen über Historie, Archäologie und Literatur, und zugleich bin ich geöffnet für die Aussagen und die Botschaften und die Aura eines altjavanischen heiligen Platzes.

Bei der Prapto-Veranstaltung lerne ich auch S. kennen. Sie hat über ein Jahr in Java gelebt. Wir stellen Überschneidungen von Freundschaften und Bekanntschaften fest, eine unmittelbare Verbindung ist da. Auch hier ist eine Freundschaft entstanden; sie hält bis heute verlässlich und innig an. Mit Prapto selber sollte sich erst viel später ein intensiver und bereichernder Kontakt entwickeln.

S. und ich trafen uns bald wieder und stellten gemeinsame Interessen und Blickweisen auf das Leben und vor allem die gemeinsame Liebe zu Java fest. Wir sponnen die Idee für ein Reiseprogramm nach Java: Ich würde mein Know-how und meine Connections als Reiseleiterin einbringen, und sie würde ihre Vor-Ort-Kenntnisse und Connections einbringen, wir würden Java "von innen" vermitteln. Sprachkurs, Gamelankurs, Wandern durch Reisfelder, Gespräche mit javanischen Freunden, ein Ritual am Meer sollten hinein gewebt werden. Wir waren beide Feuer und Flamme, in wenigen Wochen stellten wir einen Plan auf: Reiseprogramm, Kontakte mit örtlichen Begleitern und Akteuren, Hotelanfragen, Kalkulation, Zeitplanung, Werbung, Marketing. Die erste Reise sollte 1994 stattfinden. Wir managten alles, und tatsächlich fanden zwei Reisen statt. Im nächsten Jahr lief es weiter, und auch 1996 sollte es weitergehen. Es war eine fruchtbare Kooperation. Es war anstrengend, und es machte Freude. Vor allem war es sehr beglückend, dass die Reisenden von unserem Programm und von Java begeistert waren; wir hatten viel Spaß und Freude miteinander. Wir brachten Java etlichen Menschen näher.

Wir nannten unser Reiseunternehmen "Bidadari-Reisen – Reisen im Land, nicht durch das Land". In unserem Prospekt ist das Photo, wo wir beide in der Höhle Selomangleng in einer Pose sitzen, als wenn wir mit abgewinkelten Beinen durch die Luft schweben - zwei *bidadari*s. Als Logo haben wir eine andere, schwebend tanzende Himmelsnymphe aus einem Relief vom Borobudur gewählt.

*

94

Auf dem Weg zur Prapto-Performance warte ich mit dem Fahrrad an einer Ampel auf Grün, mein alter deutscher Freund K. fährt mit dem Auto an mir vorbei. Kurz vorher haben wir uns endgültig getrennt. Er sieht mich nicht. Es ist ein kurzer Moment der Transition. Ein paar Minuten danach bin ich im Theaterraum der Performance und lerne neue Menschen und Welten kennen. Der 17. August war jahrelang für mich das Datum des weit zurückliegenden Zusammenkommens mit K. gewesen, der 17. August ist das Unabhängigkeitsdatum Indonesiens: Schwerpunktwechsel eines Datums!

*

Die Arbeit und das Forschen zum *Arjunawiwaha* war eine intensive Zeit: Diskussionen mit Professor Peter Pink über die philosophischen Aussagen im altjavanischen Text, über ihre visuelle Darstellung in den Reliefs, Lesen in alten Quellen über den Text, Erweiterung meiner Kenntnisse über altjavanische Literatur und altjavanische Kunst, Vergleiche und Ideen und neue Interpretationen, vor Ort in den Tempeln die Gesamtwirkung erleben, den Kontext verstehen, die Lage des Tempels beachten, diskutieren mit den Tempelwärtern *juru kunci*, Gespräche mit Archäologen an den Universitäten in Yogya und in Jakarta, endlose Gespräche und Diskussionen mit A. Meine Neugierde und mein Wissen entwickelten sich in kleinen Stufen in immer tieferes Verstehen. 1995 lege ich meine Magisterarbeit vor, sie wird veröffentlicht.

Indra erklärt Arjuna den menschlichen Geist:

*(...) jemand, der dem Schattenspiel zuschaut, weint, ist traurig
(...) und leicht gerührt,
Obwohl er weiß, dass es bloß gestanztes Leder ist, das sich be-
wegt und das redet.
Genauso ist der Mensch den Objekten der Sinne verhaftet, (...),
[so] dass er nicht erkennt,
Dass ihre wahre Natur die Nicht-Realität ist, und jede Form von
Existenz eine Illusion ist.*
(Arjunawiwaha 5.9.)

11

KREBS I

Bei der ersten Begegnung mit Panji in Candi Kendalisodo im April 1996 wird klar: Ich werde zu diesen bezaubernden Reliefs forschen. Kurze Zeit später wurde ich eingeladen, an einer im September an der Universität Leiden in den Niederlanden geplanten Masterclass eines renommierten Kunsthistorikers für altjavanische Kunst teilzunehmen und einen Beitrag zu verfassen. Thema der Masterclass war die "Narrative Kunst und Literatur Süd- und Südostasiens". Ich beschloss, einen Artikel über alle Reliefs in Candi Kendalisodo zu schreiben, über die drei Helden Arjuna, Bhima und Panji. Ich begann mit stilistischen, ikonographischen und inhaltlichen Beschreibungen sowie Deutungen. Ich liebte es, mich mit den filigranen Darstellungen zu beschäftigen, sie wieder und wieder in meiner Photo-Sammlung anzusehen. Insbesondere die vier langen Panelen mit den Panji-Darstellungen waren reich an wunderschönen Details: Berge, mit groben Steinen gepflasterte Wege, Wolken, Wasserbecken und Wasserspeier, kleine Dienerfiguren als Begleiter, zwei Figuren in schlafender Position in einem offenen Gebäude, Wellen des Meeres mit kleinen Booten und Fischen. Schönheit und Anmut und Verzauberung! Das gleiche, das ich auch seinerzeit bei den *Arjunawiwaha*-Reliefs empfunden hatte! Ich stieg nun ernsthaft in die Schönheit der Reliefs am Kendalisodo-Tempel ein und begann mit ersten Deutungen ihrer Symbolik.

*

Dann kam die Krankheit – Krebs – OP – Chemotherapie. Mein Leben wurde durcheinandergewirbelt. Vieles kam zum Stillstand oder zum Ende oder erfuhr starke Veränderungen.

Der Krebs kommt aus heiterem Himmel; es ist der 25. Juni. Seit ein paar Tagen habe ich häufig Bauchschmerzen und

Durchfall, im Bauch tut es an der linken Seite in Höhe des Bauchnabels weh. Mein Arzt rät mir, viel schwarzen Tee zu trinken. Es hilft nicht. Er überweist mich zu einem Internisten. An dem Tag will ich die Waschmaschine in meine neue Wohnung transportieren; ein paar Tage später steht mein Umzug an. Der Termin beim Internisten ist morgens: Ultraschall wird gemacht. "Sie haben einen Tumor im Dickdarm." Was? Ein Tumor? Das heißt Krebs! Es ist vollkommen absurd. "Ich muss doch gleich die Waschmaschine holen." "Sie müssen so bald wie möglich operiert werden." "Was? Ich habe Krebs, das kann doch nicht sein?" Dann Schweigen, meine Hände in den Schoß legen, den Kopf nach vorne neigen. Ein Schlag im Körper und im Geist, der vor sich hin hallt. Es ist unfassbar. Mein derzeitiger Freund ist bei mir und spricht mir gut zu: "Du musst Dich operieren lassen. Das mit dem Umzug kriegen wir schon hin." Wir stehen gerade im Abschluss des Manuskripts für einen gemeinsam verfassten Java-Reiseführer. "Wir müssen doch das Manuskript Ende Juni abgeben. Und in drei Wochen fängt die nächste Bidadari-Reise an." "Den Reiseführer kriegen wir schon noch hin." Aber die Bidadari-Reise? Die muss ich absagen! Ich weiß nicht mehr, wie es mir in den folgenden Stunden ging. Der Arzt kümmert sich um einen OP-Termin im Krankenhaus am 8. Juli. Es sickert in den kommenden Tagen in mich ein: Ich habe Krebs. Ich - eine fitte, kräftige, energievolle Person! So sehe ich mich. Energie habe ich tatsächlich. Mithilfe von Freunden wird alles erledigt: Manuskript fertigstellen, Reise absagen, weitere Studienreiseleitungen der kommenden Monate absagen, Umzugskartons packen, am 30. Juni umziehen. Eine Reisetasche mit Utensilien für das Krankenhaus steht gesondert neben den Kartons. In der neuen Wohnung schaffen wir es, die Einrichtung weitgehend fertig zu machen. Ich komme kaum zum Nachdenken und Grübeln. Das ist gut so.

Am 2. Juli gehe ich ins Krankenhaus. Schnitt nach meinem wuseligen Leben. Hin zu einer ungewissen Phase. Vor der OP wird mir mitgeteilt, dass ich eventuell einen künstlichen Darmausgang bekommen würde. Nach dem Aufwachen aus der Narkose ist einer meiner ersten Gedanken: "Ist da ein künstlicher Ausgang?" Nein, Gottseidank nicht! Kühle Hände von Freundinnen liegen auf meiner Stirn, immer wieder eine andere Hand, es ist wohltuend, ich dämmere und nehme kaum wahr, wer gerade da ist. Meine Mutter erscheint, mit grünem Krankenhausmantel und grüner Haube. Sie hat sich alleine mit Zug, Straßenbahn und Bus zum Krankenhaus in Köln durchgefragt und kommt, um ihrer Tochter beizustehen. Ich bin voller Rührung und Dankbarkeit. Ich verbringe einige Tage auf Intensivstation, dann auf Normalstation. Meine Cousine L. sorgt und regelt alles für mein Wohlbefinden und für Ruhe: Sie organisiert die Besuche im Krankenhaus, sodass es für mich nicht zu anstrengend sind. Ich bin allen dankbar. Meine Familie kommt, mein Vater sagt "Kopf hoch"! Ich habe ihn hochgehalten. Beutel und Schläuche hängen aus meinem Körper, ich liege tagelang, das erste Aufstehen mit dem Infusionsgestell ist Beglückung, das Herausziehen der Schläuche tut weh, aber ist befreiend. Ich habe Appetit und bitte um Gemüsebrühe. Einen Tag später bitte ich um Kartoffelpurée mit Möhren. Mit einem "Krebskollegen", den ich auf dem Gang kennengelernt habe, mache ich Spaziergänge durch den Garten. Die Welt öffnet sich Schritt für Schritt. Mein Freund bringt mich heimlich zum "erweiterten Garten" in meine Wohnung, die inzwischen von vielen helfenden Händen weiter eingerichtet worden ist. Nach drei Wochen stehe ich mit meiner Reisetasche vor dem Krankenhauseingang und kann ganz nachhause gehen; es ist eine unermessliche Befreiung. Es beginnt ein neues Leben: ein langsames Tempo, wenige Reize, wenige Aktionen, vorsichtiges Essen. Mir ist klar, dass ich das gesamte Bidadari-Reisen-Projekt aufgeben muss; es ist zu stressig. Ich bin zu keiner Anstrengung fähig, ich bin schwach. Ich habe mich übernommen, es ist jetzt wirklich notwendig, ein langsameres Tempo einzulegen. Das muss ich mir eingestehen und es akzeptieren und mir immer wieder klarmachen.

Meine kleine bronzene Buddha-Figur aus Java stand auf dem Tischchen neben dem Krankenbett, daneben lag ein Buch mit "Weisheiten des Buddha", sie halfen mir. Bei einer Visite gegen Ende meines Krankenhausaufenthalts sagte der Operateur, er sehe, dass ich mich mit alternativen Dingen beschäftige, und fragte, ob ich offen sei für alternative medizinische Methoden wie die Misteltherapie. Ja, das war ich.

Nach der Entlassung aus dem Krankenhaus verbrachte ich zunächst einige Zeit bei meinen Eltern, die mich mit ihrer Fürsorge unterstützten; meine Mutter kochte Hühnersuppe für mich. Dann begann eine Zeit der Suche nach bestmöglichen Heilungsmethoden, ein Dschungel tat sich auf: Chemotherapie? Misteltherapie? Eines von beiden? Beides? Andere alternative Methoden? Eine große Hilfe war mein Hausarzt, der mich über die folgenden Jahre hinweg mit medizinischem Rat begleiten sollte; er riet mir zu einer Kombination von Chemo, Mistel und weiteren unterstützenden Maßnahmen. 11 Monate lang ging die Chemotherapie, jeweils eine volle Woche, gefolgt von drei freien Wochen. Jeden Monat war mir viele Tage lang schlecht oder kodderig, mein Körper vertrug nur wenige Arten von Speisen; viele Tage lang ging es mir okay und ich war einigermaßen fit; es war ein vielfacher Wechsel. Freunde unterstützten mich, sorgten für mich; ich fühlte mich trotz allen

Elends aufgehoben. Am Ende der 11 Monate machte ich ein Fest!

*

Die für September geplante Masterclass wollte ich ad acta legen. Aber: Jan Fontein, der "Meister" der Masterclass ermutigte mich, weiter an meinem schönen Thema zu arbeiten; es würde mir gut tun. Ich bin ihm so dankbar dafür. Häufig habe ich mich überwinden müssen während der anstrengenden Chemotherapie-Zeit, gleichzeitig haben ein innerer Motor und meine Begeisterung für das Thema mich angetrieben und mich weiterarbeiten lassen. Ich nahm, körperlich schwach und leicht übel, im Herbst an der Masterclass in Holland in der schönen Universitätsstadt Leiden teil. Ich lieferte meinen Beitrag und tauschte mich mit Kollegen und Kolleginnen aus. Ich war glücklich.

Es gab in diesen Zeiten einen weiteren Ratgeber, der mich ermutigte, meinen Talenten nachzugehen. Während der Studienmonate in Yogyakarta hatte ich meine Liebe zum Gamelanspiel entdeckt und praktiziert. Durch glückliche Umstände war ich nach meiner Heimkehr mit dem niederländischen Musikethnologen und Gamelanlehrer Ernst Heins in Kontakt gekommen. In Kombination mit Vipassana-Wochenenden in Amsterdam und Besuchen holländischer Freunde nahm ich gelegentlich an seinen Gamelanproben in Amsterdam teil. Ernst spürte meine Begeisterung und schlug mir etliche Male vor, in Verbindung mit der indonesischen Botschaft in Bonn, die ein Gamelan-Instrumentarium hatte, eine Gamelangruppe zu gründen und ihn als Lehrer einzuladen; er wollte auch eine Lehrerin aus der Bremer Gruppe vermitteln, die er vor Jahren in das Gamelan eingeführt hatte. Er meinte, jetzt nach der OP, wo ich im Prozess der Heilung und Genesung war, könne ich doch meinen

101

Neigungen nachgehen, wofür ich vorher keine Zeit hatte. Ich hatte tatsächlich erkannt, dass ein wesentlicher Ansatz in meinem Heilungsprozess war, in einem mir möglichen und wohltuenden Maß meinen Neigungen und Vorlieben nachzugehen und damit für mich zu sorgen. Gamelan und Musik sind heilsam. Ich setzte Ernsts Rat um: Gemeinsam mit Freunden arrangierten wir Ende November 1996 ein Wochenende in der indonesischen Botschaft in Bonn und luden Ernst als Lehrer ein. Eine Gruppe von etwa 10 Leuten war zusammengekommen, Ernst mit seiner humorvollen und zugleich ernsthaften Art brachte uns dazu, Stücke zu erlernen, die zum Teil heute noch zum Repertoire unserer jetzigen Gamelangruppe gehören. Ewiger Dank an Ernst Heins! Gamelanspielen hat seither mein Leben begleitet. Im Zuge der Deutschen Einheit zogen die Botschaften von Bonn im Laufe der Jahre nach Berlin um, so auch die indonesische Botschaft. Wo gab es eine andere Möglichkeit für das Gamelanspielen in der Umgebung von Köln? Glückliche Umstände, das Engagement von einigen Spielern und der Kuratorin im Völkerkundemuseum führten dazu, dass das Museum ein Instrumentarium anschaffte – nicht nur als Ausstellungsstück, sondern um bespielt zu werden! Ernst Heins wurde gelegentlich als Lehrer eingeladen, die Bremer Gamelanspielerin wurde als permanente Lehrerin hinzugezogen und siedelte nach Köln über. Wir waren eine bunt gewürfelte Gruppe: Viele hatten einen Bezug zu Java, andere nicht, uns alle verband die Begeisterung für die Klänge der Gongs, der bronzenen Kessel und Metallophone, der zarten und dann wieder dynamischen Melodien und Rhythmen in der ihnen eigenen Tonart.

*

Mit meiner Forschung zum Kendalisodo-Tempel und meinem Beitrag zur Masterclass war das Panji-Thema nicht erschöpft. In der herangezogenen Fachliteratur war ich auf umfangreiches Material gestoßen, das auf weitere Reliefs mit möglichen Darstellungen von Panji hinwies. Zudem erinnerte ich mich an Reliefs, die ich selber bei früheren Besuchen in Tempeln betrachtet hatte. Es kamen mir auch Figuren in den Sinn, die eine ähnliche Kappe wie die von Panji trugen, aber offensichtlich nicht den Prinzen darstellten, sondern Diener oder einfache Bauern. Meine Neugierde wuchs: Ich wollte diese Kappenmänner in den Steinmeißelungen an alten javanischen Tempeln erforschen! Auch dies sah ich als mögliche Hilfe in meinem Prozess der Heilung an. Zunächst aber musste ich genügend Kräfte als Basis sammeln, und so lag das Vorhaben vorerst noch auf Eis.

12

KREBS 2

Der Krebs schlug wieder zu: anderthalb Jahre nach dem ersten Tumor! Wieder stand eine Operation an, sie verlief schlimmer als die erste. Nach der OP auf der Intensivstation gab es einen Moment, wo mir schien, ich würde weggehen. Die Telefonnummer von K., meinem alten, mir weiterhin verbundenen Freund, fiel mir in meinem Dämmerzustand ein, ich wusste, dass er in der Nähe arbeitete und schnell da sein könnte. Ich bat den Arzt, die Nummer anzurufen. Damals kannte man Telefonnummern noch auswendig, die heutigen langen und häufig wechselnden Handy-Nummern haben keine Chance. K. kam und hielt meine Hand. Ich ging nicht weg, ich blieb da. Seither, stärker noch als nach dem ersten Mal, ist mein Leben so kostbar geworden. Ich bin bis jetzt gesund geblieben.

Es ist eine erstaunliche Geschichte, wie es zur Entdeckung dieses zweiten Krebses, einer Metastase des ersten Tumors, kam. Nach dem Durchstehen der Chemotherapie und der anschließenden Erholungsphase fühlte ich mich bald kräftig genug, in mein "normales" Leben einzusteigen. Ich hatte in den vergangenen Monaten trainiert, mein Leben ruhiger zu gestalten, nicht so prall gefüllt und von einem zum anderen zu jagen; es fiel mir nicht immer leicht. Etliche Vorhaben und Aktivitäten und Projekte und Arbeiten ließ ich – mit Bedauern – fallen. Ich reduzierte, wo ich konnte, und ging die mir wichtigsten Lebensinhalte weiter an: Die Quelle der finanziellen Einkünfte für meinen Lebensunterhalt galt es mit der Quelle inneren Erfülltseins zu kombinieren. Dazu gehörte es auch, in meinem geliebten Indonesien sein zu können. Als ich mich kräftig genug fühlte, hatte ich das Glück, eine Reiseleitung nach Indonesien machen zu können, mit einer privaten Verlängerung in Bali. Die Tätigkeit als Reiseleiterin war für mich eher Erfüllung als Anstrengung. Selbst während der Arbeit konnte ich die Ruhe und Gelassenheit der Menschen und ihres Lebensflusses in Indonesien erleben, die für mich mit meiner Neigung zum Überaktivsein und Überschnellsein und Überfülltsein so wohltuend sind. Die Reise leistete für mich einen weiteren Beitrag, um gesund und kräftig zu werden, und gleichzeitig, um mein Portemonnaie zu füllen.

Ich besuche in Bali einen Priester, dem ich früher schon begegnet bin, und zu dem mich eine Freundin begleitet, um eine Reinigung von Krankheit und Chemotherapie durchzuführen. Der Brahmane hat Blüten und Räucherstäbchen und heiliges Wasser vorbereitet. Ich habe mich in *sarong* und *kebaya*-Bluse gekleidet, die Haare fest zurückgebunden, einen Schal um die Taille. So bin ich vorbereitet und ausgestattet für das Ritual. Der Priester hat seine dünnen Haare zu einem Knötchen auf dem Kopf zusammengebunden, darin steckt eine kleine Blüte, er lacht viel. Er schüttet ein paar Tropfen Wasser in meine zur Schale geöffneten Handflächen, ich trinke von diesen Tropfen. Er spricht und macht Handbewegungen, läutet eine kleine Glocke. Er gießt Wasser über meinen Kopf, Haare und Gesicht sind nass. *Lukat.* Frauen aus der Familie des Priesters stehen dabei und schauen ernsthaft und ehrfürchtig zu; sie würdigen, dass eine Westlerin sich diesem Ritual unterzieht. Mein anfängliches Gefühl von Fremdheit löst sich auf. Ich frage den Priester, ob ich gesund bin. Er schaut mich an, meinen Körper, wartet ein wenig und nimmt dann Blatt und Papier. Er zeichnet mit groben Strichen die Skizze eines Körpers, markiert den Nabel und malt schwarze Punkte auf der rechten Körperseite schräg unterhalb des Nabels. Dort sei etwas, sagt er. Ich solle es beobachten.

In Deutschland suche ich meinen Arzt auf, der mich bisher durch die Krebsphase begleitet hat und zu dem ich volles Vertrauen habe. Ich zeige ihm das Blatt des Bali-Priesters. Er ordnet eine routinemäßige Computertomographie an. Er meint, man solle alles in Betracht ziehen, und veranlasst zuvor eine Sonderuntersuchung meines Blutes: Es weist erhöhte Tumormarker auf. Die Computertomographie schließlich zeigt: In meinem rechten Eierstock - schräg rechts unterhalb des Bauchnabels - sitzt ein faustgroßer Tumor! Es muss schnell operiert werden. Ich bin dem balinesischen Priester und meinem Arzt ewig dankbar!

*

Nach dem Krankenhausaufenthalt stand wieder eine Phase des Erholens und Genesens an, diesmal zum Glück ohne Chemotherapie. Wie beim ersten Mal stehe ich wie Phönix aus der Asche auf und suche ein neues Maß. Meine Familie gibt mir finanzielle Unterstützung, als ich zunächst meinen beruflichen Tätigkeiten nicht voll nachgehen kann. Meine Eltern erkennen meine Not: Ich bin ihr Kind und sie helfen ihm. Im Laufe des Jahres beschließen sie sogar, eine Wohnung zu kaufen, in der ich wohnen kann, und wo ich keine Miete zahlen muss. Ewige Dankbarkeit!

Ich besuchte Kurse zum Stärken und zur Selbsterfahrung für Krebspatienten, nahm an Coachings teil. Ein Hauptthema war schon wieder, genauso wie beim ersten Mal: Auf mich und meine Kräfte beziehungsweise meine Schwächen achten. Ich musste es nun wirklich ernst nehmen! Einen wichtigen Rat hat mir ein Coach gegeben: Nach 17 Uhr wird nicht mehr gearbeitet; es sollen auch keinerlei Indonesien-relevante Aktionen mehr anstehen. Die 17-Uhr- bis maximal 18-Uhr-Marke gilt bis heute für meine Arbeiten am Schreibtisch; abends erlaube ich mir allerdings durchaus den Besuch oder eine eigene Veranstaltung zu Indonesien – das macht Freude.

*

Etwa nach einem Dreivierteljahr zog es mich wieder zu meiner Kraftquelle nach Indonesien. Es tat so gut: mit Freunden sitzen, hören, zuhören, riechen, schmecken, reden, schauen, gehen, dösen, ruhen, lachen, fühlen, anfassen, spüren, Wärme, Wind, Sonne, Wasser, Regen, Rauschen, Grün überall, üppiges Sprießen und Wachsen, Schwitzen, Schwüle, Duft der *kretek*-Zigaretten, Motorradknarren, laute Stimmen, Musik, Unsinn reden, hören und mitreden, sein lassen, kommen lassen, entspannt sein, annehmen, freuen, in die Augen sehen, Hände halten, umarmt werden, angelächelt werden, dankbar sein. Ich besuchte wieder Tempel in Java. Besondere Ziele waren Tempel mit Reliefdarstellungen von Kappenmännern. Deren Erforschung war weiter in meinem Kopf.

*

Es gab keine wirkliche Kontinuität in meinem Leben, für eine intensive Fortsetzung der Forschung war es zu instabil. Glücklicherweise bekam ich einen bezahlten Job, der mich innerlich erfüllte und mir neue Stabilität gab. Eine Gamelan-Freundin hatte ein herrliches Projekt arrangiert: Wir stellten ein Netzwerk der in Europa existierenden und praktizierenden Gamelangruppen zusammen und organisierten eine Tournee mit Gamelan-Workshops, zu denen wir eine Gruppe, bestehend aus drei jungen Musikern und einer Tänzerin aus Java, einluden. In dieses Projekt stieg ich mit Begeisterung und Engagement ein. Javanisches Gamelan – weiterhin eine meiner Energiequellen!

In Köln kamen 20 Spielerinnen und Spieler zusammen, die zwei Wochen mit viel Spaß und Beharrlichkeit lernten und übten. Der krönende Abschluss war eine Aufführung im Museum in Köln. Während der Aufführung geschah ein Fauxpas: Die junge Javanerin führte zur Gamelan-Begleitung einen graziösen Tanz auf, ein Bestandteil ihres kostbaren Kostüms verrutschte und sie versuchte ständig, mit möglichst unauffälligen Bewegungen das Teil an seine richtige Stelle zu bringen. Einige von den Spielern und natürlich die javanischen Lehrer selbst nahmen die Peinlichkeit wahr und ließen sich nichts anmerken. Nach der Aufführung beschrieben die javanischen Freunde immer wieder die peinliche Szene und die ganze Gruppe fiel in Gelächter ein. Dem Publikum selber war natürlich überhaupt nichts aufgefallen, für die meisten waren Musik und Tanz eh exotisch und mysteriös. Mir ist besonders hängengeblieben, dass die Lebensgefährtin unseres Gamelanlehrers aus Holland, die beide im Publikum saßen, voller lauter Hurra-Rufe begeistert applaudierte. Das gesamte Publikum applaudierte nicht minder.

Ein Vetter von mir und seine Frau waren im Publikum; am Wochenende vorher waren er und ich gleichzeitig bei meinen Eltern zu Besuch und ich erzählte von dem anstehenden Konzert. Es hat mich so sehr gefreut, dass ein Verwandter Interesse an meinen Neigungen und meinem Können hatte. Meine Eltern selber waren einmal bei einer Probe, und mein Vater fragte, ob wir das Lied "Kuckuck, Kuckuck ruft's aus dem Wald" spielen können; es war alles zu fremd für sie. Ich war und blieb die Exotin.

Mit einem der damals jungen Gamelanlehrer und der Tänzerin, die inzwischen seine Frau geworden ist, habe ich bis heute guten Kontakt; als Musikdozent an einer Universität in Indonesien lädt er mich gelegentlich für einen Vortrag ein. Bei seiner Mutter in Yogyakarta habe ich einige Male Gesangstunden genommen und bringe die javanischen Gesänge bei unseren Gamelanstücken in Köln und auch a capella ein.

*

Ich begann, in Köln Vorträge zu halten, in denen ich Dias mit Abbildungen von altjavanischen Tempelreliefs zeigte, untermalt mit Rezitationen poetischer Verse und javanischem Gesang. Eines meiner Lieblingsthemen war "Liebesfreud und Liebesleid im alten Java". Mit diesen Vorträgen bin ich durch die Republik gezogen und erfuhr jedes Mal begeisterte Resonanz. Ich brachte meine Java-Verbundenheit immer mehr mit eigenen Aktivitäten in mein deutsches Leben ein. Hinzu kamen Lehraufträge an der Uni in Köln mit Themen zur altjavanischen Tempelkunst, hier und da hatte ich Jobs zum Unterrichten der Indonesischen Sprache oder zum Dolmetschen oder für Kurzprojekte in Museen. Es war für mich sehr befriedigend, dass ich mein Wissen und meine Talente auf vielfältige Weise einsetzen und es zudem vertiefen und erweitern konnte. Gleichzeitig aber blieb deutlich, dass meine engeren "alten" deutschen Freunde mit diesen meinen Neigungen und meinen Begeisterungen für Indonesien nicht viel anfangen konnten. Die beiden Welten fielen immer stärker auseinander. Ich litt zunehmend darunter. Ich habe es zum Thema von Gesprächen gemacht, aber es blieb bei der Unüberbrückbarkeit. Einige Jahre lang hat mich dieses Hin- und Hergerissensein gequält. Vor allem wurde mir bewusst, wie anders ich mich in der jeweiligen Welt erlebe und fühle. Ist es ähnlich wie meine zwei Bewusstseins- und Wahrnehmungsebenen während meiner Schulzeit: Lydi und Lydia? Jetzt sind es: Lydia und Bidadari. Der javanische Freund A. nannte mich manchmal "Bidadari". Oft kam die Frage auf, ob ich nicht ganz - oder zumindest für eine längere Zeit - nach Java gehen sollte! Ich konnte mich lange nicht dazu durchringen. Im Jahr 2020 war es endlich reif: Ich wollte für ein halbes Jahr nach Indonesien gehen, hatte das Flugticket gekauft und das Visum beantragt; aber dann kam Corona.

13

SURYO

Bei allen Hindernissen und Stolpersteinen hatte meine Neugierde am Thema der "Kappenmänner" nicht nachgelassen. Wenn auch nur sporadisch, sammelte und las ich weiter Bücher sowie Artikel aus Zeitschriften des alten niederländischen archäologischen Dienstes. Mir wurde zunehmend klarer, dass ich tatsächlich eine wissenschaftliche Arbeit vorlegen wollte. Professor Peter Pink am Institut für Malaiologie in Köln ermutigte mich, eine Doktorarbeit anzugehen. Irgendwann ging ich in das Schreibwarengeschäft um die Ecke und kaufte Ordner: gelbe Ordner für altjavanische Kunst, grüne Ordner für altjavanische Literatur, schwarze für Geschichte, blaue für Religion. Ich heftete die gesammelten Kopien und Ausdrucke entsprechend ab, später kam ein roter Ordner hinzu für das Thema Tantra. In Leiden in Holland, dem Zentrum der Indonesien-Forschung in Europa, habe ich viele und lange Zeiten in der hervorragenden Bibliothek verbracht und Kopien über Kopien von alten Artikeln und aus Büchern gemacht. Von den Reliefs mit den Kappenmännern ausgehend, entfaltete sich eine unglaubliche Vielfalt an Fragen und Erkenntnissen. Es ergaben sich fruchtbare Diskussionen mit Wissenschaftler-Kollegen und mit meinem Doktorvater. Ich war eingestiegen wie in ein Meer, das mich nicht losließ. Ich hielt Vorträge bei internationalen Konferenzen zu Teilaspekten meiner Forschung. Die Vorbereitungen und Ausarbeitungen brachten mich jeweils einen großen Schritt weiter. Nicht immer stieß ich auf Zuspruch oder Verständnis, als meine Fragestellungen sich zunehmend auf spirituelles Terrain begaben.

Bedauerlicherweise stockten meine Forschungen immer wieder, ich hatte nicht genügend durchgängige Zeit und

Konzentriertheit, da ich gleichzeitig neben dieser Quelle inneren Erfülltseins auch der Quelle für meinen Lebensunterhalt nachgehen musste. Reiseleitungen und andere Jobs rissen mich häufig heraus. Hatte ich einen Faden aufgenommen, so blieb er wieder liegen, wenn ich meinen Jobs nachging. Es wurde zunehmend unbefriedigender. Ich bewarb mich bei einer Stiftung für ein Forschungsstipendium, das mich unabhängig machen würde. Ich hatte kein Glück. Ich wusste, dass ich auf meine Gesundheit achten musste und dass ich mich nicht überfordern durfte: Arbeit zum Gelderwerb parallel zur Arbeit an der Forschung war zu viel. Weinenden Herzens entschloss ich mich dazu, die Forschungen zu Panji und das Projekt der Doktorarbeit aufzugeben. Mein Professor war genauso wie ich selber enttäuscht. Immerhin reiste ich im Zuge meines Reiseleiter-Jobs nach Indonesien und konnte private Aufenthalte anhängen, während denen ich weiterhin Tempel besuchte und in der Atmosphäre Javas badete.

*

Oft verbringe ich längere Zeit in Ostjava und besuche immer wieder das PPLH. Die Verzauberung, die ich bei meinem ersten Aufenthalt dort während meines Studiums in Yogya 1992/93 erlebt hatte, erfahre ich jedes Mal aufs Neue: Die Bungalows zum Übernachten sind umgeben von Sträuchern und blühenden Stauden, von der Terrasse aus auf einem bequemen Lehnstuhl hängend blicke ich in die weite Landschaft, in Richtung Süden auf den massiven Welirang-Berg in der Ferne, in Richtung Osten auf die viel näher aufragende Bergspitze des Penanggungan und des Nebengipfels Bekel. Grün überall, tropische Üppigkeit. Grillenzirpen, Vogelzwitschern, Düfte, Gecko-Rufe, weiter unten Plätschern eines Baches. Ein Spaziergang durch die Anlage führt über eine kleine Holzbrücke, über einen Teich gespannt, hier quaken Frösche;

weiter führt der Weg durch den Heilpflanzengarten mit organischem Anbau. Das Restaurant als Bindeglied zwischen den Gebäuden des Bildungszentrums und der Bungalow-Anlage: Hier ist Treffpunkt von Besuchern, von Angestellten, zum Essen und Pause-Machen, es ergeben sich Gespräche und Diskussionen. Bewohner aus der Großstadt Surabaya entfliehen gerne dem städtischen Chaos und der Luftverpestung hierhin. Dreh- und Angelpunkt ist Suryo Wardhoyo Prawiroatmojo – kurz Suryo genannt –, einer der Gründer des PPLH. Er ist immer bereit für Begegnungen, die Besucher diskutieren gerne mit ihm und mit Freunden, sind neugierig und interessiert an seinen Ideen. Ich habe viele erfüllende Gespräche mit gemütlichem, entspanntem Da-sitzen erlebt. Zwischendurch spielte jemand auf dem bronzenen Gamelan-Instrument *slenthem* oder schlug mit dem schweren Schlegel auf den großen Gong, viele saßen auf dem erhöhten Podest auf dem Holzboden in *lesehan*, andere an Tischen und Stühlen.

Hier erzählte ich jungen Leuten aus Surabaya von meinen Panji-Forschungen. Niemand kannte Panji. Sie reagierten erstaunt darüber zu hören, was für eine interessante alte Kultur es in Java gibt, von der sie noch nie gehört hatten. Gar eine Westlerin beschäftigte sich mit dieser Kultur, das machte sie umso neugieriger. Gleichzeitig hörte ich oft: "*Kami malu*" – "Wir schämen uns". Ihnen war bewusst, dass es eigentlich sie selber sein sollten, die ihre eigene Kultur kennen, und dass nicht eine Westlerin sie aufklären soll. Sie waren begierig, zu hören, wer und was Panji sei. Mir war immer ein bisschen merkwürdig zumute: Ich als Westlerin öffnete den Javanern ihre vergessene Kultur. Ich befürchtete manches Mal, dass ich als Eindringling und arrogante "postkoloniale" Forscherin beargwöhnt würde. Suryo nahm mir diese Befürchtungen. Wenn er mich den

Besuchern vorstellte, wies er immer darauf hin, dass ich schon jahrelang keine Mühen und kein Geld scheue und nach Java komme, um in alten Tempeln zu forschen und dass ich wochenlang herumreise, um meinem Interesse an Java nachzugehen; um wie viel mehr sollten sie, vor allem die jungen Javaner, dem Beispiel dieser Frau aus dem Westen folgen und ihre reiche Kultur entdecken und würdigen und bewahren. In den Augen vieler junger Leute sah ich Begeisterung und Wissbegierde aufglimmen. Viele fragten mich und wollten von mir lernen. Ich war jedes Mal froh, wenn ich sah, dass mein Wissen einen Beitrag zum Würdigen der eigenen javanischen Kultur leistete. Mein ursprünglicher Motor war meine eigene Begeisterung gewesen, nun teilte ich sie immer mehr mit anderen.

Dreh- und Angelpunkt des PPLH und der engagierten Diskussionen war tatsächlich Suryo, begnadeter Inspirator, Intellektueller, Umweltschützer, Bildungsexperte, Trainer, Konzepte-Entwerfer, Diskussionsleiter, Ritual-Praktizierender, Polytheist mit Verehrung von Muttergottes Maria und Hindu-Gott Wishnu und Buddha und Allah, Initiator von Kunst-Events, Workshops für Lehrer und Schulklassen, Erfinder ökologischer Konzepte mit Umsetzungen vor allem in der Landwirtschaft. Durch ihn war ich in ein Netz von javanischen Künstlern, Intellektuellen, Ökologie-Aktivisten und einfachen Leuten eingestiegen.

Suryo hatte schon lange Ideen, die alten Panji-Geschichten und damit verbundene javanische Traditionen wieder aufleben zu lassen. Das heißt, sie mussten zunächst einmal ausgegraben werden, denn sie waren nur marginal bekannt. Die Panji-Geschichten erzählen vom Prinzen Panji und seiner Prinzessin Sekartaji, die verlobt sind und durch verschiedenste Umstände voneinander getrennt werden; nach langer Suche und

Durchleben vieler Hindernisse und Abenteuer treffen sie sich schließlich wieder und heiraten. Eine ganz gewöhnliche Liebesgeschichte mit Happy End? Es steckt weit mehr darin. Suryos Blick zufolge war die Vereinigung von Panji und Sekartaji das Symbol von Fruchtbarkeit, ganz konkret bezogen auf fruchtbare Erträge in der Landwirtschaft, praktiziert in alten Ritualen von Bauern im Zyklus des Reisanbaus. Solche Rituale beim Pflanzen und Ernten von Reis waren zum Großteil in Vergessenheit geraten. Sie galten vor allem bei jungen Bauern als altmodisch. Unter der rigiden Präsidentschaft von Soeharto waren solche Rituale sogar verboten. Sie galten als Aberglaube, aus einer rückständigen alten Zeit stammend, die mit dem modernen, nach wirtschaftlicher Entwicklung strebenden Indonesien nicht vereinbar waren. Die sogenannte "Grüne Revolution" unter Soeharto hatte neue Hybrid-Reissorten eingeführt, die große und schnelle Erträge brachten. Dreimal pro Jahr konnte geerntet werden, anstatt nur zweimal wie bei den alten traditionellen Reissorten. Die neuen hochgezüchteten Reissorten sind anfällig für Krankheiten. In der Folge geschah das, was überall auf der Welt in der Landwirtschaft passierte: Künstliche Düngung und Pestizide mussten her. Traditioneller organischer Anbau verschwand. Die Achtung vor der Natur und der Fruchtbarkeit der Mutter Erde geriet außer Acht.

Eine Stärkung dieser Achtung gehe einher mit dem Wieder-Kennenlernen und der Würdigung der alten Traditionen sowie der eigenen Kultur und Geschichte. Der Stolz darauf führe zu der Bereitschaft, diese Kultur und die Tradition zu wahren und sie zu praktizieren. Suryos Idee war, mit einem Aufleben der alten Rituale diesen Prozess in Gang zu setzen. Die "Panji-Kultur", wie Suryo sie nannte, stand exemplarisch für all diese Ideen: Der Panji-Mythos war Bestandteil in den alten Reis-

Ritualen, die Vereinigung von Panji mit Sekartaji galt als mystisches Vorbild für fruchtbare Ernte, Panji galt als Verkörperung von Gott Wishnu und Sekartaji als Verkörperung der Reisgöttin Sri, und ihre Vereinigung wurde in den Ritualen erbeten. Bei Zusammenkünften saßen Suryo und Reisbauern zusammen und letztere erzählten voller Traurigkeit über die alten Rituale, die sie vor vielen Jahren zelebriert hatten und deren Durchführung jetzt von der Regierung verboten waren. Suryo erzählte mir einmal, dass einige Bauern geweint haben vor Rührung und Freude, weil ihre Traditionen von diesem jungen Javaner gewürdigt wurden.

Suryo ermutigte und motivierte mich beständig, meine Forschungen auch unter diesem Aspekt zu sehen: Die Reliefdarstellungen der Panji-Geschichten an Tempelwänden waren auch Ausdruck des Fruchtbarkeitsmythos. Im Laufe meiner Forschungen wurde dies tatsächlich eine wichtige Perspektive in meinem Verstehen der Symbolik der Reliefs. Suryo verstand es, mich in sein großes Netzwerk einzubinden; wir waren allesamt an einer Neu-Belebung des Panji-Themas und an einer Entwicklung von Projekten interessiert. Ich blieb nun auf neue Weise, über die Tempelrelief-Forschungen hinaus, dem Panji-Thema treu und beschäftigte mich mit übergreifenden Themen von Revitalisierung und Wahrung von kulturellem Erbe.

*

Ostjava hat – anders als Zentraljava – keine überregional bekannte oder als hochstehend angesehene Kultur. In Zentraljava gibt es die Sultanshöfe in den Städten Solo (auch Surakarta genannt) und Yogyakarta, die in ihrem Umfeld die überlieferten Künste fördern: Schattenspiel, Batik, Gamelan, höfischen Tanz; in der Nähe liegen die großen berühmten Tempel Borobudur und Prambanan. Nicht umsonst tummeln sich hier die ausländischen Touristen, während sie in Ostjava nur spärlich anzutreffen sind. Touristisches Ziel ist hier der spektakuläre Vulkan Bromo, und wenn es hochkommt, dann noch der Vulkan Ijen mit seinem Schwefelabbau. Nicht nur für internationale Touristen, sondern auch für Indonesier selber gilt die Kultur in Zentraljava als "die" javanische überhaupt. Die Kultur Ostjavas sehen sie als einfach und sogar als grob an, sie kann nicht mithalten mit der verfeinerten höfischen Kunst. Die alten Epen *Ramayana* und *Mahabharata*, die vor mehr als tausend Jahren von Indien in Java eingeführt wurden, sind in der Bevölkerung bekannt, sie gelten als hochstehendes kulturelles Erbe, das bis heute im Schattenspiel und in Tänzen aufgeführt wird; sie werden mit der Kunst Zentraljavas assoziiert. Auch auf wissenschaftlicher Ebene, vor allem in Archäologie und Kunstgeschichte, sah man jahrzehntelang die indisch geprägte Kunst Zentraljavas als die klassische an. Hingegen galt die Kunst der späteren Zeit, der ostjavanischen Periode, in der der indische Einfluss nachließ, als minderwertig oder "degeneriert". In den ersten Jahrzehnten des 20. Jahrhunderts gab es dann eine zunehmende Zahl von Archäologen und Ethnologen, die die Besonderheiten der ostjavanischen Künste und Traditionen erkannten und darüber schrieben. Eine der Eigenkreationen Ostjavas ist tatsächlich die Panji-Tradition, die unabhängig von der indischen Kunst entstanden ist und insbesondere während des Majapahit-Königreichs in der Zeit 1300 bis 1500 populär war. Die Anfänge der Panji-Tradition sind umstritten: Gehen sie auf das 12. oder 13. Jahrhundert zurück, oder sind sie noch älter, oder stammen sie gar aus anderen Regionen Indonesiens? Die Panji-Kultur ist par excellence geeignet, den Stolz der Menschen auf "ihre" ostjavanische Kultur zu wecken. Ihre Wiederbelebung fördert und trägt bei zu einer Stärkung der kulturellen Identität. Integriert in meine Tempelrelief-Forschungen begriff ich nach und nach dieses Potential von Panji. Ich veröffentlichte und hielt Vorträge zu diesem Thema.

*

Vor meiner Abreise nach Java teile ich Suryo meinen groben Zeitplan mit, und er schlägt mir Termine für Veranstaltungen oder Besuche und Treffen mit interessanten Leuten und Gruppen vor. Er arrangiert alles, sodass ich einen kompletten Zeitplan habe. Manchmal ist es mir zu viel, es gibt Momente, in denen ich mich frage, ob er mich instrumentalisiert. Ich verstehe natürlich den Nutzen: Ich helfe dabei, vor allem den jungen Leuten ihre Kultur nahezubringen und diese wertzuschätzen. Eine schöne Aktion findet in Surabaya statt: Suryo hat die Klasse eines Design-Kurses an der Kunstakademie eingeladen zum Thema "*Busana Jawa Kuno*" = "Kleidung im alten Java". Ich habe einen Dia-Vortrag vorbereitet: Ich zeige Beispiele von figürlichen Skulpturen und Reliefs mit Darstellungen von Kleidung und Schmuck. Eine Göttin trägt ein Beinkleid mit eingravierten Motiven, die an Batikmuster erinnern, das Kleid liegt eng an den Beinen an. Der Oberkörper ist nackt. Lange Ohrgehänge, eine aufwändige Halskette, ornamentierte Armreifen an Oberarm und Handgelenk schmücken die Figur. Eine andere männliche stehende Figur - Gottheit oder König? - trägt eine vielschichtig aufgetürmte Krone, das Beinkleid lose hängend mit schmückenden langen Gürteln und Bändern. Ein Reliefbild zeigt eine männliche Gestalt mit einfachem Beinkleid ohne Verzierungen, schlichten Ohrringen und Armbändern, als Kopfbedeckung eine Kappe. Die Kursteilnehmer erhalten die Aufgabe, Textilien und Kleidung zu entwerfen und dabei Elemente dieser alten Kunst zu verwenden und zu integrieren. Zu der Zeit hat modernes japanisches Design große Popularität und schlägt sich im Unterrichtscurriculum nieder. Die jetzige

117

Aufgabe lenkt den Blick der angehenden Designer weg von den japanischen Vorlagen auf alte javanische Motive, sie schauen genau hin und erkennen Details, sie nehmen erstmalig wahr beziehungsweise erhalten Kenntnis davon, dass es einen Reichtum und eine Vielfalt von Kreationen in ihrer eigenen Kultur gibt. Für die meisten ist es ein Aha-Erlebnis. Emsig und konzentriert sitzen sie einige Stunden da und zeichnen in kleinen Gruppen Entwürfe; immer wieder bitten sie mich darum, Abbildungen einzelner Figuren zu zeigen, sodass sie sich in die Details vertiefen können. Eine Begeisterung und ein Staunen und eine enorme Kreativität liegen im Raum. Monate später haben die Kursteilnehmer ihre Entwürfe in Kleidung umgesetzt, die dann in einer Modenschau präsentiert wurden. Ich konnte leider nicht daran teilnehmen. Das war Suryo: Traditionen bekannt machen, sie erleben und verstehen, und sie dann übertragen in ein anderes Medium, in einer Weise, die bei allen Beteiligten Enthusiasmus und Neugierde und Kreativität aufkommen ließ.

*

Eine Gruppe von Freunden sitzt bei weit geöffneten Flügeltüren beisammen in Suryos Privathaus, kühle Abendluft weht herein, wir halten Teller mit Reis und Gemüse und Fisch und Fleisch auf dem Schoß und essen still vor uns hin, hier und da fallen ein paar Worte. Auf der Rasenfläche draußen steht zwischen Sträuchern ein *lingga* aus Stein, das Symbol des Phallus des Gottes Shiwa. In der Ferne funkeln kleine Lichter; bei hellem Mond ist der Umriss des Berges zu sehen, an dessen Fuß die Lichter liegen: der Penanggungan-Berg. Der Ausblick ist magisch. Nun sind die Teller leer, und es geht richtig los, wir reden und erzählen über dies und jenes. Irgendwann steht Suryos Stimme über allem. Er bringt ein Thema ein, spricht ein paar Sätze, und in der Runde sprudeln die Ideen und

Gedanken: Mit seinen Geistesblitzen hat er es wieder einmal geschafft, alle zu infizieren. Ich habe ein Photo, das Suryo mit erhobenem Zeigefinger zeigt, um ihn herum schauen Gesichter gebannt zu ihm hin. Andere Bilder zeigen miteinander redende, nachdenkliche, lachende Gesichter.

Wir sitzen bis in die Nacht hinein, es wird geraucht, geredet, geschwiegen, gelacht, heißer Tee und Kaffee werden gereicht, es wird diskutiert über die Geschichte Indonesiens, über das Verhalten von Javanern, ich erzähle vom Leben und von Ansichten der Leute in Deutschland. Wir reden über Sehnsüchte und Anliegen der Menschen in Indonesien, es geht um Kultur, Politik, um Religion, um Philosophie, um Gefahren von Globalisierung und das Potential des voneinander Lernens, und natürlich immer wieder geht es um Panji. Es ist ein reger Think-Tank mit fruchtbarem Austausch und voneinander lernen. Zunächst blieb es bei den Diskussionen; im Laufe der Zeit aber wurden sie von den einen oder anderen zunehmend in Aktionen oder Konzepte umgesetzt. Dies war das Anliegen von Suryo: Ideen anregen, stimulieren, kreativ werden. Sein Talent dafür war unschlagbar.

Oft habe ich hier im Haus übernachtet und die Atmosphäre von geistiger und räumlicher Weite mit dem Ausblick auf die Ebene von grünen Reisfeldern genossen; über allem thronend der Penanggungan-Berg. Im Lauf der Jahre ist die kleine Straße, die am Haus vorbeiführt, zu einer beliebten Rennstrecke für junge Motorradfahrer geworden; sie drehen am steilen Straßenanstieg ihren Motor auf und donnern mit ohrenbetäubendem Geknatter vorbei. Nichts für mich: Ich wurde um 4 oder 5 Uhr morgens wach. Es tat mir leid, ich hatte oft ein schlechtes Gewissen, Suryos Einladung abzulehnen, aber ich zog es zunehmend vor, im PPLH zu übernachten.

*

Wenn ich nach Java kam und Suryo traf, begrüßte er mich: *"Selamat pulang ke Jawa!"* "Herzlich willkommen zuhause in Java!" Manchmal sagte er auch: *"Hallo Putri Jawa!"* "Hallo, javanische Prinzessin!" Ich fühlte mich jedes Mal beglückt und "gesehen". Im Laufe der Zeit haben viele Freunde mir dieses Willkommen geboten: *pulang* - nachhause kommen!

*

Ein anderer Protagonist in diesen frühen Ideen der Wiederbelebung der Panji-Kultur war Prapto aus Solo – Begründer der "freien Bewegung", Künstler, Ritual-Praktizierender und Intellektueller auf kulturellem Gebiet. Auch er verfolgte eine Wiederbelebung und Wieder-Wertschätzung der eigenen kulturellen Traditionen. In altjavanischen Tempeln führte er mit Gruppen indonesischer und ausländischer Praktizierender die freie Bewegung des Körpers aus, die er später *"amerta movement"* nannte. Es ist Kunst im Ritual, oder Ritual in der Form von Kunst: ein Wechselspiel zwischen dem Wahrnehmen und Erfühlen der Ausstrahlung alter heiliger Orte und ihrem Quelle-Werden für das Wahrnehmen und Erfühlen des eigenen Körpers und Bewusstseins.

Ein wichtiger Ort für Prapto war Candi Jolotundo am Fuß des Penanggungan-Berges, etwa einen Kilometer oberhalb des PPLH gelegen. Das aus dem Jahr 977 stammende Heiligtum ist berauschend: Aus Dutzenden Löchern und Speiern strömt und rauscht Wasser über mehrere Terrassen in kleine und schließlich ganz unten in ein breites Becken. Der *candi* ist an den steilen Berghang geschmiegt. In die hohe Rückwand sind große Formen gemeißelt, sie stellen die Jahreszahl in altjavanischen Ziffern dar. In die Mitte der Wand ist eine hohe ovale Form eingelassen. Man kann sich vorstellen, dass auf dem kleinen Plateau davor eine Figur stand, die von dem Oval wie eine

Aureole gerahmt wurde – Archäologen haben darüber spekuliert und unterschiedliche Theorien entworfen, und tun es bis heute. In den Begrenzungsmauern der kleinen Becken sind gemeißelte Reliefsteine mit Wasserspeiern eingelassen: Hier sind Szenen aus einem alten hinduistischen Mythos dargestellt. Rechts außen ist ein kleines Becken mit einem einzigen schlichten Speier, nackte Oberkörper von Männern sind hinter einer niedrigen Umfassungsmauer sichtbar, sie tauchen in das Wasser zum rituellen Bad ein. Das Pendant dazu auf der linken Seite ist die rituelle Badestelle für Frauen, sie verstecken sich schamhaft hinter ihrer Umfassungsmauer. Im großen Wasserbecken auf der unteren Terrasse schwimmen träge Goldfische umher. Hohe Bäume umgeben die Stein-Wasser-Anlage, das laute Zirpen von Grillen mischt sich in das Wassersprudeln und -rauschen. Dieser Platz lädt zum Stillsein ein. Duft nach Räucherstäbchen wabert durch die Luft, sie sind in Steinritzen gesteckt oder liegen am Wasserbeckenrand. Menschen aus Java und aus anderen Teilen Indonesiens pilgern hierher, um ein rituelles Bad zu nehmen, um Opfergaben abzulegen, um hier meditierend eine Nacht zu verbringen. Das allgegenwärtige Wasser fließt seit mehr als tausend Jahren, ohne Unterlass, egal ob Trockenzeit oder Regenzeit. Das Phänomen des nie versiegenden Wassers hat Suryo sehr beeindruckt, er hat es häufig in seinen Diskussionen über Ökologie und Rituale erwähnt. Mit Absicht hat er die Lage des PPLH einen Kilometer unterhalb von Jolotundo gewählt.

Suryo und Prapto lernten sich bei einem Ritual am Candi Jolotundo kennen und saßen dann im PPLH zusammen, tauschten sich aus über ihre Ideen der Wiederbelebung von alter Kultur. Auch Prapto war auf die Panji-Geschichten gestoßen. Für ihn verkörperte Prinz Panji das Beispiel eines Aristokraten, der sich nicht zu schade ist, sich bei seiner Suche nach

Sekartaji mit Bauern und Dörflern auf eine Stufe zu begeben und mit ihnen zu arbeiten und ihnen zu helfen. Prapto und Suryo ergänzten sich. Es ist der Prapto, den ich 1993 bei Workshop und Performance in Köln kennengelernt hatte. Von Praptos Panji-Affinität wusste ich damals noch nichts. Erst nach 2000 brachte Suryo uns, mit weiteren Künstlern und Kulturschaffenden, zusammen; es war eine Begegnung, die weitreichende Folgen haben würde.

*

19 Leute sitzen am Rand eines leeren Schwimmbeckens, der blaue Anstrich ist an vielen Stellen abgeblättert, an anderen Stellen erscheinen graugrüne Flecken von Moosflechten. Es ist der 12. August 2004. Wir lassen die Beine baumeln und amüsieren uns über diesen eigenartigen Versammlungsplatz. Es ist später Nachmittag, durch die hohen Bäume weht ein leicht kühlender Wind.

Wir haben uns im Französischen Kulturinstitut Surabaya getroffen. Im Foyer des schicken Gebäudes im Kolonialstil wurden wir vom jungen dynamischen Institutsleiter begrüßt und mit kalten Getränken bewirtet. Plaudern, lachen, erzählen, scherzen, trinken, rauchen; Suryo, der seinen Kontakt mit dem Kulturinstitut genutzt hat, eröffnet die Runde und erklärt, warum und wozu wir uns hier treffen. Er blickt hin und her und durch die offenstehenden Türflügel und sagt dann mitten im Satz: "Lasst uns nach draußen gehen, dort sitzen wir in der Natur!" Draußen ist ein kleiner Park mit hohen Bäumen und Rasenflächen, eingefasst mit blühenden Sträuchern, und mittendrin ist der Swimmingpool. In mir tauchen Bilder auf von Menschen weißer Hautfarbe, die im kühlen Wasser des Pools plantschen und lachen, umgeben von fröhlichem Kindergeschrei; hell gekleidete Menschen sitzen lässig an kleinen Tischen, braunhäutige Diener servieren kühle

Getränke. Das sind die Klischees von luxuriösem, kolonialen Leben aus einer Zeit, die weit über 60 Jahre zurückliegt und die genauso abgeblättert und verblichen ist wie der Lack des Swimmingpools. Wir haben uns nun mit unseren Getränken am Rand des trockenen Pools niedergelassen, haben viel Raum und Luft um uns. Wir – das sind Künstler, Tänzer, Kulturschaffende, Kultur-Interessierte, ich als Archäologin und Kunsthistorikerin, und Suryo als Allround-Aktivist. Er hat uns zusammengebracht, um Ideen auszutauschen und Brainstorming zu halten zum Thema Panji-Kunst *"Seni Panji"* und ihre Wiederbelebung. Hier lebt wieder sein Talent, Netzwerke zu bilden und zur gegenseitigen Bereicherung zusammenkommen zu lassen. Allein die spontane Wahl, uns draußen in lockerer Verteilung an einem ungewöhnlichen Ort wie dem Swimmingpool in der Natur zusammenzusetzen, wird kreatives Denken begünstigen sowie Mut zu Neuem und Ungewohntem und ein gemeinsames Entwickeln von Konzepten aus uns herauslocken. Alle verstehen durch Suryos Einführung, dass eine Wiederbelebung der Panji-Traditionen Bedeutung hat für die Stärkung der Selbstachtung der Menschen in Ostjava, sowohl des einfachen Volkes als auch der Gebildeten. Ostjava mit seiner immerzu als minderwertig und unbedeutend angesehenen Kultur hat reiche Traditionen, die wertvoll sind. Panji ist eine dieser Traditionen. Wie kann sie wieder lebendig gemacht werden? Das alte *wayang topeng*, in dem Masken-tragende Tänzer Panji-Geschichten vorführen, wird von Ki Soleh in Tumpang in der Nähe der Stadt Malang noch am Leben erhalten, aber selten und vor nur kleinem Publikum; er will es wieder populärer machen. Prapto und Künstlerfreunde wollen neue Panji-Performances im Sinne der freien Bewegung kreieren, Suryo will Workshops für Kinder durchführen, ich selber will Akademiker-Kollegen zu einem

Panji-Symposium zusammenbringen. Wir brennen und sprühen vor Ideen. Wir beschließen, ein Panji-Festival zu organisieren, das die drei Bereiche unter einen Schirm bringen wird: künstlerische Darbietungen, Bildungsprogramme, akademische Konferenz. Suryo träumt davon, irgendwann ein weiteres Festival zu organisieren, bei dem auch Inao-Tänze aus Thailand aufgeführt werden sollten. Er weiß, dass es in Festland-Südostasien auch Panji-Künste gibt, dort ist Panji unter dem Namen "Inao" bekannt.

Nach dem Swimmingpool-Treffen sollen drei Jahre vergehen, ehe das Projekt realisiert wird.

14

PANATARAN I

Ich liebe es, in den kleinen alten Heiligtümern Ostjavas zu verweilen, ich verspüre Ruhe, Einkehr, Berühr, Verbundensein, manchmal auch Begegnung mit etwas Höherem. Was ist es, das mich hierhin zieht, warum fühle ich mich hier wohl? Ich habe keine klaren Worte und Antworten darauf; es ist einfach so. Häufig besuche ich solche Orte gemeinsam mit Freunden, wir schauen die Reliefs an und erzählen, was für Figuren oder Tiere oder Pflanzen wir darin erkennen, wir sitzen still auf Steinen oder im Gras, bevorzugt im Schatten hoher Bäume, oder wir reden über Gott und die Welt, sprechen Gedanken und Gefühle aus, die an diesem Platz aufkommen. Die Männer rauchen, manchmal wird gelacht oder vor sich hin sinniert. Oft ist der Tempelwärter *juru kunci* dabei, in meisten Fällen ein Mann, seltener eine Frau. Sie leben in der Nachbarschaft und sind vom archäologischen Dienst offiziell eingesetzt, um Besucher hereinzulassen, um die Stätte sauber zu halten und zu bewachen. Die Wärter bewegen sich durch alle Altersklassen, die älteren mag ich am liebsten: Sie haben sich im Laufe der Jahre ein breites Wissen angeeignet und sind gerne bereit, Geschichten, Hintergründe und Einzelheiten zu erzählen. Bei meinen Forschungen bin ich in einer niederländischen Quelle aus dem Jahr 1908 auf die Beschreibung eines Tempelwärters gestoßen, der mit ausdrucksvoller Stimme "wie ein Schattenspieler" die Geschichte der Tempelreliefs deklamierte; genauso erlebe ich es auch heute oft. Dann scheinen die *juru kunci* aus der alten Zeit der Erbauung des Heiligtums zu stammen, sie weisen mit einem Bedauern in der Stimme auf die in einer Ecke stehenden steinernen Füße einer verschwundenen Statue hin, sie erzählen von alten Königen, die diesen Tempel besuchten, sie erzählen von Leuten aus den umliegenden Dörfern und Pilgern aus weiterer Entfernung, die hierher zum Meditieren kommen, sie erzählen davon, dass beim Beginn der Erbauung ein Vulkan ausbrach und damit ein bedeutungsvolles Zeichen setzte, sie erzählen von Diebstählen von Figuren und Reliefstücken, sie erzählen stolz von einer kürzlichen Restaurierung und zeigen jüngste Ausgrabungen, weisen womöglich auf eine Sammlung von Artefakten in ihrem Haus hin. Sie sprechen voller Ehrfurcht. Manchmal glühen Räucherstäbchen, die frisch in eine Mauerritze gesteckt sind, daneben rote und weiße Blütenblätter; in dem sich kräuselnden Rauch und im Duft liegt eine Verbindung mit etwas Höherem, ein paar Minuten vorher hat ein Mensch eben diese Verbindung hergestellt. Ich zünde manchmal auch ein Räucherstäbchen an.

Insbesondere den Wärter des Tempels Panataran schätze ich seit vielen Jahren. Pak Bondan hat mich im Laufe der Jahre, in denen dieser Tempel zu meinem Hauptforschungsplatz wurde, oft durch die große Anlage mit ihren verstreut liegenden Bauten und Fragmenten geführt und mich auf Einzelheiten aufmerksam gemacht. Ich liebe es, wenn er mit zärtlicher Hand über das in Stein gemeißelte, mit filigranem Batikmuster verzierte Beinkleid einer großen Dämonenfigur streicht oder wenn er die Kappe einer Panji-Figur berührt. Da ist Seelenverwandtschaft: Genauso wie ich ist er angerührt von der Schönheit und Feinheit von Figuren, von Reliefs, von Bauten. Während meiner intensiven Forschung zu den Reliefs im Panataran-Tempel haben wir dutzende, gefühlt hunderte Male unser Wissen und unsere Meinungen ausgetauscht und Steine berührt. Anfangs war Pak Bondan für mich eine sprudelnde Informationsquelle, später verlagerte sich die Verbindung und er sah mich immer mehr als Expertin an und bat mich um Erläuterungen und Interpretationen. Wir sind uns Freunde geworden, verbunden im

Panataran-Tempel und unserer gemeinsamen Faszination. Vor ein paar Jahren hat er vom indonesischen Präsidenten eine Auszeichnung erhalten als außerordentlicher *juru kunci*.

Ich habe ein Video gemacht, als er auf meine Bitte hin die Inschrift auf einem großen Stein aus dem Jahr 1197 u.Z. in der altjavanischen Schrift vorlas, dabei strich er mit der Hand über die jeweilige Zeile.

"sdangnira Çri Maharaja sanityangkên pratidina i sira paduka bhatara palah".

"Ketika dia Sri Maharaja senantiasa setiap hari berada di tempat Bathara Palah"[1]

Wenn ich den Panataran-Tempel besuchen will, wohne ich in der Stadt Blitar. Hier habe ich seit Jahrzehnten ein Stammhotel. Es ist das Hotel, in dem ich 1991 bei meiner ersten Ostjava-Reise mit meinem deutschen Freund war und von wo aus ich zum ersten Mal den Panataran-Tempel besuchte. Die Anlage mit seinem abgeblätterten alten Charme von Kolonialarchitektur ist irgendwann erheblich renoviert und liebevoll hergerichtet worden. Das Hauptgebäude mit gewaltigem Säulenvorbau ist nun Luxus-Unterkunft, während die jüngeren Gebäude einfache, billige Zimmer beherbergen. Anfangs hatte ich ein Stammzimmer mittlerer Preiskategorie. Bei einem der Aufenthalte war dieses Zimmer belegt und ich bekam ein anderes Zimmer: Die

---

[1] Zitat aus einem Artikel in der Zeitschrift TribunJogja.com vom 3. Jan. 2019 nach dem Ausbruch des nahe gelegenen Vulkans Kelud. Der Tempel Panataran war vom Unheil verschont geblieben. (*https://jogja.tribunnews.com/2019/01/03/terhindar-dari-petaka-kelud-raja-srengga-dirikan-candi-palah*. Zugriff 11 Dezember 2024)

Wasserpumpe an der gegenüberliegenden Mauer ging alle paar Minuten an und wieder aus und wieder an; sie machte mich wahnsinnig. Zum Glück war noch ein anderes, einfacheres Zimmer frei, weit genug weg von der Pumpe, im Hinterhof gelegen. Später wurde die lange Reihe von Zimmern in diesem Hinterhof, die normalerweise von Chauffeuren belegt wurden und etwas schäbig waren, renoviert und ich wechselte mein Stammzimmer dauerhaft dorthin. Zimmer Nummer 108 wurde mein favorisiertes Zimmer, weil es in einer stillen Ecke lag, entfernt genug von den Autos, die im Hof parkten und deren Motoren morgens lange und laut und mit stinkenden Abgasen warmlaufen mussten, bevor ihre Besitzer mit ihnen abfuhren. Aber: Ein paar Meter weiter neben Zimmer Nummer 108 ist die Klimaanlage der Wäscherei, sie brummt morgens und sie brummt abends. Später habe ich dann Zimmer Nummer 101 gefunden, das schließlich zu meinem Lieblingszimmer geworden ist. Es liegt am äußeren Ende der Zimmerreihe; Büsche sind inzwischen vor dem langen flachen Gebäuderiegel angepflanzt worden und verströmen frischen Wohlgeruch. Morgens, wenn ich aus dem Zimmer trete, taucht Pak Pur auf, einer der langjährigen Hotelangestellten, und fragt mich, ob ich gerne einen Tee oder Kaffee hätte; er bringt ihn mir, und ich schlürfe ihn an dem Tischchen vor meinem Zimmer. Dieses Hotel liebe ich, ich kenne die meisten Mitarbeiter und sie kennen mich. Freitags spielen Angestellte auf dem alten Gamelan-Instrumentarium; manchmal spiele ich mit. Im Zimmer liegen zwei kleine Stücke Seife bereit, die nach Frangipani duften. Wenn am Ende meines Aufenthalts genügend übrig ist, nehme ich ein Stück Seife mit. In meinem Waschbeutel ist immer ein Blitar-Duftstück; bei kleineren Reisen in Europa freue ich mich, beim Händewaschen ein bisschen Blitar-Atmosphäre zu schnuppern.

Im Waschbeutel ist auch immer eine kleine Nivea-Dose. Bei meinen Eltern gab es Nivea-Dosen in verschiedensten Größen, eine mittelgroße in der Küchenschublade für die Hände, in der Schublade im Flurschränkchen eine kleine Dose für kurzes Einschmieren, im Badezimmer eine große Dose für das Gesicht. Nivea war gut für die Gesichtshaut und hielt das Gesicht meines Vaters sein Leben lang glatt. Meine Mutter benutzte in den 60er Jahren "Plazenta"; es hat ihre Haut nicht glatt gehalten, auch das Nivea nicht, auf das sie später umstieg. Bei mir helfen weder Nivea noch andere Hautcremes, meine Falten sind ebenso wenig aufzuhalten wie bei meiner Mutter.

*

Während der Corona-Zeit schrieb einer der Mitarbeiter des Hotels in Blitar in einem WhatsApp-Chat, dass mein zweites Zuhause weiterhin auf mich warte. Wenn ich dort in meinem Stammhotel, das sich als Luxushotel präsentiert, übernachtete, meinten viele meiner Bekannten in Blitar anfangs, ich sei sehr reich. Selbstredend bin ich als Weiße sowieso "reich"! Das ist nicht aus den Köpfen von Indonesiern herauszubekommen, wenn sie Weiße im Land sehen. A. ermutigte mich eines Tages dazu, dieses Thema anzusprechen, vor allem wenn ich einen Vortrag über meine Forschungen halte. Die Zuhörer meinen selbstverständlich, dass ich wohlhabend sein muss, um meine Reisen nach Indonesien und innerhalb Indonesiens bezahlen zu können. Ich erzähle, dass ich in Deutschland sehr einfach lebe, um von meinen Einkünften genügend sparen zu können für meine Reisen. Auch im privaten Kreis erzähle ich manchmal davon, und ich höre von einem Freund, dass ja schließlich an meiner Kleidung zu erkennen ist, dass ich nicht besonders reich bin. Man kennt meine Lieblingshosen und -blusen, die zu meiner Indonesien-Stammkleidung gehören.

In Blitar schaue ich bei jedem Aufenthalt im Hotel Sri Lestari auf das Goldgeschäft an der gegenüberliegenden Straßenseite mit der Aufschrift "Semar" und der Gestalt der dickbäuchigen Spaßmacherfigur aus dem Schattenspiel. Eines Tages ist das Geschäft geschlossen, es bleibt geschlossen; die Fassade wird nicht mehr gestrichen, ebenso wenig die Semar-Figur.

*

Für die acht Kilometer von Blitar zum Panataran-Tempel nehme ich morgens einen Minibus oder besteige ein Mopedtaxi *ojek*, ich halte mich Stunden lang im Tempelkomplex auf. Bei einem meiner ersten Besuche war ich so sehr im Bann des Tempels, dass ich die Zeit vergessen hatte; der letzte Minibus fuhr um 17 Uhr zurück. Es war schon 17.30. Was tun? Damals kannte ich Mas Bondan noch kaum, er bot mir aber an, mich auf seinem Moped zum Hotel zu bringen. Dankbar nahm ich an. Mit klapperndem Auspuff ruckelten wir über die abgenutzte, mit Schlaglöchern übersäte Straße. In späteren Jahren haben wir oft über diese Begebenheit gelacht. Ich glaube, seitdem ist Mas Bondan mein Freund geworden. Er hat mir häufig geholfen, hat mich begleitet zu anderen alten Stätten in der Umgebung, hat mich zu sich nachhause zu seiner Familie eingeladen, ich durfte an der 7-Monats-Zeremonie eines Kleinkindes in der Nachbarschaft teilnehmen. Und das Schönste ist, dass er mir irgendwann die Erlaubnis gab, im uralten 600 Jahre alten Wasserbecken innerhalb des Tempelbezirks zu baden. Das geht erst nach Schließung des Tempels ab 17 Uhr. Dann kommen gelegentlich Pilger zum nächtlichen Ritual, sie meditieren, nehmen ein Bad im Wasserheiligtum. Ich darf mein Wasser-Ritual machen, wenn niemand sonst da ist. Einige Male bin ich seither in das klare kühle Wasser gestiegen und eingetaucht, es wird gespeist von einer kleinen Quelle, die nie versiegt. Wenn ich mich aufrecht auf den Boden des Beckens sinken lasse, reicht mir das Wasser bis über den Kopf. Beim ersten Mal habe ich ein bisschen Angst: Wie tief werde ich sinken? Werde ich die Orientierung verlieren? Was machen die Fische, die um mich herumschwimmen? Nach ein paar Augenblicken überließ ich mich dem Wasser und es ging mir gut. Es ist reinigend, erfrischend, mein Körper ist im stillen Wasser eingehüllt und geborgen.

Hier habe ich in unterschiedlichsten Situationen gebadet: im Vollmond, in der Dämmerung, alleine, einmal mit indonesischen Freundinnen. Jedes Mal erlebe ich eine innere Reinigung. Für mich ist dieses Wasser der heiligste Ort im Tempelbezirk Panataran. Er liegt ganz hinten, nachdem man mehrere Höfe durchschritten und schließlich am Haupttempel vorbeigegangen und über eine vielstufige Steintreppe zu einem kleinen, weiter unten gelegenen Plateau gelangt ist. Viele Besucher übersehen die Treppe und das Wasserheiligtum, genauso war es mir beim allerersten Besuch von Candi Panataran vor vielen Jahren ergangen. Ich bin nicht böse drum, wenn lärmende Selfie-machende Leute diesen besonderen Platz aussparen.

Kürzlich habe ich einer Studentengruppe in einem Uni-Seminar in Deutschland ein Photo vom Wasserheiligtum gezeigt; auch Fische waren zu sehen. Eine Studentin fragte, woher die Fische kommen. Ich wusste es nicht und schrieb eine WhatsApp an Mas Bondan und an eine Archäologin. Die Antworten: Die Fische kommen von selber; die Fische werden von Anwohnern und von Besuchern ausgesetzt. Beides mag stimmen, in Java stimmt vieles, was erzählt wird.

*

Den *juru kunci* von Panataran habe ich immer Mas Bondan genannt. *Mas* ist die Bezeichnung für junge Männer, *Pak* ist die Bezeichnung für verheiratete und gestandene Männer. *Mbak* ist die Bezeichnung für junge Frauen, *Ibu* die Bezeichnung für reifere Frauen und Mütter. Als wir uns kennenlernten, waren wir beide noch im Alter von *Mas* und *Mbak*. In ganz Java wurde ich *Mbak* genannt. Etwa seitdem ich 50 Jahre alt bin, bin ich "*Ibu*" geworden; anfangs hat mir das gar nicht gefallen. Alte Freunde aber sind beim *Mbak* geblieben. Ich habe Javanerinnen und Javaner erlebt, die sich mit 80 noch mit "*Mbak*" oder "*Mas*" ansprechen. Die Tochter von Mas Bondan nennt mich auch *Mbak* Lydia; sie ist etwa 40 Jahre jünger als ich.

*

Wie viele alte Tempel und Ruinen habe ich in all den Jahren besucht, und mit wie vielen Freunden? Mit wie vielen *juru kunci* habe ich gesprochen? Wie viele Steinfiguren und Relief-Fragmente habe ich *in situ* oder im Haus eines *juru kunci* gesehen, die später entweder verschwunden sind oder in ein Museum gebracht wurden, wo sie etwas sicherer sind?

Ein mir sehr lieb und wichtig gewordener Begleiter ist Dwi Cahyono, ein junger Archäologe und Historiker in Malang, der mit einer unglaublichen Begeisterung, Hingabe sowie Neugierde und Spürsinn und Kenntnis die altjavanischen Tempel und Kunstwerke studiert und sucht. Häufig hat er mir bereitwillig und großzügig Hinweise und Kontakte genannt, alleine oder mit anderen Begleitern habe ich dann Ruinen oder Figuren und Fragmente aufgesucht. Ein kleines Reliefstück ist mir in besonderer Erinnerung geblieben: Ein abgebrochenes Stück weißen Steins zeigt den oberen Teil einer Figur mit einer Kappe, recht verwittert, aber noch gut zu erkennen. Weißer Stein - sehr ungewöhnlich, ich sehe zum ersten Mal ein Relief in diesem Material. Der *juru kunci* des Tempels bewahrt dieses Stück auf, das er kürzlich hier gefunden hat. Seine feine Hand umfasst das feine Fragment behutsam und ehrfürchtig, Hand und Stein sind etwa gleich groß.

Der Archäologe ist ein Hans-Dampf-in-allen Gassen. Wenn man sich mit ihm verabredet, muss man viel Geduld aufbringen. Er ist berühmt für seine Verspätungen. An einem Tag in der Anfangszeit unserer Bekanntschaft planten wir den Besuch von kleinen heiligen Stätten am Berghang im Arjuno-Massiv nahe der Stadt Malang. Um nicht zu sehr in die Mittagshitze zu geraten, wollten wir um 7 Uhr in Malang aufbrechen. Ich saß in meiner Unterkunft bereit. Ich wartete eine Weile; eine Viertelstunde oder eine halbe Stunde Verspätung ist für Indonesier üblich. Nach einer Stunde wurde ich etwas unruhig. Er würde wohl jeden Augenblick kommen. Zwei Stunden vergingen. Zu der Zeit gab es noch kein Handy, ihn zuhause anrufen kam mir nicht in den Sinn. Vielleicht war er unterwegs aufgehalten worden oder hatte noch etwas Wichtiges zu erledigen. Sollte ich gehen und etwas anderes unternehmen? Er hatte mich eingeladen, also wäre es unhöflich, einfach zu gehen. Er würde bestimmt jeden Moment kommen. Kaffeetrinken, Teetrinken, nach drei Stunden tauchte er auf. Er entschuldigte sich kurz mit mir nicht ganz verständlichen Gründen und wir fuhren sofort auf seinem Moped los. Kurz vor 11 kamen wir am Fuß des Berges an. Wir keuchten in der Mittagshitze den Weg hoch und schafften es nach einer Stunde, an einem Steinhaufen anzukommen, der mit einem kleinen Dach auf Pfosten geschützt war. Das war alles? Räucherstäbchen waren in die Ritzen der Mauerreste gesteckt, offensichtlich von Pilgern mitgebracht, die hier unter dem Dach an dem für sie heiligen Ort übernachtet hatten. Ich war etwas ernüchtert, verschwitzt und ermüdet. Weiter oben am Berg sollte ein weiteres, größeres Heiligtum liegen, wir würden es in ein bis zwei Stunden erreichen. Es war klar, dass wir nicht vor Einbruch der Dunkelheit zurück sein würden. Eigentlich war mir diese zweite Stätte, Indrokilo, am wichtigsten. Die Dinge nehmen, wie sie sind – etwas anderes blieb uns nicht übrig, ein anderes Mal würde sich eine neue Gelegenheit ergeben.

Etwa 20 Jahre später war diese Gelegenheit da, wir sind frühmorgens mit einer Gruppe von sieben Leuten losgegangen, Dwi war zur verabredeten Zeit noch nicht da. Die anderen kennen Dwi auch: Er kommt immer zu spät, am besten ist es, man macht einfach das geplante Programm, und er wird sich schon irgendwie integrieren. Alle lachen wohlwollend, wir gehen los und in Indrokilo angekommen, taucht er auf, nachdem er schnellen Schritts den Bergpfad hochgestiegen ist. Ein schöner Platz: ein terrassiertes steinernes Gebäude, recht gut erhalten. Dwi mit seinem Spürsinn und tiefen Wissen weist uns auf einzelne Reliefteile hin, Tiere sind abgebildet. Von oben auf der Plattform erkennen wir, dass das Gebäude in einem Quadrat mit vier Reihen von großen Töpfen umgeben ist. Die tönernen runden Töpfe mit einer Öffnung von etwa 1 m Durchmesser sind in der Erde eingelassen, sodass sie kaum herausragen. Wahrscheinlich waren sie in früheren Zeiten mit Wasser gefüllt. Tempel sind oft von Wassergräben umfasst oder liegen in der Nähe eines Bachs, sodass der Platz spirituell gereinigt ist und die Pilger ebenso. Eine andere tiefe symbolische Bedeutung ist ein aus dem Indischen stammender Mythos: Der heilige Berg Mandara steht im Milchozean; Dämonen und Götter legen zwei Riesenschlangen eng um den Berg und ziehen auf beiden Seiten an den Schlangen, sodass der Mandara zum Quirl wird: Das "Quirlen des Milchozeans" *Samudramanthana* bewirkt, dass aus dem Berg das heilige Wasser der Unsterblichkeit *amerta* austritt. Es wird von den Göttern auf der Spitze des Berges gehütet. Vielleicht ist diese Geschichte auch hier am Indrokilo-Tempel manifest.

*

Es gibt ein Photo von mir, wo ich in einem Museum vor einer hohen Skulptur stehe, neben mir steht Suryo. Ich erkläre, dass die Reliefs rund um die Skulptur das *Samudramanthana* darstellen, ich habe den Zeigefinger erhoben, so wie ich es hunderte Male bei Suryo selbst gesehen habe. Viele Photos zeigen mich mit erhobenem Finger, wenn ich Vorträge und Führungen halte. Eine unserer vielen Gemeinsamkeiten!

ADRIAN

Oft verbringe ich bei meinen Reisen Zeit in Bali. Der allgegenwärtige Tourismus schreckt mich jedes Mal aufs Neue ab. Trotzdem - die Insel bleibt schön mit ihrer herrlichen Landschaft, ihren vielen bezaubernden Plätzen, ihren aufwändigen Zeremonien. Oft zieht es mich zur Anlage Sua Bali mit Übernachtungsmöglichkeiten im hübschen Garten mit üppigen Bäumen und blühenden Sträuchern. Die Eigentümerin hat das Anliegen, ihren Gästen die balinesische Kultur nahezubringen; sie arrangiert Treffen mit den Bewohnern aus dem angrenzenden Dorf, bietet Kochkurse und Sprachkurse für ihre Gäste sowie Englischkurse für die Dorfkinder an. Sie ist sehr erfinderisch in ihren Konzepten und Aktivitäten, sie hat ein großes Netzwerk von Künstlern, Intellektuellen, Akademikern aufgebaut, sowohl aus Bali oder anderen Teilen Indonesiens und auch aus dem Ausland. Ihr Enthusiasmus und ihre Kreativität erinnerten mich oft an Suryo. Irgendwann – ich vermute, es war um das Jahr 2000 herum – war ich wieder einmal in Sua Bali und wurde dort dem australischen Bali-Experten Adrian Vickers vorgestellt. Er hatte eine jahrelange Forschung zum Thema Panji in balinesischer Literatur, Kunst und Tanz durchgeführt. Natürlich hatten wir sofort viel Gesprächsstoff über Panji. Unsere Forschungen waren auf verwandte Themen und Aspekte gerichtet. Während mir der balinesische Panji – dort *Malat* genannt – bisher unbekannt war, hatte Adrian auch viel Kenntnis über den javanischen Panji. Es war spannend und aufregend, wie sich die Panji-Welt für mich schon wieder erweiterte. Wir bereicherten uns gegenseitig mit unseren Gesprächen, und es gab viele Aha-Effekte. Bis heute freue ich mich, wenn ich jemanden kennenlerne, der oder die von Panji "angesteckt" ist, und wenn es dann zu regem Austausch kommt. Im Laufe der folgenden Jahre blieben Adrian und ich im email-Kontakt und schickten uns Hinweise auf neue Publikationen, Ideen und Kontakte. Er unterstützte mich in meinem Vorhaben der Doktorarbeit.

Nach einer längeren Kontaktstille erhielt ich im August des Jahres 2005 eine email von Adrian, der sich nach dem Stand der Dinge meiner Panji-Forschung erkundigte. Er war inzwischen Leiter der Südostasienabteilung der australischen University of Wollongong in New South Wales geworden. Ich berichtete ihm, dass ich leider mit der Doktorarbeit aufgehört hatte – Zeit und Geld fehlten. Auch er fand es sehr bedauerlich. Kurz danach schrieb Adrian eine weitere email: *"I have a tentative idea."* – "Ich habe eine vorläufige Idee." An seiner Universität gebe es Promotionsstipendien für ausländische PhD-Studenten, auch in seinem Fachbereich. Die nächste Bewerbungsfrist für ein Stipendium sei der 15. September. Ich erinnere mich lebhaft, wie ich vom Schreibtischstuhl aufsprang, rief "Das ist ja der Wahnsinn!", lachte und in die Hände klatschte, "aaahhh, eeehhhh" rief. Unglaublich! Ich las die email ein zweites Mal, um zu prüfen, dass ich nichts missverstanden hatte. Adrians emails sind immer sehr knapp und klar formuliert: Da war nichts falsch zu verstehen! War dies ein Fingerzeig, mein mit Bedauern aufgehörtes Projekt doch wieder aufzunehmen? In mir war direkt ein klares JA. Aber war es überhaupt realistisch, in der kurzen Zeit bis zum 15. September die Bewerbung zustande zu bringen? Ich wusste von meiner früheren Bewerbung für ein Stipendium, wie aufwändig es ist: Konzept, Durchführungsplan, Zeitplanung, Kostenplan, Experten-Empfehlungen. Dann die Frage: Nach Australien gehen, wo ich noch nie war, wo ich niemanden außer Adrian kannte, neue Freunde suchen, mich in die australische Lebensart integrieren? Gleichzeitig die freudige Aufregung und Neugierde, ein anderes Land kennenzulernen, dort zu leben, neue Freunde zu gewinnen, Englisch zu sprechen, neue Städte und Landschaften zu erleben. Mit Abenteuerlust in die Fremde ziehen, und vor allem: an meiner Arbeit schreiben, ohne irgendwelche anderen ablenkenden Aufgaben erfüllen zu müssen! Ich sah mir die Ausschreibung im Internet an. Ja, es gab viele, zeitaufwändige Bedingungen zu erfüllen. Ich entschied, es zu versuchen, es blieben nur wenige Wochen, ich musste sofort beginnen mit dem Zusammenstellen der Bewerbungsunterlagen. Ich brauchte einen Gutachter, sofort fiel mir Jan Fontein ein, der Experte für altjavanische Kunst, der mich seinerzeit zu Beginn der Panji-Forschung nach meiner Krebs-Erkrankung unterstützt und motiviert hatte. Er war gerne bereit für das Ausstellen eines Gutachtens. Beschreibung des Forschungsprojekts, Zeit- und Kostenkalkulation hatte ich von meiner früheren abgelehnten Bewerbung quasi in der Schublade, ich musste sie aktualisieren und auf Australien zuschneiden. Ich schaffte es, alle Unterlagen in kurzer Zeit beisammen zu haben und schickte sie kurz vor dem 15. September ab. All meine Energie hatte ich hineingelegt, jetzt ging die Luft raus aus der Anspannung. Es begann die Zeit des Wartens. Immer wieder dachte ich, es sei Unsinn, auf ein positives Ergebnis zu hoffen und mich auf diese Sache einzulassen. Ich war schon 49, keine Uni würde eine so betagte Studentin fördern wollen. Zeitweise legte ich die Idee vollkommen ad acta und widmete mich wieder meinen anderen Aktivitäten und Aufgaben.

Die Antwort von der University of Wollongong kam am 2. Dezember: *"Your application for a scholarship has been accepted"*! Wieder ein Springen in die Höhe! Konnte ich das glauben? Freude und Zweifel gleichzeitig befielen mich. Mein Versuch sollte in Erfüllung gehen? Hatte ich mir da nicht etwas vollkommen Unrealistisches, Verrücktes vorgenommen? Ich war hin- und hergerissen zwischen Freude und Zweifel. An diesem Vormittag hatte ich eine Sitzung bei meinem Therapeuten, der mir seit der Krebs-Erkrankung ein wichtiger Begleiter war und dessen Einschätzungen ich sehr vertraute und es bis heute tue. Ich erzählte ihm natürlich gleich von der Antwort aus Australien. Er sagte, mein Gesicht strahle total, da sei es überhaupt keine Frage, was ich wolle! Ja. Für 3 Jahre war das Stipendium angesetzt, 3 Jahre intensives Forschen und Schreiben!

Ich habe danach in meinem Lieblingslokal am Rhein gesessen, mit weitem Blick aus den großen Glasfenstern auf die langgezogene weite Rheinbiegung mit träge und ruhig fließendem Wasser. Es war ein klarer, kalter Wintertag mit strahlend blauem Himmel. Ich trank einen Kaffee und fühlte: "Ja, auf in die Weite nach Australien, *go with the flow*, weitere Öffnung des Horizonts, neue Möglichkeiten wahrnehmen, eine Stufe weiter gehen." Es fühlte sich richtig an.

Der 15. Mai 2006 war das Datum des Antretens des Stipendiums. Ein knappes halbes Jahr war es bis dahin!

*

Ich musste mit meiner Familie und vor allem meinen Eltern darüber sprechen. Mein Vater war 85, meine Mutter 82. Auch wenn ich sie normalerweise nur etwa alle vier bis sechs Wochen besuchte: Konnte ich sie drei Jahre lang alleine lassen bzw. meine Schwester für sie sorgen lassen? Vielleicht brauchte ich gar nicht die gesamten drei Jahre, da ich während der abgebrochenen Kölner Promotionszeit schon sehr viel Material gesammelt und viel geschrieben hatte. Ich würde mindestens einmal im Jahr nach Deutschland kommen, um meine Eltern zu besuchen. Das Stipendium war nicht hoch, ich würde in Australien knapp leben müssen, ich wollte mich auf die Arbeit konzentrieren und nicht viel herumreisen. All das besprach ich bei einem Besuch meiner Eltern - mit ihnen und mit meiner Schwester. Natürlich waren sie zunächst skeptisch, vor allem meine Mutter war erschrocken, dass ich so lange weit weg sein würde, mein Vater war positiver gestimmt. Ich sagte ihnen, dass ich es nur machen würde, wenn sie einverstanden wären, ich würde sie nicht im Stich lassen wollen. Ein weiteres Einzelgespräch mit meiner Schwester: Sie an meiner Stelle würde diese Gelegenheit auch wahrnehmen. Sie würde sich um unsere Eltern kümmern, sie waren zu der Zeit rüstig und kräftig und brauchten keine besondere Unterstützung. Ich würde Weihnachten 2006 nachhause kommen, im Jahr darauf ein oder zweimal, im Jahr 2008 ebenso, und Anfang 2009 wäre ich wahrscheinlich fertig. Wir waren im guten Einvernehmen über diese Planung.

PAZIFIK

Die Bücherregale in meiner Wohnung sind halb leergeräumt. Ein Teil ist in Umzugskartons gepackt und in den Keller geschafft. Ein anderer Teil ist in einem großen Koffer ordentlich gestapelt, darunter sind auch die farbigen Ordner mit den Kopien, die ich über die Jahre hinweg gesammelt habe; darauf liegen Kleidungsstücke, in die Zwischenräume habe ich Handtücher und Socken gestopft. Einen zweiten Koffer fülle ich mit weiterer Kleidung. Es heißt, in Australien ist es nie richtig kalt. Eine Herbstjacke, ein Wollpullover, eine Strickjacke sind die wärmsten Stücke, die ich mitnehme, ansonsten ein paar langarmige T-Shirts und viel luftige Sommerkleidung. Auch für das tropische Klima auf meinem Zwischenstopp in Java habe ich vorgesorgt, meine Standard-Java-Kleidung ist im Koffer. Auswählen und entscheiden, welche Dinge in welchen Koffer kommen und welche zuhause bleiben, ist mühsam. Das für den Flug vorgegebene Volumen der Koffer und die maximale Gewichtsvorgabe helfen beim notwendigen Reduzieren.

In den Tagen vor meinem Aufbruch ist mein Wohnzimmer voller Blumensträuße, orangefarbene Tulpen, Rosen, Gerbera. Die Vasen haben ich in einem Halbrund angeordnet; jeden Tag freue ich mich und mir ist warm ums Herz. Zwei Wochen vorher, Ende April, habe ich meinen fünfzigsten Geburtstag und gleichzeitig den Abschied für die Australienzeit gefeiert. Fünfzig Gäste waren zusammengekommen. Ich habe das Bad in der Menge, die viele Zuneigung und die guten Wünsche sehr genossen. Als Geschenke hatte ich mir - neben einem kleinen Zuschussbeitrag für die Reise - Blumen gewünscht. Und siehe da: Fast alle Sträuße waren in Orange, meiner Blumen-Lieblingsfarbe!

Meine Wohnung vermiete ich zunächst für ein halbes Jahr, K. kümmert sich darum, dass alles glattläuft. Wenn ich Weihnachten für ein paar Wochen zurückkomme, werde ich in meiner Wohnung wohnen können. Danach will ich sie wieder vermieten. Es ist vieles zu regeln in diesen letzten Tagen, Nachsendeantrag bei der Post, Bescheid an Nachbarn, Büro-, Bank- und Papierkram erledigen, Wohnung sauber hinterlassen. Die ganzen vergangenen Wochen und Monate war ich schon im Vorbereitungsmodus. Die Bedingungen für das Ausstellen des zunächst zweimonatigen Visums zu erfüllen waren eine Mammutaufgabe gewesen: eine durchaus anspruchsvolle Englisch-Sprachprüfung, der persönliche Vorstellungstermin im australischen Generalkonsulat in Frankfurt mit Vorzeigen der Unterlagen von der University of Wollongong und vieles, das Zeit, Nerven, Geduld brauchte, alles mit Zeitfristen. Ich habe es geschafft.

Irgendwann stehe ich dann am Gleis im Kölner Hauptbahnhof, zwei vollgepackte Koffer, drei Freunde, ich bin erschöpft und erleichtert, dass es jetzt endlich so weit ist. Als ich im Türrahmen des Zuges stehe, kommen doch ein paar Tränen. Der neue Abschnitt in Unbekanntes und in neue Horizonte steht jetzt tatsächlich an. Freude und Erwartung und Neugierde, und auch ein bisschen Bangigkeit sind da.

Zwei Wochen Zwischenschritt in Java machten mir noch einmal die Grundlage und das Ziel für mein Vorhaben in Australien deutlich: meine Doktorarbeit über die Reliefs zu schreiben! Ich besuchte zum wiederholten Male einige "meiner" Tempel und auch "neue" Tempel, ich sammelte neues Material und photographierte vor allem die Reliefs mit meiner neuen Digitalkamera. Aus den Jahren zuvor hatte ich unzählige Dias und Print-Photos; für die intensive Fortsetzung der Forschung standen nun digitale Medien an. Die Kamera hatte ich erst kurz vor

der Reise gekauft und zuhause noch keine Zeit gehabt, sie ein-
zuweihen. Mein allererstes Digital-Photo im Mai 2006 zeigt ein
rotes Telefon im Hotelzimmer in Blitar.

Sieben Stunden Flug von Java: Am 14. Mai kam ich in Sydney an. Das Gefühl war irgendwie ähnlich wie das, als ich vor
vielen Jahren als junges Mädchen am Bahnhof in Épinal ankam,
wo mich die französische Familie meiner Brieffreundin abholte.
In Sydney wurde ich auch wohlwollend von einem netten deutschen Mann empfangen, der in Sydney lebt; eine gemeinsame
deutsche Freundin hatte das arrangiert. Er begleitete mich mit
dem Auto nach Wollongong. Ich fühlte mich willkommen!
Vom Airport am Rand der Stadt fuhren wir über Ausfallstraßen
in Richtung Wollongong, das etwa 70 km weiter südlich liegt.
Die Straßen der Vororte waren hässlich, eine Aneinanderrei-
hung von nichtssagenden Wohnblöcken, ungepflegten Geschäften und Gewerbegebieten, viel Autoverkehr. Aha, so also
sah Sydney aus. Schnell kamen wir raus und es öffneten sich
weite Blicke auf Grün, auf Landschaft, Hügel, Weite. Das entsprach schon eher meinem Bild von Australien. Mein netter
deutscher Abholer H. hielt an einer Raststätte links von der
Straße. Hier erwartete mich ein spektakulärer Ausblick: Vor
uns breitete sich zur Linken das Meer, der Pazifik, aus, zur
Rechten die weiten Hügellandschaften, und in der Mitte die un-
endlich lange Küstenlinie, die sich in der Ferne verlor. Ich war
überwältigt. Vogelgeschrei war zu hören: "Rosellas", sagte H.
und deutete auf bunte Vögel hin: meine ersten Papageien. Die
Luft war kühl, mit einer angenehmen Windbrise, es war Mai,
also australischer Herbst. Den Kaffee an diesem Platz habe ich
sehr genossen! Nach einer guten Stunde kamen wir in Wollongong an, meine erste Bleibe lag im Ortsteil Corrimal. Links von
der Hauptstraße ging es ab in eine locker bebaute Siedlung mit
einzelnen Familienhäusern in großen Gärten voller Sträucher,

Bäume, Blumen. Wir hatten eine gute Wegbeschreibung, wir brauchten nicht allzu viel herumsuchen. Wir hielten vor einem Häuschen in einer ruhigen Straße, einem *"Crescent"*, die Bezeichnung für kleine in einer Biegung verlaufenden Straßen. Hier wartete schon Denise auf uns. Sie begrüßte uns herzlich. Denise ist eine Kollegin von Adrian an der University of Wollongong, Adrian hatte die Wohnung vermittelt. Ein lichtdurchflutetes Zimmer mit orangenen Vorhängen, blau-orange-aprikot-farben gepolsterten Sofas, Stühlen und Teppiche – ich fühlte mich sofort wohl. Ich weiß nicht mehr, ob wir dann gegessen haben, vielleicht in ein Restaurant gefahren sind; ich weiß nur, dass ich glücklich war und mich gut aufgehoben fühlte. Denise war eine sehr warmherzige Frau. Sie wohnte ein paar Ortsteile weiter, ich würde sie an der Uni treffen, ich könne mich immer an sie wenden. Wahrscheinlich habe ich dann erst mal geschlafen, müde vom Jetlag und allen neuen Eindrücken. Der freundliche H. hatte sich verabschiedet und angeboten, mir demnächst die schönen Seiten von Sydney zu zeigen. Irgendwann bin ich vom Haus aus in Richtung Meer gegangen. Nach etwa 10 Minuten stand ich da: Blaue Weite, hellbrauner Sandstrand, mein Körper warf in der Abendsonne einen langen Schatten auf den breiten Strand, Möwen mit roten Schnäbeln liefen herum, Wellen brandeten. Es war unglaublich: Hier stand ich, in Australien, blickte nach Osten auf den Pazifischen Ozean.

Am 15. Mai trat ich die Zeit meines Stipendiums an der University of Wollongong an. Ich fuhr mit dem Bus 10 Minuten zum Campus und suchte mich durch die weitläufige Anlage zum Gebäude der Southeast Asian Studies durch. Hier erwartete mich Prof. Adrian Vickers und begrüßte mich herzlich. Er begleitete mich durch die Gänge zu einem Büroraum, der mein privater Arbeitsraum für die kommenden

Monate und Jahre sein würde. Geräumig, ein großer Schreibtisch, Computer, Regale, Ablageflächen, Blick auf grüne Bäume vor dem Fenster. Einladend! Adrian begleitete mich zum International Office, wo ich diverse Formalitäten erledigen musste: Papierkram, Unterlagen, Formulare, Health Care, Bankkonto. Vor allem wurde mir eingeschärft, dass ich mich frühzeitig um die Unterlagen für die Antragstellung auf das mehrjährige Visum kümmern müsse. Später stellte Adrian mich der Professorin Diana Wood-Conroy vor, die meine Doktormutter sein würde. In Australien haben Promotionsstudierende zwei Supervisors, nicht nur einen wie an deutschen Unis üblich. Diana war eine herzliche, klar wirkende Kunstprofessorin; sie würde die kunsthistorischen Aspekte meiner Forschung betreuen und mit mir diskutieren. Alles war perfekt für mich arrangiert. Wir gingen zu dritt im Campus-Restaurant essen, dort, wo Lehrende und Gäste in ruhiger Atmosphäre Gespräche führen können. In den nächsten Tagen erst lernte ich die Mensa kennen, wo es, wie üblich in Universitäten, lebhaft und schlicht zugeht. Die Campus-Anlage der Wollongong University ist schön und gepflegt: Ein Landschaftsarchitekt hatte beim Konzept mitgewirkt: Es gibt einen Bach mit kleinen Inseln, einen aufgestauten See; viele Teile des ursprünglichen Bewuchses, vor allem Bäume, hat man stehen lassen und in die Anlage integriert. Es sieht so aus, als wenn die einzelnen Gebäude wie zufällig in der Landschaft verteilt sind. Es hat eine Weile gebraucht, ehe ich mich hier zurechtfand.

Ich brachte meinen Bücherkoffer zur Uni und richtete mich in meinem Arbeitsraum ein. Der Computer stand auf einem großen Arbeitstisch, daneben waren viele Regale: Ich hatte aus-reichend Platz, um mich und meine Sachen auszubreiten. In der Teeküche lernte ich eine der anderen PhD-Kandidatinnen kennen; sie forschte über Volontäre in asiatischen Ländern. Sie wies den Flur entlang auf die Türen, die jeweils zum Raum anderer PhD-Studenten führten, es waren etwa 10. Ich war nicht alleine.

Gleich in diesen ersten Tagen lud Adrian mich zu einer Versammlung von Studenten und Studentinnen aus der Abteilung der Southeast Asian Studies ein. In ein paar Wochen würde an der Uni eine Konferenz zu Südostasien stattfinden, er war der Convenor und stellte nun sein Team für die Organisation zusammen. Eine PhD-Studentin war Chef-Koordinatorin, und sie teilte uns die jeweiligen Jobs zu. Ich lernte eine indonesische Kollegin kennen, wir freundeten uns gleich an. Sofort war ich in einem Netz von Kollegen und Kolleginnen und hatte eine Aufgabe. Die Konferenz war interessant, ich lernte viele renommierte Wissenschaftler kennen. Ich erzählte von meiner Forschung, es gab regen Austausch.

Meine Arbeitsdisziplin war gut, auch gefördert durch die allgemein herrschende Arbeitsatmosphäre. Meine Gespräche mit Adrian und Diana waren fruchtbar, die beiden motivierten und unterstützten mich, brachten mich auf neue Aspekte und Herangehensweisen. Nach einigen Wochen besuchte uns Peter Worsley. Er, ein australischer Professor von der Sydney University, war mir von Artikeln über altjavanische Kunst und Literatur als Koryphäe auf diesem Gebiet bekannt. Ich empfand es als eine Ehre, dass er an meinem Thema und an einem Gespräch mit mir interessiert war. Wir gingen zum Lunch im Campus-Restaurant und unterhielten uns intensiv über die vielen Aspekte meiner Forschung, es war aufregend und bereichernd und ich fühlte mich, ebenso wie durch meine beiden Supervisors, verstanden und ermutigt.

*

In Canberra besuche ich in der National Gallery of Australia die Ausstellung "*The Great Goddess*": Sie präsentiert Gemälde und Skulpturen mit Darstellungen von hinduistischen und buddhistischen Göttinnen. Ein Gemälde zieht mich magisch an: Die Gestalt einer Göttin sitzt im Lotussitz auf einer Schlange. Um eine vertikale Achse winden sich zwei Linien durch den Körper bis zur oberen Stelle des Kopfes. Hier liegt eine Blüte, es ist eine entfaltete große Lotosblüte. Mir dämmert ein altes Wissen, nämlich, dass die Schlange die Kundalini-Energie darstellt, die während der Meditationspraxis durch die Chakren des Körpers bis zum höchsten Chakra steigt und dort die Vereinigung mit der männlichen Gottheit erreicht. Das Label sagt tatsächlich "*Rise of the Kundalini*" – "Das Aufsteigen der Kundalini".

Eine Assoziation steigt auf: Die Anlage des Tempels Panataran, der zu einem der wichtigsten Orte meiner Forschungen geworden ist, hat eine vergleichbare Anordnung. Der Tempelkomplex besteht aus hintereinander gestaffelten Höfen. Hinter dem Eingang, der von den zwei mächtigen Dämonenwärterfiguren beschützt wird, liegt links ein niedriger Bau, dessen Fuß mit dem schuppigen Relief einer Schlange umzogen ist. Weiter rechts windet sich ebenfalls ein Schlangenrelief um einen Gebäudesockel; an dessen Wänden sind die Kappenfiguren-Szenen dargestellt. Dann schlängele ich mich weiter rechts durch einen weiteren Eingang, mit kleineren Dämonenfiguren bewehrt, und gelange in den nächsten Hof, hier wende ich mich nach links zu einem größeren Gebäude. Das obere Gesims ist von einer Schlange umwunden, darunter stehende Götterfiguren halten sie wie eine Girlande fest. Ich gehe durch den dritten Eingang zum hinteren Hof. Hier liegt rechts ein kleines Gebäude, mein Blick wird auf die Darstellung einer Figur mit Kappe gezogen, die auf einem Fisch im Wasser reitet. Meine Schritte gehen nach links zum großen Hauptheiligtum, das den weiten Hof dominiert. Ich umschreite den Bau, betrachte die Reliefs an den Wänden, und steige auf die nächste Terrasse hinauf; auch hier sind die Mauern mit Reliefs geschmückt. Es sind die Darstellungen der Epen *Ramayana* und *Krishnayana*. Die allerletzte Episode zeigt Krishna und seine Gemahlin Rukmini, die sich nach langen Wirren wieder treffen und als Paar nebeneinander an einem Weiher sitzen – eine sehr romantische Szene. Der Weg durch die Anlage bis hierhin hat durch drei Durchgänge geführt, sie liegen nicht in einer Achse, man bewegt sich mal nach links, mal nach rechts an den Gebäuden entlang. Ist es zu sehr gewagt, in diesem Gang durch die Tempelanlage dem Weg der Kundalini-Schlange zu folgen und schließlich die Vereinigung von Mann und Frau als Symbol der Vereinigung von Gott und Göttin zu erleben? Bei der Betrachtung von Kunst vermeide ich das Hineininterpretieren eigener Phantasien, ich beziehe mich auf Fakten, bisher vorgelegte Forschungsergebnisse und Traditionen.

Die Aussagen und Erklärungen von Zoetmulder kommen mir wieder in den Sinn, die ich schon bei meiner Forschung zum *Arjunawiwaha* und bei meinen bisherigen Panji-Forschungen einbezogen habe. Er schreibt über das tantrische Yoga und die Vereinigung von Shiwa und Shakti in der altjavanischen Dichtkunst. Zurück an meinem Arbeitsplatz an der Uni in Wollongong, suche ich in meiner gut bestückten Bibliothek die entsprechenden Seiten in Zoetmulders Werk heraus. Ich finde hier exakt die Beschreibungen und Deutungen, wie ich sie im Candi Panataran erkannt habe.

Bei der nächsten Begegnung mit Peter Worsley lege ich ihm meine Theorie über den Panataran-Tempel dar. Ich hatte Teilkopien des Grundrisses der Tempelanlage auf blauem Papier in großem Format zusammengeklebt, ich habe eine sich schlängelnde Linie eingezeichnet, die meinen Weg durch die Anlage beschreibt. Peter und später auch Adrian sind angetan und stimmen mir bei.

Ich tauche wieder ein in die Ideen von *langö* und Verzückung und tantrischer Ekstase.

*

Natürlich hatte die Zeit in Wollongong auch ihre Schattenseiten. Obwohl ich mit meiner Arbeitssituation sehr glücklich war, fühlte ich mich häufig allein, ich fand keine wirklich nahen Kontakte. Oft reagierte ich enttäuscht, wenn ich in der Teeküche oder auf den Fluren oder in der Mensa hörte *"Hi, how're you doing?"* Kein Mensch wollte darauf eine Antwort hören, außer *"good"* oder sogar *"very good"*. Ich wollte gerne von mir erzählen, wollte die anderen Leute um mich herum und australisches Leben näher kennenlernen, wünschte mir als Deutscher gegenüber Interesse und Neugierde und dass mir gelegentlich jemand hier und da helfen würde. Die unverbindliche Freundlichkeit ging mir zunehmend auf den Nerv. Es sollte einige Wochen dauern, ehe sich ein paar nähere Kontakte und Freundschaften entwickelten und ich mich endlich auch privat wohlfühlte. Ich wurde zum Barbecue am Strand eingeladen, zum Essen in das Haus einer Kollegin, besuchte gelegentlich eine andere Kollegin zu Kaffee und Plausch in ihrem Haus, hatte zunehmend gute Gespräche mit einem Kollegen, in den ich mich verliebte, aber wo es zu keiner Romanze kam. Irgendwie hatte sich dann doch ein recht "normales" Leben entwickelt, es hatte seine Zeit gebraucht. Trotzdem – die neuen Bekannten und Freunde konnten natürlich nicht die langjährigen Freundschaften wie in Deutschland oder Java ersetzen. Häufig schrieb ich Rundmails an sie, um sie teilhaben zu lassen und den Kontakt zu halten.

In diesen ersten Wochen war ich oft am Meer und habe den Strand und die Aussicht auf den Pazifik genossen. Hier empfand ich die Verbundenheit und das Eingewobensein in der weiten Natur; es tröstete mich, und gleichzeitig überkam mich häufig das Gefühl meiner Einsamkeit umso stärker. Dann kam auch ein Staunen über mich selber hoch: Ich war so mutig, alleine weit weg in diese Fremde gegangen zu sein. Es gibt etliche Photos, die meinen langen Schatten am breiten Sandstrand zeigen, abends bei tiefstehender im Westen untergehender Sonne. In der Frühe zum Sonnenaufgang zu gehen, habe ich nie geschafft.

Ich machte Ausflüge in umliegende Orte, um ein Gefühl von "Australien" zu bekommen. Das kleine Städtchen Campbelltown war solch ein Ziel: Eine mittelalterlich aussehende kleine Kirche, ein Postamt, ein Bürgermeisteramt, das sind die drei Punkte, die jede Ansiedlung und Stadtgründung in Australien ausmachen. Ansonsten viel Leere in den Straßen. Zwischen den Orten weite Entfernungen, große Weideflächen, darauf Rinder, dazwischen Wälder oder Buschwerk. Ziemliche Öde und Ruhe. "Historisches" war höchstens 200 Jahre alt, meist viel jünger: Die "mittelalterliche" Kirche schien wie ein dürftiger Versuch der frühen Siedler, englische Historie nach Australien zu versetzen.

In Wollongong wechselte ich einige Male meine Unterkunft. Schon nach drei Wochen in dem hübschen Haus musste ich mir eine neue Bleibe suchen. Ich fand eine kleine Einliegerwohnung – *granny's appartment* – in Corrimal, hier war es ziemlich dunkel und kalt. Ich kaufte eine helle Baumwolldecke bei Wooly's und bespannte damit die holzvertäfelte Wand. Eine Bekannte fuhr mit mir zu einem Second-Hand-Möbellager, wir fanden weitere helle Stoffe als Möbelbezüge und Kissen, und vor allem kauften wir einen kleinen Heizstrahler, vor dem ich in diesen Wintermonaten häufig gesessen habe. Ich fühlte mich nicht sehr wohl, die Vermieter waren mir unsympathisch, sie zogen über Aborigines her und gingen streng mit ihren Kindern um; die Kinder rannten lärmend und klappernd vor meiner Hütte herum; viele Tage lang wurde ich morgens um 7 Uhr aus dem Schlaf gerissen von Sägen und Hämmern vor meiner Hütte. Die Kälte, die auch der Heizstrahler nicht ausglich, tat ihr Übriges: Ich beschloss, nach einer neuen Bleibe zu suchen. Ich fand ein Zimmer bei einer PhD-Kollegin in dem schönen Ortsteil Thirroul weiter nördlich. Sie wohnte mit Mann und zwei Kindern in einem Haus auf einem Hügel mit unglaublicher Aussicht auf Küste und Meer. Auch sie liebte helle Farben, das ganze Haus und mein Zimmer waren lichterfüllt, und es war warm. Sie war eine herzliche, lebhafte Person. Ihre beiden halbwüchsigen, netten, energievollen Kinder waren ebenso lebhaft. Wenn sie nicht gerade Schule oder sonstiges Programm hatten, rannten sie tobend und schreiend durch Haus und Garten, der Fernseher lief in Überlautstärke bis spät in die Nacht hinein, Mutter und Vater stritten sich lautstark. Nach einer Woche hielt ich es nicht mehr aus. Es kam zum Krach zwischen meiner Vermieterin und mir, ich suchte mir ein Zimmer in einer Ferienwohnung in der Nähe. Dort verbrachte ich eine ruhige Zeit, bis ich endlich ein festes Domizil fand: Im Studentenwohnheim auf dem Campus gab es einen eigenen Trakt für Postgraduate-Studenten, ein kleines Apartment wurde dort gerade frei. Es war hübsch, umgeben von Park und Bäumen, Blick auf Eukalyptusbäume, deren zitroniger Duft bei offenem Fenster hineinströmte, hell, ruhig. Ich hatte nette Nachbarn, auch solche in meinem "fortgeschrittenen" Alter, wir saßen manchmal zusammen, ich hatte es nur ein paar Schritte zu meinem Arbeitsraum im Campus. Perfekt. Hier blieb ich.

Am 8. Juli 2006 fuhr ich zum ersten Mal mit dem Zug von Wollongong nach Sydney, während der etwa einstündigen Fahrt erlebte ich wieder die herrlichen Blicke auf die Küste wie am Tag meiner Ankunft in Australien. Zum ersten Mal war ich am Circular Quay mit Blick auf die Harbour Bridge und auf die Opera. Ein Photo zeigt mich strahlend mit der Opera im Hintergrund. Es war ein bedeutsamer Tag für mich: 10 Jahre nach der ersten Krebs-OP. So weit hatte ich es gebracht! Was für ein Glück!

17

PANATARAN II

Eine männliche Figur mit Lockenkopf geht hinter einem Mann mit einer Kappe, begleitet sind sie von einem kleineren Mann. Sie gehen nach rechts, der Mann mit der Kappe übergibt einen länglichen Gegenstand an eine kniende Frau mit einem Haardutt. Sie schreitet über einen Fluss und übergibt den Brief einer sitzenden jungen Frau mit langem Haar, ihr Körper leicht gewunden und der Kopf leicht gesenkt. Der Kappenmann und die junge Frau treffen einander. Er sitzt auf einem Podest, sie lehnt an seinen Knien, er ist dabei, sie auf den Schoß zu ziehen. Rechts hinter ihnen sitzen auf einem erhöhten Sockel ein Mann und eine Frau, an ihren Turbanen als Einsiedler und Einsiedlerin zu erkennen.

In Stein gemeißelt hat sich hier eine Panji-Geschichte manifestiert. Panji und seine Liebste Sekartaji sind getrennt, gemeinsam mit Freunden begibt er sich auf die Suche, sie treffen auf ihre Dienerin. Panji übergibt ihr einen Liebesbrief, den sie nach Durchwaten eines Flusses zu Sekartaji bringt. Diese wartet voller Sehnsucht auf ihren Liebsten. Die beiden kommen zusammen, er nimmt sie auf den Schoß zum *asmaratantrayoga*: Sie werden sich in tantrischer Liebe vereinen. Zeugen sind der Einsiedler und die Einsiedlerin.

Vor meinen Augen erscheint ein Bild: Pilger gehen an der Steinwand entlang, schauen auf die Bilder, eine Stimme singt ihnen die Geschichte vor, erzählt sie. Die Pilger verstehen, dass das Liebespaar Wirren und Hindernisse meistern muss, bevor die Vereinigung geschehen kann.

Figuren mit Kappe, Männer mit Locken, Frauen mit Haardutt, junge Frauen mit gelöstem Haar, Männer und Frauen mit Turban, eine schreckliche Dämonenfrau, sie sind ringsum an den Wänden der sogenannten Pendopo-Terrasse im Candi Panataran eingemeißelt und erzählen Geschichten: von Panji und Sekartaji, von anderen Liebespaaren, und von zwei um die Aufnahme in den Himmel konkurrierenden Brüdern. Viele der männlichen Figuren tragen eine Kappe: Panji, oder Satyawan oder Sidapaksa. Sie alle sind einfach gekleidet dargestellt, mit wenig Schmuck, ebenso die weiblichen Figuren, im Hintergrund der Szenen zeigt sich Natur in einzelnen Bäumen, Sitzpodeste sind aus grobem Stein. Die Geschichten atmen Einfachheit. Panji-Geschichten haben den Charakter von Einfachheit, Volksnähe.

Es brauchte viele Umschreitungen und viele ausführliche Betrachtungen meiner Photos, bis ich acht aufeinanderfolgende Geschichten, darunter fünf Panji-Geschichten ausmachte. Ich erkannte als charakteristische Elemente: Panji und seine Liebste sind getrennt, überqueren Wasser, begegnen Einsiedlern, kommen wieder zusammen und vereinigen sich. Weiter dauerte es viele Male von Wiederanschauen der Bilder, von Einfühlen und Betrachten im Tempel selbst, bis ich mehr verstand: Trennung und Schmerz, Mut im Meistern von Hindernissen, spirituelles Reinigen beim Überqueren von Wasser, Annehmen spirituellen Rats, Harmonie. Ich verstand diese Bilder zunehmend als Wegweiser für unser aller Leben.

Dies geschieht in der Verflechtung mit meinen Erkenntnissen, die ich in Canberra gemacht hatte und dann in Wollongong auf der großen blauen Kopie des Tempelgrundrisses Peter Worsley und Adrian Vickers präsentiert hatte.

Die Panji-Reliefs und auch die anderen Reliefs im Candi Panataran ziehen mich an mit ihrer Schönheit und ihren Erzählungen. Genauso war es schon vor vielen Jahren mit den Reliefs am Borobudur, am Prambanan gewesen: Diese sind üppig, erinnern an indische runde Körperformen. Hier in den ostjavanischen Tempeln, die in einer späteren Phase der javanischen Geschichte erbaut wurden, ist alles einfacher, neue Formen sind entstanden, einige Figuren wirken wie Schattenspielpuppen. Sie sind anmutig. Diese Anmut und Schönheit ist es, die mich angezogen und gebannt hat. So wie schon beim *Arjunawiwaha*, verstehe ich jetzt immer mehr die Symbolik und die Bedeutung von Reliefdarstellungen innerhalb des gesamten Tempels. Eine erweiterte Welt hat sich mir im Laufe der Jahre aufgetan. Ich glaube, dass ich der Absicht der Tempelerbauer und der Künstler vor 600 bis 700 Jahren nahekomme. Ich glaube aber auch, dass ich sie nie vollständig begreifen werde.

*

Eine besondere Figur kommt in einigen der Panji-Reliefs vor und fasziniert mich: Es sind die weiblichen Einsiedlergestalten mit schmalem Turban. Ich kenne sie auch von der Geschichte um Arjuna: Bei seiner Wanderung auf dem Berg Indrakila macht er einen Zwischenstopp bei einem Kloster: Einsiedlerinnen in sehnsuchtsvollen Posen nähern sich ihm und wollen ihn verführen – ein Vorgeschmack auf die späteren Verführungsversuche durch die Himmelsnymphen *bidadari* während seiner tiefen Meditation. In den Panji-Geschichten spielt Panjis Tante Kilisuci, die am Penanggungan als Einsiedlerin lebt, eine besondere Rolle. Menschen kommen zu ihr und bitten sie um Rat. Sie wird wohl auch einen Turban getragen haben.

*

Der Bau mit den Panji-Reliefs liegt im ersten Hof der Tempelanlage. Ein großer steinerner Sockel trug ehemals Holzpfosten und ein Dach; in dieser offenen Halle *pendopo* konnten die Pilger die Opfergaben ablegen und sich vorbereiten für den weiteren Besuch des Tempels. Die Holzteile sind verschwunden, geblieben ist die Pendopo-Terrasse, deren

Außenwände mit Reliefs von Panji-Geschichten geschmückt sind. Die volksnahen Panji-Erzählungen empfingen die Pilger und hießen sie willkommen, bevor sie den sakralen Bereich betraten. Im zweiten Hof suchten sie vielleicht das Gebäude auf, in dem Kostbarkeiten und heiliges Wasser aufbewahrt wurden. Und schließlich schritten sie in den dritten Hof mit dem heiligen Haupttempel. Von einer Terrasse zur anderen wurden sie – in einer Prozession schreitend – um die Reliefreihen mit der *Ramayana*- und der *Krishnayana*-Geschichte geführt. Die dargestellten Helden sehen hier wie Schattenspielfiguren aus, tragen kostbaren Schmuck und Kleidung, dem sakralen Charakter dieses heiligen Gebäudes entsprechend. In der letzten Szene sind Krishna und seine Gemahlin Rukmini wieder vereint, nach langer gegenseitiger Suche. Sie sitzen nahe beieinander an einem Weiher, Pflanzen rahmen die innigliche Szene ein. Ich wage die Interpretation, dass hiermit die Vereinigung von Shiwa und Shakti symbolisiert ist, das Ziel des tantrischen Yoga.

Candi Panataran gilt als Staatstempel des letzten großen Königreichs in Java, Majapahit, in dem sowohl der Hinduismus als auch der Buddhismus praktiziert wurden. Majapahit brachte neue Formen von Religion, von Staatsmacht, von Kunst, von Traditionen hervor. Darstellungen von Panji-Geschichten an Tempeln bezeugen deren Popularität, die Anerkennung volksnaher Kultur sowie ihrer sakralen Bedeutung. Panji wird zum Mittler zwischen weltlichem und göttlichem Bereich.

Ich meine, der Atmosphäre und der Bedeutung von Panataran besonders nahe gekommen zu sein an einem Vorabend vor Idul Fitri, dem Tag am Ende des Fastenmonats Ramadhan. Mas Bondan hatte mir erlaubt, nach Einbruch der Dunkelheit im Tempel zu bleiben. Es würde wahrscheinlich kein einziger Besucher da sein. So war es. Ich schritt in der Dunkelheit von Gebäude zu Gebäude, von Hof zu Hof, bestieg den Haupttempel, berührte die steinernen wulstigen Formen der Reliefs. Es lässt sich nicht in Worte fassen, was ich fühlte und erlebte. Es steigerte sich, als ich auf die obere Plattform trat und aus Nähe und Ferne die muslimischen Gesänge hörte, die per Lautsprecher Allah priesen. Mit größerer Stärke und Intensität und Länge als zu normalen Gebetszeiten ertönten sie von allen Seiten. Feierlich und einfach zugleich. Gab es seinerzeit hier im Tempelkomplex ähnliche Feiern mit weihevollen Zeremonien und Gesängen? Bestimmt!

Als ich einmal mit einem Javaner über das Beschreiten alter Tempelanlagen sprach, sagte er: *"Harus kosong dulu!"* – "Du musst erst mal leer sein." Ich glaube, an dem Abend war ich leer und wurde dann gefüllt.

18

FIGUR

Meine jahrelangen Forschungen in Java mussten für die Doktorarbeit aktualisiert und vertieft werden. Vor allem stand das komplette Dokumentieren mit der Digitalkamera an. Adrian unterstützte mich wieder, ein Forschungsaufenthalt in Java wurde finanziert. Im Oktober 2006, ein paar Monate nach dem Antritt des Stipendiums in Wollongong, verbrachte ich vier Wochen auf Java mit weiteren ausführlichen Besuchen der Tempel, die ich bereits kannte, sowie dem Aufsuchen weiterer Tempel und Stätten in Ostjava. Ich kletterte zum wiederholten Mal auf den Penanggungan-Berg zu den Resten kleiner Heiligtümer mit Reliefs, die den Mann mit der Kappe darstellen. Oft begleitete mich A., wir tauschten unsere Ideen aus, wiesen uns auf Details hin, nahmen den jeweiligen Ort und den Ausblick wahr, philosophierten über ursprüngliche Funktion, Bedeutung und Symbolik. Auch Dwi aus Malang blieb über die Jahre hinweg eine unerschöpfliche Quelle. Verabredungen mit ihm, der *"suka terlambat"* (der meist zu spät kommt), haben mich weiterhin viel Geduld lernen lassen. Ich selber schaffe es selten, meine eintrainierte deutsche Pünktlichkeit abzulegen und ernte damit oft Erstaunen. Es gibt javanische Freunde, die es mir gleichtun wollen. Wir lachen dann, wenn wir uns tatsächlich genau um Punkt verabredeter Zeit treffen.

In Blitar leihen A. und ich ein Moped aus, mit dem wir alte Tempel oder Tempelreste in der näheren Umgebung von Blitar besuchen. Candi Penampihan weiter im Westen am Hang des Gunung Wilis war schon lange mein Ziel. Die Straße am Berg ist kaum als Straße zu bezeichnen: an vielen Stellen eine aufgebrochene Asphaltdecke, tief ausgewaschene Schlaglöcher, Geröll. Es ist ein Slalomfahren mit äußerstem

Geschick, wobei ich mich gut an den Griffen festhalten muss, um nicht wegzukippen, und die Füße kann ich nur mit Mühe auf den Pedalen halten. Arm- und Beinmuskulatur werden gut gestärkt. Die Straße, die im weiteren Verlauf immer mehr zum Stolperweg wird, führt durch Reisfeld-Terrassen, auf die ich kaum schauen kann, weil meine Aufmerksamkeit ständig auf die Schlaglöcher gerichtet ist. Wir kommen an und steigen vom Moped, jetzt erst tut sich mir der atemberaubende Blick in die Weite auf: tiefliegende Ebenen mit grünen Feldern, Hügel, Wald, Ansiedlungen, weit in der Ferne gerahmt von Bergen. Wir verschnaufen und trinken, ruckeln die Glieder zurecht. Vor uns liegt ein Gelände, eingegrenzt von einem Zaun, es steigt in Terrassen an – hohe Bäume, Rasen, steinerne Gebilde: Das ist die Tempelruine Candi Penampihan. Aus dem Wärterhäuschen tritt ein älterer Herr, eine beeindruckende Person, in gerader Haltung, ein lebendiges Gesicht mit faltigen Altersspuren, das in jüngeren Zeiten einem gutaussehenden Mann gehörte. Er ist der *juru kunci*, der Tempelwärter. Wir drei verstehen uns auf Anhieb. Er führt uns in den Tempelbezirk hinein und lässt uns dann alleine. Hier erhebt sich die Ruine, sie besteht aus einer Anhäufung von mit Moos bewachsenen Steinen. Wir steigen ein paar wacklige Steinstufen hinauf und erkennen, dass dies ein Sockel einer ehemals wahrscheinlich hohen Architektur ist. Bei genauem Hinsehen schälen sich Einzelheiten und dann ein Gesamtbild heraus: Um den Fuß des Gebäudesockels schwingt sich ringsum der eingemeißelte Körper einer Schlange; Reste von zwei steinernen Füßen sind im hinteren Teil des Sockels zu erkennen. An der Vorderseite des Baus liegt ein flaches kopfartiges Gebilde mit länglicher Schnauze. Von den alten Beschreibungen her, und nun mit dem Betrachten vor Ort, erkennen wir die Zusammenhänge: Das Gebäude stellt den Berg Mandara dar, der auf der

Unterweltschildkröte ruht; die um den Fuß des Berges gewundene Schlange quirlt den Milchozean. Wieder einmal ist das *Samudramanthana* gemeint: das Entstehen des heiligen Wassers der Unsterblichkeit, *amerta*. Die Geschichte, die aus der indischen Mythologie stammt, wurde im javanischen Mythos gewandelt: In Indien entsteigt das *amerta* dem Meer, in Java bricht es aus dem Berg heraus. Für mich ist die javanische Version eindeutig: Java ist geprägt von Vulkanen, viele von ihnen werden in den lokalen Mythen als Berg der Götter angesehen und verehrt, an ihren Hängen brechen unzählige Wasserquellen hervor, die die Ebenen mit Wasser versorgen und Fruchtbarkeit und damit Leben bringen. Auch in der Nähe von Candi Penampihan sprudelt eine kleine Wasserquelle; Einheimische legen dort zur Verehrung Blüten und Räucherstäbchen hin.

Die wenigen erhaltenen Reliefs am Sockel stellen Szenen mit kleinen Figuren dar, die vom Stil her den Kappenmännern ähneln. Die Steinmeißelungen sind zu stark verwittert bzw. mit Moos überwachsen, als dass sich eine klare Abfolge der Szenen und umso weniger eine Geschichte erkennen ließe. Einzig die Ausrichtung der noch übriggebliebenen Füße zeigt, dass das Umschreiten des Tempels dem Uhrzeigersinn folgt. Wir sitzen im Schatten der hohen Bäume und spüren. Bezaubernd ist dieser Platz.

Einen übermannshohen Stein kurz hinter dem Eingang im Zaun haben wir zunächst übersehen, beim Betreten der Anlage hatte uns die Tempelruine direkt wie magisch angezogen. Geschützt unter einem kleinen Dach aus Zinkblech stehend, trägt der hohe flache Stein eine lange vielzeilige Inschrift. Ich weiß aus alten Quellen, dass diese altjavanischen Schriftzeichen die Genealogie einer Dynastie erzählen. Ich stehe ehrfürchtig vor dieser historisch bedeutsamen Inschrift von vor 1100 Jahren aus dem Jahr 898.

Der *juru kunci* lädt uns in sein Haus ein: Er wolle uns ein paar Dinge zeigen. Er bewahrt in seinem bescheidenen Häuschen steinerne Fragmente und kleine Skulpturen auf. Ein merkwürdiges Gebilde fällt besonders auf: Es ist ein Kegel mit gleichmäßig darauf angebrachten kleinen Kugeln, niemals zuvor – und auch später nicht – ist mir solch eine Form begegnet. Wir werden auf die kleine Terrasse des Hauses eingeladen, es wird Kaffee serviert, die beiden Männer rauchen, der *kretek*-Duft weht durch die Luft, sie reden über dies und jenes, meist auf Javanisch, ich verstehe nicht alles, ich erzähle von meinen Forschungen, der *juru kunci* erzählt von seinem Leben und dem Sich-Kümmern um diese ihm heilige Stätte, seine Tochter kommt irgendwann dazu und sitzt still dabei, lächelt manchmal. Die beiden scheinen vollkommen verbunden zu sein mit der Geschichte dieses Ortes, dieses Tempels, dieser Steine, dieser Landschaft, dieser Bäume. Der Vater sagt, dass manchmal nachts aus der Anlage Gamelanklänge zu hören seien. Wir sollen wiederkommen und dort übernachten, dann würden wir die Klänge auch erleben. Lange habe ich diese Idee im Kopf behalten, sie aber nie umgesetzt. Irgendwann fing der *juru kunci* an zu singen. Mein javanischer Freund tat es ihm nach und forderte mich dann auch auf zu singen. Ich traute mich zunächst nicht, aber dann, nach wiederholtem Ermutigen, habe ich eines der traditionellen javanischen Lieder in der *macapat*-Weise gesungen, die ich vor Jahren in Yogya gelernt hatte. Die beiden Männer finden es nicht merkwürdig, dass ich singe, ich bin ein ganz normaler Bestandteil unserer kleinen Runde. Dies sind Momente, in denen ich mich zuhause und geborgen und angenommen fühle.

Während dieses Aufenthalts in Java hatte ich ein weiteres, mir sehr wichtiges Ziel: Ich wollte die Skulptur des Panji in Bandung aufsuchen, die mir aus alten archäologischen Dokumentationen bekannt ist. Einige Jahre lang hatte ich schon nach ihrem Standort geforscht, und endlich war ich ihr durch Adrian Vickers' Hilfe und seiner Vermittlung auf die Spur gekommen. Sie steht schon jahrzehntelang in der Universität Institut Teknologi Bandung (ITB) in der Bibliothek der Bildenden Künste. Von den zwei vollplastischen Panji-Statuen, die in alten archäologischen Berichten mit Photos und Beschreibungen dokumentiert sind, ist sie die einzige noch erhaltene; die andere Statue ist verschwunden. Veröffentlichungen über das Auffinden der Figur am Hang des Penanggungan-Berges in den 1930er Jahren sowie die Deutung als Darstellung des Panji hatte ich intensiv studiert. Ich war sehr gespannt darauf, die Figur mit meinen eigenen Augen zu sehen und vor ihr zu stehen.

Im zweiten Stock eines schlichten Campus-Gebäudes besuche ich die Bibliothek. Am Treppenabsatz stehen bzw. liegen eine Menge steinerne Figuren und Fragmente wie achtlos herum; ich erkenne die meisten als Teile altjavanischer hinduistischer Skulpturen und als Architektur-Fragmente. Im ersten Bibliotheksraum stehen kleinere Objekte auf Regalflächen. Es ist ein kunterbuntes Konglomerat von Holzfigürchen, Teilen altjavanischer Steinskulpturen sowie kompletter Skulpturen. Auch europäische Antiken-Köpfe, christliche Figuren bzw. deren Nachbildungen stehen oder liegen ohne erkennbares System herum. Ich frage Studenten, die an den Tischen sitzen und in ihre Bücher vertieft sind, nach der Panji-Figur. Es kommt ein verlegenes unwissendes Lächeln, ich werde zum Bibliothekar Pak Pindi Setiawan geführt, der mich herzlich willkommen heißt. Er führt mich in den zweiten Bibliotheksraum. Hier stehen, an der Wand aufgereiht, auf dem Boden etwa 20 komplett erhaltene Figuren: Es sind sowohl altjavanische als auch europäisch-mittelalterliche. Und ich erkenne die Figur, nach der ich gesucht habe! Es ist ein glücklicher Moment. Die Skulptur wirkt auf den ersten Blick fast mannshoch, aber als ich mich neben sie stelle, reicht sie mir gerade bis zur Schulter. Ich hole mir die Photos aus den 1930er Jahren vom ursprünglichen Fundort in das Gedächtnis: Die Photos zeigen den Torso, der im hohen Gras steht, ein weiteres Photo aus dem darauffolgenden Jahr zeigt einen Kopf und schließlich gibt es das Photo vom ganzen Körper, zusammengesetzt aus Torso und Kopf, ebenfalls im hohen Gras. Es sind qualitativ hochwertige Photos, so wie alle alten Photographien des niederländischen archäologischen Dienstes. Claire Holt hat sie aufgenommen, eine unermüdliche Forscherin und Wissenschaftlerin, die häufig den großartigen Archäologen Willem F. Stutterheim begleitete. Ich stelle mir die beiden als ein sich gegenseitig mit ihrer Begeisterung ansteckendes Paar vor, die sich austauschen über ihre Funde und Untersuchungen und Meinungen und darüber lebhaft miteinander diskutieren. Es heißt, sie seien ein Liebespaar gewesen, wenn auch nicht verheiratet.

Ich frage Pak Pindi, ob wir die Figur zur Seite rücken können, sodass sie freisteht und ich sie von allen Seiten betrachten und photographieren kann. Wir bewerkstelligen das gemeinsam, indem wir die schwere Steinfigur vorsichtig in leichter Schräge halten und sie auf der unteren Sockelkante behutsam drehen und bewegen. Der Stein ist schwer; wir hätten die Figur nicht als Ganzes hochheben können. Ich photographiere die Figur in Gesamtansicht von vorne, hinten, rechts und links, sowie Details und vor allem den Kopf mit seiner charakteristischen Kopfbedeckung, nämlich der großen Kappe mit scharfer Kante. Das feine Gesicht – mit gerundeten Wangen, weicher Nase, vollen Lippen, nach unten gesenkten Augen – ist so anrührend. Der Körper ist mit nur wenig Kleidung versehen: Die Brust ist frei, ein Beinkleid umschließt Hüften und Beine. Eine Halskette, Ohrringe, Armreifen, eine lange Schnur über der Brust sind die einzigen Schmuckteile. Eine lange Schnur reicht von der linken Schulter und hängt herab bis zu den Unterschenkeln, von dort windet sie sich zur Rückseite des Körpers: Es ist die heilige Schnur *upawita*, wie sie bei hinduistischen Götterfiguren bekannt ist. An der Achselhöhle der Arme sind kleine Haarbüschel zu erkennen, solche Achselhaare passen ganz und gar nicht zu einer hehren Götterfigur, sie sind ein Attribut eines einfachen Menschen. Die Figur steht auf einem kleinen Sockel, der ringsum mit blattartigen Meißelungen verziert ist: Es ist der für Götterdarstellungen charakteristische Lotussockel *padmasana*. Der linke Arm hängt herab, der obere Teil des rechten Arms ist zerstört, in der Mitte unterhalb der Brust hält die gut erhaltene rechte Hand mit einer feinen Geste eine Lotusblüte. Sowohl Göttlichkeit als auch Menschsein erscheinen in einer Person! Ich empfinde mehr Ehrfurcht als ich es je bei Skulpturen von Gottheiten erlebt habe. Es sind vor allem die Weichheit und Feinheit und Zartgliedrigkeit und Rundungen von Kopf, Gesicht, Körper, Fingern, des Lotus, der Füße und dem sich darüber kräuselnden Saum des Beinkleids. Es scheint wie ein Gegensatz: Das Material — der Stein – ist hart und fest, wenn ich ihn anfasse und berühre. Daran ist nicht zu rütteln.

Mein frontales Photo der Figur erscheint in den folgenden Jahren häufig bei Ankündigungen von Panji-Veranstaltungen, als Logo bei Panji-bezogenen Webseiten, in Artikeln zu Panji. Womöglich wird dieses Photo neueren Aufnahmen vorgezogen, weil der weiche Charakter der Panji-Figur stärker zur Geltung kommt als in späteren scharfen Aufnahmen mit besseren Kameras, wie sie von anderen Panji-Interessierten gemacht wurden.

Einige Jahre später würde ich den ursprünglichen Herkunftsort der Figur aufsuchen, der von Stutterheim dokumentiert wurde: Candi Selokelir am Fuß des Penanggungan-Berges am Hang des Nebenhügels Sarah Kelopo, nicht weit entfernt vom PPLH.

*

Pak Pindi weiß zwar, dass die Figur etwas Besonderes ist, weiß aber nichts über ihre genaue Bedeutung und ihren Hintergrund. Ich erzähle ihm von meinen bisherigen Forschungen und dem Kontext dieser Skulptur innerhalb der Panji-Darstellungen. Pak Pindi ist begeistert und sofort angesteckt. Er lacht und meint, die Studierenden hier haben keinerlei Ahnung, was für Schätze in ihrer Bibliothek achtlos abgestellt sind.

Wir sehen uns weitere der auf dem Boden stehenden, künstlerisch fein gearbeiteten Figuren an, die offensichtlich Gottheiten darstellen. In einer der Figuren erkenne ich Wishnu, in einer anderen Doppelfigur Shiwa und seine Gemahlin Parwati; ich fotografiere sie. Viel später schicke ich meine gesamten Photos der ITB-Figuren an eine niederländische Kollegin und Expertin altjavanischer Skulpturen. Sie erkennt drei der Figuren als lange vermisst geltende, berühmte Darstellungen, die seinerzeit in der Nähe des Tempels Prambanan bei Yogyakarta gefunden wurden. Viele Skulpturen haben also ihren Weg hierhin zur ITB gefunden. Es ist bekannt, dass ein niederländischer Ingenieur und Archäologe etliche Figuren aus Zentral- und Ostjava in den 1940er Jahren hierhergebracht hat. Das gesamte zusammengewürfelte Konglomerat der Figuren und Figurenteile in der Bibliothek sollte den Kunststudenten als Modelle für ihre eigenen Kreationen dienen. Bis heute steht eine Aufarbeitung der Sammlungsgeschichte aus. In den Archiven der ITB lagern Dokumente, deren sich hoffentlich irgendwann jemand annehmen wird.

19

FESTIVAL

Die Ideen vom Swimmingpool in Surabaya aus dem Jahr 2004 lebten weiter und setzten sich Schritt für Schritt in konkrete Planungen um. Im September 2007, während meiner Australienzeit, war es dann so weit: Wir richteten in Ostjava ein Panji-Festival aus. Im Laufe der Vorbereitungszeit hatte sich herausgeschält, dass die Mitwirkenden aus den drei Bereichen – künstlerische Darbietungen, Bildungsprogramme, akademisches Seminar – teilweise sehr individuelle Vorstellungen hatten und es zu Uneinigkeiten kam, sodass die Gruppen schließlich getrennt agierten und ihre jeweiligen Veranstaltungen planten. Eine Woche lang fanden die verschiedensten Aktivitäten rund um das Thema Panji statt. Eine Gruppe um Prapto führte im PPLH eine Performance auf. Unter Leitung von Ki Soleh wurde in seinem Tanz-Zentrum *Padhepokan Mangundharmo* in Tumpang ein traditioneller Panji-Maskentanz *wayang topeng* gezeigt. In Trawas führte Suryo einen zweitägigen Workshop für Kinder zum *wayang beber* durch. Im Institut für Tourismus an der Universität Merdeka in Malang fand das internationale Symposium "*Local Wisdom from Panji Era*" statt. Ich fahre zwischen Trawas und Malang hin und her und besuche fast alle Veranstaltungen, für mich ist es – trotz allem – ein Festival unter einem Dach und sehr beglückend.

Mein Part war die Entwicklung des Konzepts für das Symposium in Kooperation mit der Universität in Malang. Suryo vermittelte Kontakte mit indonesischen Akademikern und Intellektuellen, ich selber nahm Verbindung mit meinem Netz aus internationalen Kollegen und Wissenschaftlern auf. Schließlich war eine Gruppe von acht Vortragenden zusammengekommen. Adrian Vickers ist einer von ihnen, ich fühle mich geehrt, dass er der Einladung nachgekommen ist.

Ein Freund aus Köln ist Redner, eine deutsche Freundin nimmt als Zuhörerin teil. Die meisten der indonesischen Vortragenden kenne ich zu dem Zeitpunkt noch nicht, mit einigen von ihnen werde ich im Laufe der folgenden Jahre intensiven Kontakt und Austausch haben. Einen Tag lang werden von morgens bis abends Vorträge zu den verschiedensten Aspekten des Panji-Themas gehalten und führen uns den Reichtum und die Vielfalt dieser Tradition vor Augen. Die Sitzreihen im Publikum sind gut gefüllt. Für die meisten ist das Thema Panji neu oder wenig bekannt, aber das Interesse an der eigenen Kultur weckt große Neugierde und Offenheit. Viele Fragen und Kommentare und rege Diskussionen kommen auf. Es ruft nach Fortsetzung und Weiterführung.

Eine französische Wissenschaftlerin ist dabei, ihren Vortrag über die Panji-Tradition auf den Philippinen zu halten. Mit äußerlich gelassen wirkendem, lächelnden Gesicht kann sie ihre Nervosität doch nicht verbergen. Genau in dem Moment, wo sie anhebt zu sprechen, knallt ein Donnerschlag, unmittelbar gefolgt von Blitzen und weiterem Donner, draußen sind Regensturzbäche zu hören, gleichzeitig fällt der Strom aus, Diaprojektor und Licht gehen aus. Die äußere Fassade der armen Vortragenden bricht nun ganz zusammen und sie ist dem Weinen nahe. Das Publikum und die Mitwirkenden bleiben nach einem ersten Schrecken ruhig, wie in Indonesien üblich, mit lockerer Stimmung, Lachen, geduldigem Warten und Hantieren an der Technik, bis schließlich eine Lösung gefunden wird. Die Vortragende hält nun ihren spannenden Beitrag zu Panji-Gesängen in den Philippinen, sie ist ganz ruhig.

Im PPLH führt die international zusammengewürfelte Gruppe um Prapto eine Eigenkreation eines Panji-Tanzes vor. Ein junger Westler, in traditionellem javanischen, gestreiften

Hemd bewegt sich in langsamen Schritten und Gesten über den ausgedörrten Rasen in der knallenden Sonne – wie für sich alleine; eine Javanerin in javanischem Tanz-Kostüm bewegt sich anmutig – wie für sich alleine. Der Westler – Panji – nähert sich ihr, führt seinen Arm in ihre Richtung, sie –– Sekartaji – wendet sich ihm zu, zart hebt sie ihre Hand und bewegt sie auf seine Hand hin. Es erklingt leise Musik von Instrumenten aus Bambus, Holz, Metallen. Panji und Sekartaji bewegen sich graziös weiter. Eine Ziege, die am Rande der Tanzfläche weidet, fühlt sich offenbar angezogen und tappt zwischen die beiden Tanzenden. Die beiden nehmen die Bewegung der Ziege in die eigene Bewegung auf, eine natürliche Komposition entsteht. Genau das ist Praptos Idee zu Panji: Als einfacher Mensch mischt sich Panji unter die Bauern und beteiligt sich an ihren Tätigkeiten. Die Idee hat in der Luft gehangen und sich ganz natürlich manifestiert. Die zarten Bewegungen werden dynamischer, schneller, wirbelnd, die Anziehung zwischen Mann und Frau wird körperlich. Die Musiker spielen ebenso dynamisch, schnell und wirbelnd. Ist die Musik der Bewegung gefolgt, oder die Bewegung der Musik? Kongruenz, Zusammenspiel!

Am gleichen Tag ist nicht weit vom PPLH eine Gruppe von 20 Kindern eifrig damit beschäftigt, zu malen und zu singen. Sie haben am Vortag schon mit dem *wayang-beber*-Workshop begonnen, geleitet von Suryo. Er erzählt den Kindern eine Panji-Geschichte um Liebe und Leid mit gutem Ende, und er zeigt Photos vom alten *wayang beber*. Die Kinder malen an den beiden Tagen einzelne Szenen ihrer selbst entworfenen Geschichte. Andere Kinder lernen ein einfaches Gamelanspiel und traditionellen javanischen Gesang. Ein Junge wird darin unterwiesen, mit ausdrucksvoller Stimme eine Geschichte zu den einzelnen gemalten Blättern zu erzählen: Er ist der *dalang*. Beim

Schattenspiel *wayang kulit* ist der *dalang* der Puppenspieler, der eine Nacht lang bis zu neun Stunden die flachen Lederpuppen hinter der Leinwand tanzen, kämpfen, schreiten, laufen lässt und ihnen seine Stimme leiht in ihren Monologen, dramatischen Dialogen, leisen Liebesgesprächen, lauten Kampfansagen, weisen Reden, unterwürfigen Bitten. Der Kinder-*dalang* hier im *wayang beber* wird die Geschichte mit seiner Stimme während zwei Stunden erzählen und singen. Er sitzt vor einer Staffelei mit einem gemalten Bild, beginnt, die von den Kindern komponierte Mythe vorzutragen, er singt in dramatischer Intonation und zeigt mit einem kleinen Stock auf die Figur der Sekartaji, auf die Figur des Panji, auf ein Pferd, auf einen Baum. Das Bild wird ausgetauscht gegen ein neues: Der *dalang* zeigt auf einen Weg mit einer Brücke über einen Fluss – Panji und Sekartaji sind nach einem Ritt durch die Landschaft vom Pferd abgestiegen und wollen am Ufer des Flusses Rast machen; der Spieler singt mit leiser Stimme. Weiter geht die Geschichte mit ständig wechselnden Bildern auf der Staffelei. Die Aufführung hat bei einsetzender Abenddämmerung begonnen, es wird stockfinster, Fackeln werden rechts und links vom *dalang* aufgestellt, ihr Flackern zaubert eine magische Stimmung hervor. Die zuvor fleißigen Maler und Malerinnen sitzen alle gebannt und still in einem Halbrund hinter dem *dalang*. Suryo steht und schaut aus einigem Abstand zu und verleiht dem *dalang* Mut. Ich selber sitze ganz hinten und lasse mich verzaubern. Die Kinder werden, ebenso wie ich, diesen Abend bestimmt nicht vergessen. Sie erleben die Atmosphäre der uralten *wayang-beber*-Aufführungen und haben sie sogar selber kreiert. Lernen und erleben und verstehen durch eigenes Tun und eigene Kreation – hier ist wieder Suryos Prinzip pädagogischer Vermittlung! Nach Abschluss der Aufführung stellt Suryo mich den Kindern vor und erzählt, dass ich seit Jahren die Panji-

Geschichten in den Reliefs an alten Tempeln betrachte und untersuche und darüber geschrieben habe. Ich sage ihnen meine Bewunderung ihrer Variante einer Panji-Geschichte. Wir haben alle dieselbe Begeisterung für Panji, egal ob javanische Kinder oder eine Frau aus dem Westen. Suryo überreicht mir als Ausdruck seiner Anerkennung für meine bisherige Panji-Arbeit eine in Batik-Art bemalte Maske. Sie hängt bis heute bei mir zuhause an der Wand. Die Kinder sind stolz, dass eine Weiße ihre Arbeit lobt und davon begeistert ist.

Das *wayang beber* ist ein fast vergessenes, nur noch in zwei Dörfern in Ost- und Zentraljava bekanntes und äußerst selten aufgeführtes Theater: Auf sieben Meter langen Papierrollen sind einzelne Szenen einer langen Panji-Geschichte gemalt. In minutiösen Details erscheinen die grazilen Figuren von Panji und Sekartaji samt Begleitern und Dienern und Dienerinnen sowie grobe Spaßmacher-Gestalten und rotgesichtige Dämonen und Krieger. Schon lange hat Suryo im Sinn, *wayang beber* wiederzubeleben; wir haben gemeinsam einen Antrag für die Finanzierung einer Forschung zu dieser uralten Aufführungspraxis gestellt, leider ohne Erfolg. Hier im Workshop hat Suryo seine Ideen auf die ihm eigene Weise umgesetzt. In späteren Jahren werden andere Aktive die Tradition des *wayang beber* in außerschulischen Workshops, in neuen kreativen Formen von Kunst und sogar an Kunstakademien aufleben lassen.

20

IRRITATION

Im PPLH: Ich sitze wieder auf der kleinen Terrasse mit Blick auf wucherndes Grün von Bäumen, Büschen, Sträuchern, Pflanzen. Grillen zirpen, Vögel zwitschern. Dahinter erheben sich die Bergspitzen des Penanggungan und seines Nebenhügels Bekel. Wie viele Male habe ich diesen Blick schon genossen, wie viele Photos gemacht? Jedes Mal erscheinen die Berge in anderem Licht, in anderer Farbe, mal als Silhouette vor der dahinter im Osten aufgehenden Sonne, mal im warmen rötlichen Licht, beschienen von der im Westen untergehenden Sonne, mal in Nebel oder rauschenden Regengüssen verhüllt, mal ist die Sicht halb verdeckt vom Laub und den Kapseln der Kapokbäume, mal gelichtet nach dem Fällen der Bäume und dem Herunterschneiden des Gebüschs. Auch wenn draußen die Hitze knallt, ist es auf der Terrasse angenehm kühl, wofür die ausgeklügelte Architektur der Bungalows sorgt. Manchmal wähle ich einen Bungalow mit Ausblick nach Süden auf den in der Ferne sich mächtig erhebenden Welirang-Berg; abends im Dunkeln funkeln dort Lichter von den am Hang gelegenen Dörfern. Spektakuläre Himmel in allen Rot-Gelb-Schattierungen habe ich über diesem gewaltigen Panorama beim Sonnenuntergang erlebt. In der Regenzeit gießt es wie aus Kübeln, es strömt, als wenn ein reißender Fluss sich über mein Häuschen ergießt; ich sitze geschützt auf der Bungalow-Terrasse. Düfte, Gerüche nach feuchtem Laub, nach Erde, würzig. Manchmal bin ich mit Freunden hier, oft auch alleine. Es kommt vor, dass kein anderer Gast in einem der insgesamt 10 Bungalows übernachtet. Ich wähle immer einen Platz am äußeren Rand der Bungalow-Anlage weit weg vom Restaurant und Aktionszentrum, damit ich den grölenden Schulklassen und lauter Musik entgehe, die Natur und Still genießen kann und ungehinderten Blick in die Landschaft habe. Oft bin ich gefragt worden: "*Kok tidak takut sendiri?*" "Oh, hast Du keine Angst alleine?" Eine Frau alleine in einem Zimmer, alleine in der weiten Anlage, alleine nahe der Natur, das alles ist unvorstellbar. Westlerinnen sind merkwürdig und mutig. Inzwischen kennen mich die PPLH-Leute und wundern sich über nichts mehr. Es gibt durchaus auch Nächte, in denen ich erstarre, wenn draußen unbekannte Geräusche, Scharren, Rascheln, Klopfen auf dem Dach zu hören sind. Ich sage mir dann, dies ist Natur, die lebt und sich äußert. Seit einigen Jahren denke ich dann, dass Suryo mich schützt, denn er "wacht" oben im Kendalisodo-Tempel weit oberhalb des PPLH, dort, wo seine Asche verstreut wurde. Dann bin ich beruhigt und nehme die Geräusche als Geräusche wahr und nichts anderes.

Einmal habe ich im PPLH eine sehr unangenehme Seite von Natur erlebt: Ich werde im Morgengrauen wach von einem Jucken und Kribbeln an meinen Beinen. Ich kratze mich, das Kribbeln lässt nicht nach. Ich gehe ins Bad und will dort kühlendes Wasser über meine Beine laufen lassen. Meine Beine kribbeln nun noch stärker, es steigt weiter hoch über die Oberschenkel. Ich fange an, herumzuspringen. Was ist das? Ich schalte das Licht an, sehe auf dem Fußboden dunkle wolkenartige Bewegungen. Ich sehe auf meine Beine herunter und erkenne: Hunderte oder gar Tausende kleinste Ameisen kriechen in einem Affenzahn herum. Ich hüpfe und stöhne, vielleicht schreie ich sogar, ich habe zunehmend Panik. Ich stelle mich unter die Dusche und schaffe es, die Ameisen nicht noch weiter an meinem Körper hochkrabbeln zu lassen. Ich muss raus aus diesem Bungalow. Aber wie? Ich muss durch die Ameisenwolken auf dem Fußboden hindurch, ich kann ja nicht fliegen. Mir fällt der kleine Besen ein, der an einem der Wände hängt. Den greife ich und fege mir einen Weg durch die Ameisenwolken, wobei es doch wieder ein paar Tierchen schaffen, auf meine Beine zu krabbeln. Ich streife sie mit heftigen hektischen Handbewegungen und mit dem Besen ab und mache, dass ich aus dem Haus komme. Ich stürme im Nachthemd nach draußen und in den vorderen Bereich der Anlage, wo normalerweise der Nachtwächter sitzt. Er ist zum Glück tatsächlich da, und gerade kommen kurz vor der Morgendämmerung die ersten Angestellten und treten ihren Dienst an. Sie begreifen sofort, was los ist, zwei von ihnen nehmen große Besen in die Hand und kommen ganz in Ruhe mit mir zum Bungalow. Sie sagen, dass im Bungalow wahrscheinlich irgendetwas Essbares ist, das die Tierchen angelockt hat. Nachdem die beiden Männer die gröbsten Teile der Ameisenwolken hinausgefegt haben, sehen wir die Quelle: Aus meinem Koffer strömen Ameisen heraus. Dort hatte ich ein süßes Brötchen in einer Plastiktüte verwahrt. *"Ada gula ada semut"* – "Wo es Zucker gibt, da gibt es Ameisen" – ein bekannter indonesischer Spruch! Süßes wird immer in einem verschließbaren Behälter aufbewahrt.

Wie konnte mir das passieren? Ein ähnliches Erlebnis hatte ich vor noch nicht allzu langer Zeit gehabt. In meiner Lieblingsunterkunft am Meer in Bali, in offener Bauweise aus Bambuspfosten und -wänden hatten Ratten meine Pralinenschachteln im Koffer entdeckt, es waren Mitbringsel aus Deutschland für Freunde, die ich später treffen würde. Die Pralinenschachteln, in luftdichtem Cellophan verpackt, waren aufgebissen; klebrige Pralinenmasse verteilte sich im Koffer, obwohl dessen Deckel zu war. Widerlich! Seit diesen beiden Erlebnissen habe ich inzwischen gelernt, nichts Essbares in ein Zimmer eines naturnahen Hotels mitzunehmen.

Das PPLH hat sich im Laufe der Jahre verändert. Suryo verließ das Zentrum. Von der alten vibrierenden Energie ist in jüngerer Zeit nichts mehr übrig. Trotzdem hat der Ort für mich weiterhin die wohltuende Stimmung von Natur, Ruhe, Üppigkeit, Inspiration. Ich habe mich jedoch schon manches Mal gefragt, ob es diesmal der letzte Besuch ist, sowohl wegen der veränderten Atmosphäre, aber noch viel mehr wegen eines meiner ständigen Lebensprobleme: Lärm! Aus einem nahe gelegenen *warung* dröhnen nämlich nachts laute Bässe zum *dangdut*, einer Musik mit einheizenden Rhythmen; den ganzen Abend lang bis in die frühen Morgenstunden sitzen Besucher im *warung* und singen Karaoke, dazu brauchen sie die so stark wie möglich aufgedrehte Musikbegleitung. Solch eine brutale Geräusch-Pollution in der Nachbarschaft des Zentrums für Umweltschutz! Da hilft bei mir selbst kein Ohropax, die Bässe dröhnen in meinen Bauch. Ich habe Wut! Oft bat ich die PPLH-Angestellten und den Manager, für Ruhe zu sorgen. Das PPLH war allerdings im Streit mit den *warung*-Besitzern, es ging um Kosten für den Strom und wahrscheinlich auch um andere Befindlichkeiten, vielleicht war es Neid gegenüber dem PPLH oder irgendeine beiderseitige Beleidigung; Indonesier neigen dazu, schnell beleidigt zu sein und nachtragend zu bleiben. Die PPLH-Leute konnten nichts bewirken! Einmal bin ich persönlich übertags zum *warung* gegangen, habe ein bisschen geplaudert und nach der Bässe-Bedröhnung gefragt: "Warum ist sie in dieser unglaublichen Lautstärke nötig? Ein bisschen leiser gedreht würde doch für die Belustigung auch ausreichen." Grinsen war die Antwort. "Diese blöde Weiße, was nimmt die sich heraus?"

*

Es dröhnt in meinen Ohren und schlägt in den Bauch. Bässe, Gewumme, kreischende Musik kommt aus überdimensionierten Lautsprechern. Sie stehen auf einem großen Platz im Städtchen Blitar neben einer Bühne. In Scharen strömen Zuschauer in der kühlen Abendluft herbei, sie sind unterwegs zu einem Festival. Stuhlreihen sind unmittelbar vor der Bühne aufgebaut. Ich habe einen Ehrensitz in der ersten Reihe. Ich weiß nicht, wohin mit mir. Das Gedröhne kann ich doch keinen Abend lang aushalten! Ich bitte meine Sitznachbarn um Verzeihung, dass ich mir die Darbietungen lieber aus größerer Entfernung ansehen möchte, um bessere Photos machen zu können. 100 Meter weiter ist aber leider kein Unterschied festzustellen, es dröhnt und wummert gleichermaßen weiter. Ich muss durchhalten. Hier in Blitar hat sich Anfang der 2010er Jahre eine kleine Gruppe von jungen Künstlern und Aktivisten zusammengetan, die sich von den Panji-Geschichten und den Reliefdarstellungen am nahegelegenen Panataran-Tempel haben inspirieren lassen. Sie haben Popmusik komponiert und dazu ein Instrument gebaut, das einem in einem Relief abgebildeten Musikinstrument nachgebildet ist – *reyong*: Es besteht aus zwei Bronze-Klangtöpfen, die an den beiden Seiten eines länglichen Mittelstücks aus Holz angebracht sind. Dieses Instrument wird heute noch in Bali bei Prozessionen verwendet; in Java ist es ausgestorben. Die jungen Männer haben das *reyong* leicht abgewandelt und das Mittelstück aus Metall gebaut. Die beiden Klangtöpfe werden mit zwei, mit Kordeln umwickelten Stöcken geschlagen: Sie haben eine alte künstlerische Tradition in eine kreative Form umgesetzt. Die Gruppe hat ein Panji-Festival organisiert, das dreimal in aufeinanderfolgenden Jahren durchgeführt wird. 70 Schulklassen aus Schulen in Blitar und Umgebung sind aufgefordert, den Tempel Candi Panataran zu besuchen, die Panji-Reliefs anzusehen und eine der Szenen auszuwählen, die sie dann als Vorlage in eine

Choreographie für eine Performance umsetzen. Die drei besten Vorführungen werden mit einem ansehnlichen Geldbetrag prämiert. Schüler wie Lehrer haben sich sechs Wochen lang voller Enthusiasmus diesem Projekt gewidmet. Das Ergebnis sind über zwei Tage verteilte Aufführungen ihrer Kreationen, die jeweils nur 7 Minuten dauern. Ein Großteil der Gruppen hat ein Relief gewählt, das auch eines meiner Lieblingsreliefs ist: Die männliche Figur mit der unverkennbaren Kappe auf dem Kopf sitzt mit übergeschlagenem Bein auf einem Podest und hält ein längliches Gebilde in der Hand – einen Brief –, den er einem Begleiter überreicht. Dieser wiederum übergibt den Brief an einen großen Vogel. In der nächsten Szene fliegt der Vogel mit dem Brief im Schnabel über einen See. Weiter rechts steht der Vogel dann vor zwei Frauen und will den Brief überreichen. Die eine Frau mit langem Haar sitzt mit gebeugtem Körper und geneigtem Kopf. Begleitet und beschützt wird sie von einer Frau mit turbanartigem Kopfschmuck. Diese drei Szenen erzählen davon, dass Panji einen Liebesbrief geschrieben hat, den ein Vogel zu seiner Liebsten bringt, die in der Obhut einer Einsiedlerin ist. Oft habe ich bei meinen Vorträgen über Panji genau diese Szene gezeigt und dazu eine Stelle aus dem *Wangbang Wideya*, einer poetischen Panji-Geschichte, vorgelesen. Für mich sind beide – sowohl die Steinmeißelung als auch die literarische Form – höchste Kunst von Schönheit und Anrührung.

Meine Schöne, die du bist wie die Liebesgöttin Ratih, die wahr-
haftige Verkörperung des Zucker-Strandes,
dein süßer Zauber hat das voller Leidenschaft schwingende Herz
eines Mannes überwältigt und ihn in Verwirrung geworfen.
(...)

Mein Schatz, meine kleine Schwester, nimm meine Tränen wahr im (mondsüchtigen) tadah-asih-*Vogel, der unvermeidlich vor Kummer sterben wird, wenn der Mond untergeht –*
(...)
Als sie den Brief gelesen hatte, wurde die Prinzessin von Tränen überwältigt.
(Wangbang Wideya, 1.103b-105b)

Während meiner Forschungen fand ich diese Posen zweier Liebender in vielen Reliefdarstellungen. Die junge Frau neigt ihren Körper in der Taille, dreht den Kopf zur Seite und stützt ihn mit einem Arm. Der Mann sitzt, das eine Bein reicht auf den Boden, das andere Bein ruht angewinkelt auf dem Oberschenkel; er ist bereit, seine Liebste auf dem Schoß zu halten. "Auf dem Schoß halten" – auch in den poetischen Versen der altjavanischen Literatur ist diese Beschreibung ein Symbol erotischer Verbindung. Im Relief am Candi Kendalisodo nimmt Panji ebendiese Sitzhaltung ein, er hält seine Liebste auf seinem Schoß und vervollkommnet die erotische Atmosphäre durch das Musizieren auf der *vina*.

Ich erinnere mich insbesondere an eine faszinierende Aufführung im Panji-Festival in Blitar: Eine große weiße Leinwand ist aufgespannt. Dahinter sind Schatten zu erkennen, links sitzt eine Figur, das Profil nach rechts gewandt. Daneben erscheint der Schattenriss eines großen Vogels, außen rechts sitzt eine weitere Figur. Zwischen ihnen kommt wellenförmige Bewegung von Schatten auf, sie flattern schließlich über die gesamte Leinwand. Die Schattenfiguren und der Vogel bewegen sich nun auch. Ich erkenne, dass alle Schattenrissfiguren von Spielern dargestellt sind. Der Vogel hüpft nach rechts in die Wellen, fliegt als großer Schattenvogel über den Wellen her, unscharfe Schatten darunter deuten auf Hände von Puppenspielern hin, die den Schattenvogel halten. Zarte Gamelanmusik umrahmt das Geschehen, dann heftige Trommelschläge, Gongs, Bambusflötenklänge, begleitet von Gesang, dann wieder zarte Abschnitte. Ein Fest für Augen und Ohren! Schließlich steigen musikalisch heftige Phasen auf, eine wahnsinnige Lautstärke mit wummernden Bässen dringt aus den überdimensionierten Lautsprecherboxen. Dieser Angriff auf meine Ohren dröhnt und schlägt in meinen Bauch. Meine Faszination geht in Wut über. Wie schade!

Später sitzen wir – die Organisatoren und Freunde – zusammen auf der stillen Terrasse in meinem Hotel, und ich erzähle von meiner Begeisterung über die Aufführungen und das Festival. Und ich erzähle von meinen akustischen Qualen. Ich werfe den Gedanken ein, ob es nicht der Einfachheit der Panji-Geschichten eher entsprechen würde, die Musik in ähnlich einfachem Charakter einzusetzen, das heißt mit reduzierter Verstärkung oder gar ganz ohne Lautsprecherboxen. Die jungen Leute lachen, es sei doch "Tradition" in Java, Musik laut durch riesige Lautsprecher erschallen zu lassen, um zu demonstrieren, dass es hier etwas Interessantes zu hören und zu sehen gibt; die Menschen sollen angezogen werden, um zu dem Spektakel zu strömen. Genauso wird es auch bei Hochzeitsfeiern gemacht, wo mit lauter Musik Freude und Status ausgedrückt wird. Leise Musik ist "nichts"! Bei späteren Treffen mit den Freunden, auch noch Jahre später, lachen wir darüber, wie diese Westlerin nicht klarkommt mit der "Tradition" der Javaner.

Diese "Tradition" ist in Wahrheit natürlich erst jüngeren Datums, seitdem es Lautsprecher und Riesenboxen überhaupt gibt. Ich finde es bedauernswert, dass heutzutage bei vielen Schattenspielaufführungen die Gamelanmusik, der begleitende Gesang und der Sprechgesang des *dalang* mit enormen

Lautsprechern verstärkt werden, häufig sogar mit Übersteuerung, die bestimmt nicht nur meinen Ohren wehtut. Während es mir nicht gelingt, meine innere Abwehr abzulegen, zeigen Indonesier Gleichmut. Wenn ich sie frage, dann geben sie allerdings auch zu, dass sie eine solche Lautstärke übertrieben finden. "Annehmen" – "*nerima*" ist das Zauberwort: Ich habe im Laufe der Jahre die Tatsache dieser akustischen Pollution annehmen müssen, auch wenn ich mich nicht wirklich an sie gewöhnen kann; es dröhnt weiterhin in Ohren und Bauch und tut weh.

Genauso war es mit der lauten *dangdut*-Musik im *warung* beim PPLH. Hier sagen mir die Angestellten, dass sie es selbst auch nicht mögen, aber was soll man machen? "Es ist einfach so! Hinnehmen"! Welch eine Freude, als ich bei den letzten beiden Aufenthalten nachts eine himmlische Ruhe erfahre. Der *warung* ist ein paar hundert Meter weiter umgezogen und bläst seine Musik in andere Richtungen. Nun nehme ich nachts wieder die bloßen Naturgeräusche wahr und genieße sie: Ein Tier springt auf dem Bungalow-Dach herum, der Gecko ruft laut sein "tokeeeeh, tokeeeeh", Zirpen von draußen, sogar mal eine im Zimmer herumraschelnde Maus oder Ratte. Irgendwann mitten in der Nacht ist es ganz still.

Wenn indonesische Freunde, die mich gut kennen, mich zum Übernachten einladen, sorgen sie dafür, dass ich einen möglichst ruhigen Platz zum Schlafen habe. Es ist jedes Mal ein Anlass für viel Lachen und Mich-Verstanden-Fühlen.

*

Das Thema Lärm und laute Musikbeschallung wird mich weiter begleiten in Indonesien, ebenso an anderen Orten auf der Welt.

21

PENANGGUNGAN

Manches Mal verabreden A. und ich uns im PPLH, um von dort aus Heiligtümer am Penanggungan oder in der Umgebung zu suchen und zu besuchen. Ich bin meist schon ein oder zwei Tage zuvor im PPLH angekommen, um den Platz zu genießen. A. fährt die lange Strecke von seinem Wohnort in der Gegend von Yogya bis hierher mit mehrmaligem Umsteigen im Bus, fünf bis sieben Stunden dauert die Fahrt. Man weiß nie, wann er ankommt, ich warte, oft wird es spätabends. Als allererstes muss ein Kaffee her – *ngopi dulu* –, dann Essen und ein Bier – *makan dan minum bir*. Oft kommen Freunde aus der Gegend, wir machen gemeinsame Planungen für die kommenden Tage oder reden einfach *ngalor-ngidul* ("nach Norden und nach Süden"). Wir sitzen im Restaurant, das nach allen Seiten hin offen ist, hören den Bach rauschen, die Grillen zirpen, kühle Abendluft erfrischt nach einem heißen Tag, es gibt Gelächter, es gibt Stillsein, die Männer ziehen an ihren *kretek*-Zigaretten und verströmen den Duft Indonesiens. In den kommenden Tagen besuchen wir Tempel am Penanggungan und in der Umgebung.

Egal aus welcher Himmelsrichtung man kommt und den Berg in der Ferne sieht, erhebt sich seine Silhouette majestätisch und gebrechlich zugleich aus der Ebene. Der Penanggungan hat eine besondere topographische Form, bestehend aus dem zentralen Gipfel, rundum gerahmt von vier niedrigeren Gipfeln und auf einer tieferen Ebene von vier weiteren Hügeln. Ein zentraler Punkt, umgeben von acht Punkten: Diese Mandala-Form ist ein bedeutendes heiliges Motiv im hinduistischen und buddhistischen Kosmos. Es verwundert nicht, dass dem Penanggungan eine große historische und religiöse Bedeutung zukommt, die sich schließlich auch in meinen Forschungen zu den Panji-Reliefs niederschlägt. Eine alte javanische Geschichte rankt sich um den Mythos des Penanggungan-Berges: Der Sitz der Götter, der Berg Meru, in Indien, soll von den Göttern nach Java transportiert werden. Der obere Teil des Berges Meru hat die Form eines Mandala: ein Gipfel umgeben von vier niedrigeren Nebengipfeln und vier weiteren niedriger gelegenen Nebengipfeln. Der riesige überschwere Berg wird über die gesamte Länge der Insel Java von West nach Ost getragen, auf dem Weg fallen gewaltige Bergteile ab, sie bilden die Reihe der Dutzenden von Vulkanen auf Java, ganz im Osten wird schließlich der Hauptteil des Berges abgesetzt: Der Gunung Semeru erhebt sich dort mit 3.676 Metern und ist der höchste Berg Javas. Kurz zuvor aber fällt die Spitze des Meru mit der Mandala-Form ab, es ist der Berg Penanggungan. Er ist nur 1653 Meter hoch. Vom 10. bis weit in das 15. Jahrhundert hinein wurden an den Berghängen Wasserheiligtümer, Tempel, Schreine, Altäre und Einsiedeleien in verschiedensten Größen und Ausdehnungen errichtet. In den 1950er Jahren wurden 81 solcher Stätten gezählt. Seit etlichen Jahren macht ein unermüdlicher englischer Forscher Exkursionen am Berg und hat bisher mehr als 200 alte Stätten und ihre Überbleibsel gezählt.

Gemeinsam mit Freunden und dem *juru kunci* des Penanggungan-Berges besuche ich selber seit mehr als 20 Jahren Heiligtümer, es mögen etwa 20 an der Zahl sein. Nur einige wenige Tempel sind noch einigermaßen erhalten: Man kann auf die steinernen Terrassen steigen, die sich am Berghang anlehnen. Die Reliefs, mit denen die Terrassenwände ursprünglich geschmückt waren, wie in Archivphotos dokumentiert, sind in den meisten Fällen verschwunden. Es gab Reliefs, die das *Arjunawiwaha* und Szenen aus dem *Ramayana* darstellten, und auch Kappenfiguren waren darunter. Auf der obersten Terrasse steht häufig noch ein steinerner Altar. Früher waren hier Götterfiguren, von denen alte Archivphotos aus der niederländischen Kolonialzeit zeugen, sie stehen heute vielleicht in einem Museum oder sind einfach verschwunden. Am Candi Gajah Mungkur, vom PPLH aus nach etwa 1,5 Stunden Aufstieg zu erreichen, standen vor einigen Jahren noch steinerne Füße. Dieser *candi* hat es mir besonders angetan. Seine mittige Treppe ist links und rechts gerahmt von Elefantenköpfen – *gajah* –, in erhaltenen Mauerteilen sind Reliefs eingemeißelt, die einen Mann mit Kappe darstellen, sowie eine Frau und einen Begleiter. Ein Archivphoto zeigt eine weitere Kappenfigur mit einer gabelförmigen Waffe; an der entsprechenden Stelle klafft jedoch eine Lücke in der Mauer – die Figur wurde irgendwann herausgeschlagen! Später habe ich Gelegenheit, Fragmente und Skulpturen im Depot des lokalen Museums in Trowulan anzusehen. Hinter einer Götterstatue liegt ein steinernes Gebilde: Es ist die Kappenfigur mit der gabelförmigen Waffe. Zwei der Museumsmitarbeiter und ich legen die Figur behutsam auf eine freie Stelle, ich photographiere. Immer wenn ich wieder in das Museum komme und die beiden Mitarbeiter antreffe, erzählen sie lachend von der Begegnung. Ich weiß nicht, was mit der Kappenfigur gemacht wurde; irgendwann war sie weder im Depot noch in der Ausstellung vorhanden.

Ich besuchte Gajah Mungkur ein weiteres Mal gemeinsam mit A. Er stieg den Hang hinauf, um eine andere Stätte aufzusuchen. Ich blieb bei den Elefantenköpfen, um diesen Platz in Ruhe zu genießen und ein bisschen herumzuwandern. Dann fehlen mir ein paar Sekunden oder Minuten; ich stand an einem Platz außer Sichtweite vom Elefanten-Tempel. Wo war ich? Ich war verwirrt. Am Sonnenstand konnte ich Ost und West erkennen. Wir waren von Westen gekommen. Dort ging es allerdings bergauf, obwohl wir doch von unten gekommen waren. Nach Osten ging es bergab. Ich rief mehrmals nach A., wieder und wieder. Keine Antwort. Allmählich wurde ich unruhig. Wohin sollte ich gehen? Am besten nach Osten den Berg hinunter? Ich setzte mich, ganz erschöpft, auf einen Felsen. Nach – wie mir schien – Stunden kam A. Er hatte mich gesucht und mich dann nicht allzu weit vom Candi Gajah Mungkur entdeckt. Ich hatte offensichtlich einen Aussetzer gehabt.

*

In Deutschland beschäftigte mich eine Weile ein bestimmtes Problem. Während dieser Zeit kam in einem Traum eine Bergmutter vor, die aus den raschelnden Blättern unter hohen Bäumen hervortrat: Sie riet mir, ich solle mich an einem Ort, der mir guttut, flach hinlegen und spüren; das würde mir helfen. Aus dem Traum aufgewacht, hatte ich sofort die Assoziation, mich auf einen der steinernen Altäre am Penanggungan legen zu wollen. Beim nächsten Besuch suchte ich einen alleinstehenden Altar auf, der groß und behäbig auf einem kleinen Plateau steht. Ich zog die Schuhe aus, hievte mich hoch, legte mich mit dem Rücken auf den Stein. Die von der Sonne gespeicherte Wärme erfüllte den Rücken und schließlich den ganzen

Körper. Ich fragte mich, ob das, was ich hier tue, vielleicht Blasphemie oder Entweihung sei. Gleichzeitig war mir klar, dass meine Ehrfurcht vor dem Platz und die heilsam scheinende Wirkung die Erlaubnis gaben.

*

Der bei der Bevölkerung lange Zeit in Vergessenheit und Bedeutungslosigkeit versunkene Penanggungan erlebt in jüngster Zeit große Popularität. Zum einen haben Wissen und Interesse an der alten Kultur und Geschichte zugenommen. Von Behörden wurde er gar offiziell als "Kulturerbe" deklariert. Vor allem für junge Leute ist der Berg als Ziel bei Bergwanderungen beliebt geworden. In Gruppen von 10 bis 50 oder mehr Wanderern wird der Penanggungan bevölkert, sie halten an den steinernen Stätten und campen hier nach Pfadfindermanier. Irgendwann ist ein Hype entstanden, zum 17. August, dem Nationalfeiertag Indonesiens, auf Bergspitzen die rot-weiße Nationalflagge zu hissen; Horden von Bergwanderern klettern dann auf die Spitze des Penanggungan, und Photos erscheinen in den sozialen Medien. Es gibt auch kleinere Gruppen, die zu den Stätten pilgern, sie wollen die sakrale Atmosphäre des Ortes spüren, sie übernachten und meditieren. Räucherstäbchen und Blütenopfer zeugen von solchen Besuchen. Sie setzen die jahrhundertealte Tradition von Pilgern fort, die in Einsiedeleien Stille und Abgeschiedenheit und spirituelle Erkenntnisse suchen. Candi Kendalisodo, der Platz meiner ersten Begegnung mit Panji, ist eine dieser Einsiedeleien. Ich behaupte, sie ist die schönste.

*

Bevor sich die Pilger in alten Zeiten auf den beschwerlichen Weg machten, reinigten sie sich am Fuße des Berges: Sie wuschen ihre Körper und ihren Geist. Heute sind noch zwei Wasserheiligtümer gut erhalten. Im Belahan-Heiligtum an der Ostseite des Berges strömt Wasser in ein kleines Wasserbecken; es rinnt aus den Brüsten zweier großer weiblichen Skulpturen. Sie stehen auf einem Sockel vor einer gemauerten Rückwand. Rätsel ranken sich um die Figuren, sie werden als Gemahlinnen des Gottes Shiwa und des Gottes Wishnu interpretiert, andere sehen sie als zwei Erscheinungsformen ein und derselben Göttin, wieder andere versuchen in ihnen historische Personen zu erkennen. Einige Archäologen vermuten, dass zwischen den weiblichen Figuren eine weitere Figur stand, die Wishnu auf seinem Reittier, dem Adler Garuda, darstellt und die jetzt in einem Museum steht. Die Fachwelt diskutiert und kommt zu ständig neuen Erkenntnissen und Vorschlägen. Links von den wasserspeienden Damen ist ein kleines steinernes Relief angebracht, das auch Rätsel aufwirft. Inmitten eines Dämonengesichts ist ein Loch eingelassen, aus dem Wasser strömt, einige Archäologen interpretieren das Bild als Symbol einer Jahreszahl, andere sehen darin den Mythos des den Mond fressenden Dämons Rahu. Archäologie und überlieferte Erzählungen mischen sich und lassen es zu, das eine oder das andere oder auch alles zu glauben. So ist das: Fakten werden gut durchgerührt mit Erzählungen, die von den Eltern oder Großeltern oder sogenannten *budayawan* ("Kultur-Kennern") stammen, angereichert durch neuere Erkenntnisse. Daraus entstehen dann im Brustton der Überzeugung vorgetragene Geschichten, die ganz bestimmt "wahr" sind und die "endlich" Licht in das bisherige Dunkel bringen. Ich höre mir solche Geschichten gerne an und denke mir dazu das meinige.

Das andere Wasserheiligtum ist der von mir geliebte und oft besuchte Candi Jolotundo, am Fuß der Westseite des Penanggungan gelegen, einen Kilometer oberhalb des PPLH.

Einige Archäologen vermuten, dass die Wishnu-Figur auf dem Garuda nicht vom Belahan, sondern hier vom Jolotundo stammt. Eine weitere These besagt, dass die Figur im Inneren eines ganz anderen Tempels stand. Schon wieder ist Anlass gegeben für im Brustton der Überzeugung vorgetragene Geschichten.

Hier im Candi Jolotundo habe ich viele besondere und intensive Situationen erlebt. In der Abenddämmerung komme ich mit einem jungen Mann ins Gespräch; er erzählt, dass er hier die Nacht meditierend verbringen wird. Der Platz sei für ihn spirituelle Inspiration. Viele Jahre später spreche ich mit einer voll verschleierten Frau, die ich an ihren Händen und ihrer Stimme als junge Person identifizieren kann. Sie kommt von der Insel Sulawesi hierher, um das heilige Wasser von Candi Jolotundo zu trinken und mitzunehmen. In den letzten Jahren ist das Wasserheiligtum über die Grenzen Javas hinweg bekannt geworden. Menschen von nah und fern füllen große blaue Kanister mit Wasser ab. Kinder springen herum und wollen im großen Wasserbecken plantschen; manchmal werden sie von einem Aufseher daran gehindert, oder auch nicht. Frauen baden im linken Becken, Männer im rechten. Männer und Frauen seifen sich ein, reinigen sich. Ein großes Schild sagt: *dilarang pakai sabun!* (Es ist verboten, Seife zu benutzen).

Vor Jahren waren zwei deutsche Freundinnen, der *juru kunci* und ich nach einem stundenlangen anstrengenden Besuch mehrerer heiliger Stätten am Penanggungan vollkommen erschöpft wieder unten am Jolotundo angekommen. Wir waren in Schweiß gebadet, und unsere Beine und Hosen waren mit Spuren von Ruß von abgebrannten Bäumen bedeckt. Es war schon späte Abenddämmerung. Der *juru kunci* bot uns an, in das Frauen-Wasserbecken zu steigen. Wir trauten uns zunächst nicht, aber nach mehrmaligen

Aufforderungen und der lockenden Aussicht auf das erfrischende Wasser begaben wir Frauen uns zum Wasserbecken. Etwas umständlich kletterten wir in das tiefe Becken hinein, standen bis zum Bauch im Wasser, ließen das unaufhörlich aus dem Speier strömende Wasser über unsere Körper rinnen. Wir wurden von allem Schmutz und Schweiß gereinigt, wir wurden erfrischt. Wir empfanden etwas, was sich nicht in einfachen Worten ausdrücken lässt. Dieses Erlebnis gehört für uns drei zu einer von solch seltenen Begebenheiten im Leben, die tief im persönlichen Gedächtnis hängenbleiben. Zu der Zeit war es Besuchern der heiligen Stätte nur erlaubt, nach Einbruch der Dunkelheit ein rituelles Bad in den Wasserbecken zu nehmen. An dem Abend waren wir alleine.

Die seinerzeitige mit Schlaglöchern und mit Schotter aufgefüllte Straße vom PPLH zum Jolotundo ist irgendwann fest betoniert worden. Jolotundo ist als Touristenziel deklariert, es gibt einen großen Parkplatz für Reisebusse.

*

Wenn ich während einer Java-Reise nur wenig Zeit in Ostjava habe, sind mir auf jeden Fall der Besuch des Jolotundo und des Panataran heilige Pflicht. Bei noch kürzerer Zeit fällt mir die Entscheidung für nur einen der beiden Tempel nicht leicht. Bei einer von solchen zeitlich engen Reisen habe ich mich für Jolotundo entschieden. Ich habe Mas Bondan im Panataran-Tempel angerufen und ihn um Verzeihung gebeten und Grüße an den Tempel ausgerichtet.

Mas Bondan hat mich immer mit wichtigen Nachrichten zum Candi Panataran versorgt: In einer WhatsApp-Nachricht ließ er mich wissen, dass der in der Nähe liegende Vulkan Kelud ausgebrochen war und die Anlage mit Asche bedeckte: "Der candi ist unversehrt!" Im März 2020 schickte er mir eine WhatsApp mit einem Photo: Auf einer kleinen Tafel steht geschrieben: "*Pengumuman. Mulai tanggal 16 Mar 2020 untuk se-mentara *Candi Panataran* ditutup untuk umum (Wisata). Petugas Candi.*" – "Bekanntmachung. Vom 16. März 2020 an bleibt Candi Panataran für die Öffentlichkeit (Touristen) geschlossen. Die Tempelwärter." Pilger, rituelle Reinigung Suchende wurden heimlich und still eingelassen.

22

SYDNEY

Meinen Eltern hatte ich versprochen, nach dem ersten halben Jahr in Australien an Weihnachten zuhause zu sein. Es war schön, bei ihnen zu sein. Es gab leckeres Essen, Hühnersuppe, Puter, für mich eine fleischlose Beilage, als Nachtisch Schokoladenpudding mit Sahne, es gab opulenten Kuchen und Kaffee. Zugleich war ich enttäuscht, ich hatte nicht das Gefühl, mit besonderer Freude willkommen geheißen zu werden. Ich wurde einfach so aufgenommen, als wenn ich erst vorige Woche da gewesen wäre, alles ganz "normal". So ist das in unserer Familie. Man will nichts Persönliches voneinander wissen, jedenfalls nicht, wenn die Familie in großer Runde zusammensitzt. Es wird irgendetwas geredet, ich weiß gar nicht was, Belanglosigkeiten über das Essen, über Leute im Dorf, über Neubauten von Bekannten, neu angelegten Straßen, abgenutzte oder neue Wintermäntel von Frauen aus dem Dorf und und und. Über Photos, die ich im Laufe der Monate geschickt oder jetzt mitgebracht hatte, wurde nicht gesprochen. Ich saß ziemlich stumm da.

Aus Australien hatte ich an meine Freunde und Familie in Deutschland regelmäßig Rundmails geschickt, gespickt mit Photos, die Eukalyptusbäume, den Strand, Möwen, Kakadus, die Blue Mountains, oft mich im Vordergrund, zeigten. Es gab auch das eine oder andere Photo von mir am Schreibtisch, umgeben von Büchern und Ordnern und Papier, auch Photos von Doktoranden-Kollegen und -Kolleginnen. Ich hatte das Gefühl, meine Situation in Australien nicht wirklich vermitteln zu können, wie ich mich dort fühlte, wie mein alltägliches Leben ablief. Für Freunde und Familie hat es sich wahrscheinlich so angefühlt, als wenn ich die meiste Zeit mit Sightseeing und Es-mir-gut-ergehen-lassen verbringe. Von meiner Arbeitsdisziplin habe ich nicht geschrieben. Auch wenn ich jetzt in der Zeit um Weihnachten bei Familie und Freunden weiter und tiefer ausholte, blieb trotzdem ein schales Gefühl.

Ich kenne dieses schale Gefühl aus den Zeiten, wenn ich als Jugendliche von einer Reise nachhause kam und davon erzählte. Auch wenn ich Photos ausgedruckt hatte und sie zur Untermalung meiner Erzählungen zeigte: Sie waren immer nur ein Ausschnitt, immer nur Momentaufnahmen; die Atmosphäre, meine Stimmungen konnte ich nicht vermitteln. Nach dem Erzählen hatte ich das Gefühl, eine ganz andere Reise dargestellt zu haben als diejenige, die ich erlebt hatte. Es war immer bloß ein Extrakt mit Beschönigungen.

*

Nach einem knappen Jahr in Wollongong zog ich nach Sydney um. Ich folgte meinem Doktorvater, der von der University of Wollongong zur Sydney University berufen wurde. Ich hatte gerade Fuß gefasst in Wollongong, hatte Freundschaften geschlossen. Nach anfänglichem Zweifel gab ich der großen Chance nach, in Sydney in größere akademische Kreise einzusteigen und vor allem in der Betreuung von Adrian zu bleiben. Großartig war, dass nun Peter Worsley mein zweiter Supervisor wurde. Ich fühlte mich geehrt und anerkannt. Die beiden lasen regelmäßig meine eingereichten Kapitel und kommentierten sie gründlich, wir saßen zu dritt zusammen und diskutierten, es war sehr fruchtbar für alle. Ich liebte diese Treffen. Ich hatte einen Arbeitsplatz in den alten Gebäudeteilen der Sydney University. Diese Gebäude sind der englischen Oxford University nachempfunden und strahlen etwas von deren Altehrwürdigkeit aus. Ein kreuzgangartiger Hof – der Quad – ist umgeben von Gebäudeflügeln mit Seminar- und Vorlesungsräumen sowie Büros. Jedes Mal, wenn ich in den Quad und in die Räume trat, hatte ich ein erhabenes Gefühl. Umso mehr, wenn mittags der Carillon erklang – eine alte Frau sei es, wurde mir erzählt, die seit Jahrzehnten Lieder auf dem Glockenspiel erklingen lässt. Wenn im Dezember die Feiern für die Doktorwürde stattfinden, spielt sie die Melodie von "Gaudeamus Igitur". Dann gehen die frisch gebackenen Doktores in ihren schwarzen Talaren mit roten Bändern und Doktorhut stolz durch den Quad und lassen sich vor dem lilafarbenen, üppig blühenden Jacaranda-Tree fotographieren. Irgendwann würde ich auch so weit sein? Mich überkamen oft Zweifel, ob ich die Zeit durchstehen würde. Dann sagte ich mir: durchhalten, nicht nachlassen, meine Theorien weiterentwickeln, die manchmal anstehende Müdigkeit und den Überdruss überwinden, die Disziplin behalten!

*

Im Herbst meines zweiten Jahres hatte ich Gelegenheit, an einer Konferenz in den Niederlanden teilzunehmen, wieder einmal ermöglicht durch Adrians Hilfe bei der Finanzierung der Reise. Es tat gut, einen Zwischenstand meiner Forschungen und Interpretationen zu präsentieren und durchaus kontrovers zu diskutieren.

Diesmal verbrachte ich Weihnachten in Australien. Ich musste sehr oft lachen: In voller Sommerhitze kühlen sich Schwimmer mit Nikolausmützen im Meer ab. Ein riesengroßer Weihnachtsbaum steht inmitten der herausgeputzten Queen Victoria Shopping Mall, draußen auf dem großen Platz sind Rentier, Weihnachtsmann, Glocken aufgestellt - alles in Großformat. Die Einfamilienhäuser der Suburbs sind mit bunten Lichterketten geschmückt: Szenen der Weihnachtsgeschichte mit Rentierschlitten und Weihnachtsmännern blinken nachts um die Wette. Sydney-Siders spazieren durch die Viertel, um das bunte Leuchten und Flackern zu bewundern. Natürlich fehlt nicht *"I'm dreaming of a white Christmas"*. Ein bisschen merkwürdig war mir durchaus zumute, jetzt zu Weihnachten alleine zu sein. Alle Bekannten und Freunde feierten mit ihren Familien. Ich habe die Zeit für Ausflüge in recht leeren Zügen genutzt.

Am Silvesterabend sitze ich mit zwei Freundinnen auf dem Rasen auf dem Hügel am Hauptgebäude der Sydney University. Wir trinken Sekt, während wir weit in der Ferne am Himmel die bunten Feuerwerksblumen des großen Opera-Feuerwerks sehen. Wir erzählen über die Jahre Ende der 1960er / Anfang 1970er, über den Vietnam-Krieg und die immensen Protest-Demonstrationen, an denen meine beiden Freundinnen hier in Sydney teilgenommen hatten. Über die Musik der Beatles erzählen wir und lachen über unsere ähnlichen Erfahrungen, Interessen und Vorlieben, egal ob in Australien oder in Deutschland.

*

Auch wenn Peter Worsley und Adrian mich bei meiner Deutung des tantrischen religiösen Konzepts im Candi Panataran unterstützten, zweifelte ich häufig und fragte mich, ob diese Theorie nicht zu gewagt sei und mir in der akademischen Welt Unverständnis entgegengebracht würde. Bei der Konferenz in den Niederlanden war bereits vorsichtige Kritik an meiner Präsentation geäußert worden. An einem Nachmittag verließ ich meinen Arbeitsplatz, um mich im Quad unter einen der Arkadenbögen zu setzen, ich war vollkommen verstört. Ich rief A. in Java an und erzählte ihm von meiner Situation. Er sagte: "*Harus berani.*" – "Du musst mutig sein." Dieser Satz hat mir seither in vielen Situationen geholfen und mich unterstützt. Er verwies auf Zoetmulder, der seinerzeit neue Deutungen angestellt hatte, er hatte tantrische Elemente in der altjavanischen Literatur erkannt und diese ausführlich in seinem Hauptwerk dargelegt und wurde damit zum mutigen

Vorreiter. Ich sah in Zoetmulder eine Art Fürsprecher, seine Arbeit ist in der Fachwelt anerkannt, ich konnte es wagen, in seine Fußstapfen zu treten und seine Deutungen auf die Kunst zu übertragen, ähnlich wie ich es ja schon bei meiner früheren Forschung zum *Arjunawiwaha* getan hatte. Ich erinnerte mich wieder an die Begegnung mit dem freundlichen Mann vor Jahren in Yogyakarta.

Es hat noch einige Zeit gedauert, ehe ich die tiefere Bedeutung dieses *"harus berani"* verstand. Die Geschichte von Panji und Sekartaji ist ebenso von diesem Satz geprägt: Die beiden Verlobten werden getrennt, suchen einander, müssen viele Hindernisse überwinden, bevor sie sich wieder treffen und heiraten können. Während dieser langen Suche und dem Bestehen vieler Abenteuer sind sie ständig herausgefordert, *"berani"* zu sein. Es wird zu einem Motto meines Lebens.

Eine Archäologie-Kollegin lud mich ein, sie und ihren Mann für ein paar Tage in ihrem Haus weiter südlich an der Ostküste zu besuchen. Ich lernte ländliches Leben und die australische Weite kennen. Die beiden wollten mir das für Menschen aus dem Ausland "typische" Australien zeigen. Wir fuhren in einen Känguruh-Park. Während meiner Australienzeit ist mir niemals ein freilaufendes Känguruh zu Gesicht gekommen, wahrscheinlich auch deshalb, weil ich nicht häufig in ländliche Gebiete gereist bin. Einen Kookaburra, diesen eigenartigen Vogel, der still vor sich hin sitzt und mit einem tiefen Lachen singt, sah ich irgendwann. Weiße Kakadus taten es mir an, auch die Rosellas und die vielen anderen Arten von Papageien.

Auch diese Kollegin – Kate O'Brien – hatte seinerzeit tantrische Interpretationen zu einem alten javanischen Tempel gemacht und sie veröffentlicht. Ihr war es ähnlich wie mir ergangen: Anfangs zweifelte sie an ihren gewagten Ideen, erhielt dann Zuspruch eines Experten und entwickelte ihre Theorie weiter. Sie wird von der Fachwelt anerkannt.

*

Von Zuhause erhielt ich die Nachricht, dass mein Vater im Krankenhaus sei. Schon seit Ende der 1970er Jahre hatte die Familie nach seinem schweren Herzinfarkt in ständiger Sorge vor einer Wiederholung gelebt. Mein Vater ist ein Sonnenschein, ist heiter, geht alles positiv an, ist optimistisch, geht oft an seine Grenzen, trinkt dem Herz guttuenden Tee aus selbst gepflücktem Weißdorn; irgendwie hat er sich gesund gehalten, sodass unsere Sorge im Laufe der Jahre nachließ. Aber nun, es ist der Sommer 2008 – ist es diesmal ernst? Ich buche schnell einen Flug nach Deutschland und fahre vom Flughafen in Frankfurt direkt zum Krankenhaus. Wie erleichtert bin ich zu sehen, dass es ihm einigermaßen gut geht, er hatte Wasser in der Lunge, was sich auf das Herz auswirkt. Mein Vater freut sich, dass ich komme. Er sagt es mehrmals: "Du bist extra aus Australien gekommen!" Ich bin etwa 3 Wochen geblieben. Die Familie hat in solchen Situationen starke Bande.

Später, nachdem er wieder zuhause war und ich in Sydney, rief ich meinen Vater angerufen und erkundigte mich nach seinem Zustand. Wieder sagt er voller Erstaunen und Freude: "Du rufst extra aus Australien an?"

*

In Sydney ergaben sich nicht so leicht intensivere Kontakte wie in Wollongong. Ich erlebte die Sydney-Siders noch oberflächlicher, als ich die Wollongong-Bewohner anfangs empfunden hatte. Viele hatten ein Getue und eine überdrehte Freundlichkeit, die mich abstießen. Kontakte mit den Wollongong-Freunden hielten zum Glück an. Ich hatte schon von Wollongong aus eine Gamelangruppe in Sydney ausfindig gemacht und war gelegentlich zu Proben gefahren. Nun nahm ich regelmäßig an den Proben teil, was für mich sehr beglückend war. Einen Auftritt in Dee Why am Strand werde ich nie vergessen: Wir hatten eine Bühne aus Holzbrettern zusammengezimmert, darauf waren die Instrumente verteilt. Der Trommelspieler übertrug seine Inbrunst auf uns Spieler und Spielerinnen, im Hintergrund war das Wellenschlagen zu hören, was sich bei dem zarten Gamelanstück *Tilem* (= Schlafen) zu einem besonderen Klangerlebnis mischte. Eine schöne Fügung war, dass P., eine der Gamelan-Mitspielerinnen, eine Mitbewohnerin für ihr Haus in einem der Stadtteile außerhalb des Zentrums suchte. Ich zog bei ihr ein, wir harmonierten sehr gut miteinander. Das Haus hatte einen Garten, lag in einer ruhigen Einfamilienhaus-Gegend, ich spazierte oft zum Cooks River in der Nähe. Ich verbrachte nun auch zunehmend häufiger meine Arbeitszeiten in meinem Zimmer, anstatt täglich zur Uni zu fahren. P. spielte dann manchmal Klavier, was mich in meinem Schreiben beflügelte. Besonders das Stück "*Un Sospiro*" von Liszt liebte ich. Wir machten gemeinsame Ausflüge mit Wanderungen in der schönen Natur, P. kannte sich mit Pflanzen aus, liebte vor allem die endemischen Pflanzen. Dieses eine Jahr, mein letztes des Australienaufenthalts, war das schönste, diese Zeit fühlte sich leicht an. Ich habe mir in Deutschland eine CD gekauft: Stücke von Liszt, unter anderem mit "*Un Sospiro*".

23

ABWESEND

Ich besuche in einem der Räume neben dem Quad in der Uni einen Vortrag. Ich finde mich dann wieder an meinem Arbeitsplatz, der durch den Arkadengang und eine Treppe hinunter und wieder hinauf zu erreichen ist. Später erzählt mir eine Kollegin, die auch im Vortrag war, ich hätte gewinkt und sei rausgegangen. Mir fehlt alles vom Winken bis zum Sitzen am Arbeitsplatz. Es müssen ein paar Minuten verstrichen sein. Während meiner Zeit in Australien passierten häufig ähnliche Situationen. Fast monatlich trat etwas auf, das ich schon am Penanggungan-Berg erlebt hatte und was ich "Aussetzer" nannte.

Es ist eine lange Geschichte, die weit zurückreicht. Während der Chemotherapie hatte ich hin und wieder Ausfälle gehabt, in denen ich ein paar Sekunden lang nicht geistesanwesend war. Es war jedes Mal ein Zeichen von Überanstrengung während dieser sehr beanspruchenden Phase meines Lebens. Ein MRT zeigte keine Auffälligkeiten. Später hörten diese Ausfälle auf. Sieben Jahre nach der Chemotherapie-Zeit geschah im Frühling *out of the blue* etwas Seltsames: Ich bin zuhause in Köln, höre morgens die Vögel piepsen, ganz normal für den Frühling. Aber sie piepsen mit besonders eindringlichen Stimmen, ich höre jedes einzelne Piepsen wie eine eigene Sprache, alles andere drumherum nehme ich gar nicht wahr. Ich bin vollkommen erfüllt von dem Vogelpiepsen. Später bin ich mit dem Fahrrad in der Stadt unterwegs. Wieder überkommt mich diese intensive Wahrnehmung von Geräuschen um mich herum. Ich finde es merkwürdig und befremdlich, auch beunruhigend. Kurzerhand fahre ich zu dem auf meinem Weg liegenden Büro von K. und bringe mich "in Sicherheit". Ich erzähle ihm von meinen Erlebnissen, jetzt ist alles wieder normal. Später zuhause telefoniere ich mit meinem Vater und frage ihn, ob er auch die Vögel heute morgen so heftig hat singen gehört; mein Vater liebt Vogelgesang. Er sagt ja. Weiter geschah nichts. Einige Tage oder Wochen später überkommt mich diese intensive Wahrnehmung wieder. Ich bin besorgt über mich selber, was ist das? Werde ich verrückt? Was geschieht da mit mir? Was ergreift Besitz von mir, worüber ich nicht selber bestimmen kann? Ich rufe Freunde an, drei oder vier kommen. Ich fühle mich gesichert und kann mich ihnen anvertrauen. Ich nehme auch sie sehr intensiv wahr, mit ihrer jeweils spezifischen Art zu sprechen und sich zu bewegen. Sie wissen auch nicht, was zu tun ist. Nachdem der Zustand anhält und ich zunehmend schwach werde, bringen sie mich zur Uni-Klinik, wo mich eine Psychiaterin untersucht und befragt. Ich weiß nicht mehr, was nun geschah. Bin ich eine Nacht dort geblieben?

Ich gehe später zu einer Neurologin, sie veranlasst ein MRT von meinem Kopf. Alles scheint normal zu sein. Zur Neurologin habe ich kein wirkliches Vertrauen. Ich wechsle zu einem Neurologen, zu dem ich lange Jahre für Konsultationen und zum Check-up gehe. Ich vertraue ihm voll. Er diagnostiziert eine Schläfenlappen-Epilepsie, die einhergeht mit den von mir beschriebenen Zuständen, genannt "Aura". In früheren Zeiten hätte man solche Personen als mit besonderen Gaben ausgestattet angesehen. Es kamen weitere Erscheinungen hinzu: Manchmal hatte ich Aussetzer, so wie damals während der Chemotherapie. Die Diagnose Schläfenlappen-Epilepsie war keine wirklich gefährliche Krankheit; ich hatte keine Angst, sondern eher Verwunderung über das, was passierte. Ich nahm das alles als interessante Vorkommnisse an, als ein Spiel der Natur in meinem Körper und meinem Geist. Die Aussetzer bekamen die Bezeichnung "Absencen".

Die Absencen verliefen sehr unterschiedlich: In Deutschland haben wir einen Auftritt mit dem Gamelanorchester. Ich spiele das Metallophon *demung* und wundere mich plötzlich, dass die anderen schon das als nächstes vereinbarte Stück spielen, wo das vorherige doch noch gar nicht zu Ende war. Die Mitspielerin am benachbarten Instrument erzählte mir später, dass ich eine Weile wie in Trance starr geradeaus guckend gespielt habe, vollkommen korrekt ohne Noten, und dann beim nächsten Stück wieder "aufgewacht" bin. Mir fehlen einige Takte in meinem Bewusstsein. Ein anderes Mal halte ich einen Vortrag vor Publikum, ich bin an einer gewissen Stelle unsicher mit meinen Formulierungen. Einer der Zuhörer erzählt später, dass ich plötzlich aufgehört habe zu reden und starr gestanden habe; irgendwann habe ich weitergesprochen. Mir fehlen ein paar Sekunden oder Minuten in meinem Bewusstsein. Häufig gingen Absencen und intensive Wahrnehmung miteinander einher, und sie wurden begleitet von einer darauffolgenden enormen Erschöpfung. Einige Male konnte ich diese Zustände vorhersehen und habe vorsorglich bei Freunden übernachtet, wo ich mich sicher fühlte. Mit meinem Neurologen probierten wir Medikamente in verschiedenen Dosierungen aus. Ich wurde schnell müde, oder ich hatte starken Haarausfall, wir probierten weiter. Meine Zeit in Australien stand an, und wir hatten noch keine sichere Dosierung herausgefunden. Der Arzt hat eine Schwester in Sydney, er vermittelte mir ihre Adresse und bot mir an, sowohl sie als auch ihn selber bei Hilfesuche anzurufen. Es gab mir ein gutes Gefühl von Sicherheit.

Etwa einmal im Monat habe ich eine jeweils andersartige, oft nur kurze, Absence. Einmal hocke ich nachts draußen vor der Tür meines Apartments im Universitäts-Campus in Wollongong und muss ganz nötig pinkeln, was ich dann an einem Busch tue. Ich stelle fest, dass ich mich aus der Wohnung ausgesperrt und keinen Schlüssel habe. Ich denke an einen Freund in Deutschland, er würde bestimmt kommen und mir helfen. Allmählich realisiere ich, dass ich in einem besonderen Zustand bin und einen Aussetzer hatte. Ich bleibe ruhig und überlege, was zu tun ist. Es kommt die Erinnerung an einen Aushang, den ich an einem der Gebäude gesehen habe mit Angabe einer Telefonnummer und Zimmernummer bei einem Notfall. Ich klopfe an das angegebene Zimmer. Ein junger Mann öffnet, er ist Indonesier! Er hat einen Zentralschlüssel und hilft mir in mein Apartment zurück. Alles ist gut. Am nächsten Tag habe ich ihn aufgesucht und mich bedankt. Wir haben ein bisschen Indonesisch parliert.

Ein anderes Mal rufe ich vom öffentlichen Telefon im Sydney-Campus-Gelände K. in Deutschland an; irgendwann sitze ich wieder an meinem Arbeitsplatz. Ich habe offensichtlich mitten im Gespräch aufgehört und den Hörer fallen lassen; K. hört lange Zeit die Vögel zwitschern, aber mich nicht mehr. Er machte sich Sorgen, weil er meine Epilepsie kannte. Ein Versuch, mich auf meinem Handy zu erreichen, brachte nichts. Er rief bei meiner letzten Wohnadresse an; diese Adresse stimmte nicht mehr. Daraufhin rief er die Polizei in Sydney an. Schließlich fand er meine aktuelle Adresse und Telefonnummer heraus und erreichte meine Mitbewohnerin P.; sie sagte, sie würde sich kümmern. P. rief mich nach kurzer Zeit auf meinem Handy an. Ich selber hatte keine Ahnung und war ganz sorglos. Alle Absencen in Australien gingen gut aus.

Ich hatte nie Angst, dass ich mir etwas Schlimmes zufüge oder mir passiert. Ich glaube, dieses Fehlen von Angst hat mich gerettet. Diejenigen, die eine meiner Absencen erlebt haben, berichteten, dass ich starr stehen blieb oder dass ich wie ein Roboter gegangen bin und die Hände bewegt habe, dass ich geschwiegen oder auch gesprochen habe, dass ich manchmal ein bisschen Schaum in den Mundwinkeln hatte. In wenigen Fällen kann ich rekonstruieren, dass ich ohne Zeugen Absencen hatte. Wer weiß, wie viele Fälle dies tatsächlich waren? Oft gingen diese Absencen weiterhin mit den intensiven Wahrnehmungen einher. Ich fand diese Zustände eher interessant und manchmal lustig. Ich habe ein sonniges Gemüt, ich denke, ich habe es von meinem Vater geerbt. Keine Angst vor nichts! Seitdem ich den Krebs überstanden habe, hat mir sowieso nichts mehr Angst gemacht. Ich bin froh um jeden Tag, jedes Jahr, jedes schöne Erlebnis, das mir geschenkt ist.

*

In Deutschland traten die Absencen weiterhin auf. Ich bin im Sommer bei meinen Eltern und fahre mit dem Rad zum Nachbardorf, um dort bei einem Bauern Spargel zu kaufen. Irgendwann ist ein Notarzt da, man will mich in den Notfallwagen tragen. Ich sitze auf einem Stuhl. Ich bitte um Wasser zum Trinken und sage, dass alles in Ordnung ist und dass ich das manchmal "habe". Man brauche sich nicht weiter um mich kümmern. Ich bin ganz klar und spreche normal und bewusst. Ich soll eine Erklärung unterschreiben, dass ich auf eigene Verantwortung nicht mit ins Krankenhaus fahre. Die Leute im Bauernhof sagen, ich habe mich plötzlich hingesetzt und in einer anderen Sprache gesprochen, sie meinen, es war Englisch. Ich habe nicht auf sie reagiert, sodass sie den Notarzt gerufen haben. Es müssen also etliche Minuten vergangen sein zwischen meinem Wegtreten und Wieder-Dasein. Ich habe eine Weile dort ausgeruht und ausgiebig Wasser getrunken und bin dann langsam mit dem Spargel zu meinen Eltern gefahren. So war es immer: Ich musste trinken und ich war erschöpft.

201

*

Mein Neurologe probierte nach der Australienzeit andere Dosierungen aus, irgendwann haben wir eine gefunden, bei der ich weniger und schließlich gar keine Anfälle mehr hatte. Bis dahin war es aber noch ein weiter Weg.

Ich habe alle Situationen notiert; eine Spalte mit dem Geschehen, eine Spalte mit Ereignissen oder Stimmungen kurz vorher; eine weitere Spalte mit Besonderheiten von vor etwa einer Woche. Ich konnte im Laufe der Zeit gewisse Muster feststellen. Das Hauptmuster: Emotionaler und arbeitsmäßiger Stress gingen dem Ereignis voraus. Ich habe eine große Sammlung von Blättern mit den handschriftlichen Notizen in säuberlichen Spalten.

Ich bin ordentlich im Aufschreiben von Listen für Einkäufe, To-Do-Listen für die kommenden Tage, To-Do-Listen für die kommenden Wochen, Plänen für Forschungen und Ideen für die nächste Zeit, Jahrespläne. Ich bin überhaupt ziemlich ordentlich, meine Wohnung ist immer aufgeräumt, ich weiß, wo meine Dinge liegen. Ich kann es nicht leiden, wenn es Krümel auf dem Tisch gibt, ich wische sie mit der Hand weg. Krümel auf dem Boden kann ich auch nicht leiden, denn wenn sie unter den nackten Fußsohlen kleben, kommen sie ins Bett. In einer der Therapieworkshops vor Jahren spielten wir improvisiertes Theater, ich hatte die Rolle der keifenden Hausfrau. Ich saß am Tisch, und das Erste, was ich tat: Ich wischte mit der Hand über die Tischplatte. Diese Episode bringt meinen Therapeuten und mich heute noch zum herzlichen Lachen: Typisch Lydia!

Sehr gründlich und sorgfältig bin ich auch darin, immer genügend Medikamente auf Vorrat zu haben. Bevor ich eine Reise mache, egal ob nur für ein paar Tage oder für mehrere Wochen, rechne ich genau aus, wie viele Tabletten ich von den beiden

Sorten mitnehmen muss. Ich rechne mehrmals, und rechne eine große Ration zuzüglich hinzu. Die Medikamente lege ich vor der Reise auf den Stapel an wichtigen Dingen, die ich tagelang vorher sammle. Mir ist es einmal geschehen, zu viele Tabletten einzunehmen, einige wenige andere Male habe ich sie vergessen. Beides bekommt mir nicht gut: Kreislauf geht runter, Schwindel, Müdigkeit. Es ist enorm, was für Wirkungen Medikamente haben, und es lässt mich auch erschrecken, wie abhängig mein Leben davon ist. Aber normalerweise schlucke ich nur und denke nicht weiter darüber nach. Irgendwann habe ich mir in der Apotheke Dosierungskästchen gekauft, so wie es alte Leute haben. Es war eine kleine Überwindung, aber es hilft ungemein und gibt Sicherheit.

24

DOKTOR DER PHILOSOPHIE

Nach zweieinhalb Jahren, Ende 2008, war meine Doktorarbeit in Australien inhaltlich im Groben fertiggestellt. Es brauchte noch einige Monate zum Feilen und Überarbeiten sowie zum Editieren des Englischen. Das tat ich von Deutschland aus. Ich verließ Australien und kam einen Tag vor Weihnachten in Deutschland an, um mich gleich in "den Schoß der Familie" zu begeben. Die abendliche Weihnachtsfeier mit der ganzen Familie war wie üblich.

Anfang Dezember 2009 reiste ich nach Sydney, um mir am 18. Dezember bei der Doktorfeier an der Sydney University den Doktorhut aufsetzen zu lassen. Zurück in Deutschland, fuhr ich Weihnachten nachhause. Ich trete in den Hausflur meines Elternhauses ein, die allererste Begrüßung meines Vaters ist: "Da ist ja unser Doktor der Philosophie!" – es hat mich umgehauen. Er hatte sich vorbereitet und sich irgendwo schlau gemacht, dass dies die deutsche Bezeichnung für den PhD ist. Die abends folgende Familien-Weihnachtsfeier war dafür umso ärgerlicher und sogar schmerzlich. Warum bloß tat ich das immer, mich diesem "heiligen" Weihnachten in der Familienrunde auszusetzen! Ich hatte mehrere Flaschen Sekt mitgebracht, ich wollte auf den Doktortitel anstoßen und trinken. Wir taten es, es kamen zaghafte "Prosts" von den Beteiligten, ohne große Begeisterung, so als hätte ich irgendeinen nicht wichtigen Geburtstag. Beim Essen wurde ich immer ruhiger. Niemand fragte was zur Doktorfeier oder zu Sydney. Ich bin bald schlafen gegangen, hatte ja noch Jetlag und damit eine Entschuldigung. Vor dem Schlafen rief ich meine Cousine D. an, um meine Enttäuschung mit ihr zu teilen; sie hatte die Familie "vertreten" und mich bei der Verleihung der Doktorwürde in Sydney begleitet. Am darauffolgenden ersten Weihnachtstag, als ich mit meinen Eltern allein war, erzählte ich schließlich von mir aus von der Doktorfeier und zeigte ihnen das große gerahmte Bild von der Übergabe der Doktorurkunde. Ich fragte sie, ob es ihnen Freude machen würde, es zu haben. Sie strahlten und sagten ganz eifrig "Ja". Es war ehrlich, ganz ehrlich gemeint. Es braucht die richtige Zeit, den richtigen Ort, die richtige Situation, die richtigen Menschen! Meine Eltern haben das Bild an einen prominenten Platz an der Wand im Wohnzimmer gehängt, sie waren stolz! Mein Vater meinte, es wäre doch schön, eine Anzeige in die Zeitung zu setzen mit Gratulation zu meinem Doktortitel. Ich war gerührt und hatte Tränen in den Augen. Meine Mutter aber: "Was für ein Blödsinn! So was tun wir nicht. Wir wollen doch nicht angeben." Tja. Es ist peinlich, es ist exotisch, es ist verrückt, "so etwas haben wir nicht gelernt, wir haben gelernt, den Kuhstall auszumisten, Kartoffeln zu pflanzen, Rüben zu einzeln." Viel später nach meines Vaters Tod finde ich den Umschlag mit Photos aus Australien, den ich meinen Eltern gegeben habe, mit Bildern von der Verleihung der Doktorwürde an der Sydney University und der anschließenden Feier. Er hat sie auf der Rückseite sorgfältig beschriftet: "Lydia mit Doktorvater", "Lydia mit Doktor-Urkunde", "Lydia mit Freunden beim Sektumtrunk". Er ist stolz auf mich gewesen!

*

Die Doktorfeier an der Sydney University war würdevoll; nun war ich selber im schwarz-roten Talar mit Hut. Ein paar Tage vor der Feier holte ich diese Bekleidung im Universitätsladen ab, wo Souvenirs von der Uni zu kaufen und die Doktorandenbekleidung auszuleihen ist. Ein paar Freunde aus Wollongong und Sydney hatte ich eingeladen, und meine Cousine D. aus Deutschland war da; sie hatte eigens die Reise nach Australien gemacht und zwei Wochen mit mir hier verbracht. Alle saßen neben mir oder in meiner Nähe in der Great Hall neben dem

Quad, ein großer hoher Raum wie ein Kircheninnenraum, mit Buntglasfenstern, Altar-artiger Empore, altem Holzmobiliar. Vorher war einstudiert worden, wie man dem Dean – dem Rektor – entgegenschritt, wann welche Verbeugung zu machen war, wann die Urkunde überreicht wurde, was man zu sagen hatte. Es erinnerte mich an das Einstudieren der Bewegungen und der Sprüche bei der Ersten Heiligen Kommunion in der Kirche in meinem Dorf. Mein Name wird aufgerufen, ich schreite in meinem Talar so gemessen wie möglich durch den Mittelgang zwischen den Stuhlreihen nach vorne auf die Empore, mache meine Verbeugung. Der Titel meiner Doktorarbeit wird in voller Länge laut verkündet, der Dean sagt ein paar nette, anerkennende Worte. Er überreicht mir würdevoll die Urkunde in einer roten kartonierten Mappe, er schüttelt mir die Hand, ich mache wieder eine kleine Verbeugung und schreite stolz und glücklich und mit lachendem Gesicht auf meinen Sitzplatz zurück. Während der Zeremonie wurden offizielle Photos gemacht, meine Freunde und Cousine photographierten ebenfalls. Auch ein PhD-Freund bekam seine Urkunde verliehen. Wir haben dann voller Freude gemeinsam mit unseren jeweiligen Freundes- und Familienkreisen in den Arkaden des Quad mit Sekt angestoßen. Natürlich waren meine beiden Doktorväter dabei, auch sie im würdigen Talar als akademische Lehrer der Sydney University. Photos von uns Dreien zeigen uns alle mit strahlendem Blick. Es gibt ein Photo von mir, wo ich unter einer Arkade sitze, ganz entspannt und strahlend. Es ist die Stelle, wo ich seinerzeit das *"harus berani"* hörte. Ja, ich war *berani* – mutig – gewesen; ich habe alle Hindernisse überwunden und es geschafft. Ich hatte einen wesentlichen Beitrag zum Verständnis und zur Würdigung der altjavanischen Kunst für die internationale akademische Welt und insbesondere für Indonesien geleistet. Mit meiner Arbeit hatte ich etwas zurückgeben können an die indonesische Geschichte und die reiche Kultur, von der ich so vieles gelernt hatte. Gemeinsam mit einer weiteren PhD-Studentin, die auch Adrian Vickers als Doktorvater hatte, sind wir in Adrians Büro gegangen und haben dort Photos gemacht, wir beiden halten stolz unsere gebundenen Doktorarbeiten hoch, alle drei sehen glücklich aus.

Im Haus von P. machten wir eine kleine Feier, zu der auch mein PhD-Kollege mit Familie kam. Adrian Vickers, Peter Worsley, einige Freunde aus der Gamelangruppe und Denise aus der Wollongong-Zeit waren da. P. hatte sich viel Mühe gemacht, eine schöne Feier vorzubereiten und auszurichten. P. und meine Cousine D. machten mir ein besonderes Geschenk: Sie hatten ein Photo vom Moment der Überreichung der Doktorurkunde in einem Rahmen gekauft – schätzungsweise 50 cm hoch. Es ist das Bild, das ich später meinen Eltern schenkte. Während der Party wurde ich ans Telefon gerufen: Meine Schwester und meine Mutter sprachen. Sie gratulierten mir zum Doktor! Sie hatten sich den Tag und die Uhrzeit gemerkt. Ich war sprachlos, ich musste weinen vor Freude. Warum konnten sie ihren Stolz auf mich und ihre Mitfreude erst jetzt ausdrücken?

*

In der Familie gab es ein paar wenige Menschen, die mich während der Australien-Zeit unterstützt haben. Insbesondere die Tante war rührend: Sie schrieb Briefe mit Ermutigungen und Wünschen von Glück bei der Doktorarbeit, mit Bewunderung meiner unermüdlichen "Strapazen", wie sie es nannte. Mein Manuskript der Vorstufe der fertigen Dissertation habe ich ihr geschenkt, und sie hat es gelesen! Sie hat nie Englisch gelernt, hat sich aber Grundlagen beigebracht, als ihre Töchter seinerzeit am Gymnasium Englischunterricht hatten, und sie hat mithilfe eines Wörterbuchs meine Arbeit

Satz für Satz und Seite für Seite - knapp 300 an der Zahl - studiert. Sie unterstrich Aussagen, die tatsächlich wesentlich sind, sie erzählte mir von dem, was sie verstanden hat, und fragte nach dem Inhalt von ihr unklaren Teilen. Wir haben uns irgendwann die "Panji-Freundinnen" genannt, das sind wir geblieben. Natürlich habe ich ihr später die Veröffentlichung in gebundener Buchform mit Widmung geschenkt. Auch hier hat sie einige Stellen mit Ausrufezeichen am Rand versehen; nach ihrem Tod und dem Aufräumen in ihrem Haus habe ich das Buch an mich genommen. Häufig telefonierte ich während der Zeit in Australien mit meiner Cousine D., sie war eine wichtige Stütze und ich schüttete ihr oft mein Herz über die teilnahmslose Familie aus. Es war sie, die mit zur Verleihung der Doktorwürde nach Sydney kam. Meine Nichte rief manchmal aus heiterem Himmel an und erkundigte sich, wie es mir geht; mir wurde dann immer warm ums Herz.

PAPA

Mein Doktortitel brachte mir akademische Ehren, ich nahm an Konferenzen teil, ich hielt Vorträge, es war beglückend. Aber zum Lebensunterhalt kam äußerst wenig herein. Die Reiseleitungen stagnierten, ich sah mich nach weiteren Tätigkeiten und Einnahmequellen um. Ich stieß auf Deutschunterricht als Fremdsprache für Migranten. Im April 2010 stand ich kurz vor dem Abschluss eines Einführungstrainings, als ich von der Uni Frankfurt den Bescheid bekam, dass dort eine Stelle in der Abteilung Südostasienwissenschaften frei sei. Mein PhD zeigte Wirkung! Ich wurde Dozentin für Indonesische Sprache und hielt Seminare zu Themen der indonesischen Kultur und insbesondere des alten Java. Deutschlehrerin wurde ich nicht; es entsprach mir sowieso nicht. Ich empfand es als ein großes Geschenk, nun eine mir gemäße, mich erfüllende, bezahlte Aufgabe zu haben.

Der Unterricht an der Uni und der Umgang mit den Studierenden waren flüssig und harmonisch, meine konkrete anschauliche Art des Unterrichts, nicht akademisch abgehoben, mit Partizipation der Teilnehmer und Teilnehmerinnen, kam gut an. Der Sprachunterricht, der den größten Teil der Lehre einnahm, wurde jedoch im Laufe der Zeit zunehmend unbefriedigender; das vorgegebene Lehrmaterial entsprach mir ebenso wenig wie den Studierenden, es durfte jedoch nicht ausgetauscht werden. Hinzu kamen weitere Unstimmigkeiten und die Anstrengung durch die zweimal wöchentlichen Bahnfahrten zwischen Köln und Frankfurt. Als ich mehrmals und verstärkt Bauchschmerzen hatte, wurde mir plötzlich klar: Nein, bei aller finanziellen Sicherheit – mein Bauch trügt nicht, ich muss meinen Körper schützen, wenn ich weiter ein paar

Jahre gesund leben möchte. Alleine den steinernen *dwarapala*, die Miniatur eines Türwächters zu einem javanischen Tempel, zuhause aufzustellen, reichte nicht. Ich musste selber Böses abwehren. 2015 kündigte ich, nach fünf Jahren Tätigkeit, ein Jahr bevor der Vertrag auslief. Ich hielt einen Abschiedsumtrunk für meine Studenten und Kollegen. Es kamen viele Studierende, sie brachten Geschenke, sie hielten kleine Reden, ich empfing viel Anerkennung und Zuneigung. Eine Seminargruppe überreichte mir ein Album mit Photos von Tempeln, von mir, von der gesamten Gruppe, jeder einzelne hatte einen passenden persönlichen Text zum jeweiligen Photo verfasst. Bis heute habe ich persönlichen Kontakt mit der Studentin S. und dem Studenten J.. Sie hatten in einem Semester an einem speziellen Kurs teilgenommen, wie konnte es anders sein: zum Thema der Panji-Kultur! Die Teilnehmer dieses Seminars waren sehr engagiert beim Thema gewesen, sie arbeiteten sich intensiv in ihre jeweiligen Aufgaben ein, es gab rege Diskussionen, ich war sehr glücklich, mit meiner Panji-Begeisterung andere anzustecken. Ein Referat von einer Studentin über Suryo war sehr anrührend. Die Studentin S. schrieb ihre Bachelor-Arbeit über Panji.

*

Eine schöne Ebene hatte sich schon seit Jahren mit meinen Eltern herausgebildet, nämlich die gelegentlichen gemeinsamen Ausflüge in die Eifel. Ich war es nun, die sie herumfuhr und nicht umgekehrt wie in meiner Kindheit. Es machte uns allen gleichermaßen Freude. Nach der Australienzeit fuhr ich einige Jahre lang leider keine weiten Strecken mehr mit dem Auto, weil die Epilepsie nicht unter Kontrolle war. Meine Cousine D. sprang gelegentlich ein und wir machten gemeinsam zu viert Ausflüge. Das waren schöne Familien-Situationen und erinnerten uns an frühere Zeiten. Mein Vater ließ mich manchmal kurze Strecken Auto fahren, weil er meinte, ich solle nicht aus der Übung kommen, Autofahren sei wichtig. Seine praktischen Lebenshilfen! Früher hatte er mein Fahrrad repariert und aufgepumpt, hatte dafür gesorgt, dass im Auto genug Öl war, hatte mir kleine Schränkchen und Regale gezimmert.

Fahrradfahren durch die Landschaft – durch die Au, am Fluss entlang, um den Baggersee herum, über die Felder – das teilten meine Eltern und ich auch gerne. Bei einer kleinen Tour mit meinem Vater kamen wir an einer großen langen Brombeerhecke an einer abschüssigen Böschung vorbei. "Komm, wir pflücken ein paar Brombeeren, die sind gerade richtig reif." Mir war das Gestrüpp zu stachlig, und ich vertrage Brombeeren nicht gut. Mein Vater gab sich ans Pflücken und ich spazierte ein paar Meter weiter über den kleinen Pfad neben einem Feld mit reifem Getreide. Sommer, Hitze, Düfte. Nach einer Weile schaute ich mich um und sah meinen Vater nicht. Ich vermutete, er sei vielleicht einen Pfad ins Gestrüpp hineingegangen. Ich ging zurück, um nachzusehen. Ich rief, es kam ein Stöhnen. Dann: Er lag verkrümmt inmitten der Hecken, er hatte sich wahrscheinlich zu weit vorgelehnt beim Pflücken und war die Böschung hinabgefallen. Bei jeder kleinsten Körperbewegung stieß er auf Dornen – Brombeersträucher haben heftige stachlige Dornen! Er bat mich stöhnend, ihm zu helfen. Irgendwie schafften wir es, dass ich seine Hand zu fassen kriegte und ihn mit aller Kraft herauszog. Er lachte. Er wollte ausdrücklich nicht, dass ich meiner Mutter von dem Geschehen erzählte. Ich sah, dass der Rücken voller schwarzer Flecken von zerdrückten Brombeeren war. Wie sollten wir das erklären? "Ich werde sagen: Lydia hat mich mit Brombeeren beworfen!", mit dem ihm typischen Grinsen. Wir stiegen auf die Räder und fuhren weiter, als wenn nichts gewesen war. Schalk hinter den Ohren und ein Stehaufmännchen!

Mein Vater hat als junger Mann den weiten Horizont auf eigentümliche Weise erlebt: Er war als Soldat in Russland. Mit Stolz gefüllt hatte er zuvor die Grundausbildung bei der Wehrmacht absolviert, er war bereit für den Dienst an "Führer, Volk und Vaterland", er hatte sich verführen lassen. Als meine Schwester und ich noch Kinder waren, hat mein Vater von seinen Kriegserlebnissen erzählt, seine schlimmen Erlebnisse und seine immer geglückten Heldentaten waren wie Märchen für mich. Dazu haben wir uns die Kriegsphotos angesehen, die in einer Zigarrenkiste aufbewahrt wurden, kleine Schwarz-Weiß-Aufnahmen mit gewelltem Rand. Schneelandschaft, vermummte Männer in langen Mänteln, auf dem Boden liegende tote Pferde, in Kolonnen hintereinander gehende gebeugte Menschen, es war normal, diese Bilder zu sehen, sie erzeugten in mir kein Grauen; bloß die toten Pferde fand ich bedauernswert. Mein Vater erzählte von den immer glücklich ausgegangenen Ritten auf seinem Pferd auf der Flucht, dem Entkommen von feindlichem Beschuss. "Der Feind" hieß es. Es war für uns zuhause normal, dass der Vater vom Krieg erzählte; erst später erfuhr ich, dass die meisten Väter anderer Kinder absolut nicht davon sprachen, und dass diese Zeit ein schwarzes Loch in der Geschichte von Vätern und Müttern war. Oft und eindringlich hat mein Vater geschildert, wie er bei einem Granatenangriff verwundet wurde und dass sein bester Kamerad neben ihm ums Leben kam. Wenn im Dorf am Volkstrauertag der Gefallenen des Krieges gedacht wurde und das Lied "Ich hatt' einen Kameraden" gespielt und gesungen wurde, lief es mir immer kalt den Rücken herunter; ich litt mit meinem Vater. Oft hat er von seinem Freund gesprochen, er hat ihn nie vergessen. Nach der Verwundung verbrachte mein Vater schlimme Monate in Lazaretten, nach langer Genesung und ein paar Tricks wurde er schließlich von der Wehrmacht entlassen, die er inzwischen nur noch hasste, und er konnte nachhause. Dort angekommen, stand ein paar Tage später die Evakuierung des Dorfes vor der anrückenden Front an, er zog mit seiner Familie in Richtung Köln, wo sie Unterschlupf bei einer Bauernfamilie in einem Dorf fanden.

Auch meine Mutter erzählte von der Evakuierung ihrer Familie als schlimmste Zeit des Krieges: nicht genug zu essen, Enge im Bauernhof, bei dem sie untergekommen waren, Angst, was zuhause geschah. Sie sind alle heil nachhause zurückgekommen und hatten zum Glück nicht allzu viele Zerstörungen zu reparieren. Sie erzählten oft, wie sie bei der Evakuierung mit Karren und Kühen und Gerätschaften und Kleidung auf einem Weg am Hügel östlich von unserem Dorf hinaufgefahren bzw. gegangen sind. Für mich lag jenseits dieses Weges die "Evakuierung" und die öde Welt. Vor kurzem bin ich diesen Weg gegangen, um zu sehen, wie es oben auf dem Hügel aussieht. Da ist die mir vertraute flache Landschaft der Region, mit Getreide- und Kartoffel- und Rübenfeldern und darin verstreuten Dörfern, wo ist die "Evakuierung"? Andere Verwandte und Dorfbewohner hatte es weiter weg vertrieben, hinter Köln. "Hinter Köln" – das war eine Welt weit jenseits meines Horizonts. Orts- und Städtenamen wie Waldbröl, Hannover, Berlin, die Ostzone, all das lag für mich "hinter Köln".

In unserer Familie waren wir es zunehmend leid, ständig die Kriegsgeschichten meines Vaters zu hören, sie wurden immer mehr reduziert auf besonders schlimme oder heldenhafte Episoden, die er mit den wiederkehrend gleichen Worten erzählte. Irgendwann hörte ich nicht mehr hin. Ich schenkte ihm Mitte der 1980er Jahre, über 40 Jahre nach seinen Kriegserfahrungen, ein leeres Buch, in das er alles aufschreiben könne. Er tat dies tatsächlich, per Hand vorgeschrieben, dann per Hand in Schönschrift in engen Zeilen in das Buch übertragen, mit Beschreibung minutiöser Details. Bei meinen Besuchen durfte ich lesen, was er jeweils neu geschrieben hatte. Ich hatte aber oft keine Lust dazu, ich hatte genug davon. Ich wusste, irgendwann würde ich das ganze Buch ausführlich lesen.

*

An einem Sonntag in der Vorweihnachtszeit war ich bei meinen Eltern. Mein Vater war recht schmal, und seine Hose schlackerte an seinen Beinen. Er war 90 Jahre alt und da war "nicht mehr viel zu reißen", wie er oft sagte. Seit etwa einem Jahr klagte er, dass das Leben keinen richtigen Spaß mehr mache, er habe immer weniger Kraft, die geliebte Gartenarbeit fiel immer schwerer, Fahrradfahren ging nicht mehr gut, er benutzte einen Stock beim Gehen, "ich habe keine richtige Lust mehr". Mit meiner Mutter gab es oft Spannungen, vor allem wenn er viel zuhause war. Während des vorweihnachtlichen Sonntagsbesuchs kam er zu mir und sagte: "Lydia, ich will Dir was geben!" Er hielt das große Buch mit rot gemustertem Einband, mit den handgeschriebenen Einträgen seiner Kriegserinnerungen, und reichte es mir. Ich war tief gerührt!

Eine Woche später, vier Tage vor Weihnachten, erhalte ich morgens um 9 Uhr den Anruf: Meine jüngere Nichte ist am Telefon und sagt, dass mein Vater verstorben sei. "Jetzt ist es also so weit!", das ist nach einer Atempause meine erste Äußerung. Jahrzehntelang war die Sorge um ihn und das Wissen um einen möglichen plötzlichen Tod da gewesen. Wie oft habe ich in Australien bei einem Anruf von meiner Mutter gedacht: Jetzt ist es soweit! Drei Wochen lang war ich in einer besonderen Welt, Trauer, Verlust, gemischt mit Freude über die friedliche letzte Begegnung mit meinem Vater. Ein Großteil dieser Trauerzeit fiel in die Weihnachtsferien, sodass ich mich der

Situation hingeben konnte und mich insbesondere mit meiner
Mutter verband. Schon unmittelbar am Todestag war wie von
selbst klar, dass ich als jüngste, alleinstehende Tochter nun an
der Seite meiner Mutter stehe; sie war jetzt alleine und brauchte
vor allem emotionale Hilfe. Der erste Abend war sehr inniglich;
sie erzählte mir Sachen von ihrem Mann, die sie früher nie erwähnt hatte. Seitdem habe ich ein sehr herzliches, gefühlvolles
Verhältnis mit meiner Mutter gehabt. Sie hat es wertgeschätzt,
wenn ich kam oder wenn wir telefonierten. Die Abstände meiner Besuche bei ihr wurden kürzer, ich habe es gerne gemacht.
Die jahrzehntelange Fremdheit war in den Hintergrund getreten.

26

PANATARAN III

Nach meiner Kündigung in Frankfurt ist die Frage: "Was nun? Mein schon lange im Kopf gewälztes Projekt einer umfassenden Forschung zu Candi Panataran?" Schon vor der Frankfurter Tätigkeit trieb mich die Idee um, die Entwicklung der rituellen Praxis seit der Zeit der Errichtung des Tempels bis heute zu dokumentieren und zu analysieren. Ein Schwerpunkt sollte die aktuelle Situation der Wiederbelebung religiöser Traditionen sein. Während meiner Lehrtätigkeit an der Universität in Frankfurt blieb keine Zeit, diesen Ideen intensiv nachzugehen. Jetzt war die Zeit reif! Ich verfasste einen Antrag für ein Stipendium bei einer deutschen Stiftung, voller Zuversicht und Hoffnung.

Bei einem Aufenthalt in Blitar hatte ich schon etliche Jahre zuvor erste Interviews mit Kulturschaffenden, mit Bewahrern javanischer Kultur, mit Praktizierenden von Ritualen geführt. Bekannte und Freunde nannten mir Kontaktpersonen. Ich sprach mit einem Herrn, der meiner Theorie des tantrischen Konzepts des Tempels vollkommen zustimmte, ich fühlte mich bestätigt; er erzählte von seinen eigenen Wahrnehmungen und seinem Verständnis und seinen religiösen Praktiken im Tempel. Ein anderer älterer Herr war *dalang* und Regisseur, er erzählte mir kraus erscheinende Geschichten, für mich war er der Inbegriff der Verkörperung von javanischer mythologischer Kultur. Er schenkte mir eine alte Schattenspielfigur, die Abyasa darstellt, einen der weisen Lehrer aus dem *Mahabharata*. Die Figur war abgewetzt, sie hatte offensichtlich viele Jahre lang ihre Rolle im Schattenspiel erfüllt, gehalten von den Händen des *dalang*, mit heftigen Bewegungen, die einen der Haltestäbe aus Horn zerbrochen haben, und der dann durch einen einfachen hölzernen Stab ersetzt wurde. Ich fühlte mich geehrt, wollte das Geschenk zunächst nicht annehmen. Der Herr - Lik Hir - drängte es mir förmlich auf, bis ich wirklich zugriff. Die Figur hat mich über Jahre begleitet; ich habe sie in meinem Unterricht eingesetzt als Beispiel für das Schattenspiel, für die javanischen Mythen, für die darstellenden Künste, für javanische Weisheit. In meiner kleinen Rede beim Abschied in Frankfurt zeigte ich diese Figur den versammelten Anwesenden, mit der Bemerkung, dass ich hoffe, selber eine gute Lehrerin gewesen zu sein, auch wenn ich noch lange nicht die Weisheit eines Abyasa erlangt habe, was ich zu verzeihen bitte. Es gibt ein Photo von mir, wo ich die Figur halte; später wurde es von Veranstaltern von Vorträgen in Indonesien oft als Porträt-Photo für ihre Flyer benutzt. Ich mag tatsächlich solche action-Photos für die Ankündigungen und nicht die förmlichen Passbild-Photos, wie sie indonesische Vortragende gerne einsetzen. Ich will mich nicht so präsentieren, wie es früher als Kind üblich war: "Stell Dich mal hin!" Die Ankündigung meines Vortrags soll genauso lebendig sein wie meine Vermittlung von Wissen.

Im Laufe meiner Recherchen wird mir in Blitar ein anderer Künstler vermittelt, der Rituale im Panataran-Tempel durchführt; er steht in der religiösen balinesischen Tradition. Er lädt mich ein, gemeinsam ein Ritual im Panataran durchzuführen. Seine Tochter kleidet mich in einen javanischen *sarong*, das um die Hüften geschlungene Batiktuch, und in eine *kebaya*, eine eng anliegende Bluse, er schlingt mir ein Tuch um die Taille, wie es nach balinesischer Tradition für den Besuch eines Tempels Pflicht ist. Das Ritual ist zugleich bescheiden und feierlich. Wir gehen zu einigen Gebäuden in der Tempelanlage und legen Blüten aus, verrichten ein Gebet, begeben uns schließlich zum Wasserheiligtum. Er legt die Schale mit Räucherstäbchen und Blüten ab, wir knien und schöpfen Wasser aus dem Becken und benetzen unsere Haare damit. Er taucht seine Hände mehrmals in das Wasser und schöpft es heraus, lässt es wieder in das Becken fließen. Es ist sehr weihevoll. Wir gehen zurück, Mas Bondan schaut uns ehrfürchtig und ernst an.

*

Vermittelt durch Adrian Vickers, werde ich im Frühjahr 2013 für einen Vortrag bei einem Panji-Festival in Bangkok eingeladen. Ich nehme die Einladung gerne an und buche ein komplettes Reisepaket mit Bangkok und Java. Das viertägige Festival ist überwältigend: Übertags werden von Akademikern und Künstlern aus Thailand, Kambodscha, Myanmar, Laos, Java, Bali, Malaysia Vorträge gehalten, abends werden großartige Tanz-Aufführungen aus diesen Ländern geboten. Gespräche, Austausch, Kontakte ergeben sich. Ich bin die einzige Westlerin, die über ihre Forschungen zu Panji und insbesondere über die Revitalisierung der reichen Panji-Kultur in Java berichtet.

Schließlich in Java angekommen, bin ich von einer Universität in Surabaya eingeladen, einen Vortrag über dieses Festival zu halten. Suryo ist mit dieser Universität verbunden, und er ist anwesend. Er hatte schon lange die Idee und den Wunsch, die Verbindungen der Panji-Traditionen zwischen Java und anderen südostasiatischen Ländern darzustellen und zu vermitteln. Er ist beglückt, dass ich nun an solch einer Veranstaltung teilgenommen und dazu beigetragen habe. Mein Vortrag ist eine Hommage an Suryo und sein bisheriges Werk und sein stetes Bemühen um Panji, mit dem er mich angesteckt hat und das wir gemeinsam umgesetzt haben. Suryo sieht müde und erschöpft aus, er ist sehr schmal. Er hat seit Jahren die Krankheit Morbus-Krohn, sein Darm ist chronisch krank. Oft haben wir uns gegenseitig darauf aufmerksam gemacht, unseren Körper zu schonen, er wie ich. Suryo allerdings kann sich nicht schonen, in ihm brennt ein Feuer mit seiner Begeisterung und

218

seinen Ideen. Ich übernachte im Haus von Suryo, dem "*house with the one hundred dollar view*", mit Blick zum Penanggungan-Berg, der über der weiten Ebene mit Reisfeldern thront.

Suryo lädt mich ein, einen Workshop zu besuchen, den er seit einigen Jahren wiederholt durchführt und an dem ich nie hatte teilnehmen können. Einer Gruppe junger Studenten aus Surabaya erzählt er von der reichen Zeit und der hoch entwickelten Kultur der historischen Majapahit-Periode und dem Fortbestehen vieler Kunstfertigkeiten und alltäglicher traditioneller Praktiken aus jener Zeit, die jedoch in den letzten Jahrzehnten verloren gegangen sind. In Gruppen lernen die Studenten, *lontar*-Schriften herzustellen, das Schreibmaterial für die altjavanischen poetischen Werke, andere kochen Indigo-Pflanzen für den Farbstoff, der beim Batiken benutzt wird, wieder andere stellen tönerne Schalen für Öllampen her, andere dämpfen Reis in geflochtenen Körben, kochen Gemüse auf steinernen Feuerstellen. Nach stundenlanger engagierter Arbeit wird gegessen und werden die Ergebnisse vorgestellt. Ein Photo zeigt ihn mit seinem typischen erhobenen Zeigefinger, als er zu Beginn des Workshops mit seiner intensiven Art zu den Studenten spricht. Später hält er sich im Hintergrund der Aktivitäten und sitzt erschöpft an einen Pfosten gelehnt. Er sieht noch stärker eingefallen und alt aus als am vorherigen Tag. Er ist froh, dass ich da bin.

Am folgenden Tag besuchte ich das Jolotundo-Wasserheiligtum. Und ich fuhr weiter nach Blitar und besuchte den Panataran-Tempel.

*

Der Antrag für die Finanzierung des Panataran-Forschungsprojekts wurde abgelehnt! Ich habe es bisher nicht durchgeführt. Auf einer meiner Listen mit Ideen steht: "Panataran-Projekt".

27

ERTRÄGE

Suryo war tatsächlich sehr krank, als ich ihn im März gesehen hatte. Kurz darauf ging er ins Krankenhaus. Während vieler Jahre hatte er sich häufig in Singapur und in Jakarta Operationen unterzogen, immer wieder hatte er sich erholt. Ich war schon nach Deutschland zurückgekehrt, da erhielt ich Mitteilungen per SMS und per email, dass es ihm schlechter ging. Ich nahm täglich Anteil und erkundigte mich, schickte ihm Grüße.

Am 8. Mai 2013 stirbt Suryo im Krankenhaus in Jakarta, ich erfahre am Morgen davon. An dem Tag bin ich nachmittags zur Beerdigung der Ehefrau eines Cousins in meinem Dorf, ich habe größtes Mitgefühl mit ihm. Erst später zuhause spürte ich, dass ich einen Schock hatte. Ich war gelähmt, heulte wie selten, erledigte die anstehenden Dinge wie ein Roboter. Ich nahm Kontakt mit Freunden von Suryo in Deutschland auf, es tat gut, über ihn und unsere gemeinsamen Verbindungen mit ihm zu sprechen. Es gab regen SMS- und email-Kontakt mit den Freunden in Indonesien. Ich richtete aus, dass Suryo oft den Wunsch ausgesprochen hatte, nach seinem Tod seine Asche zum Candi Kendalisodo zu bringen. Er hatte sich immer begierig von meinen Besuchen des Heiligtums oben am Penanggungan erzählen lassen. Er wäre so gerne dort hochgestiegen, aber seine schwache körperliche Kondition hatte dies nie zugelassen. So wollte er wenigstens in der Ewigkeit dort sein. Auch andere Freunde wussten von dem Wunsch und setzten ihn um. Sie teilten mir alle Schritte mit, die nun passierten: seine Einäscherung, der Transport der Asche nach Ostjava, und tatsächlich die Erfüllung von Suryos Wunsch. Am Jolotundo-Wasserheiligtum hielt ein Freund ein Ritual ab. A.W., ein naher Freund von Suryo, hielt die Urne mit der Asche und stieg gemeinsam mit anderen Freunden den

Berg hinauf. Später schickte er mir seinen Bericht: Er ist gelaufen, wie angetrieben, er hatte eine wahnsinnige Energie, er kam in eineinhalb Stunden oben an, lange bevor die anderen eintrafen. Er war wie in Trance. Der *juru kunci* hatte es ihm gleichgetan und war mitgelaufen. Er machte ein Photo von A.W., der mit der Urne in der Hand vor dem Eingang zur Einsiedelei steht. A.W. sieht aus wie von einer anderen Welt. Er hat sich in den Spalt im Felsen gezwängt, einen Teil der Asche dort ausgestreut, einen anderen Teil außerhalb des Heiligtums und hat sich von seinem Freund verabschiedet. Zwei Wochen lang war ich selber in einem Zustand wie von einer anderen Welt, anders als ich es beim Tod meines Vaters erlebt hatte. Ich hatte Energie, meinen Unterricht an der Uni machte ich voller Einsatz und mit einer pädagogisch-didaktischen Kreativität, die ich so an mir nicht kannte: War es Suryos Energie, die in mich eingetreten war und aus mir sprach? In einem Kurs erzählte ich den Studenten davon, sie haben mit mir eine Weile geschwiegen, sie haben mitgefühlt.

Zur 40-Tage-Feier, die in Java nach dem Tod üblich ist, konnte ich nicht reisen. Zur 100-Tage-Feier war ich dort. Die Freunde hatten eine Zusammenkunft in der Nähe seines Hauses organisiert, wir dachten und redeten gemeinsam über Suryo. Ich regte an, ob wir nicht über eine Weiterführung seines Programms und seiner Ideen nachdenken könnten. Leider kam keine konkrete Resonanz. Bis heute ist es so geblieben: Alle seine Freunde bewundern ihn, vermissen ihn, ehren ihn, aber niemand ist in der Lage, ihn fortzuführen. Er war einzigartig. Ein Mensch lässt sich nicht ersetzen. Viele seiner Ideen leben weiter. Auch in mir. Ein ganz besonderes Nachwirken ist, dass ich eine neue Freundin gewonnen habe: Bei der 100-Tage-Feier lernte ich endlich Suryos enge Freundin Y. kennen, von der ich oft gehört hatte. Sie fiel mir durch ihre umsichtige

Gastgeberrolle auf, sie sorgte im Hintergrund für alles. Im Jahr darauf trafen wir uns bei einer Zusammenkunft von Freunden wieder, später fuhr ich zum Bahnhof in Surabaya, um den Zug nach Yogya zu nehmen. Auf dem Weg zum Bahnhof fiel mir auf, dass ich meinen warmen Schal irgendwo liegen lassen hatte. Ich brauchte ihn: In Java sind die Züge immer sehr gut gekühlt, sodass ich mich in Schals und Jacke einhülle. Das erzeugt bei indonesischen Mitreisenden jedes Mal ein Lachen oder Grinsen: "Wie kann eine Europäerin, die Kälte gewöhnt ist, so frieren?" Ich schrieb Y. eine SMS und fragte, ob sie den Schal gesehen habe. Ja, sie hatte ihn eingesteckt und war jetzt auf dem Heimweg in einen anderen Stadtteil von Surabaya. Wenn noch genügend Zeit sei vor der Abfahrt des Zuges, würde sie schnell kommen. Sie tat es, kam auf ihrem großen Motorrad, mit Schal. Wir hatten genügend Zeit, auf einem Mäuerchen vor dem Bahnhofseingang zusammenzusitzen, einen Kaffee zu trinken und zu erzählen. Seitdem sind wir Freundinnen. Sie fährt mit ihrem großen Motorrad Dutzende und Hunderte von Kilometern, raucht wie ein Schlot: eine bemerkenswerte Frau. Seitdem haben wir viele besondere Erlebnisse zusammen gehabt: Besuch von *wayang-beber*-Spielern in Pacitan, Wanderung am Sukuh-Tempel bei Solo, Besteigen des Penanggungan und Besuch des Candi Kendalisodo mit Gebeten und Meditieren. Der Geist von Suryo war immer dabei.

*

Meine Dissertation wurde von einem renommierten niederländischen Verlag veröffentlicht! Eine lange Phase der Überarbeitung und des Editierens der englischen Sprache war dem vorausgegangen. *"Following the Cap-Figure in Majapahit Temple Reliefs. A New Look at the Religious Function of East Javanese Temples, Fourteenth and Fifteenth Centuries"*, 397 Seiten.

Kurz vor Drucklegung war Suryo gestorben. Wie sehr hätte
er sich gefreut, das Buch in Händen zu halten. Mir gelang es,
den Verlag zu überzeugen, in allerletzter Minute eine Widmung für Suryo auf der Impressum-Seite einzufügen.
Kleingedruckt steht da:

Shortly before the printing of this book, Suryo Prawiroatmojo has
passed away on 8 May 2013. As an activist in environmental and cultural affairs, he initiated the 'Budaya Panji' ('Panji Culture') and
strongly supported my research over the years. All the more he made
me apply my expertise on the Panji theme in his educational activities
on revitalizing the Javanese ancient culture. His ashes were buried at
Candi Kendalisodo on the slopes of Mount Penanggungan the fascina-
tion of which both of us shared. He would have loved so much to hold
this book in his hands. I dedicate this work to him.

Mitte 2013 hielt ich das Buch in meinen Händen: Ein Paket mit
drei Exemplaren kam an. Ich war so stolz, es war ein feierlicher
Moment; dies war das greifbare Ergebnis und der Ertrag vieler
Jahre engagierter, mit Freude durchgeführter, mit Hindernissen gespickter und überwundener Arbeit. Ein paar Tage darauf
machte ich mit Freunden eine Feier. Großes Glück hatte ich,
dass der Verlag eine open-access-Veröffentlichung in Aussicht
stellte; mein Werk ist somit einer großen Leserschaft leicht zugänglich. Außerdem wurden mir die Rechte an einer Übersetzung ins Indonesische gewährt; diese Übersetzung war mein
nächstes Anliegen. Meine Forschungsergebnisse, meine neuen
Erkenntnisse und Interpretationen zu den Panji-Reliefs und der
Geschichte sowie der Bedeutung des Panji-Themas sollte nicht
nur einer international englischsprachigen akademischen Welt
zugänglich sein, sondern vor allem auch denjenigen, aus deren
Welt Panji stammt.

Die indonesische Übersetzung erschien im Jahr 2014 in einem renommierten Verlag in Jakarta. Bis heute erhalte ich häufig Resonanzen in Indonesien, vor allem von jungen Leuten, die das Buch begierig aufnehmen. Auch bei Vorträgen in Indonesien gab es über die Jahre hinweg viel Begeisterung im Publikum. 2017 gab es eine Neuauflage.

Ich habe keine Kinder. Bücher sind Erträge meines Lebens.

*

Y. organisiert eine Panji-Tour zu Tempeln in der Umgebung von Blitar. Unter meiner Leitung besucht eine bunt zusammengewürfelte Gruppe von Bekannten und Freunden vier Tempel mit Reliefdarstellungen der Panji-Geschichten, die Gegenstand in meiner Dissertation waren. Ich bin in meinem Element, alle lauschen mir gespannt, neugierige Fragen werden gestellt, es ergeben sich interessante Diskussionen.

Wir fahren nach Gambyok, einem kleinen Dorf in der Nähe von Kediri. Hier besuchen wir einen einzelnstehenden Steinblock mit einem sehr gut erhaltenen Relief: Es zeigt Panji mit der Kappe, der auf der Deichsel einer Kutsche sitzt, vor ihm stehen vier Begleiter. Dieses Relief gilt als Schlüsselelement der Interpretationen von Panji-Reliefs: In den 1930er Jahren identifizierte der bedeutende Archäologe Stutterheim die Szene mit einer bestimmten Panji-Geschichte. Seither gilt die Kappe als typische Kopfbedeckung für Panji, eine Deutung, die ich übernommen habe.

Bei unserer Ankunft sind wir überrascht: Auf einem ausgelegten grünen Teppich sitzen Männer im Kreis. Halten sie gerade zufälligerweise eine Dorfzusammenkunft ab und diskutieren ein gemeinsames Anliegen? Nein, sie erwarten uns und laden uns zum Platznehmen auf dem Teppich ein. Plastikbecher mit Wasser werden herumgereicht. Sie begrüßen mich mit meinem Namen und Doktortitel und sind ganz ehrerbietig. Einer der Männer wird mir als Dorfvorsteher vorgestellt; wir beide begrüßen uns mit besonderer Höflichkeit. Ich kann es immer noch nicht glauben, dass die Männer wegen mir zusammengekommen sind; irgendjemand aus unserer Gruppe hat diese Zusammenkunft vorher arrangiert. Es ist mir peinlich. Mir bleibt nichts übrig, als die mir zugewiesene Rolle anzunehmen. Ich erzähle von meinen Forschungen zu diesem Relief, ich hole die Kopie eines alten niederländischen Archivphotos hervor, die ich eingesteckt habe für meine Gruppe. Auf dem Bild ist eine Steinmauer zu erkennen, in die das Relief eingelassen ist, womit deutlich wird, dass der Reliefstein ursprünglich Teil einer Tempelaußenwand war. Die Männer sind erstaunt und reichen die Kopie herum. Wir diskutieren, ich erzähle von den anderen Tempeln, die ich während meiner Forschungen untersucht habe, ich erläutere die Reliefdarstellung. Die Männer erzählen ihrerseits von diesem Ort und dass sich hier zwei Gräber bedeutender islamischer lokaler Gelehrter befinden. Der Platz hat eine lange sakrale Tradition. Wir verabschieden uns nach angemessener Zeit mit der Entschuldigung, dass wir noch andere Tempelplätze auf unserer Tour aufsuchen wollen. Ein Jahr später schickt mir ein Freund ein Photo vom Reliefstein: Er steht nun auf einem hohen Sockel, der mit blauen Kacheln versehen ist wie in einem Badezimmer. Ich muss einerseits lachen über die Kacheln, die meinem Gefühl nach überhaupt nicht zu diesem altehrwürdigen Stein passen, andererseits bin ich gerührt, dass mein Besuch eine neue Wertschätzung des Panji-Reliefs hervorgerufen hat. Viel später erfahre ich, dass das Dorf inzwischen *Desa Panji* (Panji-Dorf) genannt wird. Ein weiteres Photo zeigt, dass ein kleines Dach über dem Kachelsockel und dem Relief errichtet ist; das Relief soll nicht Regen und Sonne ausgesetzt und beschädigt werden. Wie haben Tausende von Reliefs an Tempelaußenwänden die vielen Jahrhunderte überstanden?

Ähnlich geht es am Tempel Mirigambar: Hier werden wir vom *juru kunci* erwartet, der uns um die Tempelruine mit den wenigen erhaltenen Reliefs führt; die Außenwände sind gefährlich nach außen geneigt und lassen befürchten, dass sie bald auseinanderfallen. Der *juru kunci* und einige hinzugekommene Dorfbewohner lauschen gebannt meinen Erklärungen. Auch hier hole ich Kopien niederländischer Archivbilder aus meiner Tasche. Sie zeigen die seinerzeit besser erhaltene Tempelruine mit geraden Außenwänden sowie Reliefs, die heute verschwunden sind. Ein Bild zum Beispiel zeigt die Figur mit der Kappe und eine Frau an einem Baum stehend, sie sind einander zugewandt. Es zeigt das Wieder-Treffen von Panji und Sekartaji; es ist traurig, dass gerade diese Szene an der Frontseite des Gebäudes fehlt. Eine andere Szene zeigt Panji mit einer waagerecht gehaltenen Lanze, begleitet von einem Diener; sie war ehemals an der Rückseite des Gebäudes.

Ehrfürchtig nimmt der *juru kunci* die Bilder entgegen. Ein paar Jahre später bin ich wieder in Candi Mirigambar und treffe den Tempelwärter, er zeigt mir fröhlich die inzwischen etwas verwitterten Photos, die er gehütet hat wie einen Schatz. Irgendwann schickt er mir eine WhatsApp mit einem Video, auf dem zu sehen ist, wie der große Ast des Waringin-Baumes im Sturm auf die Tempelruine gefallen ist. Wenn es Neuigkeiten gibt, schickt er mir Informationen, so auch, als der archäologische Dienst die Schieflage der Wände korrigierte. Bei dieser Renovierung werden Reliefsteine im Boden gefunden; der *juru kunci* setzt sie in geduldiger Puzzle-Arbeit zusammen, neben sich die Archivbilder liegend. Eines der zerstörten und als verschwunden gegoltenen Reliefs sieht jetzt wie neu aus: Es ist das, in dem Panji waagerecht eine große Lanze hält.

Während unserer Tempeltour hat eine Schülergruppe im Panataran-Tempel unter Anleitung von A. und einem Freund aus Blitar, Kh., die dortigen Panji-Reliefs angesehen und eine eigene Panji-Geschichte kreiert. Im Laufe des Tages haben sie eine Performance dazu entwickelt. Es ist heiß an diesem Tag, den Kindern scheint die Hitze nichts ausgemacht zu haben. In der Abenddämmerung führen sie für die Gruppe, die inzwischen von der Tempeltour zurückgekehrt ist, voller Stolz ihre Performance auf. Alle Teilnehmer des Programms – sowohl die Erwachsenen als auch die Jugendlichen – sind erschöpft und glücklich.

Die Organisatoren und Mitwirkenden des Panji-Programms übernachten in einer nahegelegenen Unterkunft: Es sind die Gebäude einer ehemaligen holländischen Kaffeeplantage, die vor der Renovierung stehen. Wir sind zwanglos, die einen erzählen, die anderen essen im offenen Innenhof, andere schlafen. Später am Abend kommen wir in einem Raum im ehemaligen kolonialen Hauptgebäude zusammen. Eine Leinwand ist aufgespannt, daneben liegen zwei unbemalte Schattenspielfiguren, ich erkenne sie als Nachbildungen von Figuren aus den Panji-Reliefs, zwei Spieler schlagen die Trommel und ein Gamelaninstrument. Die Erzählstimme von A. als *dalang* begleitet die Bewegungen der Puppen, mal schnell, mal gemächlich, mal überbordend, untermalt von der mitgehenden schnellen, gemächlichen, überbordenden Musik. Es ist, als hätten die drei lange vorher geübt. Nein: Sie improvisieren mit einem Gefühl – *rasa* – füreinander und für das Geschehen. Wir, die Zuschauer, sind ebenso von *rasa* erfüllt. A. hat uns an einer der frühesten Versionen seines *Jantur Panji Udan* teilnehmen lassen, er wird sie im Laufe der Jahre ausweiten und zu einer großen Sache entwickeln.

28

PENCINTA PANJI

Nach dem Tod Suryos schwanke ich eine Weile: Ziehe ich mich aus den Panji-Aktivitäten heraus, die sehr von der Kooperation mit ihm geprägt waren? Ergreife ich aktiv die Initiative und bringe mich ein? A. rät mir mehrmals und unterstützt mich: *"Harus ambil peran!"* – "Du musst eine Rolle übernehmen!" Das Bedürfnis, meine Rolle im Panji-Geschehen zu finden, wächst. Ich bin ein Bindeglied der verschiedenen Menschen und Gruppen, die in Java zum Thema Panji aktiv sind und die ich alle kenne. Die einen machen traditionelle Performances, andere kreieren neue Ausdrucksformen, wieder andere halten Workshops, die einen organisieren Vorträge, andere veranstalten Festivals, die anderen sitzen einfach zusammen und diskutieren über die Bedeutung von Panji und die Möglichkeiten der Umsetzung und Weiterführung. Ein Großteil dieser Aktivitäten geschieht unabhängig voneinander, einige Gruppen oder Einzelpersonen mögen sich sogar nicht oder stehen in Konkurrenz zueinander, wollen ihr eigenes Ding machen, beanspruchen die "Panji-Kultur" für sich oder für ihre Stadt. Ich habe mit allen Gruppen Kontakt, komme mehr oder weniger mit ihnen klar und kooperiere mit allen. Ich als Außenstehende bin nicht in die Konkurrenzen involviert, und ich sehe es als eine Art Auftrag, mein Potential als Bindeglied einzusetzen. Eine große Bandbreite und Vielfalt an möglichen Synergien können genutzt werden, um die Traditionen zu wahren, Transformationen zu entwickeln, neue Methoden und Medien einzusetzen, das heißt, die Potentiale von Panji zu erfassen und zu entfalten zum Nutzen vieler.

Ich erzähle B., einem alten Freund von Suryo, von meinen Gedankenspielen. Er steigt darauf ein. Wir haben ein langes Gespräch. Er meint, ich sei diejenige, die Suryos Impulse und

Konzepte weiterführen könne, ich habe den Geist von Panji erfasst und könne als "neutrale" Person die unterschiedlichen Akteure zusammenbringen. Er schlägt vor, dass ich einen Verein oder eine Stiftung gründe, "*Lydia Kieven Foundation*", ich müsse Geld auftreiben, eine Organisationsstruktur einrichten. Er würde mich unterstützen. Ich habe Tränen in den Augen, als ich etwas in B.'s Augen sehe, etwas Funkelndes. Später sagt er, Suryo habe aus ihm heraus gesprochen und die Verbindung mit mir hergestellt. Zum einen bin ich gerührt und auch stolz, spüre die Bedeutung dieses Auftrags, gleichzeitig empfinde ich darin eine starke Bürde. Ich bin nicht gut im Managen größerer Strukturen, im Auftreiben von Geld, befürchte, zwischen die Mühlräder der diversen Interessen zu geraten. Die Idee schwingt aber weiter in mir: Ich habe die Idee, ein Treffen aller Panji-Akteure zu organisieren.

In den folgenden zwei Wochen mache ich meine Rundtour durch Java, besuche meine geliebten Plätze, treffe Panji-Freunde, und ich erzähle von meiner Idee eines gemeinsamen Treffens, wir sprechen über Sinn und Zweck und mögliche Konzepte. Wir überlegen, wer hineinpasst in die Gemeinschaft eines solchen Treffens und wer eher problematisch ist. Wir kommen zum Ergebnis, dass es sinnvoll ist, alle, die sich in den letzten Jahren mit Panji beschäftigt haben, zusammenkommen zu lassen und keine Vorauswahl zu treffen. Es wird auf jeden Fall auf irgendeine Art fruchtbar sein, das Ergebnis ist offen.

Als Datum für das Treffen der Panji-Freunde "*Pencinta Panji*" legen wir den 14. September 2014 fest. Ich organisiere die Einladungen; B. organisiert Ort und Essen; A.W. übernimmt die Moderation; Übernachtungen und viele andere Dinge müssen arrangiert werden. Aus meinem Panji-Seminar an der Universität Frankfurt kommt der Student J. angereist. Er ist von Panji "infiziert", hat sich im Seminar mit Beiträgen,

Diskussionen, Referat, sowie Ideen für eine digitale Aufarbeitung engagiert. Er organisiert seine für den Sommer geplante Java-Reise so, dass er am *Pencinta-Panji*-Treffen teilnehmen kann. Einen Tag vor dem geplanten Treffen kommen wir in einer kleinen Gruppe von Freunden zusammen, im PPLH – in der Nähe des Ortes für das Panji-Treffen –, um das Programm des kommenden Tages zu besprechen; wir freuen uns über unser Wiedersehen, reden und planen und trinken Bier. Am späteren Abend taucht J. auf, nach vielen Irrwegen hat er sich zum PPLH durchgeschlagen. In zwei der Bungalows verteilt, übernachten A., B., A.W., J. und ich: ein Querschnitt durch meine Panji-Zeiten und -Freunde! Ich bin wieder im Bungalow am äußeren Rand der Anlage mit Blick auf den Penanggungan-Gipfel.

Morgens früh werde ich wach: J. steht vor der Tür und raucht und blickt auf die herrliche Aussicht mit der gerade hinter dem Gipfel aufgegangenen Sonne. Wir erzählen dies und jenes, über das Studium, über Indonesien, über Stationen in unserer jeweiligen bisherigen Geschichte. Irgendwann erwähnt J. seinen Vater in Köln. Ich stelle fest, dass ich ihn gekannt habe, und plötzlich verstehe ich. Ich erinnere mich, dass sein Sohn der "Kleine J." genannt wurde. Dies hier war also der "Kleine J.", zum großen schlaksigen Kette-rauchenden Studenten geworden, der voll in Panji eingestiegen ist. Ich habe wie ein Auto geguckt und dann gelacht und gelacht. Warum haben wir diesen Zusammenhang nicht schon früher in Deutschland erkannt, sondern hier nun im Angesicht des Penanggungan, von oben bewacht durch den Geist Suryos? Ich habe kein besonderes Verhältnis zur Bedeutung von "Zufällen", aber dies ist tatsächlich ein sehr spezielles Zusammentreffen von Ereignissen. So etwas passiert in Java oft!

Das *Pencinta-Panji*-Treffen ist entspannt und anregend, viele Ideen kommen zusammen; viele Leute, die schon voneinander gehört haben, sehen sich zum ersten Mal, es entstehen neue Verbindungen. Der Wunsch nach Synergie ist da. Konkret wird es, als B. ein Diagramm mit einer Struktur und Aufgabenverteilung für die zukünftige weitere Zusammenarbeit erstellt, aufgeteilt nach vier Regionen innerhalb Ostjavas; als eifriger Computer-Freak übernimmt J. es, eine Webseite einzurichten. Hintergrund, Konzept, konkrete Ausgestaltung und Ideen, Blog-Einträge sollen darin platziert werden. Er selber wird sein "digitales Panji-Museum" mit ausgewählten Beispielen einfügen. Auch eine facebook-Gruppe "*Pencinta Panji*" wird eingerichtet.

B. bietet an, in der Stadt Malang ein Büro einzurichten. Ein junger Mann wird einmal in der Woche dort sein, um Informationen aus den einzelnen regionalen Gruppen zu sammeln, der Grundstock für eine Panji-Bibliothek soll gelegt werden, es sollen Materialien z.B. für Bildungsprogramme gesammelt werden. Ein paar Monate lang wird der Plan umgesetzt, aber – leider – lassen die Begeisterung und vor allem das selbständige Engagement der Leute in Java nach. Ich bin nicht vor Ort, das Ganze lebt durch meine Initiative, beziehungsweise es lebt halt nicht. Das Büro wird geschlossen. J. und ich führen die Webseite noch ein paar Jahre weiter, irgendwann liegt sie als Fossil im weltweiten Web. Die facebook-Gruppe bleibt immerhin bis heute mehr oder weniger aktiv; aktuelle Beiträge und Hinweise werden gepostet. Ein Teilnehmer des Treffens legt kurze Zeit später ebenfalls eine Webseite an und gründet eine facebook-Gruppe. Panji hat viele Facetten, und ebenso haben die Aktivitäten und die Akteure viele Facetten!

*

Bemerkenswerterweise begann ich mit Suryos Tod, mich stärker dafür zu öffnen, meine Java-Verbundenheit in meine deutschen Kreise einzubinden. Ich erzählte meinen Freunden von Suryo und meinem Schmerz über den Verlust. Ein Freund regt an, ein paar weitere Freunde zusammenzutrommeln, die ich durch die Indonesien-Abteilungen des Völkerkundemuseums in Köln führe und speziell von Java erzähle. Es kommt eine Schar von acht Interessierten zusammen, wir bummeln durch die Museumsräume, ich picke indonesische Ausstellungsstücke heraus, ich erzähle und erzähle, über Schattenspiel und Gamelan, über Batik, über den *kris*, über den Buddha-Kopf vom Borobudur, über die Panji-Maske, über die balinesischen Ritual-Inszenierungen. Ich erzähle über Suryo, über sein Leben und seinen Tod. Ich zeige meine emotionale Verbindung mit Orten, mit Freunden, mit Stimmungen, die ich in Java erlebe. Ein Bann ist gebrochen. Bis dahin habe ich kaum jemandem über meine persönlichen Beziehungen mit mir wichtigen Menschen in Java erzählt. In kleinen Schritten öffne ich im Laufe der Jahre immer mehr Geschichten aus meinem Java-Leben.

Viele Jahre lang war ich tief unzufrieden mit der Situation, meine Java-Verbundenheit weder mit der Familie noch mit meinen Freunden in Deutschland teilen zu können. Oft hatte ich das Gefühl, einen großen Teil in mir und aus meiner Welt wegzustecken. Einer Kollegin aus der akademischen Szene geht es ähnlich, sie meint jedoch, sie sehe eher den Reichtum, den sie durch die zwei Welten hat, anstatt den Mangel. Diese Sicht hat mir geholfen. Warum auf die Zerrissenheit schauen? Stattdessen auf den Reichtum schauen: Ich lebe meine Interessen und Talente und Leidenschaften aus, in Java, in der internationalen Welt, in Deutschland, ich bin in vielen Welten zuhause. Auch hier gilt: Ich übernehme Initiative und bringe mich ein, rege Austausch an. Ich spiele javanisches Gamelan, ich unterrichte in Uni-Seminaren zu Themen der javanischen Kultur und ernte immer viel Begeisterung und Engagement von den Studierenden, Vorträge in Deutschland reichere ich gelegentlich mit meinen javanischen *macapat*-Gesängen an. Ich finde und lebe meine persönliche Art der Vermittlung und Weitergabe. Forschen, Analysieren, Schreiben, Veröffentlichen sind weiteres wichtiges Elixier. Ich bin eine angesehene Wissenschaftlerin auf internationaler und auf indonesischer Ebene geworden. Ein großes internationales akademisches Netz hat sich entwickelt. Ich schwelge, wenn wir miteinander kommunizieren, sei es in Konferenzen, per emails, per facebook oder auch nur per WhatsApp. Ich freue mich, dass mein eigenes Wissen und meine Begeisterung angenommen werden, dass ich sie teilen kann, und dass sie andere Menschen inspirieren. Vor vielen Jahren saß ich mit meiner Freundin S. zusammen und wir fabulierten darüber, was wir im Leben tun wollen. Bei mir schälte sich heraus: "Forschen und Vermitteln"!

Ich erhalte eine Anfrage von einer indonesischen Institution, ob ich aus meinem reichen Erfahrungsschatz Ideen und Inputs für ein geplantes Projekt zur Verbreitung des Themas Panji und der Panji-Geschichten geben kann. Wenn es um Panji geht, assoziieren die Menschen in der einschlägigen Szene direkt "Lydia Kieven", ich bin die "Panji-Expertin". Einige Freunde in Indonesien nennen mich "Sekartaji aus Deutschland". Gerne bin ich bereit. Ich freue mich immer darüber, wenn ich meine Panji-Begeisterung, meine Erfahrungen und mein Wissen mit anderen teilen kann. Der Projektleiter bittet mich um eine stichwortartige Aufstellung von Ideen. Mir werden keine genaueren Informationen über das geplante Projekt gegeben, aber ich stelle bereitwillig eine Liste zusammen: von den Anfängen mit Suryo, bisherige Aktivitäten zu Panji, eine Auflistung meiner Forschungen und Veröffentlichungen, Aktionen von Künstlern und der freien Szene in Ostjava, Festivals und vieles mehr. Ich notiere Ideen und Vorschläge für zukünftige Programme und Konzepte, insbesondere verstärkte Bildungsprogramme in Eigenverantwortung der Teilnehmer. In Erwartung einer fruchtbaren Kooperation bin ich gespannt auf das Vorhaben.

Nach einem Treffen in Jakarta mit Vertretern der Institution und kurzem email-Wechsel höre ich nichts weiter. Noch sind mir das Anliegen und Konzept unklar geblieben. In der Zwischenzeit laufen die Aktivitäten der Panji-Freunde, die in das *Pencinta-Panji*-Treffen im Jahr 2014 münden. Es ist ein regelrechter Panji-Boom entstanden. Schließlich erfahre ich, dass die indonesische Institution ein Projekt größeren Ausmaßes initiiert und schon in Gang gesetzt hat. Weder ich selber noch die meisten der Panji-Freunde wurden involviert. Ich bin benutzt worden; ich erkenne, wie naiv ich war. Über die Jahre hinweg habe ich mit der freien Szene kooperiert, jetzt sind offizielle Stellen am Zuge. Sie gehen andere Wege, protegieren eigens gewählte Akteure und Institutionen und scheren sich nicht um die freien Künstler und "*grassroot*-Panji-isten". Eine lange Phase von Enttäuschung, Frustration und Zweifel meinerseits folgt. Ein groß angelegtes Panji-Festival in Kooperation mit offiziellen Kulturbehörden findet in Indonesien statt, ich erfahre vom Programm durch Einträge bei facebook und durch Informationen von Freunden. Ich bin nicht eingeladen. Es trifft mich, es schmerzt mich, es tut weh. Soll ich dies nun als Schlusspunkt in meiner Panji-Lebensphase betrachten? Soll ich diesen Punkt selbst setzen? Seit geraumer Zeit treibt mich dieser Gedanke ja schon um, ist es jetzt endgültig soweit? Über die Jahre hinweg ist mir zunehmend bewusst gewesen, dass ich auf vielfältige Weise meinen Beitrag zum Erhalt und zur Umsetzung der Panji-Traditionen und damit zur Stärkung des Stolzes der javanischen Bevölkerung auf ihre eigene reiche Kultur geleistet habe und dass dieser Beitrag von vielen Seiten gewürdigt wurde. Insbesondere mein Verstehen von Panji als Träger und Vermittler von Werten war mir ein großes Anliegen; ich konnte es in Vorträgen, Führungen, Schriften, Publikationen, Diskussionen darbieten und umsetzen. Vielleicht ist nun genug.

Die Panji-Bewegungen gehen ihre eigenen Wege. Ich brauche sie nicht mehr zu begleiten. Der Charakter der neuen Bewegung ist auf Show und Entertainment angelegt, Panji wird verkauft, er soll Tourismus anziehen. Einzelne Orte werden gefördert und nennen sich "Panji-Stadt" oder "Panji-Land" und veranstalten großformatige Programme. Ich halte mich raus. Ich erlebe große Schwankungen meiner Gefühle und meiner Einstellung: Mal bin ich beleidigt, dass ich nicht beachtet werde, mal kommt der moralische Zeigefinger hoch, da die

Panji-Werte nicht gewürdigt und beachtet werden, mal bin ich böse und wütend, mal ist es mir gleichgültig, mal ziehe ich mich zurück, mal sehe ich auf das Positive der großen Vielfalt der Panji-Traditionen und ihrer heutigen Transformationen, mal blicke ich mit Lächeln auf meine Zeiten des Forschens zu Panji und des Initiierens der Panji-Kultur in der Zusammenarbeit mit Freunden. Es ist nicht einfach, meine Position zu finden.

In Vorträgen wies ich jahrelang auf die Gefahren von Prozessen der Verflachung und Kommerzialisierung von kulturellem Erbe hin, oft am Beispiel des Borobudur-Tempels, der als touristisches Objekt verkommen ist, ohne dass seine religiöse Bedeutung und seine einmalige Kunst gewürdigt und vermittelt werden. Mir war es ein Anliegen darzustellen, dass das Panji-Thema ebenso ein kulturelles Erbe ist, das würdigens- und erhaltenswert ist. Es geht um Werte des menschlichen Lebens: einfaches und nicht überhebliches Verhalten, Nicht-Aufgeben beim Durchstehen von Hindernissen, Selbstvertrauen, Kreativität, Entgegennehmen von spirituellem Rat, Bereitschaft, anderen zu helfen. Dies findet die vielfältigsten Ausdrucksformen in den Künsten: Da gibt es die Maskentänze, die Papierrollen-Vorführungen *wayang beber*, die Geschichten und Märchen, und natürlich die Tempelreliefs. Künstler haben in den letzten Jahren neue Ausdrucksformen kreiert, in Musikdarbietungen, in neuen Schattenspiel-Praktiken, in künstlerischen Workshops, die ich bei meinen Vorträgen gerne als Beispiele nenne. Hier liegt das große Potential neben der reinen Wiederbelebung der alten, lange vergessenen Formen: Das Panji-Thema in seiner Vielfalt stellt das Modell für Kreativität und Eigeninitiative, und Panji selber als Charakter ist kreativ. Die Gefahr liegt im Umgang mit kulturellem Erbe: Werden Werte und Bedeutung hervorgehoben, oder geht es um Kommerz und Tourismus und Selbstdarstellung einzelner Gruppen und Institutionen, so wie es beim Borobudur geschieht? Viele andere Kulturerbegüter erleben diese "Borobudisierung" – wird Panji es auch erleben? In meinen Vorträgen warne ich immer davor.

Die neueren Entwicklungen und meine veränderte Rolle darin sind oft Gegenstand von Gesprächen mit Freunden; vor allem ist es Prapto, einer der frühen Panji-Wegbegleiter, der mich unterstützt. Wie gerne hätte ich auch Suryo an meiner Seite gehabt! Prapto motiviert mich immer wieder, meinen spezifischen Weg der Forschungen und Umsetzungen mit dem Schwerpunkt der Werte Panjis zu gehen, ganz unabhängig von den neuen groß angelegten Programmen. In Deutschland hilft mir wieder einmal mein langjähriger Therapeut: Das Kostbare, das Panji für mich darstellt, ist verkörpert in der Lotusblüte in der Hand der Panji-Statue. Dafür ist nicht jeder offen und bereit; ich solle nicht Perlen vor die Säue werfen. Andere Freunde in Java sagen mir, dass ich die Essenz von Panji verkörpere und mich nicht klein machen lassen soll. Ich sei im Geist Suryos und solle ihn weitertragen. Solche Unterstützungen stärken mich wieder. Die breite Palette an Erscheinungsformen der Panji-Tradition entspricht einer ebenso breiten Palette an Umsetzungen.

Ich bleibe beim Panji-Thema. Ich gehe meinen eigenen Weg, nicht in Konkurrenz zu anderen Wegen. Ich habe vor, mich stärker auf die akademische internationale Arbeit zu konzentrieren und diese zu intensivieren. Innerhalb der Forschung sehe ich viele unbearbeitete Themen, denen ich mich widmen will. Zunächst steht das Projekt an, endlich ein Buch über die gesamte Phase der Wiederentdeckung und Revitalisierung des Panji-Themas zu verfassen. Schon lange trage ich den Gedanken, wiederholt haben Freunde mich dazu aufgefordert, immer habe ich es verschoben. Jetzt mit den neuen Entwicklungen ist es an der Zeit, mein Vermächtnis niederzuschreiben. 2016 beginne ich: Es soll ein Buch für eine indonesische Leserschaft werden. Ein Jahr lang schreibe und schreibe ich, mache Interviews in Indonesien, lese, schreibe, verwerfe, schreibe neu, bis der Text eine runde Sache ist. Inzwischen spreche ich von der "Panji-Tradition", nicht von der "Panji-Kultur", zum einen um mich abzugrenzen und zum anderen, weil der Begriff "Tradition" den Wandel stärker betont als "Kultur". Ich finde einen Verlag in Yogyakarta, der das Werk herausgeben will. Oft bohrt in mir die Frage, ob mein Text zu böse, zu scharf, zu verurteilend ist. Ich bin mutig, ich weiß es. *Harus berani"* – "Du musst mutig sein". Das Buch ist sprachlich nicht gut gelungen, es wird vom indonesischen Verlag leider ungenügend lektoriert, aber ich stehe zum Inhalt. Ebenso wie die Veröffentlichung meiner Dissertation in indonesischer Sprache als greifbares Buch vorliegt und in den Regalen der Buchläden einer großen indonesischen Leserschaft zugänglich ist, so ist auch dieses neue Werk fassbar und kann nicht ignoriert werden. Beides sind Manifestationen meines Wissens und meiner Erfahrung. Das fertige Buch halte ich während des Panji-Festivals in Jakarta 2018 in Händen. Hier bin ich neben anderen internationalen Akademikern eingeladen.

Weiterhin werde ich von Gruppen, Akteuren und Kulturinstitutionen eingeladen für Vorträge oder Mit-wirkungen, insbesondere freuen mich die Reaktionen von Lesern meiner indonesisch-sprachigen Veröffentlichungen. Ich habe meine Freude an den Dingen, die mir am Herzen liegen, und klopfe mir dafür auf die Schulter. Allmählich mache ich meinen Frieden. Mein Weg schält sich heraus, so wie das Innere einer Zwiebel endlich freigelegt ist und seine Einzigartigkeit zeigt; diese meine persönliche Art und mein Beitrag können

von niemandem zerstört werden. Und vor allem: Sie bringen
Nutzen.

30

MAMA

Die vier Jahre, die meine Mutter seit der Spargelaffäre im Heim verbringt, sind für sie nicht wirklich glücklich. In der ersten Zeit erlebt sie die Angebote wie Singen, gemeinsames Spazierengehen, Spielenachmittage, Erzählen mit Mitbewohnern noch recht positiv. Sie wird jedoch zunehmend verwirrter und aggressiver. Medikamente stellen sie ruhiger. Es ist traurig, diese Entwicklung mit ansehen zu müssen. Im Laufe der Jahre fahre ich zunehmend häufiger zu ihr. Wir verbringen dann einen schönen Tag gemeinsam, mit Spazieren, Kaffee und Kuchen, Erzählen, Rommé spielen. Alles lässt immer mehr nach. Schlimm ist für sie, als sie nicht mehr ihre geliebten Socken stricken kann. Ab da geht es bergab. Ich rege sie an, zu häkeln, was sie mit geringerer Begeisterung macht. Ich habe ein Paar gehäkelte Topflappen in blau und weiß; sie war sehr unzufrieden mit der Unregelmäßigkeit der Maschen und der Farben. Dies war ihre letzte Handarbeit.

Gerne machten wir im Auto kleine Ausflüge in die Umgebung, über die altvertrauten Dörfer, über die Felder, an den nahen Fluss. Wir beide hatten Freude. Wenn ich Phasen mit gelegentlichen Aussetzern hatte, dann habe ich lange kein Auto angerührt. Eine Freundin und auch die Cousine D. sind manchmal eingesprungen. Bei einer Gelegenheit fuhren wir zu einem schönen Ausflugslokal, das sie mit meinem Vater oft und gerne besucht hatte: eine alte, in einem engen Tal gelegene Mühle. Meine Cousine und ich gingen ein bisschen spazieren, meine Mutter blieb am Bach auf dem Rollator sitzen und schien ganz freudig und geduldig. Wir kommen zurück vom Spaziergang. Sie singt still vor sich hin: "Immer nur lächeln, immer vergnügt, immer zufrieden, wie's immer sich fügt. Lächeln trotz Weh und tausend Schmerzen. Doch wie's da drin aussieht, das geht niemand was an." – eines ihrer und meines Vaters Lieblingslieder. So war das, vom tiefsten Inneren wurde nicht gesprochen. Geheimnisse werden lange gehütet.

Nach einer durchgehenden Phase ohne Aussetzer von etwa einem Jahr – ich fühle mich stabil und mein Arzt hat auch keine Bedenken – unternehme ich mit meiner Mutter wieder einen Ausflug über die Dörfer. Sie redet und redet, wie das ihre Art ist. An diesem Tag finde ich es besonders anstrengend. Ich sage nur "ja", "ja", "ja". Sie redet ohne Unterlass. Ich spüre, wie das Auto hoppelt, ich sehe einen Wassertümpel, ich sehe eine Stange. Ich fahre gegen die Stange eines Verkehrszeichens, das Auto kommt zum Stehen. Mir fehlt eine Minute oder sogar weniger! Ich bin ganz klar. Meine Mutter ruft "Lydia, Lydia, Lydia!" Ich sage ihr ganz ruhig, sie soll aussteigen. Ich steige auch aus. Vorne aus der Kühlerhaube dampft es. Hinter uns nähert sich ein Wagen und hält an. Ich schärfe meiner Mutter ein, sie soll absolut nichts sagen zu meinem Aussetzer, absolut nicht. Zwei Leute kommen aus ihrem Auto, fragen, ob wir Hilfe brauchen. Sie sehen, wir sind wohlauf. Das Auto ist vorne eingebeult, aber nicht schlimm. Ich habe alles im Griff, rufe die Polizei an, die kommt schnell. Wir rufen einen Abschleppdienst an, er kommt schnell. In der Zwischenzeit habe ich auch ein Taxi angerufen, das meine Mutter zum Haus meiner Schwester bringt. Ich bin ganz klar. Die Polizei nimmt alles auf. Sie meinen: "Das kann passieren, dass man mal einen kurzen Moment abwesend ist und von der Straße abkommt." Ich war links von der Straße über einen Rübenacker gehoppelt, etwa 200 Meter weit, war dann gegen die Stange geprallt. Alles ist gut gegangen, meine Brust schmerzt vom ABS, das sich zum Glück geöffnet hatte. Bei meiner Mutter ist es glimpflicher abgelaufen.

Seitdem fahre ich kein Auto mehr.

*

Es war für mich eine Gewohnheit, etwa einmal pro Woche meine Eltern anzurufen, irgendwann wurde es ein regelmäßiges Telefonat am Sonntagmorgen vor 11 Uhr, kurz nach der Messe, kurz vor dem Kochen für das Mittagessen. Wenn mein Vater am Telefon war, hieß es: "Gibt es was Besonderes? Warte, ich gebe Dir die Mama." Mit ihr erzählte ich dann ein bisschen. Ganz selten habe ich speziell mit meinem Vater telefoniert. Während der Zeit in Australien achtete ich darauf, die Uhrzeit entsprechend der Zeitverschiebung zu berechnen – 8 bzw. 10 Stunden Unterschied; ebenso während meiner Indonesien-Aufenthalte – 5 bzw. 6 Stunden nach Java. Es war erst ein bisschen Rechnerei, aber jeweils nach ein paar Tagen hatte ich es automatisch drin. Als meine Mutter später im Heim war, rief ich fast täglich an, kurz vor dem Mittagessen oder kurz vor dem Abendessen. Sie freute sich jedes Mal und fragte oft: "Wann kommst Du? Kommst Du heute?" Es tat mir jedes Mal weh. Ich kam erst am Samstag oder Sonntag.

In den ersten Monaten des Jahres 2017 wird meine Mutter zunehmend schwächer, und sie wird zunehmend unglücklich. Auch meine Schwester und ich sind nicht zufrieden mit Unterbringung, Pflege und Hilfe. Wir beratschlagen gemeinsam, dass wir einen würdigeren und freudvolleren Platz für unsere Mutter suchen wollen. Wir entschließen uns für ein freundliches Haus mit Betreuung in Gruppen und gemeinsamen Aktionen wie kochen, erzählen, basteln. In den ersten Wochen blüht unsere Mutter auf, sie schält Kartoffeln, deckt den Kaffeetisch, erzählt mit den anderen Mitgliedern der Wohngruppe. Dann kommt die große Hitzewelle im Juni, die sie niederstreckt. Sie verlässt das Bett kaum noch. All die letzten Jahre seit dem Tod meines Vaters haben wir weiterhin das innige herzliche Verhältnis gehabt; trotz der Umstände und

Gegebenheiten hatten wir auch viel Freude miteinander. Jetzt wird deutlich, dass alles zu Ende geht. Wie oft hatte sie schon gesagt, dass sie keine Lust mehr habe und gefragt, warum der Herrgott sie nicht endlich zu sich rufe und ihr Mann sie nicht endlich holen käme.

Bei meinen täglichen Telefonanrufen reichte ihr ein Pfleger oder eine Pflegerin den Telefonhörer. Manchmal hörte ich sie nur atmen, manchmal sagte sie kurz etwas, manchmal hörte ich gar nichts – sie hatte den Hörer in den Schoß fallen lassen. Ich ging dazu über, ihr am Telefon etwas vorzusingen, auch wenn keine Reaktion von ihr kam. Die Pfleger sagten mir, meine Mutter würde jedes Mal lächeln.

Es kamen zwei intensive Wochen, es waren ihre letzten. Ich war häufig bei ihr, las Märchen vor, sang Kirchenlieder, fütterte sie mit ein bisschen Kuchen, sonst wollte sie nichts mehr essen. Auch wenn keine Gespräche mehr stattfanden – die Verbindung war da. Der letzte Abend, an dem ich schon damit rechnete, dass es tatsächlich der letzte sein würde, war einer der besondersten meines Lebens. Wir waren uns so nahe. Wir haben uns lange intensiv in die Augen gesehen, ich hatte das Gefühl, in eine andere Welt hineinzusehen. Ich habe gesagt: "Mama, Du hast es bald geschafft!" Ich habe die Namen ihrer Eltern, ihrer Geschwister, der gestorbenen kleinen Kinder genannt, die sie wiedersehen würde. Ich war selber ganz freudig, und sie hat ihren Mund zu einem runden Lachen geöffnet. Das war so schön. Sie ist friedlich gegangen. Der Schmerz und die Trauer waren tagelang stark. Gleichzeitig erfüllte ein ganz helles Gefühl von Liebe den Raum um mich herum, ähnlich wie ich es nach dem Tod meines Vaters erlebt hatte. Sechs Wochen habe ich mir Zeit gelassen zum Trauern und Ausklingen.

*

Ich wasche mit Spitzen umhäkelte Taschentücher meiner Mutter mit *Sun-Silk*. Seit ihrem Tod trage ich in jeder Manteltasche ein umhäkeltes Taschentuch.

31

PAAR

Meine berufliche und finanzielle Situation war nicht üppig, aber okay. Die Reiseleitungen, die ich von Australien aus noch einmal im Jahr gemacht hatte, waren irgendwann flachgefallen. Lehraufträge, Indonesisch-Unterricht, Übersetzungen, andere kurze Aufträge ließen mich finanziell durchkommen und ermöglichten mir mit meinem bescheidenen Lebensstil, jedes Jahr einmal oder sogar zweimal nach Indonesien zu fahren. Gelegentlich war ich zu Vorträgen eingeladen, die Geld einbrachten, einige Male sogar mit Finanzierung der Flugkosten. Ich war weiterhin offen für neue Forschungsideen, jedoch lange Zeit manifestierte sich keine. Ich bekam ein Angebot, mich an der Universität Heidelberg für eine Stelle zu bewerben, als meine Mutter schon hochbetagt war und ich so oft wie möglich für sie da sein wollte. In Heidelberg zu wohnen und Zeit für meine Mutter zu haben, schien nicht vereinbar; so habe ich diese berufliche Chance fahren lassen. Ich hatte durchaus häufig Anlass, frustriert und resigniert zu sein und war es auch, aber: *"Mengatasi segala halangan!"* – "Alle Hindernisse überwinden", so wie Panji und Sekartaji! Ich lebte, war seit 1997 gesund geblieben; mir das bewusst zu machen, half mir.

Nach einer Phase der Stagnation wurde ich wieder kreativ. Eine alte Idee tauchte auf: Ich wollte ein Symposium mit Aufführungen zum Thema Panji an der Uni Bonn organisieren. Ich stellte einen Antrag auf Förderung: Ich erhielt eine Absage.

Ich rappelte mich schnell wieder auf, und eine weitere alte Idee kam auf, nämlich der Frage nach einem weiblichen Pendant zu meiner geliebten Panji-Skulptur vom Candi Selokelir in der ITB in Bandung nachzugehen. Bei einem Besuch des Nationalmuseums in Jakarta während meiner

Dissertationsforschung hatte ich ein Photo einer weiblichen Statue gemacht, aber sie nicht weiter beachtet. Der Körper ist schmal, mit einer feingliedrigen Hand elegant einen Stoffsaum haltend, Kopf und Blick sind leicht nach unten geneigt. Viele Jahre später blieb ich beim Durchsehen von Photos bei dieser Figur hängen. Mir fiel es wie Schuppen von den Augen: Stoff und Stoffsaum waren nahezu identisch mit dem Saum und dem Beinkleid, das Hüfte und Beine der Panji-Figur umhüllen. Warum war mir das nicht früher aufgefallen? Beim nächsten Besuch in Jakarta sah ich die Figur genauestens an, photographierte sie von allen Seiten in Großaufnahmen und in Details. Ein Kollege begleitete mich und war genauso wie ich fasziniert, als ich ihm zum Vergleich meine Bilder von der Panji-Skulptur zeigte. Ich verglich Details wie die Linie des Stoffsaums, den Faltenwurf, die Hände, Fingerring, Füße, Fußschmuck, Rundungen der Schultern, Halskette, Ohrschmuck. Die Ähnlichkeiten waren frappierend. Ich war mir sicher, hier Sekartaji vor mir zu haben, die weibliche Ergänzung von Panji. Sie bildeten ein ursprüngliches Figurenpaar. Ich war freudig aufgeregt. Nicht nur in den Reliefdarstellungen war die Vereinigung der beiden das Ziel, sie waren auch in der dreidimensionalen Darstellung als Paar zueinander gehörig. Meine Theorie, dass die Panji-Skulptur das Symbol der Vorbereitung auf das tantrische Einssein des Männlichen und des Weiblichen und zugleich Symbol der Einheit mit dem Göttlichen ist, schien sich hier auf neue Weise zu bestätigen!

Jetzt war die Zeit reif für eine tiefergehende Forschung zu den beiden Figuren. Die digitale Welt hatte enorme Entwicklungen erlebt, ich musste nicht mehr nach Leiden fahren, um dort Microfiches von Photos in den alten Archiven zu suchen; Fachzeitschriften und viele Bücher sind online zugänglich. Forschen ist leichter geworden. Im digitalen Photo-Archiv der Universitätsbibliothek in Leiden stoße ich auf zwei Photographien aus dem Jahr 1915: Hier sitzen weißgekleidete Herren auf dem Mauerwerk der Ruine von Candi Selokelir, am unteren Rand der Mauer sind zwei schräg angelehnte Steinfiguren ohne Köpfe zu sehen. Ich erkenne die eine Figur als die Panji-Skulptur, hier noch ohne Kopf, der erst später in den 1930er Jahren gefunden wurde; die andere, weibliche Figur, ebenso ohne Kopf, ist nicht die weibliche Figur aus dem Nationalmuseum, wie ich es zuerst aufgeregt vermute. Beim Hineinzoomen in das Photo erkenne ich, dass diese Figur ein exaktes Pendant zur danebenstehenden männlichen Figur ist: Sie hält ebenso eine Blüte in der Körpermitte unterhalb der Brust. Obwohl viele Details der Skulptur beschädigt sind, erkenne ich weitere Ähnlichkeiten mit der männlichen. Dies also ist die tatsächliche Sekartaji von Candi Selokelir! Die Figur ist verschwunden, ich kenne keine Dokumentation über ihren Verbleib. Es bleibt bei der Bestätigung meiner Theorie, dass Panji und Sekartaji als Skulpturenpaar an einem sakralen Platz standen und verehrt wurden. Wer also ist dann die weibliche Figur im Nationalmuseum? Die große Ähnlichkeit der Details und der Feinheit lassen vermuten, dass sie in der gleichen Werkstatt oder vom gleichen Bildhauer wie die Panji-Figur angefertigt wurde. Das hieße folglich, dass es auch zu der weiblichen Figur im Nationalmuseum ein männliches Pendant gegeben haben muss. Nichts ist bekannt. Aus alten Photos ist eine weitere Panji-Figur überliefert, deren Verbleib ebenfalls nicht bekannt ist. Sie hat äußerst schlichte ikonographische Merkmale und kommt folglich nicht als Pendant der weiblichen Figur im Nationalmuseum in Frage. Eine weibliche Figur, der schlichten Panji-Figur entsprechen würde, ist nicht bekannt. Ich folgere, dass es anscheinend mehrere

Figurenpaare von Panji und Sekartaji gab. Schon wieder erlebe ich eine große Freude, mein Forschergeist hat wieder etwas Neues erbracht!

Über diese Forschungsergebnisse verfasse ich einen Artikel, der in englischer Sprache in einem indonesischen archäologischen Journal erscheint. Leider habe ich nie Rückmeldungen dazu erhalten. So ist es leider oft bei wissenschaftlichen Publikationen: Niemand will einen Kollegen/ eine Kollegin besonders loben oder besonders kritisieren, es sei denn eine Theorie ist vollkommen überragend oder besonders "daneben". Ich freue mich jedes Mal, wenn ich doch Resonanzen erfahre, auch wenn sie kritisch sind.

Ein Nebenprodukt meiner Forschung war die Neubestimmung der Höhe der Panji-Figur. In früheren Veröffentlichungen war die Höhe mit 150 cm angegeben, ich übernahm diese Maße in meiner Doktorarbeit. Von meinem ersten Besuch im Jahr 2006 in Bandung gibt es ein Photo, das mich neben der Panji-Figur stehend zeigt. Die Panji-Figur reicht mir bis unter meine Schulter. Ich bin 168 groß, die Höhe von meiner Schulterachsel bis Kopfspitze ist eindeutig mehr als 18 cm. Die in der Fachliteratur angegebene Höhe von 150 cm konnte gar nicht korrekt sein. Um sicherzugehen, bat ich Pak Pindi in der ITB um ein genaues Maßnehmen der Figur. Tatsächlich: Sie ist nur 125 cm hoch!

An solchen Details und Ergebnissen erfreue ich mich. Bei Nicht-Fachleuten löst dies natürlich Kopfschütteln hervor. Aber ist es nicht gerade das Beachten von Details, das uns zum Verständnis und zur Wertschätzung von Kunst und von alten Kulturen verhilft? Die Antikenforscher römischer Kunst oder altägyptischer Kunst sind genauso vorgegangen, "ihre" Kunstobjekte werden von einem durchaus breiteren Publikum als wichtige Bestandteile von Hochkulturen bewundert. Panji ist ein kleines feines Beispiel einer anderen Hochkultur und verdient genauso viel Beachtung.

*

Oft habe ich mir selber gewünscht, mein männliches Pendant, "meinen Panji", zu finden! Ich hatte etliche Liebesgeschichten in meinem Leben. Es gab lange, kurze, intensive, befriedigende, unbefriedigende, ekstatische; es kam zu Trennungen oder es lief einfach aus, weil es zu viele Reibungen gab, weil sich derjenige nicht auf mich einlassen wollte, oder weil ich mich nicht einlassen wollte, oder weil die Verbindung nicht stark genug war. Ich habe jahrelang gesucht und auf Panji gewartet, hatte den intensiven Wunsch, dass sich irgendwann alle Hindernisse auflösen würden, so wie es in den Geschichten mit Panji und Sekartaji geschah. Bis heute hat Panji sich nicht gezeigt. Indonesier würden sagen: "*belum*" – "noch nicht".

32

RETTUNG

Candi Kendalisodo im August 2018: Studenten und Studentinnen eines mehrwöchigen Archäologie- und Geschichtsworkshops hören mir gebannt zu. Sie stammen aus Indonesien und anderen asiatischen Ländern. Ich erkläre ihnen die Bedeutung und meine Interpretationen der alten heiligen Stätte. Ich erzähle von der Verteilung der Asche meines Freundes Suryo. Ich habe Räucherstäbchen mitgebracht, um sie zu seinem Gedenken am Eingang zur Einsiedelei abzubrennen.

Eine indonesische Studentin mit Kopftuch bittet mich, auch ein Räucherstäbchen anzünden zu dürfen, sie habe das noch nie gemacht. Für den Großteil der Muslime in Indonesien gilt ein solches Ritual als heidnisch. Es gibt allerdings auch Muslime, die die alten Traditionen wahren, die alten Stätten besuchen und verehren, ihren Ahnen Opfergaben darbringen, den überlieferten hinduistischen Glaubensvorstellungen auf die eine oder andere Weise nachgehen. Seit etlichen Jahren hat jedoch ein streng ausgelegter und praktizierter Islam zugenommen. Dass die junge Muslimin diesen besonderen Wunsch hat und sich hier – unter der Obhut einer Westlerin – traut, ihn umzusetzen, erstaunt mich; sie kann es hier frei von strengen sanktionierenden Augen tun. Sie wird sich später noch mehrmals bei mir bedanken.

Ich erläutere der Gruppe die Panji-Reliefs, zeige mit der Hand auf die Kappe in der ersten Szene. In der zweiten Szene berühre ich den Panji-Kopf, und er fällt in meine Hand. Ich bin erschrocken. Alle sind erstarrt. Der Kopf war herausgemeißelt worden, aber aus unerfindlichen Gründen nicht mitgenommen, sondern in das entstandene Loch zurückgesteckt worden. Der Kopf fiel nicht zu Boden, sondern in meine Hand! Die Leiterin des Workshops ist baff: Ausgerechnet mir, der Panji-

Freundin und -Expertin, fällt es zu, den Kopf zu retten. Schnell ist per WhatsApp – die digitale Welt ist auch hier oben in die Abgeschiedenheit eingezogen – mit dem Leiter des archäologischen Dienstes vereinbart, dass wir den Kopf mitnehmen werden. Wir machen ein Video von der Wiederholung des Vorgangs, wir wickeln den Kopf vorsichtig in ein Tuch. Es soll zwei Jahre dauern, ehe der Kopf wiedereingesetzt wird; mein wiederholtes Nachfragen und Drängen während dieser Jahre mögen dazu beigetragen haben. Der archäologische Dienst macht einen Film über die Aktion des Wiedereinsetzens, und fügt auch meine früheren Photos vom vollständigen Relief ein. Das Herausholen des Kopfes mit meiner Hand wird leider nicht in den Film integriert; mein Name wird im Abspann mit einem Dank erwähnt.

*

Im gleichen Jahr laden mich meine Freunde aus Blitar zu einem Treffen mit Kultur-Schaffenden in Candi Mirigambar ein, wo ich seinerzeit dem *juru kunci* die Kopie des alten Archiv-Photos übergeben hatte. Vor dem Treffen am Candi Mirigambar sitze ich mit den Freunden in einem *warung kopi*, wir trinken Kaffee und essen eine Kleinigkeit, in der Nähe ist Musik zu hören. Die Freunde sagen mir, dass mein Empfang gerade vorbereitet wird. Oh nein! Ich hasse solche Empfänge, wenn ich mich für einen Besuch angekündigt habe oder ich eingeladen werde. Es ist mir peinlich, wie schon bei etlichen früheren Anlässen. Ich hatte mit einem ganz informellen Treffen in kleiner Freundesrunde gerechnet. Ich kann und darf mich dem aber nicht entziehen, ich würde die Veranstalter und das Publikum beleidigen, und das geht absolut nicht. Wir gehen zum Tempel. Auf dem Vorplatz hat sich eine Menschenmenge versammelt, sie begrüßen mich ehrfürchtig. Auf dem Boden sind Matten ausgelegt. Der Tempelwärter zeigt mir die Kopie des Archiv-

Photos, das ich ihm vor Jahren gegeben und er aufbewahrt hat. Ich werde aufgefordert, mich unmittelbar vor die Tempelruine auf die Matten zu setzen, rechts und links von mir sitzen die zwei Veranstaltungsleiter, vor uns im Halbrund das Publikum. Einer der Freunde begrüßt per Mikrophon die Gäste und stellt mich vor. Eine junge Frau führt einen anmutigen Maskentanz auf – Sekartaji! Ich werde gebeten, über Panji und über Candi Mirigambar und seine Bedeutung zu erzählen. Was bleibt mir anderes übrig, als dieser Aufforderung nachzukommen! Ich sitze mit Blick nach Westen, der prallen Nachmittagssonne ausgeliefert, mein Kopf brennt, ich blinzele, schwitze, spreche, meine Begeisterung kommt wieder auf. Das Publikum hört still und aufmerksam zu, einige nicken wiederholt mit dem Kopf; ich habe das Gefühl, sie saugen meine Worte förmlich auf. Ich bin glücklich, beitragen zu können. Eine Frau spricht mich an, sie kommt mir bekannt vor, ich kann sie zunächst nicht einordnen: Sie ist die Tochter des *juru kunci* von Candi Penampihan, mit dem ich vor Jahren gemeinsam mit A. javanische Lieder gesungen habe. Sie hat mich damals mit ihrer feinen, zurückhaltenden Art beeindruckt; anscheinend habe ich bei ihr ebenso einen Eindruck hinterlassen, sodass sie sich hier an mich erinnert. Ich freue mich, erkundige mich nach ihrem Vater.

33

JANTUR

Meine seinerzeitige Idee für die Durchführung eines Panji-Symposiums blieb trotz der Ablehnung des Finanzierungsantrags weiterhin in meinem Kopf und führte schließlich zu einer Variante: Innerhalb der renommierten zweijährig stattfindenden European Conference of Southeast Asian Studies an der Oxford University organisierte ich auf den Rat von Kollegen hin im Jahr 2017 ein Panji-Panel mit einer Reihe von Vorträgen. Sieben internationale Sprecher und Sprecherinnen – aus Thailand, Indonesien, Portugal, Niederlande, Deutschland – hatte ich versammelt, die verschiedenste Aspekte zu Panji präsentieren würden. Ein kleines, aber feines interessiertes Fachpublikum war anwesend, darunter mein zweiter Doktorvater. Wir beratschlagten, eine Veröffentlichung der Beiträge herauszugeben. Eine Kollegin, die niederländische Wissenschaftlerin Clara Brakel, war bereit, sich darum zu kümmern und entsprechende Kontakte aufzunehmen. Ich selber war erschöpft und ausgelaugt von den monatelangen Vorbereitungen und der schließlichen Durchführung, sodass ich froh war über ihr Engagement. Im Jahr darauf fand ein Panji-Symposium an der Universität Leiden in den Niederlanden statt, neben fünf weiteren Kollegen war ich als Sprecherin eingeladen. Die Synergie zwischen den beiden Symposien führte schließlich dazu, dass ein renommierter Verlag an der Universität in Jakarta mehrere Artikel zum Thema Panji veröffentlichen würde. Nach etwa einjähriger arbeitsintensiver Zeit mit einer fruchtbaren Kooperation zwischen Clara Brakel, der Managerin des Verlages und mir konnte im Frühjahr 2020 der Doppelband mit dem Thema *"Panji Stories"* erscheinen. Es war wieder einmal beglückend, als ein Postpaket bei mir ankam und ich die schön gestaltete Veröffentlichung in den Händen hielt.

Das Symposium in Leiden fand aus besonderem Anlass statt: Ein Jahr zuvor hatte die UNESCO die Manuskripte von Panji-Geschichten, die zu Hunderten in Bibliotheken in Jakarta, in Leiden und anderen Orten aufbewahrt werden, in der Kategorie *Memory of the World* aufgenommen. Dies wurde gefeiert.

*

Ein weiteres Projekt lag mir seit langer Zeit am Herzen. Ich konnte es durch eine glückliche Fügung in das Symposium in Leiden integrieren. A., der Freund aus Java, hatte im Lauf der Jahre seine Kreationen, die er seinerzeit im Kolonialgebäude der Kaffeeplantage bei Blitar als Improvisation aufführte, zu einem Programm weiterentwickelt, das ganz im Geiste der Werte der Panji-Traditionen stand. Er ließ Schattenspielfiguren anfertigen, die teilweise auf Vorbilder der Tempelreliefs zurückgingen und eine von ihm selbst entworfene Panji-Geschichte darstellen. Sie erzählt von Panji, wie er auf der Suche nach seiner Prinzessin durch Dörfer wandert und Bauern begegnet, die im Streit miteinander sind und deshalb ihre Felder vernachlässigen und keine ausreichende Ernte hervorbringen. Während seiner Wanderung hat er die Gestalt eines einfachen Mannes mit unförmigem Körper angenommen und wird von den Dörflern als einer der ihren angesehen und akzeptiert. Einem Prinzen gegenüber wären sie in ehrfürchtige unterwürfige Haltung verfallen. Panji setzt seine Rolle als Vermittler und als Helfer ein und gibt Inspiration für Kreativität, Selbstvertrauen sowie Harmonie untereinander und mit der Natur. Form und Charakter der Aufführungen hatte A. im Laufe der Jahre modifiziert und erweitert, mit und ohne Leinwand, mit unterschiedlicher musikalischer Begleitung, er hatte sich zu einem beeindruckenden *dalang* und

254

Künstler entwickelt, der die Mitakteure und das Publikum in seinen Bann zog. In mir keimte die Idee, ihn mit diesem Programm nach Europa zu holen. Es würde ihm und seiner Kunst sowie seinen Mitspielern eine neue Dimension von Anerkennung geben. Ein Anliegen war, das Thema Panji über den akademischen Rahmen hinaus in Europa bekanntzumachen. Ich sah es auch als eine Möglichkeit, meine Liebe zu Java und zur Panji-Kultur einem Publikum von Freunden zu zeigen und mit ihnen zu teilen.

A. und ich entwickelten das Konzept: Er würde mit einer Gruppe von drei weiteren Künstlern zu verschiedenen Orten in Europa reisen und die Aufführungen auf die Bühnen bringen. Die Gruppe würde Panjis Umherwandern selber praktizieren. Organisation und Durchführung lagen bei mir. Ich konnte dabei meine Erfahrungen mit der lange zurückliegenden Tournee der javanischen Gamelanlehrer einbringen; auch meine Erfahrungen als Reiseleiterin und Reiseorganisatorin würden hilfreich sein. Dieses neue Projekt verlangte jedoch weit mehr Aufwand, Arbeit, Initiative, da ich es auf meinen eigenen Schultern stemmte. Viele Herausforderungen lagen vor mir, es gab Rückschläge, es gab Frustrationen, es gab Hilfen. Immer wieder fügten sich Mosaiksteine zusammen, wenn schon alles auseinanderzubrechen drohte. Das Projekt schien irgendwann komplett in sich zusammenzufallen, als die Bürgschaft für das Visum der javanischen Künstler in Frage stand. Große Aufregung – ich habe meine Kontakte spielen lassen, die wiederum ihre Kontakte spielen ließen. Ich war zwischen Verzweiflung und Resignation und war sehr erschöpft. Schließlich klappte es! *Everything falls into place.* Die Indonesische Botschaft übernahm, nach langer Kommunikation und Verhandlungen und mit der intensiven Unterstützung einer Freundin in der Kulturabteilung, das

Visum und die Flugtickets. Ein Tournee-Programm war aufgestellt, es sollte in Köln beginnen, daraufhin nach Leiden führen mit der Teilnahme am Panji-Symposium, dann wieder nach Köln und Leverkusen, und schließlich über Hannover nach Berlin. In Berlin war an der Kulturabteilung der Indonesischen Botschaft ein zweiwöchiger Workshop mit abschließender Aufführung geplant. Die Tournee würde ein Höhepunkt der jahrelangen Verbindung und Zusammenarbeit zwischen mir und A. sein. Ich war sehr glücklich, als die Gruppe am Flughafen in Köln eintraf, und sie – A., zwei Musiker und eine Tänzerin, zugleich Sängerin – waren ebenso freudig mit strahlenden Gesichtern. Es ist der 12. September 2018.

Zwei Kölner Freunde sind mit ihren Autos gekommen, um die Gruppe und ihr Gepäck in die Stadt zu transportieren. Die Ankömmlinge haben beim Heraustreten aus der Sperre wenig Gepäck. Ich wundere mich. Ich weiß, dass sie viele Musikinstrumente mitbringen wollten. A. erzählt, dass die Instrumente und großen Pakete noch in der Abfertigungshalle liegen. Ich habe keine Erlaubnis für den Zugang zur Halle. Ich werde aufgefordert, zum Informationsschalter in der unteren Etage zu gehen. Die Ankömmlinge wollen als erstes SIM-Karten für ihre Handys kaufen – das Wichtigste für ihre Zeit im Ausland. Einer der beiden Abholer-Freunde übernimmt den Handy-Laden, ich den Informationsschalter. Es ist ein Hin- und Her-Denken und -Organisieren. An der Information erhalte ich währenddessen nach langer und breiter Erläuterung der Situation schließlich die Erlaubnis, mit A. in die Abfertigungshalle zu gehen. An einer Wand stapeln sich Pakete, Taschen, eingewickelte Dinge in einer unüberschaubaren Menge und Größe: Das sind die Instrumente und Zubehöre. Wir checken, ob alles vollständig ist. Ja. Wir laden die Sachen auf große Trolleys und dürfen nach einigen Verhandlungen endlich herausgehen. Ich schüttele innerlich mehrmals den Kopf darüber, dass sie solche Mengen mitgebracht haben. Ich habe ihnen oft eingeschärft, dass sie nicht zu viele Instrumente mitnehmen sollen, da wir die meisten Reisen per Zug machen werden. Einen Großteil der benötigten Instrumente würden wir bei Gamelangruppen an unseren jeweiligen Aufführungsorten ausleihen. Nun ist die Situation, wie sie ist. Wir werden es schon irgendwie schaffen. In der Zwischenzeit hat erst einer der drei anderen es geschafft, eine SIM-Karte zu kaufen. Es dauert, bis alle ihre Karten erstanden und in ihren Handys eingerichtet haben. Endlich geht es nach draußen zu den beiden bereitstehenden Autos. Die Instrumente, das Gepäck und wir passen gerade so hinein. Auf der Fahrt nach Köln schweigen wir die meiste Zeit. Die vier sind k.o. und überwältigt von der Reise und der stressigen Ankunft. Ich weise auf die bunten Herbstbäume hin; es interessiert niemanden. Ich weise auf den Kölner Dom hin, der beim Annähern an die Stadt in der Ferne auftaucht; es interessiert niemanden. Wir kommen in der Stadt bei der befreundeten Familie an, wo die drei Männer übernachten werden, laden sie und das umfängliche Gepäck aus, alles muss irgendwo verstaut werden, teilweise im Treppenhausflur. Wir essen eine Mahlzeit, die die Gastgeber netterweise vorbereitet haben. Die drei Männer gehen schlafen. Ich selbst fahre mit der Tänzerin P. zu meiner Wohnung, sie wird bei mir übernachten. Sie legt sich schlafen. Ich würde es am liebsten auch tun, aber es gibt Organisatorisches für die kommenden Tage zu regeln. Abends wird P. kurz wach, wir erzählen ein bisschen, sie will nichts essen, legt sich gleich wieder schlafen. Ich auch.

Am kommenden Morgen wecke ich P. um 10 Uhr, um halb 12 müssen wir aufbrechen zu der Wohnung, wo wir uns mit den anderen verabredet haben. P. ist lange im Bad. Macht sie eine solch ausführliche Körperpflege mit Make-up? Nach etwa einer halben Stunde klopfe ich an die Badezimmertür. Sie antwortet mit leiser Stimme, dass sie mit der Dusche nicht zurechtkommt. Das Wasser ist entweder ganz heiß oder ganz kalt. Ich habe vergessen, ihr die tatsächlich nicht so leichte Technik des Mischhebels zu erklären. Nach kurzer Zeit ist sie dann fertig. Wir frühstücken – Brot. Ich entschuldige mich, dass ich keinen Reis gekocht habe. Aber Brot und Butter und Marmelade sind okay. Mit arger Verspätung ziehen wir los. Die drei anderen sind auch gerade erst fertig mit Aufstehen und sitzen beim Essen – Reis mit Beilagen. Wir sind alle einigermaßen ausgeruht. Es steht an, den heutigen Tag und das Programm der kommenden Tage in Köln zu besprechen. Ich erkläre ein paar grundlegende Dinge: dass ich sie durchgehend begleiten werde, dass wir heute durch die Stadt spazieren werden, dass wir – wenn sie wollen – an der abendlichen Probe der Gamelangruppe im Museum teilnehmen können, dass wir zwischendurch irgendwo essen werden. Sie sind mit allem einverstanden, was sollen sie auch sonst tun? Ich beginne zu erläutern, wie wir es mit den Finanzen halten werden, dass ich ihnen per-diem-Beträge für die jeweils folgenden fünf Tage geben werde, dass wir in der Stadt mit der U-Bahn unterwegs sein werden. Da klingelt das Telefon. Meine Freundin B. von der Kulturabteilung der Indonesischen Botschaft teilt mit, dass sich für den geplanten Workshop in Berlin 40 Personen angemeldet haben. Wir waren von 10 bis maximal 20 ausgegangen. Das Programm in Berlin umfasst einen zweiwöchigen Workshop mit Einüben von Gamelanstücken als musikalische Begleitung der *Panji-Jantur*-Aufführung, und am Ende eine große Darbietung des Ergebnisses. Ich antworte am Telefon, dass wir in der Runde über die neue Situation beratschlagen müssen und dass ich zurückrufen werde. Die aktuelle Köln-Planung bleibt erst mal liegen. Wir stellen Überlegungen hin und her an, telefonieren zwischenzeitlich mit B., um die räumlichen und zeitlichen Gegebenheiten zu erfahren, machen Pläne, verwerfen sie wieder. Ein Plan kommt zustande: Es wird einen Morgen-Workshop und einen Nachmittag-Workshop geben, der eine für Gamelan-Anfänger und der zweite für Gamelan-Fortgeschrittene. Wir werden im Laufe der ersten Woche entscheiden, wer für die Aufführung geeignet ist und dann in der zweiten Woche weiter am intensiven Einstudieren teilnehmen wird. Diesen Plan teile ich B. in Berlin mit. Das haben wir also erledigt. Weiter geht es mit dem sonstigen Tournee-Programm und dem Köln-Programm. Als perfekte Planerin habe ich Zettel mit dem Programm der gesamten Tournee ausgedruckt und verteile sie. Hier sind Datum, Uhrzeiten, Aktivitäten, Kontaktpersonen, Übernachtungen, Zeiten der Proben und Aufführungen vermerkt. Auch sind die freien Zeiten und Tage angegeben, hier habe ich Vorschläge und Ideen genannt: Shopping, Sightseeing, Ausruhen, Essen usw. A. sagt mir später, dass ich der Gruppe viel zu viel zugemutet habe bei dem Gespräch. Vor allem in Verbindung mit dem unerwartet aufgetauchten Problem in Berlin. Solche Situationen wird es während der Tournee immer wieder geben: Mit unerwarteten Dingen umgehen, flexibel sein, die Ruhe bewahren fällt mir dabei oft schwer.

Inzwischen ist es Nachmittag geworden, wir essen wieder und machen uns auf den Weg durch die Stadt. Wir spazieren am Dom vorbei. Der Dom wird ein *landmark* der Tournee werden. Auch ohne dass ich von der Besonderheit des Kölner Doms erzähle und dass A. ihn schon von früheren Köln-Besuchen her kennt, ist die Gruppe beeindruckt und staunt über das imposante Bauwerk, seine Höhe und die aufragenden Türme. Wir machen Photos, Selfies. Meinem Vorschlag, in den Dom hineinzugehen, folgen zur zwei, der Eintritt in die Vorhalle reicht ihnen. Fühlen sie als Muslime das Betreten eines katholischen Gotteshauses befremdlich oder als heidnischen Platz verboten, oder ist es einfach nur Desinteresse an fremder Kultur? Während der folgenden Wochen werde ich noch oft erleben, dass keine besondere Neugierde auf europäische Geschichte, Kunst und Bauten da ist. In Holland zum Beispiel kann ich sie nicht dazu bringen, durch das hübsche Städtchen Leiden zu spazieren und die Windmühlen, Grachten und Patrizierhäuser anzusehen. Ich glaube nicht, dass es an Ressentiments gegenüber der früheren niederländischen Kolonialmacht liegt. Städtisches Leben, Shopping, Essen, Beisammensitzen reichen vollkommen. *"Nggak usah"* – "nicht nötig", erhalte ich oft als Antwort auf meine Vorschläge. Dem Alkohol zusprechen sei nicht vergessen, das tun zwei von ihnen sehr gerne und reichlich! Den gibt es in Indonesien nur sehr teuer oder als Fusel.

Ein für A. wichtiger Bestandteil des Konzepts für die Tournee ist es, Gemeinsamkeit und Verbindung zwischen der Gruppe aus Java und den Leuten am jeweiligen Spielort entstehen zu lassen. Die javanischen Künstler sollen mit lokalen Musikern und Tänzern gemeinsam proben und aufführen. Bei den Aufführungen soll auch das Publikum animiert werden, zu improvisieren und mitzutanzen oder zu singen. Wir setzen darauf, in Köln Mitspieler aus der Gamelangruppe zu gewinnen. Also gehen wir am Abend dieses ersten Tages zur regelmäßigen Mittwochs-Gamelanprobe. Unser Spaziergang führt vom Dom ein paar hundert Meter weiter bis zum Probenort. Die Gamelangruppe steckt mitten in der Probe, die Javaner setzen sich dazu, wir überlegen ein bisschen hin und her, einigen uns auf ein Stück, das alle kennen. Einer der Javaner übernimmt die Trommel, die anderen setzen sich an die freien Instrumente. Es ist wie bei einer "normalen" Probe, und gleichzeitig ist ein vollkommen anderer "*drive*" da: Das Javanische weht durch unsere Musik, macht sie prägnanter, bringt Charakter hinein, zieht mit, lässt uns wie von selbst die Gongs und die Metallophone anschlagen. Es fließt. Zwei aus der Gruppe und ich selber sind bereit, bei der ein paar Tage später anstehenden Aufführung mitzumachen und vorher zu proben. Die Javaner haben ganz leicht das erreicht, was sie wollten. So wird es in den kommenden Wochen immer wieder geschehen.

B. aus Berlin ruft an: Sie hat die Zahlen in der Anmeldeliste falsch verstanden. Für den Workshop sind 14 Teilnehmer angemeldet. Die ganze Aufregung und die Neu-Überlegungen sind obsolet.

*

Der Flötenspieler geht voran, hinter ihm schreiten in einer langen Reihe bedächtig einzelne Personen, die letzte schlägt einen langsamen Rhythmus auf einem kleinen Metallklangkörper. A. lässt Laute aus seinem Mund klingen. Die Gruppe geht zur schwarz ausgeschlagenen Bühne und setzt sich an die drei Metallophone, den Gong, die Trommel. A. nimmt Platz hinter einem Holzrahmen, der mit einer Leinwand bespannt ist, P. sitzt davor. Ich stehe an der Seite und ergreife das Mikrophon, stelle die Javaner und die zwei deutschen Mitspielerinnen vor, erzähle von meiner Verbindung mit ihnen, erzähle von Panji, von A.'s spezieller Kreation einer Panji-Geschichte und ihrer Darbietung im *Panji Jantur Udan*, von der Bedeutung der Panji-Tradition und ihrer Wiederbelebung in Java, von meinem eigenen Engagement, von meiner großen Freude, dass wir hier nun gemeinsam die

Tournee beginnen und sich ein großer Traum erfüllt, den A. und ich über lange Zeit entwickelt haben. Ich erzähle die Geschichte, die zur Aufführung kommen wird, erläutere einige Puppen – Panji, Sekartaji, Ragil Kuning –, die die Hauptrollen spielen; zur Veranschaulichung hält A. sie jeweils hoch. Neben ihm auf dem Boden liegt eine aufgeklappte Kiste, in der die flachen Lederpuppen liegen, die er in den folgenden Szenen aufnehmen und wieder hinlegen wird. Die Puppen von unterschiedlicher Größe sind farbig bemalt, mit rotem oder weißem oder braunem oder rosa Gesicht, mit schlankem Körper und mit dickem Bauch, mit langem Haar oder einem Knoten. Eine Figur trägt eine Kappe auf dem Kopf: Panji. Seinerzeit in der Kaffeeplantage in Blitar hat A. drei dieser Figuren – damals noch unbemalt – hinter einer Leinwand spielen lassen, begleitet von der improvisierten Musik von Freunden. Es hatte sich leicht und fließend angefühlt, wir waren alle miteinander verbunden. Hier nun in Köln habe ich ein ähnliches Gefühl. Wir – die vier Javaner und drei Deutsche – sind miteinander verbunden und teilen eine Stimmung und ein Gefühl. Wir teilen es auch mit den Zuschauern.

Nach meiner Einführung setze ich mich an das freie Metallophon. A. beginnt, er ist Erzähler, Sänger, Puppenspieler, verleiht mit wechselnder Stimme den weiblichen Figuren, dem Prinzen, den Bauern ihren unverwechselbaren Charakter. Die Trommel und das weiche, *gender* genannte Metallophon begleiten die Erzählungen und Szenen, die Musik wird dynamisch entsprechend den dynamischen Bewegungen der Puppen, ist weich bei weich fließenden Bewegungen, die Zuschauer sehen die Schatten auf der Leinwand, A.'s erzählende Stimme nimmt an Heftigkeit zu, sie wird tiefer, löst sich dann wieder auf in sanfte Erzählung. Gong, *saron*, *gender*, Trommel spielen Melodien wechselnd in

Weichheit und Heftigkeit. Die Tänzerin P. hat sich aus ihrem Schneidersitz vor der Leinwand erhoben und bewegt sich wie schwebend. Kleine langsame Schritte, Arme und Hände wie in Zeitlupe sich windend und gestenreich, ihre zarte Stimme, ein Arm hebt sich ausgestreckt in waagerechter Haltung, auf der Leinwand Schatten von den wirbelnden dreieckigen Formen der beiden Lebensbäume *kayon*, ein menschlicher Schatten steigt in die Höhe, die Arme nach oben gestreckt, gleichzeitig steigt P.'s Arm in die Höhe, dazu leise weiche *gender*-Klänge. Verzaubert, magisch. Die Leinwand sinkt herunter, die Puppen und A. werden frei sichtbar, wir sind aus der Magie herausgelöst, in eine andere Wirklichkeit, eine, die wir gewohnt sind: Die Dinge sind zu sehen und zu erkennen, greifbar, nicht als Manifestationen im Schatten. Der Erzähler ist zu sehen, er wird eine greifbare Person. Die farbig bemalten Puppen sind zu sehen, deren Charaktere nun auch greifbar werden. Die Wirklichkeit im Spiel der Schatten-Figuren wird zur Illusion.

Im altjavanischen poetischen Werk *Arjunawiwaha* aus dem 11. Jahrhundert, dessen Reliefdarstellungen ich vor Jahren untersucht habe, erklärt der Weise dem meditierenden Arjuna, dass jede Form von Existenz eine Illusion ist und vergleicht dies mit dem Zuschauen beim Schattenspiel [*Arjunawihaha 5.8.*]

Erst später, beim Schreiben dieser Zeilen, erkenne ich diese tiefe Wahrheit im Spiel von A., die er durch den Wechsel von Schatten auf der Leinwand und den frei gezeigten Puppen zur Erscheinung bringt. Vor vielen Jahren hatte er mich gefragt: "*Untuk apa meneliti Arjunawiwaha?*" – "Wozu erforschst Du das *Arjunawiwaha*?" Habe ich nun die Antwort gefunden?

Auch ohne solche tiefgehenden Botschaften zu erkennen, sind die Zuschauer von der künstlerischen und atmosphärischen Darbietung beeindruckt. Bei der abschließenden fröhlichen Musik tanzen ein paar Zuschauerinnen. Hinterher sitzen wir mit Freunden draußen bei Sekt und Bier, erschöpft, gelöst, froh, lachend.

*

Die fünf nach Köln folgenden Wochen der Tournee hatten ihre Höhen und Tiefen, die Tiefen nahmen zu. Ich war frustriert über das Verhalten von A. mir gegenüber. Er kritisierte häufig mein Verhalten oder boykottierte es. Ich war in vielen Situationen aufgeregt und überlastet und hektisch, seine bedächtige, langsame javanische Art, die ich in Java so schätze und mir guttut, stand meinem jetzigen Verhalten diametral entgegen; ich konnte sie nicht integrieren. Es gab Missverständnisse und Reibungen. Warum konnten wir nicht auf einer Ebene miteinander agieren und uns als Freunde gegenseitig helfen und unterstützen in all dieser Anstrengung? Es war doch unsere gemeinsame Aktion. Bei Freunden und Freundinnen um mich herum konnte ich mich ausweinen. Irgendwann sagte er: "Lydia *terlalu cepat*." – "Lydia, Du bist zu schnell." Ja, ich war schnell, ich musste funktionieren in meinen vielen unterschiedlichen Aufgaben: Organisatorin und Managerin der Tournee und der einzelnen Auftritte, Übernachtungen, Begleitung in den Städten und bei Ausflügen, Organisieren der Reise-Logistik mit Zügen und Autos, Organisieren von Helfern, Verpflegung, Mitproben und Mitspielen bei den Aufführungen, Einführung und Erläuterung vor den Aufführungen, Übersetzen, die drei zum ersten Mal nach Europa Gereisten wie Kindergarten-Kinder an die Hand nehmen. Es war zu viel, aber mit meinem Organisationstalent und meinem effizienten schnellen Handeln schaffte ich es, die Herausforderungen zu bewältigen. Aber: Keine Spur von javanischer Gelassenheit bei mir! Auch A. selber war sehr beansprucht: Für ihn waren die drei in seiner

264

Gruppe ebenso wie Kindergartenkinder, für die er die Verantwortung auf seinen Schultern trug. Vor jeder Probe und vor jeder Aufführung erarbeitete die Gruppe ein neues, abgewandeltes Programm, sie mussten mit vielen ihnen unbekannten Situationen klarkommen, sie schliefen oft unruhig, das Essen war ungewohnt, die umständlichen Zugreisen mit dem Riesengepäck, der Wechsel zwischen den vielen Städten und den verschiedenen Menschen waren anstrengend. Sie trugen es äußerlich mit Gleichmut, aber es gab zunehmende Spannungen zwischen den Mitgliedern. Hier war A. als Schlichter gefragt. P. wandte sich einige Male von Frau zu Frau an mich und weinte sich aus. Fünf Wochen waren eine lange Zeit. Die allerletzte Aufführung in Berlin nach dem zweiwöchigen Workshop war ein Höhepunkt, berauschend, für die Spieler und Spielerinnen und für die Zuschauer. Ich selbst tanzte zum Abschluss wie in Trance; eine Zuschauerin meinte, ich habe ausgesehen wie auf Droge. Ich fühlte mich leicht, alles fiel von mir ab, ich freute mich gemeinsam mit allen Beteiligten: den *Panji Jantur*-Spielern, den Mitarbeitern der Kulturabteilung, dem Kulturattaché und vor allem B.. Beim Abschied am Flughafen sagte ich: "Es ist nicht einfach." A.: "Es ist nicht schwierig."

*

Hier bricht das Kapitel ab. Draußen ist die Flut. Es ist der 14. Juli 2021.

FLUT

Ich sitze in meiner schönen Ferienwohnung in der Eifel und schreibe emsig am Buch, mit Blick auf einen kleinen idyllischen Bach, auf Wiesen, Ziegen, Sträucher und Bäume. Die Ziegen springen auf der Wiese herum, einige stehen genügsam fressend, andere stellen sich auf die Hinterbeine, um an die frischen Blätter von höheren Büschen zu gelangen. Die neckisch aussehende Turnübung und das begleitende Meckern der anderen lassen mich lachen. Auch muss ich jedes Mal lachen, wenn die Herde sich wie von Geisterhand formiert und in einer Reihe hintereinander schreitend oder plötzlich laufend in eine gemeinsame Richtung bewegt; irgendwann drehen sie wieder um und laufen in die andere Richtung, meckernd. Ich erkunde die Wege, die vom Haus in das Dorf, in den Wald, in ein anderes Tal und auf den Hügel zum Bauerngehöft führen. Inmitten landwirtschaftlicher Gerüche gibt es 360 Grad-Ausblicke in die Weite. Fast jede Nacht werde ich wach, Jupiter leuchtet auf mein Bett; vom Balkon sehe ich den klarsten Sternenhimmel seit langer Zeit, auch die Milchstraße.

35 Gehminuten entfernt liegt das alte Städtchen, mit hübschen Fachwerkhäusern und alten Bauten, oben die Burgruine, eine beliebte Touristenattraktion der Eifel. Ein Flüsschen fließt mitten durch den Ort. Corona hatte das Leben über ein Jahr lang komplett lahmgelegt. Jetzt, nach der Aufhebung der Maskenpflicht vor einer Woche, ist die Hauptstraße mit Geschäften und Außengastronomie voller Leben, mit fröhlichen strahlenden Gesichtern im herrlichen Sonnenschein! Ich finde einen freien Café-Tisch an der Mauer, die das kleine Flüsschen einfasst.

Meine Freundin S. aus Indonesien ist in Deutschland und kommt mich für ein paar Tage besuchen. Sie hat mir *Sun-Silk-*

Shampoo mitgebracht! Wir verbringen herrliche Tage, mit viel Erzählen über Indonesien, über Deutschland, über unsere Geschehnisse der letzten Zeit, über Freunde, wir philosophieren wie gewöhnlich über "freien Willen", wir lachen viel. Wir machen im herrlichen Sommerwetter Spaziergänge, ohne Plan und ohne Karte, durch den Wald und über Zäune und Wiesen. Im Nachbardorf lechzen wir nach unserem Ziel: Kaffee und Kuchen in einem bekannten Café. im Dorf fragen wir eine Frau, wo wir das Café finden. "Das Café hat leider geschlossen. Sie machen drei Wochen Urlaub." Unsere Kinnladen und Mundwinkel fallen runter. Die Frau bietet uns spontan an, bei ihr zuhause einen Kaffee zu trinken. Nachdem sie ihr Angebot mehrmals wiederholt, überwinden wir unsere Scheu und kommen mit. Auf der Terrasse vor ihrem hübschen Haus mit dichter Bepflanzung von Rosen und üppigen Büschen sitzt es sich herrlich bei Kaffee und Kuchenstückchen. Buchsbaum-Duft weht um meine Nase; ich liebe ihn. Wenn ich mit Leuten an einem Buchsbaum-Busch vorbeikomme und genüsslich schnüffle, wundern sich die anderen: Ich nehme ihn meist alleine wahr. Ich habe eine feine Nase.

*

Wieder alleine, arbeite ich fleißig weiter. Ich nutze den für Mittwoch angekündigten Starkregen für einen ruhigen Arbeitstag. Freunde haben den für heute geplanten Besuch wegen des Regens abgesagt. Seit gestern Abend regnet es durchgehend in Strömen.

Gegen 16 Uhr schwillt der Bach vor meinem Fenster langsam an. Das Anschwellen wird stärker; ich beginne, meinen Blick aus dem Fenster zu fotografieren, dann Videos davon zu machen, stündlich, halbstündlich. Der Bach schwillt weiter an, das spritzende sprudelnde Wasser rast mit einem irren Tempo den Hang hinab. Sirenen gehen, tatütataaa von Feuerwehr. Das

Sommergrün der Wiesen und der Bäume geht immer mehr im Grau des Regens und im Braun des schlammigen Bachwassers über.

Es war zu erwarten gewesen: Der Bach ist weit über die Ufer getreten; mein Vermieter hatte es schon vorhergesehen und angekündigt, dass wahrscheinlich der Keller nass werden würde. Inzwischen entwickelt sich der Bach unglaublich und rasend weiter. Das Arbeiten am Computer gebe ich auf. Im Laufe der kommenden Stunden ist der Bach ein tosender, tobender Strom, dazu weiter strömender Regen, grauer dunkler Himmel, es strömt und strömt und hört nicht auf, man kann kaum mehr als 100 Meter weit sehen. Ein unerträglicher Gestank hängt in der Luft. In der Abenddämmerung sehe und höre ich Leute herumlaufen; Vermieter und Helfer sind dabei, den Waschkeller auszuräumen, es ist ein großes Gewusel. Ich kann hier nichts helfen. Der Vermieter sagt, wir sind hier im Haus sicher, es liegt hoch genug. Ich ziehe meine Wanderschuhe an und gehe ein paar Schritte die Straße hoch, um den Regen direkt zu erleben. Meine pitschnassen Wanderschuhe werden ein paar Tage brauchen zum Trocknen.

Um 21 Uhr fällt der Strom aus. Nicht nur in meinem Haus, auch in der Nachbarschaft, im ganzen Ort, und wie ich später erfahre, in den ganzen Nachbargemeinden. Wieder gehen die Sirenen, wieder tatütataaa von Feuerwehr. Ich bleibe im Haus. Sicherheitshalber packe ich eine Tasche und stelle sie bereit, darin sind Laptop, ausgedruckte Seiten meines Manuskripts, Geld, eine Garnitur Kleidung und Unterwäsche. Irgendwann gehe ich erschöpft und durcheinander ins Bett. Die Fenster, die ich sonst offenlasse wegen der würzigen Nachtluft, schließe ich: Der Gestank des Schlamms ist unerträglich. Das Rauschen dringt, etwas gedämmt, selbst durch die geschlossenen Fenster.

In der Nacht wache ich mehrmals auf, mein Kopf ist benommen, draußen rauscht es weiter.

Um 9 Uhr werde ich wach. Der Regen hat aufgehört: Aufatmen. Das Licht in der Küche brennt. Der Strom ist wieder da. Ich schaue aufs Handy, keine Nachrichten, kein Internet. Der Laptop sagt: "Error"! Ich gehe mit dem Handy hoch durch das Dorf, oben habe ich SMS-Empfang. Ich schicke den Freunden in der Stadt, die ich am Nachmittag zuvor mit den Bildern und Videos der braunen Ströme bedacht hatte, Bescheid, dass bei mir alles okay ist. Mein Weg herunter durch das Dorf dauert lange: Vor vielen Häusern stehen Leute, ich stelle mich dazu und höre zu, jeder und jede hat was zu berichten: Dörfer im Tal und das idyllische Städtchen sind total vom Wasser überflutet worden, es gab Tote, es gab Menschen, die andere noch knapp aus den Fluten haben retten können, in einer Nachbarortschaft sind ganze Häuser weggeschwemmt worden. Es herrscht das Chaos. Wir hier oben sitzen auf der Insel der Seligen. Mein eigenes Erlebnis der braunen strömenden Massen vor dem Fenster war harmlos.

An dem Tag bin ich wie gelähmt, an Arbeiten ist absolut nicht zu denken. Als das Internet im Laufe des Tages wieder funktioniert, ist eine Flut von WhatsApp-Nachrichten auf meinem Handy eingegangen. Stundenlang bin ich mit Beantworten, Beschreiben, Teilen von Nachrichten beschäftigt. Freunde aus dem Ausland – sogar aus Indonesien und Australien – erkundigen sich, wie es mir geht. Ich freue mich über die Anteilnahme und bin gleichzeitig ausgelaugt. Abends sehe ich die unfassbaren Nachrichten und Bilder im Fernsehen. In der weiten Region sind Hunderte, Tausende Menschen betroffen, ihre Häuser sind zerstört, ihr ganzes Leben ist auf den Kopf gestellt. Viele Menschen sind ertrunken.

Irgendwann erst sehe ich unterhalb meines Fensters das Holzgartenhäuschen: Es ist mehrere Meter am Hang heruntergerutscht und hat sich um 90 Grad gedreht. Die Kraft des Wassers!

Ich bin demütig und würde Gott danken, wenn ich an ihn glauben würde. Ich habe in der Stadt mein Dach über dem Kopf, meine Existenz ist nicht bedroht.

*

In meinem Kopf dreht es sich rund: Ich lebe hier in einem Luxus in der riesigen Ferienwohnung, im Trockenen, wie anmaßend! Gebe ich die Wohnung nicht lieber her für die jetzt Bedürftigen, obdachlos gewordenen, Verzweifelten? Ich berate mich mit dem Vermieter: Andere Wohnungen im Haus sind frei, weil alle Ferienmieter kurzfristig abgesagt haben, und werden Leuten, die eine Bleibe suchen, angeboten. Ich bleibe. Ich helfe hinter dem Haus beim Schippen von Schlamm und Geröll, beim Wegräumen der Holzbretter vom Gartenhäuschen, beim Entsorgen von nasser Kleidung und feuchten Möbelstücken aus der Souterrainwohnung – die Bewohner ziehen aus, sie ertragen den Gestank und die Bilder vom hereinströmenden Wasser nicht, auch wenn ihre Wohnung nur ein paar Zentimeter unter Wasser stand.

Am übernächsten Tag gehe ich zum Städtchen und will sehen, ob und wie ich dort helfen kann. Am Ortsrand treffe ich eine junge Frau, hinter ihr ein kleiner Junge. Die Frau schleppt sich mit Dingen aus einer Hilfsgüterstelle ab. Ich helfe ihr beim Tragen. Sie erzählt von der Flut in ihrem Dorf, wo ihr Haus vollkommen zerstört ist, sie ist mit Mann und Kleinkind bei ihren Schwiegereltern in den oberen Etagen eines halbwegs funktionierenden Hauses im Städtchen evakuiert, der kleine Junge gehört zur Familie. ALDI verteilt kostenlos Lebensmittel, die aus dem verschlammten Ladenraum gerettet werden konnten;

270

wir langen zu. Über riesige Gesteinsbrocken steigen wir durch das Stadttor, "Sperrmüll" türmt sich überall, die Ladenlokale sind offene leere Wunden, alles ist braun verschlammt. Ich muss weinen. Zurück zur Hilfsgüterstelle: Die junge Frau geht alleine hinein, um in Ruhe nach Nützlichem suchen zu können; ich passe währenddessen draußen auf den Jungen auf; er hat bisher nur geschwiegen und vor sich hingeguckt. Wir setzen uns auf den Boden, ich zeichne im Kies mit dem Finger Linien, aus denen ein Haus entsteht. Der Junge malt auch ein Haus. Dann wischt er das Haus weg. Ich verstehe! Dann malt er Luftballons und lacht zum ersten Mal und erzählt; er hat sich ein kleines bisschen geöffnet. Vollbeladen geht es durch das Stadttor zurück. Die junge Frau ist tapfer, besonnen, bewundernswert. Immer wieder sagt sie, wie dankbar sie für die Hilfe von so vielen Menschen ist. Sie wiederholt in einer ständigen Schleife, dass sie heute den zweijährigen Geburtstag ihres Söhnchens feiern wollten. Ich verabschiede mich von ihnen und gehe ganz mitgenommen wieder zurück in meine Idylle. Zwei Tage danach bringe ich ein kleines Geschenk für den 2-Jährigen und ein paar T-Shirts für sie.

*

Frühmorgens in meiner Luxuswohnung: Vogelgezwitscher, Sonnenlicht flirrt durch die Birke, ich höre die Ziegen meckern, draußen auf der Wiese sind breite braune Spuren, Grün setzt sich hier und da auch schon wieder durch. In der Nacht scheint der zunehmende Halbmond ins Schlafzimmer, auf dem Balkon ziehe ich die frische Nachtluft durch meine Nase, ich schlafe wieder gut.

Am nächsten Tag schreibe ich alles auf, es wird ein längerer Bericht über die Ereignisse der letzten Tage, es ist eine Art, die Gewaltigkeit zu verarbeiten. Der Text umfasst Fakten, Gefühle, Eindrücke, Gedanken, Fragen. Ich schicke diesen Bericht an

Freunde und Bekannte, die sich nach mir und meinem Befinden erkundigt hatten, um sie teilnehmen zu lassen an meinem Erleben und meinem Zustand. Es tut gut.

*

Die meisten Bahnstrecken in der Eifel verlaufen in Fluss- und Bachtälern; Gleise, Brücken, querende Straßen sind vollkommen zerstört. Ich freue mich sehr, als nach einigen Monaten zumindest ein Teil der Zugstrecke von der Stadt aus instandgesetzt ist; ich will mich trauen, in die Eifel zu fahren. Auch wenn niemand bereit ist mitzukommen, um sich nicht dem Elend auszusetzen, begebe ich mich mit Zug und Schienenersatzverkehr zum kleinen Bahnhof, von wo aus ich unzählige Male zu Kloster Steinfeld gegangen bin. Der Bahnhof ist der schönste Bahnhof, den ich kenne: ein Bahngleis unmittelbar am Flüsschen gelegen, dahinter eine Wiese, ein kleines Bahnwärterhäuschen, eine Bahnschranke an der Straße, die bei Bedarf vom Bahnwärter heruntergelassen wird. Jetzt ist der Bahnhof zerstört, das Flüsschen plätschert weiterhin, ganz harmlos. Die paar Häuser hier unten im Tal sind verwüstet: Leere Fensterhöhlen gähnen im Untergeschoss, die Hälfte eines weggerissenen Balkons ist schon geflickt. Leute sitzen vor dem Gebäude, das wie ein Rohbau aussieht, und trinken Kaffee. Ich frage vorsichtig, ob ich sie ansprechen darf – vielleicht sind sie es leid, immer wieder von Spaziergängern mitleidig angeguckt und gefragt zu werden. Sie scheinen sich hingegen zu freuen und erzählen, dass sie das Erdgeschoss inzwischen trocken haben, sie warten auf Handwerker, auf Material für die Fenster, vor allem auf eine Heizung für den bevorstehenden Winter. All das ist zurzeit nicht zu haben, zu viele Menschen in den betroffenen Gebieten brauchen dringend genau das und warten genauso. Noch ist Sommer. Wird genug Material, werden genügend Handwerker bis zum Herbst und Winter zur

Verfügung stehen? Die Leute wirken erschöpft, gleichzeitig scheinen sie schon darin geübt, die Dinge zu nehmen wie sie sind. Ich gehe meinen geliebten Weg an kleinen Fachwerkhäusern entlang: Bei einigen von ihnen sehen die Erdgeschosse mitgenommen aus, sie stehen leer, andere Häuser etwas weiter oben am Hang haben mehr Glück gehabt. Das alte Mühlengebäude ist heil: Es scheint schnell renoviert worden zu sein, das Erdgeschoss ist frisch verputzt. Die hohe einstige Einzäunung mit Hecken ist durch einen Holzzaun ersetzt. Das Glockentürmchen thront wie ehedem keck auf dem Dach des prächtigen Gebäudes – "Heh, ich bin da, wir schaffen das!". Ich atme tief vor Erleichterung und Freude darüber, dass die Menschen nicht alles stehen und liegen lassen haben, sondern aufbauen, weitermachen, schön machen. Das Glöckchen schlägt die Stunde. So etwas wie Frieden ist da. Ich wandere meinen geliebten Weg durch das Seitental mit dem kleinen Bächlein hinauf; breite Schlammspuren auf den Wiesen zeugen von dem vor ein paar wenigen Monaten reißenden Strom. Dennoch empfinde ich auch hier Frieden: Natur, Vogelgezwitscher, Bäume, Büsche, Wiesenblumen. Ich komme an der Klostermauer an, gehe an ihr entlang, wie ich es so häufig getan habe: links von mir das hohe alte Gemäuer aus Bruchstein, rechts von mir der steil abfallende Hang mit den Buchen und dem Unterholz-freien Waldboden. Schreck: Vor mir versperren Steine den Weg, ein Teil der Klostermauer ist zusammengebrochen, wahrscheinlich erst vor kurzem, sonst wäre der Weg sicher abgesperrt worden. Ich bin bestürzt, kehre um, gehe langsam die andere Richtung an der Klostermauer entlang. Natur – zerstörerisch und friedlich zugleich. In der Taufkapelle der Klosterkirche singe ich wie üblich ein Marienlied für meine Mutter.

*

Im Herbst mache ich mit einer Freundin eine Wanderung in einer anderen Gegend in der Eifel. Dort war ich in der Vergangenheit nur selten. Es ist ein strahlender Tag, buntgefärbte Bäume, weite Blicke, ein anderes altes mittelalterliches Städtchen – neue Wege entdecken und gehen!

Es vergehen einige Wochen, ehe ich mich wieder an das Schreiben meines Buchs setze. Auch hier: Es geht weiter.

34

PILGERN

Im Herbst und Winter nach der *Jantur*-Tournee 2018 gönne ich mir ein paar Wochen Erholung: Natur, Blau, Grau, blasses Grün, helles Braun, schäumende Brandung – stundenlanges Laufen am Strand am Meer in Holland. Dunkelgrün, Weiß, Blau, Grau – aus dem Fenster schauen und Wandern im Schwarzwald in Schnee und Matsch, Bachrauschen, Tannenduft, in der Ferne die Alpenkette.

*

Wieder steht die Frage im Raum: "Mache ich mit Panji weiter?" Auf einer "Pilgerreise" in Ostjava im folgenden Sommer will ich an die Wurzeln meiner Java-Verbundenheit anknüpfen und erleben, ob überhaupt und welche Blüten sie noch hervorbringen. Mit Panji-Freunden besuche ich die Tempelstätten Kendalisodo, Jolotundo, Panataran, Selomangleng und Mirigambar. Ich begegne wieder Arjuna und Panji.

Im Candi Kendalisodo schlingt einer der Freunde ein weißes Tuch um Hüften und Beine, mit seinem mageren und zugleich athletischen Körper geht er mit großen Schritten auf den Terrassenbau zu, schreitet nach links und rechts, nimmt die Arme ausladend dazu, der Oberkörper dehnt und windet sich wie eine Schlange. Töne kommen aus seinem Mund, *ooohhhm, aaaaah, uummm,* er schreitet mit schnellen Schritten auf die nächste Terrasse, sich nach rechts und nach links wendend, seinen Körper vor den Reliefs beugend, in schneller werdenden Bewegungen, seine Hände weisen zu den in Stein gemeißelten Bildern der Panji-Geschichte. Seine zunehmend zittrigen Bewegungen wirken verstört, dann wieder fließen sie vom Relief rechts zum Relief links und zurück. Er schreitet schnell durch die mittige Treppe hinab auf den sandigen Vorplatz und bewegt sich mit geneigtem Oberkörper zur Mauer, die die Einsiedlerhöhle abschließt. Seine Hände falten sich zur Ehrerbietung, er zittert, leise Laute ertönen. Er kniet vor der Öffnung in der Mitte der Mauer. Stille. Er hat ein Ritual in Bewegung vollzogen. Ich erinnere mich an Prapto: Ritual in Bewegung, oder Bewegung in Ritual. Ich erzähle davon. "Ich habe bei Prapto gelernt," sagt der Ritual-Beweger!

Für den Abstieg vom Kendalisodo wählen wir einen steilen sandigen Weg, meine Knie werden weich, ich rutsche mehrfach aus, auf dem Hosenboden sitzend lasse ich mich einige Male hinabgleiten. Wir kommen heil unten am Candi Jolotundo an. Ein Photo zeigt mich, wie ich in einem *warung* auf einer Bank mehr hänge als sitze, vollkommen erschöpft, aber glücklich, mit gelöstem Gesicht. Mein schwarz-weiß-gemustertes, locker hängendes und luftiges Hemd, das ich jahrelang bei meinen Besuchen von Candi Kendalisodo getragen habe, ist bei meinen Ausrutschern mehrfach gerissen. Ich habe es am nächsten Tag auseinandergeschnitten und in den Müllkorb gesteckt, ein paar Stoffteile habe ich aufbewahrt. Ein Abschied. Es gibt viele Photos über die Jahre hinweg, die mich mit diesem Hemd zeigen: am Candi Kendalisodo, am Borobudur, im Candi Panataran, vor der Panji-Figur, immer glücklich aussehend.

*

Die Pilgerreise führt weiter zum Candi Panataran, Mas Bondan ist wie immer für mich bereit. Wir gehen zum soundsovielten Mal zusammen durch die Anlage, er berührt hier ein Relief, dort eine Skulptur. Wir sitzen auf einer Bank im Schatten, trinken schwarzen Kaffee. Ich bade abends im heiligen Wasserbecken.

Mit Freunden aus Blitar fahre ich im klapprigen blauen VW-Bulli nach Tulungagung. Hier will ich nach vielen Jahren wieder die Meditationshöhle Selomangleng mit der Arjuna-

Geschichte besuchen. Unterwegs machen wir Halt beim Museum in Tulungagung: Skulpturen und Fragmente, Relief-Panelen und -Fragmente, Grimassen-Köpfe von Dämonen stehen verteilt auf Regalen und auf dem Boden. In einer Ecke stehen *yoni*-Skulpturen – die sockelförmigen Gebilde, die das Geschlechtsteil der Göttin Shakti darstellen. Eine ordnende Hand scheint tätig gewesen zu sein und das frühere Durcheinander von Figuren thematisch sortiert zu haben. Ein Photo zeigt mich auf dem Boden neben einem großen Dämonenkopf sitzend, ich schreibe in eine Kladde. Bei allen Besuchen von Tempeln habe ich eine Kladde, die ich – auf dem Boden, auf einem Steinsockel oder einer Bank sitzend – mit Notizen, Beschreibungen und Skizzen gefüllt habe, dazu Datum, Ort, Uhrzeit, Namen von Hotels, Dauer und Preise für Fahrten zwischen weit entfernten Orten, Namen von Freunden und von getroffenen Menschen, Stimmung, Ideen. Meine erste Kladde ist von 1993; heute stehen neun Kladden im Regal. Ich habe die Seiten sehr eng beschrieben. Es sind schöne Hefte: mit kartoniertem Einband in gelb, in schwarz, in dunkelrot, in grünem Batikmuster, in grau, sie sind mir kostbar. Darin stehen auch Einträge wie "Ich bin glücklich", "Geht es mit Panji weiter?", "Es geht weiter mit Panji". Bei späteren Reisen haben mir etliche Einträge wertvolle Informationen geliefert.

Hier vor dem Dämonenkopf halte ich die zehnte Kladde auf dem Schoß. Kladde Nummer 11 ist inzwischen zur Hälfte gefüllt und liegt zuhause neben meinem Schreibtisch auf einem Stapel von Mappen und Papieren zu Java-Reisen der letzten Jahre.

*

Wir fahren in Richtung Goa Selomangleng. Am Dorfrand steigen wir aus dem Bulli aus. Der Fußweg führt durch den Bambuswald, der Wind raschelt, sonnige heiße Abschnitte wechseln mit Schatten ab. Dann sind wir da: die große freie Fläche und hinten links der gewaltige Fels mit der daraus geschlagenen Höhle. Wiedererkennende Freude und Ehrfurcht überkommen mich. Wir hocken uns am Rande des Platzes in den Schatten unter Büschen und schauen. Wir alle sind von Ruhe erfüllt. Eine junge Frau mit Kind kommt vom Bambuswaldweg, sie gehen auf die Höhle zu. Die Frau hat nach islamischer Sitte ein *jilbab*-Kopftuch an, sie legt ein kleines Bananenblatt-Stück mit Blüten und einem Räucherstäbchen auf den Rand der Höhle, neigt kurz ihren Kopf, dann gehen die beiden wieder. Der Ort wird als heilig gewürdigt.

Ich will mich zur Höhle begeben und bitte meine Freunde darum, mich als Erste gehen zu lassen. Ich muss mich ein bisschen hochstemmen, um in die etwa einen halben Meter vom Boden sich öffnende Höhle zu steigen, die Sandalen lasse ich unten stehen. In hockender Stellung überfliegen meine Augen die Reliefs, die ich auswendig kenne und die doch wieder ganz neu wirken: die vom Himmel herabsteigenden Himmelsnymphen, den meditierenden Arjuna, die ihn testenden verführerischen Schönen, Gott Indra mit der Botschaft und der Lehre der Durchdringung der Weisheit, die Himmelsnymphen im Götterhimmel. Ich hocke mich vor das Relief, das den Lehrer und den Schüler zeigt, tiefe innere Ruhe, Versenkung, vor 1000 Jahren in Stein geschlagene Weisheit, öffnend. Sauber ist die ganze Höhle, die Reliefs sind klar und gereinigt, Räucherstäbchen-Duft hängt in der Luft, kein Gestank von Fledermäusen wie damals beim allerersten Besuch. Ich lasse Klänge aus meinem Mund ertönen, was ich noch nie gemacht habe. Ein zarter Nachhall. In der linken hinteren Ecke wird der Nachhall kräftiger und voller, runder. Die Freunde kommen nach und nach und betreten die Höhle, auch Kh. produziert mit seinem *Ohhhmm* den vollen und runden Klang. Einer der Freunde photographiert Details in den Reliefs, die ich noch nie wahrgenommen habe, kleine Tierdarstellungen, kleine Pflanzen. Wir berühren die Steine und erzählen uns, was wir sehen und erkennen. Nach einer Weile sammeln wir uns wieder draußen im Schatten. Ich erzähle meine Geschichte, die mich mit Selomangleng verbindet, von meinem allerersten Besuch mit meinem deutschen Freund vor 28 Jahren, über das Lernen und Lesen des altjavanischen Epos *Arjunawiwaha* während meiner Zeit in Yogya, meine Forschung mit wiederkehrenden Besuchen von Selomangleng mit A., den meine Begleiter auch kennen. Wir sprechen über die wesentlichen Episoden und die Essenz des *Arjunawiwaha*, alle äußern ihre Gedanken dazu, fragen, stellen Überlegungen an, wir diskutieren. Später posten die Freunde Photos von dieser Begegnung auf Facebook und schreiben über unsere gemeinsame Erfahrung, sie hat bei uns allen Nachklang. Auf den Photos sieht mein Gesicht sanft und gelöst aus.

Wir fahren zum Candi Mirigambar, er steht ganz kahl da: Der Waringin-Baum, dessen große Krone vor ein paar Monaten nach einem heftigen Sturm auf das Gebäude gefallen war, ist abtransportiert und hat den schützenden Schatten mitgenommen. Wir treffen den *juru kunci*, er erzählt, die Freunde erzählen, es geht um die Spaltung der lokalen Gemeinschaft, die sich um den Erhalt der Ruine kümmert und dazu auch Panji-Projekte durchführt: Die einen lassen sich von finanzierten Programmen verführen, die ihnen von offizieller Stelle vorgegeben werden, die anderen bleiben bei ihren selbstinitiierten und -finanzierten Projekten mit Schulklassen und Dorfbewohnern. Geld gegen Selbstinitiative, das Übliche! Die gefährlich schiefen Außenwände des Baus lassen weiterhin Angst aufkommen, dass sie auseinanderbrechen.

35

MERCURY

Die Pilgerreise in Ostjava hinterlässt Ruhe, Intensität, Verbundenheit mit den Orten und mit den Freunden, Verbundenheit mit den alten Geschichten und Weisheiten. Auch wenn zunächst keine neuen Blüten entstanden sind: Die Wurzeln bleiben da. Damit ausgestattet fahre ich nach Yogyakarta. Die Stadt ist seit meinem Studium eine wichtige Anlaufstelle geblieben. Ein Freundesnetzwerk hat sich gehalten, neue Verbindungen sind hinzugekommen. Wenn irgend möglich, besuche ich den *kraton*, ich sehe und höre einer Vorführung von Gamelan, Tanz oder Schattenspiel zu; wie beim allerersten Mal bin ich verzaubert. Auch wenn die Stadt sehr unruhig geworden ist vom starken Auto- und Mopedverkehr, von intensiver Bebauung, von trendy-Geschäften und Malls, von lauter und hipper Kultur, fühle ich mich weiterhin wohl.

Ich quartiere mich in meinem langjährigen Stammplatz, dem einfachen kleinen Guesthouse Mercury, ein, eine Oase im städtischen und touristischen Trubel. Der Charme dieses Ortes liegt vor allem im traditionell-javanischen Vorderhaus. Auf der Terrasse stehen nebeneinander verteilt drei runde Tische mit Marmorplatten; wuchtige hölzerne Stühle laden zum gemütlichen Sitzen ein. Es gibt viele Photos von mir, die mich an einem der Tische mit Laptop und Papierstapeln zeigen: Ich schreibe Texte, schreibe emails, sehe meine Photos durch, mache Planungen. Von der Terrasse aus öffnen sich nach hinten große hölzerne Flügeltüren, die zum Innenraum mit den zwei Holzfiguren Loro Blonyo führen. Die weibliche Figur hat den Namen Sri, die männliche Sadono. Auf einem erhöhten Podest steht ein großes Bett mit rotem Stoffbaldachin, ein kostbares Batiktuch als Überwurf: Es ist das Zeremonialbett, das in keinem adligen Anwesen fehlt, sei der Adel innerhalb der weitverzweigten Nachkommenschaft der Sultansfamilie auch noch so unbedeutend. Die beiden Figuren sind Inkarnationen der Göttin Sri und des Gottes Wishnu, sie symbolisieren Fruchtbarkeit und Gleichgewicht von Weiblichem und Männlichem. Sekartaji und Panji ihrerseits gelten als Erscheinungsformen von Sri und Sadono. Panji ist überall. Neben niedrigen Tischchen liegen Kissen mit glänzendem roten Seidenbezug; hier setze oder lege ich mich gerne hin und atme die feierliche Atmosphäre. Das Rauminnere ist immer kühl, auch bei schwül-heißem Wetter.

Manches Mal sitze ich auf der Terrasse und warte. Irgendwann biegt das Moped auf den Vorplatz ein, A. steigt ab, hängt seinen Helm über den Rückspiegel und kommt etwas erschöpft zur Terrasse. Er ist von seinem etwa 20 Kilometer entfernt liegenden Dorf über die vielbefahrene Landstraße und die überfüllten Straßen von Yogya gefahren. Als erstes besorge ich einen Kaffee. Manchmal kommen Freunde hinzu, wir essen im Bamboo-Restaurant gegenüber: das *Mie Goreng* ist unschlagbar. Hier gibt es Bier, selbst in jüngeren Zeiten, wo Bier in der Öffentlichkeit rar geworden ist. Wir werden beratschlagen, ob und was wir in den kommenden Tagen gemeinsam unternehmen werden.

Hinter den Vordergebäuden des Guesthouse öffnet sich ein hübscher Garten, gerahmt von zwei Gebäudeflügeln. Auf der ersten Etage am äußersten Rand des linken Flügels ist mein Lieblingszimmer, *kamar* 16: Mit seinem nach Osten gerichteten Fenster ist es angenehm luftig. Der Blick geht auf die Gartenanlage mit dem Tümpel, in dem wie eine kleine Insel ein Podest eingelassen ist, darauf ein Tischchen und zwei Stühle; hier sitze ich manches Mal und schaue vor mich hin und höre dem Fröschequaken zu. Die Zimmer sind nicht sonderlich gepflegt, was mir einerseits immer wieder ein Ärgernis ist, aber auch einen gewissen Charme hat. Jedes Mal frage ich nach Toilettenpapier und Seife; gelegentlich bitte ich darum, das Waschbecken sauber zu machen; das Wasser aus dem Duschkopf spritzt unkontrolliert heraus, das warme Wasser funktioniert oft nicht und wenn es funktioniert, dann kommt es kochend heiß heraus und lässt sich nur sehr schlecht mit kaltem Wasser regulieren. Es wird dann jedes Mal aufs Neue repariert. Trotzdem: Ich fühle ich mich wohl hier; nachts quaken die Frösche.

Die kleine Straße ist nicht mehr so ruhig wie vor Jahren, ein paar größere Hotels sind gebaut worden, die Zahl an Autos und Bussen hat zugenommen und sie verstopfen oft die enge Straße. Ein traditioneller Markt liegt 100 Meter entfernt an der Straßenecke. Außerhalb des Marktes sind kleine Geschäfte, vollgestopft mit Artikeln für den Gebrauch des täglichen Lebens wie Waschmittel, Zigaretten, den Päckchen mit Fertigsuppen Indomie, Schwämmen, Tee, Kaffeepäckchen *Kapal Api*, gelbe *Sun-Silk*-Flaschen. Auf dem Boden am Straßenrand hocken Händler und Händlerinnen mit Gemüse und Gewürzen. Im überdachten Markt ist ein zunächst unüberschaubares Gewusel von Menschen vor und hinter den Ständen. Enge Gänge führen durch die Abteilungen mit Gemüse und Gewürzen und Obst, je nach Saison mit der Haarfrucht Rambutan oder mit den saftigen Manggo- oder Papaya-Früchten, mit Bergen von Reis, mit gerupften Hühnern, rohem Fleisch, Fisch – alles ohne Kühlanlagen –, in anderen Gängen gibt es Kleidung und Stoffe aus Batik und Synthetik. Es wird gefeilscht und gelacht. Ich kaufe meist bloß ein paar Bananen oder anderes Obst; wenn ich gegen Ende der Reise hier bin, decke ich mich mit *Kapal Api* und *Sun-Silk* ein. Ich gehe gerne durch die Gänge, erwidere hier und da eine Begrüßung, erhasche einige befremdete Blicke, auch freundliche und wohlwollende, vor allem dann, wenn ich etwas sage und

Indonesisch spreche. Ich liebe diesen Markt und er gibt mir das Gefühl, etwas vom alltäglichen javanischen Leben mitzubekommen. Vor meinem letzten Besuch in Yogyakarta war ich vorgewarnt worden: Der Markt sei abgerissen, es sei geplant, hier ein modernes mehrstöckiges Marktgebäude zu errichten. Ich habe fast geweint, als ich davon hörte. Es war gräßlich, dann tatsächlich das weitflächige tief ausgehobene Loch zu sehen, wie eine große Wunde. Bis spät in die Nacht hinein, im Dunkeln mit Flutlicht, bohrten Maschinen Löcher für die Fundament-Pfosten tief in den Boden. Zum Glück wurden die Arbeiten nur an zwei Tagen meines Aufenthaltes durchgeführt, und die Lage meines Zimmers Nummer 16 dämpfte den Lärm.

*

Im Mercury kenne ich die meisten Angestellten, beim Wiedersehen plaudern und erzählen wir, lachen, sind sofort miteinander vertraut. Das Guesthouse habe ich nie voll ausgebucht erlebt, die Gäste hier suchen Ruhe und eine billige Unterkunft, für busy-Touristen nicht attraktiv. Die meisten dieser Stammgäste lieben so wie ich den einfachen Charme der javanischen Anlage. Es ergeben sich nette Kontakte mit anderen Gästen. Ein ganz besonderes Erlebnis war, als ich mit meinem Laptop auf der Veranda saß und mich ein am Nachbartisch sitzender australischer Gast nach einer Weile fragte: "*Are you a European scholar?*" "*Yes.*" "*Are you German?*" "*Yes.*" "*Are you Lydia Kieven?*" - "*Yes*". Er hatte eine Kopie meines Buches über die *cap-figures* neben sich liegen. Der Australier und ich haben einen gemeinsamen Bekannten, einen "Panji-Freund" in Bali: Made Wijaya. Made hat ihm die Kopie gegeben und gesagt, er müsse unbedingt Lydia Kieven kennenlernen. R., der Australier, ist selber mit Panji beschäftigt, sammelt seit Jahren *wayang-beber*-Rollen mit den Malereien von Panji-

284

Geschichten. Es sind die alten sieben Meter langen papierartigen Rollen, die von einem Sprecher mit kleiner Gamelan-Begleitung aufgeführt werden; Suryo hatte sie in seinem Workshop beim Panji-Festival 2007 aufleben lassen. *wayang beber* war weiterhin lange in Vergessenheit; seit kurzem geschieht eine enorme Wiederbelebung. R. und ich reden intensiv über Panji und die vielen Facetten und insbesondere über *wayang beber*, wir sind zwei Leute mit der gleichen "*passion*" für dieses Thema. Wir haben bis heute Kontakt und tauschen uns über neue Projekte und Ideen aus; wir treffen uns bei zeitlichen Überschneidungen in Yogya.

Unser gemeinsamer Freund in Bali, Made Wijaya, ein Australier, der Balinese wurde, ist eine besondere Persönlichkeit: offen, kreativ, ein bunter Hund in der Künstlerszene Balis, Gartenarchitekt, Photograph und Filmemacher bei balinesischen Zeremonien, gastfreundlich und offen. Sein Haus in Sanur in Bali ist eine Oase mit verstreut liegenden Bauten in einem Garten, mit Pool, Pflanzen, Bäumen, verschlungenen Wegen, Sitzgelegenheiten hier und dort, den schattenspendenden kleinen offenen Gebäuden *pendopo*, Götter- und Dämonenfiguren überall. Wir beide haben auch eine gemeinsame *passion* – "Majapahit", das große alte Königreich in Java, zu dessen Zeit Panji blühte, und das in Bali in Religion, Tradition und Kunst weiterlebt. Adrian Vickers hatte uns miteinander bekannt gemacht. Das internationale Netz! Oft habe ich Made besucht und bei ihm übernachtet, jedes Mal von seiner Großzügigkeit überwältigt. Er ist viel zu früh gestorben, ein großer Verlust für viele Menschen!

36

FLÜSSE

Ich hatte mich bei A. gemeldet, als ich in Yogya im Guesthouse Mercury war. Er wollte am nächsten Tag kommen. Es wurde dann der übernächste Tag und viele Stunden später als angekündigt. Ich war gespannt auf dieses erste Treffen nach unserer schwierigen Zeit während der Tournee in Europa. Ich saß wie gewöhnlich auf der Veranda an dem großen Tisch mit der runden Marmorplatte in der rechten Ecke. Er kam wie gewöhnlich mit seinem Moped an, wie gewöhnlich lachte er, wie gewöhnlich begrüßten wir uns herzlich, alles war wie gewöhnlich, entspannt. Wir saßen gemeinsam am Tisch, ich besorgte wie gewöhnlich Kaffee und später Bier vom gegenüberliegenden Restaurant, wir tranken und prosteten uns zu und lachten. Ungezählte Male haben wir hier an diesem Tisch gesessen und geredet und gelacht. Wir erzählten ein bisschen über dieses und jenes, und irgendwann begannen wir, über unsere Zeit in Europa zu sprechen und dass es schwierig war. Wir stiegen nicht tiefer ein, er schlug vor, dass wir uns an einem anderen Ort Zeit nehmen sollten, um uns in Ruhe und entspannt damit auseinanderzusetzen. Ich hatte schon selbst die gleiche Idee gehabt und freute mich über seinen Vorschlag. Wir planten, uns bei einer Zeremonie in einem Dorf zu treffen, wo er eine Panji-Vorführung geben würde. Von dort war es nicht weit bis zu einer ruhigen Unterkunft in der Nähe des Borobudur am Zusammenfluss zweier Flüsse in einem weiten Garten, dort würden wir zwei Zimmer buchen.

Wir treffen uns bei einem befreundeten Pastor, mit dem A. schon lange zusammenarbeitet und den ich auch kenne und schätze. Er wird die Zeremonie in dem Dorf leiten. Die beiden fahren voraus, ich werde später auf einem Moped dorthin begleitet. Eine Reihe von Javanern und Javanerinnen stehen

Spalier und begrüßen mich, mit einer kleinen Verbeugung reichen wir einander die Hände und legen sie umeinander. Fünfzig bis sechzig Stühle sind in Reihen aufgestellt. Ich werde eingeladen, in der ersten Reihe vor der Bühne Platz zu nehmen. Im Hintergrund sind eine Schattenspiel-Leinwand und ein Gamelan-Orchester aufgebaut, vorne steht ein Altar. Das Stimmengemurmel im Publikum ebbt nach einiger Zeit ab, als ein Mann auf die Bühne tritt und auf Javanisch eine Rede hält. Ich frage meine Sitznachbarin, mit der ich ins Gespräch gekommen bin, was der Mann sagt: Sie erklärt mir, dass er einen Dank gesprochen hat an eine Familie im Dorf, die sich um die Genesung eines Dorfmitglieds bei dessen schwerer Krankheit gekümmert habe; der Genesene wolle das mit der gesamten Dorfgemeinschaft feiern. Der Mann spricht nun ein Gebet nach islamischem Brauch. Die Menschen im Publikum antworten gemeinsam.

Eine junge Westlerin und ein junger Javaner erscheinen auf der Bühne, beide in traditionellem javanischen Tanzkostüm; sie bewegen sich zur Gamelanmusik in einer offensichtlich improvisierten Choreographie, anmutig und weich, sie tragen Masken. Sie sind Sekartaji und Panji. Nach der kurzen Tanzeinlage tritt der Pastor auf die Bühne. Er trägt einen, der katholischen Liturgie entsprechenden Talar, steht hinter dem Altar und zelebriert eine christliche Dankesvesper. Er segnet die Teilnehmenden, er segnet den Geheilten, der auf die Bühne getreten ist und besprenkelt ihn mit Wasser. Er hält eine kurze Predigt, spricht von dem guten Miteinander des Dorfes, nennt die Namen einiger Anwesenden, nennt die Namen der Tänzer und den Namen der Gamelangruppe, nennt auch meinen Namen. A. kommt auf die Bühne, er sitzt und hält eine der mir vertrauten Puppen aus dem *Panji-Jantur*-Spiel, er bewegt Körper und Arme der Puppe, spricht und singt. Ein Dialog entsteht zwischen dem Spieler und der Puppe und bezieht dann auch den Pastor mit ein. Der Pastor setzt sich mit auf den Boden: Javanische Tradition in Transformation trifft auf katholische javanische Liturgie, auf einer gemeinsamen Ebene ohne Grenze oder Trennung. Ich verstehe das Anliegen des Pastors: Egal mit welchem Hintergrund, welcher Bildung, egal ob aus Stadt oder Dorf, aus welchem Land, mit welcher Religion, wir alle sind in Gemeinschaft. A. spricht über sein Spiel und erzählt, dass er in Europa war und ich dies ermöglicht habe, er schaut zu mir und sagt das voller Anerkennung. Die ganze Situation berührt mich, vor allem auch, weil ich ein Teil davon bin. Der Pastor lädt mich auf die Bühne ein und bittet mich, ein paar Worte über mich zu erzählen und was ich mit Java zu tun habe. Ich spreche zunächst stockend wenige Sätze, und dann fließt es. Ich sage, dass diese Zeremonie mit ihrer Gemeinsamkeit und der Verbundenheit zwischen den verschiedenen Menschen und Hintergründen für mich sehr bedeutsam ist, und dass ich es sehr würdige, dass sie mich hier willkommen heißen und in die Gemeinschaft aufnehmen. Ich erwähne meine Mutter, die katholischen Glaubens war und nie verstanden hat, was ich mit Java zu tun habe. Sie wäre glücklich darüber gewesen, diese Situation der Gemeinsamkeit der Religionen und des Miteinanders zu erleben. Mir kommen die Tränen.

Das Buffet wird eröffnet, der wichtigste Teil einer jeden Veranstaltung. Leckere Speisen sind aufgebaut. Jeder nimmt sich sein Päckchen und mümmelt still vor sich hin. Dann wird erzählt und es wird lebhaft. Das Gamelan-Orchester beginnt wieder zu spielen, es leitet das bald einsetzende Schattentheater ein. Ich spreche hier und dort mit Leuten, auch mit der deutschen Tänzerin, die in der Nähe des Borobudur lebt und dort gemeinsam mit ihrem Freund, dem Tänzer, eine

Schule für javanischen Tanz betreibt. A. und ich verständigen uns darauf, dass wir das Fest bald verlassen werden, wir werden nicht der bis in die frühen Morgenstunden dauernden *wayang*-Vorführung beiwohnen. Wir verabschieden uns, vor allem sehr herzlich beim Pastor.

Wir fahren zu der Unterkunft am Zusammenfluss der Flüsse Elo und Progo, hier liegen einfache kleine Gebäude auf einem weiten Gelände verstreut. Der Besitzer, ein Künstler, führt uns durch die Anlage, das Rauschen der Flussmündung ist zu hören. Es ist dunkel, frische kühle Luft, Wind weht – ein Platz der Ruhe und Offenheit. An diesem Abend und am nächsten Tag sprechen A. und ich viel, schweigen, verstehen uns nicht, lachen, werden böse, teilen unsere Gedanken und Gefühle, sind verärgert, verstehen uns wieder, lachen wieder. Es überwiegt das Gefühl, uns gegenseitig so zu lassen und anzunehmen wie wir sind, und miteinander darüber lachen zu können. Wieder einmal *"nerima"* – "annehmen!", die javanische Weisheit, ganz einfach, für mich als Deutsche immer noch schwierig. Gemeinsam lachen und entspannt zusammensitzen, ganz einfach – das ist Java.

*

Freunden in Deutschland habe ich schon während der Tournee und umso mehr danach von den vielen Haken und Enttäuschungen erzählt. Ich habe vieles von meinen Verbindungen mit Java und meinen dortigen Freunden dargelegt, was ich vorher nie offenbart hatte. Ich machte die Tür zwischen Java und Deutschland ein Stück weiter auf. Ähnlich war es nach dem Tod Suryos gewesen; ähnlich auch nach meinen Kränkungen und Enttäuschungen durch das Beiseitegelassenwerden von den neuen Panji-Entwicklungen. Die lange bestandene Kluft zwischen den beiden Welten hat sich immer dann ein weiteres Stück aufgelöst, wenn ich tiefgreifende persönliche und vor allem schmerzliche Erfahrungen machte. Dann konnte ich auch leichter von meinen vielen Hochgefühlen aus den langen Jahren der Java-Verbundenheit erzählen. Ich habe in Deutschland und insbesondere in meiner Stadt Kontakte mit Indonesien-verbundenen Menschen intensiviert, oder sie haben sich von selber stärker entwickelt. Die Zerrissenheiten sind geglättet. Deutschland bleibt meine Basis; Java bleibt mein ... ich weiß es nicht in Worten auszudrücken.

*

Auf meiner Fensterbank stehen zwei kleine Blumentöpfe mit Pflanzen, deren Blätter leicht gezackt sind, ähnlich wie Eichen-blätter. Es ist *daun dewa*, das "Blatt Gottes". Vor vielen Jahren nahm ich in Yogya an einem *pranayama*-Atemübungs-Seminar teil. In einem Kreis waren Töpfe mit Pflanzen aufgestellt, wir wurden aufgefordert, uns nach und nach vor jeden der Töpfe zu setzen, zu atmen und zu spüren, ob wir etwas Besonderes empfinden. Eine der Pflanzen fühlte sich für mich ganz warm und wohltuend an. Der Leiter sagt später: "Das ist *daun dewa*, die ist gut bei körperlichen Problemen mit dem Bauch. Sie ist heilsam." Als ich später irgendwann im Kräutergarten des PPLH spaziere, entdecke ich eine der Heilpflanzen *daun dewa*. Ich grabe ein Pflänzchen mit kleiner Wurzelknolle aus und bringe sie nach Deutschland. Ich sitze oft mit einem Tee am Fenster und lasse *daun dewa* auf meinen Bauch wirken. Viel-leicht hat es meinem Bauch geholfen und hilft weiter. Im Herbst wird die Pflanze welk, sie scheint abgestorben; sie kommt wie-der im Laufe des Winters! Java ist seit etwa 20 Jahren auf mei-ner deutschen Fensterbank lebendig.

37

WIEDERSEHEN

Ich fliege nach Sydney. 10 Jahre ist es her, dass ich an der Sydney University den Doktorhut aufsetzte. Seitdem bin ich nicht mehr dort gewesen. Ich freue mich darauf, alte Freunde und alte Plätze zu besuchen. In Sydney wohne ich bei einer Gamelan-Freundin, sie nimmt mich herzlich auf. Ich spaziere zum Haus, in dem ich mit meiner Gamelan-Freundin P. mein glücklichstes Jahr in Sydney verbracht habe. Im kleinen hübschen Vorgarten meine ich, einige der alten Pflanzen wiederzuerkennen, die P. gepflanzt hatte. Sie ist nach Brisbane gezogen, jetzt wohnen neue Mieter hier. Ich fahre zum Universitätscampus. Ein Kribbeln entsteht in meinem Bauch, ich bin freudig gespannt, die alten Gebäude zu sehen, zu meinen Lieblingsplätzen zu gehen, mich hier und dort umzusehen und hinzusetzen. Erinnerungen an schwierige Zeiten und an stolze Zeiten steigen auf. Ich bin im Quad, an der Tür zum Raum mit den Arbeitsplätzen für die PhD-Kandidaten, im *Dean's Garden* mit den üppig blühenden Sträuchern und der Bronzefigur des tanzenden Merkur, in der weiten Anlage der modernen Uni-Gebäude. Ich trinke einen Kaffee in der nahegelegenen Glebe Point Road in einem meiner seinerzeitigen Lieblingscafés, dem Sappho, und schreibe in mein Tagebuch. Alles fühlt sich gut an.

Am folgenden Tag fahre ich nach Wollongong, dort, wo vor 13 Jahren meine Australienzeit begann. Ich habe mich mit einer Freundin von damals verabredet. Vor dem Treffen begebe ich mich ans Meer, die Gefühle von damals steigen hoch: die Freude über das erste Erleben der Weite des Pazifik, das Bewusstsein, weit entfernt von Deutschland und von Java zu sein, die Offenheit und Neugierde, und gleichzeitig das Bewusstsein des Auf-Mich-Gestellt-Seins, des Alleineseins und auch das

Gefühl von Einsamsein. Ich war so mutig damals. "Woher hatte ich diesen Mut? Mit 50 Jahren?" Ich muss über mich selber anerkennend lachen. Ich habe viele Schwierigkeiten und schwere Phasen durchgemacht, habe durchgehalten, habe Unterstützung bekommen von Menschen in Wollongong und Sydney, aus Java, von zuhause in Deutschland. Das Bestreben und der Wille, meine Forschung zu Ende zu bringen, an der ich jahrelang gesessen und sie immer wieder unterbrochen hatte, ist mein Motor gewesen. Meine *"passion"* ist nicht von meinem Kopf gesteuert, sondern sie ist in mir.

Meine Wollongong-Freundin, die damals auch an ihrer Dissertation arbeitete, holt mich mit dem Auto an einer verabredeten Stelle am Meer ab, sie fährt mit mir durch das Uni-Campus-Gelände. Einige Teile der Anlage sind verändert, ich erkenne noch das Konzept der in die Natur integrierten Bauten, es kommen Erinnerungen an die Menschen, mit denen ich hier zu tun hatte, die anderen Doktoranden, meine Treffen mit meinen beiden Supervisors, mein Verliebtsein in einen meiner Kollegen. Sie lädt mich zu sich nachhause ein, ein großes Haus mit weitem Garten; sie hat einen neuen Freund, ihre Söhne sind erwachsen geworden; sie hat eine Position an einer Universität in Sydney, sie ist gesettlet. Ihr Freund empfängt mich herzlich, es gibt ein leckeres üppiges Dinner und natürlich Drinks. Wir erzählen entspannt. Ich übernachte bei ihnen, es ist alles selbstverständlich. Ich hatte vorher ein wenig befürchtet, wir würden uns fremd sein nach 10 Jahren, in der Zeit nach Wollongong hatten wir nicht viel Kontakt. Aber die Nähe, die sich seinerzeit entwickelt hatte, ist geblieben.

Am nächsten Tag bringt mich meine Freundin noch einmal zum Meer. Sie weiß, dass ich es liebe. Ich wandere am Strand herum, mit den Füßen durch das kühle Wasser. Später nehme ich einen Bus zu D., die mir seinerzeit die erste Wohnung vermietet hatte und in einem Ortsteil im Norden von Wollongong lebt. Hier sind ruhige Straßen mit Einfamilienhäusern in großen Gärten, viele farbig gestrichene Holzhäuser, in der Ferne ist das Meer zu sehen. Auch hier werde ich herzlich begrüßt von D. und ihrem Partner. Sie haben Mittagessen für mich vorbereitet. Wir erzählen über das Leben und wie es uns ergangen ist, wie es uns jetzt geht. Es ist alles leicht. Nachmittags fahre ich nach Sydney zurück.

Ich besuche weitere Orte in Sydney, die mir lieb waren: Ich spaziere am Circular Quai, lasse mich vor unterschiedlichen Hintergründen fotografieren: Opera, Harbour Bridge, Fähren. Mit der Fähre fahre ich nach Bondi Beach, hier ist es überfüllt, ich laufe zu Fuß oberhalb der Klippen bis Rose Bay, wo ich in ein Café einkehre, das ich seinerzeit sehr liebte: ein edles Interieur mit Blick auf die Bucht. Mit der Fähre fahre ich zurück. Ein Photo zeigt mich mit im Wind wehenden Haaren auf der Fähre stehend, die City von Sydney weit im Hintergrund, mit fröhlichem Gesicht. Die Fähren, mit ihrem blassgelb-grünen Anstrich, ein bisschen abgeblättert, habe ich immer geliebt.

Ich bin mit Adrian, meinem Supervisor und Panji-Begleiter, und einer Kollegin, die zu Bali geforscht hat, verabredet. Wir gehen gemeinsam mit ihren zwei kleinen Söhnen zu einem auf der Höhe gelegenen Café mit Blick auf das Wasser und in weiter Entfernung auf die City. Wir erzählen von Indonesien, von Java, von Bali, von Kollegen. Heiter, hell. Egal, ob wir uns in Java oder in Europa oder hier treffen, die Verbindung ist selbstverständlich. Das ist es, was ich an den internationalen Kontakten der akademischen Szene liebe: Uns verbindet das Forschungsinteresse, die Themen, die Liebe zu Indonesien, mit ihren vielen Facetten, wir ergänzen uns, tauschen uns aus, lernen voneinander, erfahren Neues, hören von anderen Kollegen. Mit Adrian bin ich seit langem schon auf einer gemeinsamen Ebene gelandet, er ist nicht mehr der Doktorvater, der mich berät und mich auf der Spur hält; wir sind uns ebenbürtig. Mein anderer Doktorvater ist zu der Zeit leider nicht da, er hält sich in den Niederlanden auf, forscht dort in den Bibliotheken; auch mit ihm fühle ich mich ebenbürtig.

Auch die Gamelangruppe besuche ich an einem ihrer Probenabende und spiele mit; alles ist wie selbstverständlich. Der *Postgraduate*-Kollege und Freund aus Wollongong kommt nach Sydney und verbringt einen Nachmittag und Abend mit mir. Er hat sich ein regelrechtes Programm ausgedacht: Wir fahren in die Nähe des großen Export-Hafens mit Blick auf Felsenküste und Felsnasen von La Perouse; wir spazieren, erzählen, gucken, erinnern uns an die damalige Zeit, erinnern uns an seinen Besuch in Köln vor Jahren, sprechen über unser derzeitiges Leben, über unsere Perspektiven, Beziehungen, Familie. Wir wissen vieles übereinander und können ganz leicht anknüpfen, die jahrelange Pause ist nicht zu spüren. Er bietet mir an, zur Sydney University zu fahren, ich nehme es gerne an. Es ist früher Abend und schon dunkel. Er lässt mich ein paar Schritte vorangehen, alleine nähere ich mich dem Quadrangle. Ein Klang beginnt, Glockenschläge, der *carillon* spielt. Gänsehaut. Es ist 18 Uhr. Leichte Glockenklänge zaubern eine zarte Melodie hervor. Ob es immer noch die ältere Dame ist, die seinerzeit den *carillon* spielte? Ich gehe ein paar Schritte durch die kreuzgangartigen Arkaden. Dies war ein wunderbares Geschenk. Zum Abschluss kehren wir in ein vietnamesisches Restaurant mit gutem Essen ein.

Ich hätte noch andere Verabredungen mit Menschen in Sydney machen können, ich wollte mich aber nicht überfordern. So war es gut.

In Brisbane besuche ich P. In der Ankunftshalle des Flughafens finden wir uns nicht gleich, aber dann erspähen wir uns: Wir sind beide älter geworden, haben mehr Falten im Gesicht, P. hat eine neue Frisur. Nach kurzem Augenblick des Fremdelns liegen wir uns in den Armen und freuen uns. Wir haben herrliche Tage: in ihrem schönen Haus mit Garten, bei Spaziergängen in einem Waldgebiet mit Eukalyptusbäumen und einem Hauch von tropischer Vegetation, wir kochen und essen gemeinsam, wir erzählen, wir trinken Wein.

Das Flugzeug zurück nach Sydney verpasse ich um zwei Minuten, weil wir noch in einem Café Kaffee trinken waren und mit einem Nachbarn palavert haben und zu spät mit dem Auto losfuhren. Dann beschlug unterwegs im 5 km langen Tunnel auf einmal P.'s Brille und sie fuhr voller Panik äußerst langsam weiter. Ich kaufe ein neues Flugticket und erreiche in Sydney ganz knapp meinen Anschlussflug nach Bali.

*

In Bali will ich die vielen Erlebnisse ausklingen lassen, bevor es nach Deutschland zurück geht. Ein ruhiger Platz, alleine für mich, ist mir von Freunden vermittelt worden: ein Haus mit einem hübschen Garten und blühenden Büschen, in der Nähe Wasserrauschen. Ich gehe ein paar Schritte die Böschung hinunter und bin am Flüsschen, wo Einheimische nackt baden. Ich setze mich etwas weiter weg und genieße die Aussicht, das Rauschen des Wassers, die Düfte. Ich atme tief durch. Abends brummen Motorräder auf der kleinen, 50 Meter hinter dem Haus entlangführenden, Straße, es geht die ganze Nacht so weiter. Ich kann schlecht einschlafen und werde nachts mehrmals wach. Die Straße ist nicht sehr von Autos befahren, das bringt die Motorradfahrer dazu, extra stark aufzudrehen. Ich bin verzweifelt. Warum passiert mir das so oft?

Morgens rufe ich eine alte Bekannte – die Balinesin Mas – an, die eine Unterkunft in einem weiten Gartenareal hat und in dem ich vor Jahren häufig übernachtet habe. Hier bin ich seinerzeit Adrian Vickers zum ersten Mal begegnet. Sie führt die Unterkunft noch. Ein Bungalow ist frei. Ich fahre hin. Ich werde herzlich empfangen; Mas ist so, wie ich sie von damals in Erinnerung habe, wir sind gleich wieder vertraut miteinander. Es gibt keine weiteren Gäste, ich bin alleine, bekomme einen schönen Bungalow. Alles ist gut. Mas wohnt in einem Dorf in der Nähe, übertags ist jemand in der Anlage und auch nachts, sodass ich Hilfe bekomme, wann immer ich sie brauche. Ich fühle mich gut versorgt. Abends sitze ich vor dem Bungalow und genieße den frischen Abendduft und das Grillengezirpe. Ich freue mich auf die kommenden Tage, an denen ich einfach nur da sitzen und nichts tun möchte, ein bisschen spazieren und schreiben. Der nette Nachtwächter kommt und beginnt zu plaudern. Er fragt und erzählt dies und jenes, ich gehe knapp darauf ein, habe eigentlich keine Lust zu reden. Es sieht so aus, dass er nicht aufhören will, er raucht und hockt sich hin. Ich weiß mir keinen anderen Rat, als mich zu verabschieden und in den Bungalow zu gehen, um zu "schlafen". Ich schlafe gut. Am frühen Morgen weckt mich Vogelzwitschern, es ist schon hell. Ich öffne verschlafen die Tür zur Veranda. Der Nachtwächter fegt in der Nähe trockene Blätter, er begrüßt mich freudig und kommt näher. Er ist für einen morgendlichen Schwatz aufgelegt, ich aber nicht. Morgens nach dem Wachwerden ist mit mir nichts los, ich mag so schnell nicht kommunizieren. Ich ziehe mich zurück in mein Zimmer. Später ist er weg, seine Aufgabe ist anscheinend erfüllt. Ich bin alleine. Die junge Frau für den Tag-Dienst kommt und sagt nett Bescheid. Sie zieht sich zurück in den Küchentrakt. Mein Tag in Ruhe beginnt. Herrlich. Ich lasse alles kommen, keine Pläne, keine Gedanken, Blick auf die blühenden Büsche, auf Kokospalmen. Ich spaziere durch die Anlage, an kleinen Schreinen vorbei, an denen die junge Frau schon Blütenopfer ausgelegt hat. Ein Pfad führt hinunter in eine Talsenke, dort unter einem weit ausladenden alten Waringin-Baum, dessen unzählige Luftwurzeln wuchernd Schatten spenden, steht ein größerer Schrein, wo auch Blütenopfer liegen, der Platz wirkt magisch auf mich. Ich mache mir Kaffee in der Küche. Große Fenster mit roten Fensterrahmen nach allen Seiten hin – ich erinnere mich, wie wir hier vor Jahren mit der Bidadari-Reisegruppe einen Indonesisch-Kochkurs machten.

*

Wir lernten im Kochkurs, Möhren nicht quer in runde Scheiben zu schneiden, sondern in schrägen dünnen Scheiben, sodass der volle Geschmack aus den Flächen austreten kann. Das mache ich bis heute so. Ich habe nie wirklich Indonesisch gekocht. In Deutschland bin ich ganz bodenständig, liebe Kartoffeln. Lange Jahre machte ich nur Pellkartoffeln, in Abgrenzung zu den "altbackenen" geschälten Kartoffeln meiner Mutter. Sie schälte mit Hingabe gerne Kartoffeln. Seit ihrem Tod schäle ich Kartoffeln, mit Hingabe. Es macht Spaß, die weiß-gelbe Kartoffel von der Schale zu befreien. Hühnersuppe meiner Mutter habe ich immer geliebt, das Hühnchenfleisch ließ ich beiseite. Ich esse seit vierzig Jahren kein Fleisch. Wie oft, wenn sonntags Braten auf dem Mittagstisch stand, kam die Frage meiner Mutter oder meines Vaters: "Wie, Du isst kein Fleisch?" Irgendwann hieß es immerhin: "Ach so, Du isst ja kein Fleisch!" Ich war anders als die Familie. Etwa in den letzten 5 Jahren vor dem Tod meines

Vaters haben sie es kapiert und nichts mehr gesagt. *Soto Ayam*, die indonesische Variante von Hühnersuppe, liebe ich. Beim Bestellen richte ich immer aus: "Bitte ohne Hühnchenfleisch und nicht scharf." Ich ernte auch hier immer erstaunte Blicke. Ich bin anders. Nach der Darmkrebs-Operation ist meine Nahrung recht eingeschränkt. Im Laufe der Jahre fand ich heraus, was meinem Bauch guttut und was nicht. Es bleiben wenige Speisen, die guttun, vor allem Kartoffeln, Reis und monatelang Möhren, Fenchel und Kohlrabi und 2 Monate lang Spargel. Ich habe eine gewisse Kreativität entwickelt, diese Bestandteile zu kombinieren und sie schmackhaft zuzubereiten. Wenn ich eingeladen werde zum Essen, esse ich meist vorher schon, um nicht in Bredouille zu kommen und hungrig zu bleiben; zum Glück kennen viele Freunde meine Probleme und fragen vorher, was sie für mich kochen können. Ausessen gehen ist schwierig. Pommes und Pizza sind am besten. In Indonesien sind *Nasi Goreng* und *Mie Goreng* und *Soto Ayam* am besten, alles ohne Fleisch und nicht scharf. Ich komme gut durch's Leben. Auch wenn mir manchmal die Möhren aus den Ohren kommen – dann freue ich mich auf die Spargelsaison. Spargel esse ich nie aus dem Glas und nie zu Zeiten außerhalb der deutschen Saison.

*

Von der offenen, hellen Küche gehe ich mit dem Kaffee zu meinem Bungalow und lasse mich gemütlich nieder. Nach einer Weile kommen drei Frauen, sie sind festlich gekleidet in langen Hüfttüchern *sarong* und Spitzenblusen *kebaya*, eine Schärpe um den Bauch, sie haben sich für eine Zeremonie zurechtgemacht. Auf den Köpfen balancieren sie Körbe, gefüllt mit Blüten und Räucherstäbchen. Ich erfahre, dass heute ein besonderer Tag im balinesischen Kalender ist, an dem den Göttern und Ahnen geopfert wird. In jedem Gehöft und jedem Haus werden

Opfergaben ausgelegt, aufwändiger als an normalen Tagen. Sie laden mich ein, sie beim Gang durch die Anlage zu begleiten. Wenn ich entsprechende Kleidung habe, soll ich diese anziehen. Ich habe einen *sarong*, habe eine Bluse, die ihren Spitzenblusen ähnelt, ein Tuch schlinge ich mir um den Bauch. Ich bin bereit. Ehrfürchtig streue ich mit den Frauen Blüten aus, lege Räucherstäbchen dazu, halte meine zusammengelegten Hände vor den geneigten Kopf. Schweigend wiederholen wir das Ritual an allen Schreinen in der Anlage. Wir plaudern ein bisschen, und schon sind sie weg. Sie werden das gleiche Ritual an anderen Plätzen durchführen.

Ich fühle mich gereinigt, willkommen und gut aufgehoben. Ich sitze da und lasse alles kommen. Von ferne höre ich ein leichtes Rauschen, ähnlich wie das Geräusch von Sägen. Anscheinend gibt es eine Baustelle im Dorf in der Nähe der Unterkunft. Ich gehe zur Küche und frage die junge Frau, ob es etwas zu essen gibt. Sie bietet mir freundlich Kleinigkeiten an, ich setze mich in den kleinen Essraum, schaue über das weite Tal und auf die andere Seite, grün überall, Palmen überall, Flächen mit hohem Gras, friedlich. Das Säge-Geräusch dringt wieder an mein Ohr. Die Bauarbeiten nehmen anscheinend einige Zeit in Anspruch. Später sitze ich vor meinem Bungalow und lasse alles kommen. Das Säge-Geräusch bleibt. Allmählich werde ich unruhig. Mas kommt vorbei, um nach dem Rechten zu sehen. Ich erzähle ihr, dass ich mich sehr wohl fühle, dass ich gut geschlafen habe, aber auch dass mich das Säge-Geräusch etwas stört. Nun erfahre ich, was hier los ist: Gegenüber vom Tal ist ein Steinbruch, dort wird seit Monaten Stein abgebaut, mit großen Maschinen und lauten Motoren. Es ist eine Firma aus Java, die Tag für Tag arbeitet, auch am Wochenende keine Pause macht. Mas hat mit Dorfbewohnern eine Klage gegen die Firma eingereicht, ohne Erfolg. Sie lacht und seufzt gleichzeitig. "Das heißt also, dass ich jeden Tag dieses Säge-Geräusch erleben werde und ihm ausgesetzt bin? Das darf nicht wahr sein." Ich lache über mich selber: "Schon wieder! Es ist mein Karma! Egal wohin ich gehe, es gibt lautes Gebrumm, lautes Sägen, Lärm, es ist wie verhext. Wo kann ich Ruhe finden?" Ich halte es nicht aus. Mas sagt, dass schon viele Gäste frühzeitig abgereist sind, weil sie es nicht aushielten. Wenn das so weitergeht, kann sie ihre Anlage für Touristen dicht machen. Ich beschließe, mich heute Nachmittag nach Ubud zu begeben, dem sogenannten Künstlerort, von Touristen heimgesucht, um dort einen Freund zu treffen, damit ich dem Sägen entgehe. Abends im Dunkeln erst komme ich zurück, es herrscht Stille. Auch für den nächsten Tag mache ich ein Tagesprogramm. Aber deshalb bin ich nicht nach Bali gekommen! Ich mache mehr Besuche von Tempeln und treffe mehr Leute, als ich eigentlich geplant habe. Es ist nicht wirklich innere Ruhe.

Am Ende der Bali-Woche halte ich an der Universität einen Vortrag, bin wieder in meiner Panji-Welt angekommen. Den Abend verbringe und übernachte ich bei meiner Freundin D., mit der ich mich sehr erfüllend austausche. Nun ist Ruhe – im Äußeren und im Inneren – eingekehrt. Ich bin bereit für die Heimreise am kommenden Tag.

38

VERBINDUNGEN

Und wieder taucht eine alte Idee auf. Vor etlichen Jahren hatte ich öffentliche Vorführungen mit Dias zu Themen wie "Liebesfreud und Liebesleid in Java", "Dämonen und Fangzähne", "Klang und Tanz in Stein" gemacht, dazu Verse aus alten javanischen poetischen Texten gelesen und javanische Gesänge vorgetragen. Das war immer gut angekommen, es machte mir Freude. Wie wäre es, dies wieder – mit den inzwischen entwickelten digitalen Medien – aufzugreifen? Ich habe einen gewissen Überdruss, immer nur wissenschaftliche Vorträge und Beiträge für ein Fachpublikum zu halten. Ich möchte die javanische Kunst und Poesie, mein Wissen und meine Begeisterung auch kreativ und eher künstlerisch ausdrücken und einem breiteren Publikum nahebringen. Ich finde zwei Freunde, die auf meine Ideen anspringen. Wir konzipieren ein Programm: Ich erzähle eine selbst-entworfene Panji-Geschichte, zeige per Powerpoint Bilder von Illustrationen alter Panji-Manuskripte, einer der beiden Freunde trägt poetische Verse aus der Panji-Geschichte *Wangbang Wideya* vor, der andere spielt musikalische Begleitung auf *bonang*-Töpfen vom Gamelan und legt tänzerische Einlagen ein, ich singe javanische Lieder. Im November 2019 führen wir das Programm zweimal auf, wir erhalten gute Resonanz. Für das Frühjahr planen wir weitere Aufführungen. Corona wird einen Strich durch die Rechnung machen.

*

Für Ende November bin ich nach Java zum *"Borobudur Writers and Cultural Festival"* eingeladen, um dort einen Vortrag zu halten. Für mich ist es eine große Anerkennung; ich nehme die Einladung mit Freude an. Einen Tag nach unserer letzten Panji-

Aufführung fliege ich nach Java, schon zum zweiten Mal in diesem Jahr. Einen Teil der Flugkosten übernehmen die Veranstalter. Das Festival umfasst akademische Vorträge zu javanischer Geschichte und Kunst, Tanz- und Theatervorführungen, Meditationen, Führungen am Borobudur, Workshops für altjavanische Schrift, Buchvorstellungen. Das Anliegen der jährlichen Veranstaltung, die über mehrere Tage geht, ist es, einer breiten indonesischen Bevölkerung ihre reiche Tradition bekanntzumachen und sie lebendig zu halten und vor allem Anregungen zum weiteren Fortführen zu geben. Jedes Festival hat ein spezielles Thema; in diesem Jahr ist es das Thema "Tantra" zu Ehren von P.J. Zoetmulder. Ich fühle mich äußerst geehrt, zum Thema "Tantra" in meinen Forschungen zu Panji vorzutragen. Indonesische und internationale Kollegen und Kolleginnen sind anwesend, halten Vorträge, tauschen sich aus, mischen sich mit Teilnehmern im Publikum, von denen viele mit speziellem Interesse an diesem Thema gekommen sind. Die abendlichen Tänze und Vorführungen stellen traditionelle und kontemporäre Choreographien sowie Synthesen von beidem vor. Es herrscht eine neugierige, wuselige, kommunikative Stimmung mit viel Reden, Lachen, Herumsitzen, Kaffee trinken, essen, zwischendurch führen ein paar Schritte mit Blicken zum Borobudur heraus aus dem Trubel. Mein eigener Vortrag wird mit interessierten und wohlwollenden Blicken entgegengenommen, es kommt viel Beifall, etliche Kommentare und Fragen zeigen Verstehen, Neugierde und Interesse.

Am letzten Abend wird eine große, aufwändige Zeremonie am Borobudur-Tempel durchgeführt. Eine buddhistische Gruppe aus Taiwan führt das *Kala-Cakra*-Ritual durch. Der Borobudur ist in bunten Farben angestrahlt, eine große Zahl von Mönchen schreitet um den Tempel in der heiligen Richtung im Uhrzeigersinn *pradakshina*, begleitet von ohren-

betäubenden Trommelschlägen sowie einer diffusen lauten
Musik. Es ist überwältigend, und es ist anstrengend. Fast
möchte ich gehen. Dann aber nähert sich von der Seite her eine
Gruppe von Tänzern zum zentralen Geschehen. Sie sind in
weiße Gewänder gekleidet, ihre Bewegungen werden von sanf-
terer Musik begleitet, die an traditionelle javanische Melodien
erinnert. Starke Beleuchtung ist auf sie gerichtet. Bewegungen
und musikalische Elemente werden eindringlicher. Als letzter
schreitet ein Mann in Weiß, energisch und fließend, sich den
Bewegungen der Tänzer hingebend, und zugleich die intensive
Stimmung aufgreifend und umsetzend. Ein hoher Stab wird
von Tänzern senkrecht gehalten. Der Mann steigt auf Arme, auf
Schultern, sich am Stab festhaltend, immer höher. Es ist Prapto.
Ich bin in einem Bann, ebenso wie alle um mich herum. Die Situation hat etwas Magisches, Unwirkliches. Ich weiß nicht
mehr, wie die Vorführung endet. Ich glaube, ich bin gegangen,
weil ich diesen Bann nicht mehr aushalten konnte. Später in der
Unterkunft begegne ich Prapto, der auch dort übernachtet. Er
ist sichtlich mitgenommen, schwach, möchte kein Bier trinken,
nicht reden, geht bald in sein Zimmer zum Ruhen. Der Bann
hatte auch ihn ergriffen. Es ist Ende November. Ende Dezember macht sein Herz nicht mit und er haucht seinen letzten
Atemzug aus. Ich bin glücklich, ihn am Borobudur erlebt zu
haben.

*

In Malang in Ostjava bin ich zu einem Treffen der Panji-
Freunde eingeladen. Thema ist das Zurückgreifen auf die Ur-
sprünge der Panji-Bewegung, wie sie durch Suryo initiiert
wurde, nämlich die Verbindung von traditioneller Mythologie
mit Ökologie. Es ist schön, in vertrauter Runde zu sein. Aber es
ist nicht wirklich ein informelles Beisammensein, wie ich es
vorgeschlagen hatte, sondern eine offiziell anmutende

303

Veranstaltung in einem Museum, mit vier Rednern und mehr schlecht als recht funktionierenden Präsentationen. Ein Gespräch und Austausch kommen erst zustande, als ich Fragen an das Publikum richte und an ihre Ideen und Gedanken appelliere. Hinterher fragt mich einer der Freunde, wie ich geschafft habe, den entstandenen interessanten Dialog herzustellen. Es ist eine so häufig gemachte Erfahrung, dass Veranstaltungen frontal und für das Publikum passiv verlaufen; es fehlt an didaktischem Können, weil es in der Schulbildung nicht vermittelt und nicht geübt wird. Das erlebe ich in Indonesien seit Jahren. Setze ich Suryos Ideen um?

*

Zu mehreren Freunden fahren wir von Blitar aus zum Candi Penampihan. Viele Jahre nach meinem ersten und bisher einzigen Besuch möchte ich wieder dorthin. Genauso wie vor mehr als 10 Jahren ist die Straße am Berghang von Schlaglöchern übersät, ich halte mich krampfhaft an den Griffen am Hintersitz des Mopeds fest, die Aussicht auf die weite grüne Landschaft genieße ich nur in kurzen Momenten, wenn ich mich traue, meinen Blick von der Straße wegzulenken. Wir kommen an, wie seinerzeit am Wärterhäuschen, daneben der eingezäunte Tempelkomplex. Es hat sich nichts verändert, vielleicht ist der Zaun ein bisschen ausgebessert. Ich bin freudig gespannt. Ich tauche sofort in die Atmosphäre ein, die ich damals erlebt habe: Ruhe, Vogelzwitschern, Würde des alten Ortes mit altem Gestein, Langsamkeit, Rauschen in den Kronen gewaltiger Bäume, Schatten und Licht. Wir schreiten durch die Anlage, ich erkenne die Reliefreste wieder, den gemeißelten Schildkrötenkopf und die Schlangenleiber am Fuß der Gebäuderuine, sehe einzelne sorgfältig neben dem Bau aufgeschichtete Steinfragmente. Das meiste Moos an Steinen und Wänden ist verschwunden. Eine Frau erscheint, es ist Winarti, die mich im Jahr

304

zuvor am Candi Mirigambar angesprochen hatte. Sie hat inzwischen ihren Vater, den alten *juru kunci*, abgelöst. Genauso wie er seinerzeit erzählt sie mit Innigkeit vom Tempel, seiner Geschichte, seiner Bedeutung für die Menschen der Umgebung, sie wirkt selber wie ein Teil der heiligen Stätte. Wir sitzen entspannt gemeinsam im Gras und reden, schweigen, teilen. Wir waren leider spät mit den Mopeds von Blitar aus losgefahren, nun fängt es schon an zu dämmern, wir wollen vor dem Dunkelwerden wieder unten am Berg sein. Die Zeit reicht nicht für einen Besuch des alten Vaters von Winarti, der zuhause ist und sich nur noch wenig bewegt. Ich frage Winarti nach den Steinen und Figuren mit den sonderlichen Formen, die damals in ihrem Haus lagen. Jetzt sind sie im Museum untergebracht. Man hat Angst, dass solche Artefakte gestohlen werden. Ich lasse den alten *juru kunci* herzlich grüßen.

Zusammensitzen, reden, schweigen, lachen, wie ich es ungezählte Male in Java erlebt habe, liebe ich. Es geschieht ganz leicht, Gedanken über das Leben zu teilen, Meinungen über rechtes Verhalten, über innere Entwicklung der Persönlichkeit, über Konflikte und Ideale von Harmonie zwischen den Menschen, über die Beseeltheit der Natur. Leute, die sich vorher nicht kannten, treten in intensiven Austausch über die

Grundfragen des Lebens ein. *"Ramai"* – zu vielen Leuten zusammen sein. Alles ist offen.

In Deutschland sehen Kommunikationen recht anders aus. Wir verabreden uns häufig zu zweit und sprechen über persönliche Ereignisse und Probleme, die uns gerade beschäftigen, diskutieren über Politik und Gesellschaft, erzählen von unseren Plänen. *"Sendiri"* - alleine. Alles ist konzentriert.

Gemeinschaft und Individualismus. Wir können sehr viel voneinander lernen.

39

PLANEN

Ich stand kurz davor, in den Status der Frührentnerin zu gehen. Das kleine Einkommen durch die Rente würde mir mehr Freiheit geben. Ich würde zum zusätzlichen Gelderwerb sowie zur inneren Erfüllung meinen sonstigen Tätigkeiten weiter nachgehen. Wieder taucht ein langgehegter Gedanke und Wunsch auf: Wäre jetzt nicht die Gelegenheit, eine Phase von mehreren Monaten in Java zu verbringen, nicht nur die üblichen ein bis zwei Monate, die immer vollgepackt sind mit Programm? Wie oft bin ich im Laufe der Jahre gefragt worden, warum ich nicht ganz nach Java ziehe. Jedes Mal zauberte diese Frage ein Lächeln auf mein Gesicht, aber es schien mir unrealistisch, es gab immer Gründe, die dagegen sprachen: meine alt werdende Mutter, meine Tätigkeiten in Deutschland und meine finanzielle Situation, Zweifel wegen der stark zugenommenen islamischen Ausprägung und ihren Folgen im Land. Ich war einfach nicht so weit. Inzwischen hatte sich in meinem Leben einiges geändert: Meine Mutter lebte nicht mehr, meine Tätigkeiten in Deutschland ließen sich für eine längere Abwesenheit zeitlich entsprechend organisieren, und meine finanzielle Situation war gesichert. In Java würde ich mich irgendwo niederlassen, Verbindlichkeiten eingehen, Tätigkeiten nachgehen, meine Kontakte und Freundschaften und Netzwerke nutzen und ausbauen. An Projektideen mangelte es nicht, einige ruhten in der Schublade, deren Umsetzung bisher daran scheiterte, dass ich nicht lange genug an einem Stück in Indonesien war, und daran, dass die Kommunikation über emails und WhatsApps nicht effizient genug war. In Indonesien muss man Projekte am besten persönlich angehen und besprechen und sich entwickeln lassen, sonst verlaufen sie leicht im unergründlichen Sand.

Wäre es nicht wunderbar, mich den Prozessen hinzugeben und zu schauen, was sich realisieren ließe, und auch bereit zu sein, bei unüberwindbaren Hindernissen Ideen und Pläne fallen zu lassen? Ich könnte mich auch der immer wiederkehrenden Frage hingeben, ob ich überhaupt mit Java und mit Panji weitermachen solle, ob mein Beitrag sowohl in Indonesien als auch in der internationalen Welt womöglich ausgeschöpft sei und ob ich mich in Zukunft vollkommen anderen Dingen widmen würde. Es könnte sich vielleicht ergeben, dass ich in Zukunft, auch ohne in Aktionen und Projekte verwoben zu sein, als Reisende Java und andere Teile Indonesiens besuchen würde. Schwierigkeiten und Verwicklungen der letzten Jahre wären irrelevant und obsolet. Vielleicht würde sich solch ein Leben sogar freier anfühlen. Für solche Prozesse müsste ich eine längere Zeit in Java sein, dort leben, dort würde ich es fühlen und erleben; in Deutschland Klarheit über meine weitere Java-Verbundenheit zu erlangen, wäre Kopfarbeit, ohne lebendige Basis. Ich hatte keine klare Vorstellung, wo in Java ich wohnen würde. Würde ich einen Hauptsitz haben, oder meinen Sitz mal hier, mal dort haben? In Yogyakarta, in Solo, in Malang, in Blitar? In einer Stadt, in einem Dorf? Würde ich mir ein Haus mieten? Bei Freunden wohnen? In Hotels wohnen? Ich wollte auch sehen und erfahren, ob und wie die Verbindung mit A. sein würde. Auch einen anderen Wunsch würde ich angehen, nämlich ein Buch über mein Leben und meine Verbindung mit Java zu schreiben. Ich stellte mir vor, mich dafür ein bis zwei Monate irgendwo in Ruhe zurückzuziehen und mit Schreiben zu beginnen. Java selbst wäre die beste Umgebung dafür, die mir Inspiration und Stimmung und Grundlage und Ausblick verleihen würde. Die Ideen wuchsen und nahmen zunehmend Formen an.

Das Konglomerat an Gedanken ließ mich nicht los, es blieb nicht nur bei Hirngespinsten. Beim Neujahrsspaziergang 2020 an einem kalten klaren Tag in der Eifel erzähle ich einer Freundin von meinen Ideen für das neue Jahr und einem Indonesien-Aufenthalt in der zweiten Jahreshälfte, sie schaut mich fragend und ungläubig an. Beim Erzählen wird mir klar, dass ich tatsächlich innerlich schon entschlossen bin. Im Januar erkundige ich mich im Reisebüro nach Flügen und Preisen für die Zeit von Juni bis Anfang Dezember. Die Reisebüro-Angestellten machen sich darüber lustig, dass in den letzten Tagen und Wochen immer mehr Indonesienreisewillige den Zweifel äußern, ob es derzeit überhaupt sinnvoll sei, nach Asien zu reisen, wegen der vor kurzem in China ausgebrochenen und dort grassierenden Sars-Virus-Variante. Als wenn Indonesien direkt neben China liegen würde! Ich erkundige mich bei der indonesischen Botschaft in Berlin nach den Bedingungen der Ausstellung eines Visums für einen 6-monatigen Aufenthalt in Indonesien. Es gibt vieles zu regeln! Mein alter Freund B. in Java hilft mir, einen Sponsor zu finden, der mich offiziell einlädt. Ich plane und organisiere meine Aktivitäten in Deutschland – Unterricht an der Uni Bonn und andere Jobs – so, dass ich 6 Monate frei sein werde. Ich buche Hin- und Rückflug nach Java: 3. Juni hin, 4. Dezember zurück. Ende Februar fahre ich nach Berlin und beantrage am 24. Februar bei der indonesischen Botschaft das Visum für einen zunächst zweimonatigen Aufenthalt, welches ich innerhalb Indonesiens dann für jeweils einen weiteren Monat bis zu 6 Monaten verlängern kann. Ich stehe aufgeregt und freudig am Schalter in der Visumabteilung, als ich meine Antragspapiere abgebe. Der nette Kulturattaché, der uns seinerzeit bei der *Jantur*-Tournee unterstützt hat, läuft mir über den Weg, er lädt mich kurz in sein Büro ein. Ich fühle mich willkommen geheißen in Indonesien.

Während der Tage in Berlin wird bekannt, dass die neuartige Sars-Virus-Variante in Süditalien angekommen ist. Eine Freundin, die beim Robert-Koch-Institut arbeitet, ist voller Anspannung, weil man nicht den Weg nachverfolgen kann, wie das Virus nach Italien übertragen wurde. Von da an geht alles schnell: Das Virus taucht in Deutschland auf, Anfang März sind in Heinsberg Hunderte von Teilnehmern einer Karnevalsveranstaltung infiziert. Die Politiker beraten wie wild, wie nun weiter vorzugehen ist und welche Maßnahmen in Deutschland zu ergreifen sind: Abstandhalten, häufiges Händewaschen. Die Nachrichten in Radio, Fernsehen, Medien sind voll vom Thema "Corona". Die Bezeichnungen wechseln ständig – "neuartiges Sars-Virus", "Corona", "neuartiges Corona-Virus", einige Leute sagen "das Virus", andere sagen "der Virus". Allmählich wird sich eine Normierung des Vokabulars einrichten, neue Wörter und Begriffe werden entstehen, die nach einigen Wochen ganz selbstverständlich über die Lippen kommen.

Am Freitag 13. März 2020 begehe ich meinen Geburtstag in kleinem Rahmen; ich hatte geplant, später kurz vor meiner Abreise nach Java ein großes Fest zu feiern – Geburtstag und Abschied in einem. Eine Freundin lädt mich zum Essen in einer Forellen-Gaststätte außerhalb von Köln ein, das beliebte Lokal ist ziemlich leer. Sie macht eine anerkennende Bemerkung zu den vielen Gästehandtüchern in der Toilette, als Schutzmaßnahme gegen die Ausbreitung des Virus. Abends gehe ich mit einer anderen Freundin einen Wein trinken. Voller Aufregung schimpft sie darüber, dass die Politik ausgerechnet heute am Freitag vor dem Wochenende die Schulschließung ab dem kommenden Montag verkündet: Wie wird sie ihren Alltag mit Sohn und Arbeit regeln? Wir wählen zwei unterschiedliche

Weine und probieren gegenseitig an unseren Gläsern. Wir kümmern uns nicht um das Virus. Die beiden heutigen Begegnungen und Verhaltensweisen scheinen in ihrem Nebeneinander absurd. Solche Absurditäten, Widersprüchlichkeiten, Wechsel von Positionen, unterschiedliche Einstellungen von Freunden und von Menschen überhaupt, werden die kommenden Monate prägen. Ich habe in dieser frühen Phase noch keine klare Position. Am Montag 16. März beginnt der sogenannte Shutdown: Schulen schließen, Restaurants schließen. Die Corona-Zeit ist da! Es wird in der Folgezeit verschiedene Varianten von Schließungen und Öffnungen und Regeln geben, in einem unübersichtlichen Wirrwarr.

*

Ich denke, dass das Virus sich doch wohl bis Juni aufgelöst haben wird. Bald wird klar, dass dieser Optimismus naiver Wunsch war. Corona ist da und bleibt und breitet sich rasant aus, in Europa, in den USA und nach und nach in allen Teilen der Welt. Die Bilder aus Italien mit den massenhaft in LKWs abtransportierten Särgen mit Corona-Toten sind erschreckend, malen die Gefahr aus. Es wird klar: Die Abreise nach Indonesien am 3. Juni muss ich absagen. Meinen mir liebgewordenen Wunsch lege ich auf Eis; im Herbst wird es vielleicht möglich sein, vielleicht auch nicht.

"Mach einen Plan, sei ein helles Licht. Mach einen zweiten Plan, geh'n tun sie beide nicht." Ein Freund von mir hat vor vielen Jahren oft diesen Spruch aus der Dreigroschenoper von Bert Brecht zitiert, wenn ich wieder mal verbissen und verrannt war in meinen Plänen. Der Spruch wird jetzt zu meinem Lieblingsspruch, mit Lachen! Neben dem Lachen ist Weinen. Ich war bereit, mich Java zu stellen, mit allen Risiken und Nebenwirkungen, ich war vollkommen offen. Und jetzt ist das alles zunichte. Wo sind jetzt meine Türen und Wege? Mein

Leben mit Panji hat mich gelehrt, die verschiedensten Hindernisse anzunehmen und Wege zu ihrer Überwindung zu suchen und zu gehen; und ich habe es in meinem Leben oft geschafft. A. fragte mich oft: "*Untuk apa meneliti Panji?*" – "Wozu forschst Du zu Panji?" Jetzt kann ich die Frage eindeutig beantworten. Die jetzige Herausforderung ist ganz neuer Art. Ich stelle mich in meiner Wohnung vor das am Regal hängende Photo der Panji-Statue, Panji hält die Lotusblüte in der rechten Hand vor der Brust. Über dem Photo hängt ein Photo des Penanggungan-Berges, an dessen Hang ich vor 24 Jahren "meinem" ersten Panji-Relief begegnet bin, ein Photo darunter zeigt mich, wie ich mit glücklichem und entspanntem Gesicht auf der Brüstung des Quad in der Sydney University sitze, mit Doktortalar und Doktorhut. Im Zimmer habe ich noch vom Geburtstag einen Blumenstrauß mit weißen, fast verwelkten Blüten. Eine der Blüten ähnelt der Lotusblüte der Skulptur. Ich nehme sie in die rechte Hand, halte sie vor meine Brust und mache ein Selfie, ich sehe sehr traurig und ernst aus. Ich fahre mit dem Fahrrad zum Weiher in der Nähe meines Hauses und werfe die Blüte in das Wasser. Abschied. In meinem Leben gab es andere Anlässe, wo ich etwas ins Wasser geworfen habe. Es tat jedes Mal gut. Diesmal auch.

Wieder gilt: die Dinge annehmen – *nerima*, wie immer!

*

Eine Nachbarwohnung in meinem Haus wird komplett reno-viert und umgebaut. Für mich eine Qual ohnegleichen. Es ist Anfang November 2019. Zum Glück kann ich dem Lärm wäh-rend der Reise zum "*Borobudur Writers and Cultural Festival*" für einige Wochen bis kurz vor Weihnachten entweichen, mit der Aussicht, dass nach meiner Rückkehr die Bauarbeiten beendet sein werden. Aber zum Jahresanfang geht es weiter. Stemmen, Mauern einreißen, Schlagbohrer, Höllengeräte; Krach,

Dröhnen, Klopfen in Magen und Kopf. Manchmal steht die Arbeit zwei oder drei Tage lang still, weil es Schwierigkeiten bei der Materiallieferung gibt oder weil Handwerker nicht kommen. Ich versuche, meine Aktivitäten und anstehenden Arbeiten dem Zeitplan der Renovierung anzupassen. Wenn der Baulärm losgeht, packe ich Laptop, Schreibutensilien, Unterlagen, Mappen und so weiter in meinen Rucksack und ziehe mit meinem mobilen Büro in die Universitätsbibliothek, fünf Minuten mit dem Fahrrad entfernt. An Regentagen nehme ich den Bus. Irgendwann kenne ich die besten Zeiten, um einen guten Platz in den großen Lesesälen der Uni-Bibliothek zu bekommen: Gut heißt für mich Überempfindliche, nicht direkt unter der kalten zugigen Klimaanlage zu sitzen, keine laut auf ihren Laptop-Tastaturen klappernden Sitznachbarn zu haben, keine Nervöslinge, die auf ihrem Stuhl hin und her rutschen oder ihre Bücher und Laptops ständig hin und her schieben. Die konzentrierte Lern- und Arbeitsatmosphäre tut gut, ich kann sogar effektiver arbeiten als zuhause: Kein Telefon stört, ich muss zwischendurch nicht Wäsche waschen oder spülen oder ich brauche nicht plötzlich der dringenden Idee nachgehen, die Blumen zu gießen und derlei nette ablenkende Dinge tun. Ich bin darauf geeicht, dass um 7 Uhr die Handwerker kommen und dass es vielleicht sofort heftig losgeht. Dann schreie ich laut, stampfe mit den Füßen auf, weine, schreie, mache mich ganz schnell fertig und gehe einkaufen oder packe mein mobiles Büro für die Uni-Bibliothek, ich laufe aus der Wohnung, mit hartem Türknallen. Es ist nicht auszuhalten, es ist zum Durchdrehen. Oft versuche ich, tief und ruhig zu atmen, die Geräusche bloß als Geräusche wahrzunehmen, die in meinen Ohren und meinem Körper ankommen und eindringen, aber das innere Aufwallen von Emotionen machen alle meditativen

Versuche zunichte. In diesen Tagen bin ich oft verzweifelt und erschöpft!

Parallel mit dieser Phase des Baulärms laufen meine Planungen des langen Indonesien-Aufenthalts. Parallel dazu schleicht sich Corona ein.

*

Mit dem Corona-Shutdown Mitte März wird die Uni-Bibliothek geschlossen, die Cafés sind geschlossen. Wo soll ich hin mit meinem mobilen Büro? Ich habe wichtige Dinge zu bearbeiten, die keinen Aufschub dulden. Ein paarmal gehe ich in die Wohnung einer Freundin, oder ich fahre in das Ferienhaus eines Freundes auf dem Land. Hier fühle ich mich sicher und ruhig. Die Renovierung in meiner Nachbarwohnung zieht sich bis in den Mai hinein. Netterweise teilen mir die Nachbarn inzwischen im Voraus mit, wie die Arbeitsplanung für die jeweils kommende Woche ist, wann es leichtere und leisere Arbeiten gibt und wann es laut zugehen wird. Ich arrangiere mich. Was bleibt mir anderes übrig? Das Leben ist eine Herausforderung.

Der Uni-Betrieb wird auf Digital-Unterricht umgestellt. Für den Semesterbeginn Mitte April lerne ich das neue Medium "*zoom*": Powerpoint-Präsentationen mit aufgenommenem Sprach-Audio, Bildschirm teilen, Chat, Raise Hand, Speaker View, Gallery View, Whiteboard, Breakout Rooms. Unter Freunden helfen wir uns und machen gemeinsame kurze Übungs-Sessions, um uns in dieser neuen Welt zurechtzufinden, Tricks und Tipps umzusetzen. Zwei bis drei Wochen brauche ich, danach ist es ein zunehmend selbstverständliches Medium für Unterricht, Kommunikation, Vorträge, Diskussionsforen. Die Köpfe der Studenten und Studentinnen in Kacheln auf dem Bildschirm zu sehen, wird "normal". Es ist erfrischend, als wir in einem der Lockdown-Löcher als Seminargruppe live ein Museum besuchen können, uns leibhaftig sehen inklusive der Körperteile unterhalb von Hals und Brust, dass wir durcheinanderwirbelnd miteinander reden können, lachen können, eine ganz "normale" Gruppe sein. Inzwischen heißt es "Lockdown", das anfängliche Wort "Shutdown" hatte sich irgendwann verflüchtigt, vielleicht weil der internationale Sprachgebrauch "Lockdown" sagt. Das Wort Covid ist neben das Wort Corona getreten. Einige sagen Covid-19. Wir sprechen auf unserem Globus alle eine Sprache. Wir tragen inzwischen Masken. Meine erste Maske ist aus Batik-Stoff, eine Freundin näht gerne und verkauft sie. Es ist recht hübsch, diese ungewohnte Mundbedeckung zu tragen. Leider werden kurz darauf die sogenannten "Alltagsmasken" verboten und werden ersetzt durch sogenannte "medizinische Masken". Skandal: In Deutschland gibt es nicht genügend solcher Masken. Der Gesundheitsminister und andere Politiker stehen in der Kritik. Die armen Politiker: Ja, sie bauen viel Mist, aber ich bedauere sie auch, diese neuen, nie gekannten Probleme und Anforderungen und Herausforderungen bewältigen zu müssen. In der Folgezeit wird die Politik einen schweren Stand haben: Vertrauen die Bürger auf sie – verfluchen sie sie? Es gibt viele Risse und Unsicherheiten und Unwägbarkeiten und unterschiedliche Haltungen und Positionen und Debatten bei Politikern und in der Bevölkerung. Sie werden im Laufe der Zeit schärfer und polarisierter. Ich hadere manchmal auch mit politischen Entscheidungen und Regelungen. Mein Weg ist: Regeln soweit mir einsichtig befolgen, keine Angst und Panik haben, gut essen, für gute Laune für mich und andere sorgen, viel rausgehen in die Natur, mich von hitzigen Diskussionen und Extrempositionen fernhalten.

Alle Menschen auf der Welt haben mit Corona zu tun. Es verbindet uns. Diese Tatsache hat mich in den ersten Monaten sehr beschäftigt. Sie hat mich getröstet, sie hat gezeigt, wie sehr wir auf diesem Globus miteinander vernetzt sind – eine banale Wirklichkeit, die jetzt für jeden spürbar ist. Vernetzung und Verbundensein gehen irgendwann in die übliche Zersplitterung über – national, politisch, gesellschaftlich, gesinnungsmäßig.

MNRA-Impfstoff, Vektor-Impfstoff, Kontaktbeschränkung, AHA-Regel, Alltagsmasken und medizinische Masken, FFP2, PCR-Test, Antigen-Test, Delta, Omicron, so viele Begriffe und Abkürzungen haben wir gelernt. Weiß irgendein Mensch, was FFP2 eigentlich bedeutet? Ob es auch FFP1 gibt? Ich könnte es googlen, aber wozu? Im Laufe der Zeit werden noch viele neue Begriffe Einzug bei google nehmen und dann vielleicht auch in den Duden aufgenommen werden.

*

Die Wochen des Lockdown zeigen neue Seiten von Leben: Draußen ist wenig Verkehr, es herrscht viel Ruhe, der Frühling 2020 ist sonnig und klar, der strahlend blaue Himmel hat keine Kondensstreifen von Flugzeugen, Spaziergänge draußen im Park sind herrlich, manchmal mit Freunden mit Abstand, manchmal alleine, ich singe häufig beim Radfahren, treffe mich mit einer Freundin im Park zum Singen, alles fühlt sich reiner und klarer und reduzierter und intensiver an als sonst. Ich fahre mit dem Rad durch die Stadt, fühle mich auf den sonst gefährlichen Straßen sicher und entspannt; ich mache ein Photo von meinem Fahrrad, das ganz allein mitten auf dem Domplatz steht – ohne Menschen. Am Ostersonntag bin ich mit einer Freundin und einem Freund am Dom, um das Glockengeläut zu hören: Die zweitgrößte Glocke Europas – der Dicke Pitter – schlägt fünf Minuten lang, dann fallen nach und nach die anderen Glocken ein, ein überwältigendes, den Körper ausfüllendes feierliches Klingen. Oft schon habe ich dieses Geläut an hohen kirchlichen Festtagen gehört, aber diesmal ist es unglaublich, ich bin zutiefst gerührt, Tränen kommen mir in die Augen, ich halte meinen Bauch, in den wohltuend die tiefen Klänge dringen. Alle Zuhörer, die ringsherum stehen, sind still und geben sich anscheinend auch der Wirkung hin, anders als sonst, wenn Sektkorken knallen und geredet wird. Der Klang wirkt diesmal so voll und tief und gewaltig – Liegt es an Corona? Liegt es auch am strahlenden Wetter und der superklaren Luft?

*

Es wird doch wohl ab dem Jahresende so weit sein, wieder nach Indonesien reisen zu können. So hoffe ich! Meine Unterrichtszeiten an der Uni lege ich so, dass ich ab Mitte Dezember frei bin. Ich plane, ungeachtet Bertolt Brecht.

Allabendlich in der Tagesschau sehe ich die Kurve der "an und mit Corona Verstorbenen", irgendwann kommt die "Kurve der Inzidenzzahlen" hinzu, irgendwann gibt es nur die "Inzidenzkurve". Die lokale Zeitung druckt die Kurven der weltweiten Entwicklung ab; jedes Mal rege ich mich darüber auf, dass die hohe Zahl der Verstorbenen in den USA neben der viel kleineren Zahl für Deutschland steht: Die USA hat viermal so viele Einwohner wie Deutschland! Warum wird nicht der viel aussagekräftigere prozentuale Anteil angegeben? Auch Indien mit seinen etwa 1,4 Milliarden Einwohnern, das heißt 20 mal so groß wie Deutschland, ist nicht der geeignete Vergleich. Ich google ab jetzt die Einwohnerzahlen der Länder der Welt, um einen Überblick zu behalten und mich nicht der Panikmache auszusetzen. Die in der Tageszeitung genannten Inzidenzzahlen in NRW und diejenigen in Köln überfliege ich bloß; anfangs werden noch Alter und Vorerkrankungen genannt, was einige Aussagekraft hat; dann aber fallen diese Angaben weg; ich kann nur mit dem Kopf schütteln.

Kritik, Querdenken, Corona-Leugner, Corona-Zweifler, Impfgegner, hoch hergehende Diskussionen in den nicht enden-wollenden Talkshows im TV, immer die gleichen Gesichter der Virologen, der Medizin-Ethikerin, von Gesundheitsexperten und Betroffenen, wochenlang schaue ich sie mir an, gelegentlich lese ich Einträge im Internet, um mehr zu verstehen. Irgendwann ist genug. Ich kann die politischen Entscheidungen nicht wirklich beurteilen, Politik ist noch nie meine Sache gewesen, ebenso kann ich die medizinischen Entscheidungen nicht beurteilen. Ich gehe weiter meinen eigenen Weg, und vor allem: keine Angst aufkommen lassen! Ich esse gut, täglich eine gute Ration Obst. Ich fahre etwa zweimal im Monat in die Eifel, meist alleine, besuche meinen Lieblingsort Kloster Steinfeld, wandere durch das Urfttal, durch Nebentäler und auf Höhen, dort fühle ich mich weit weg von Corona. Natur tut immer gut! Im späten Herbst wird der Lockdown enger gezogen. Ich mache weiter mein Programm. Mir macht es nichts aus, mit der U-Bahn innerhalb der Stadt und mit dem Zug in die Eifel zu fahren – Maske auf, Abstand halten, alles ist in Ordnung. Die Freunde und Bekannten um mich herum gehen ihre jeweiligen Wege, die sich im Lauf der Monate unterschiedlich entwickeln. Es gibt solche, die sich vollständig von direkten Kontakten und Treffen abschotten und auch niemanden zuhause sehen wollen, andere gehen mit mir draußen – mit mehr oder weniger Abstand – spazieren, andere wiederum treffen sich in kleinen Gruppen zuhause, einige telefonieren wieder mehr und ausgiebig, einige diskutieren und schimpfen gerne über die Corona-Situation und die Politik, andere bleiben bei ihren alltäglichen Themen. Mit einigen fühle ich mich fremd; einige befürchten, ich bin zu sorglos. Ich gehe einen Mittelweg.

*

Ich nutze die Zeit für inneren Rückzug und Beobachten, finde es gut, ohne Druck zu sein für Aktionen und Verabredungen, ich spiele häufig Klavier und übe mächtig stolz Teile der Sonate KV 331 von Mozart ein, verfasse endlich meine Patientenverfügung, überarbeite mein Testament, und arbeite meine langen To-Do-Listen ab. Es ist wohltuend, diese Zeit der "Stille" und "Reduzierung" auch bei anderen zu erleben. In den ersten Monaten tauchen in den Medien viele Berichte zu diesem Thema auf, es ist ein gesamtgesellschaftliches Phänomen. Ich sehe die Zeit als Gelegenheit, neue Erfahrungen zu machen. Es ist wie permanentes Vipassana – Einsicht durch Selbstbeobachten – im Leben. Es gibt derweil Gruppen, die per *zoom* meditieren, ich nehme daran teil, es unterstützt. Neue, kreative Alternativen für gemeinschaftliche Aktivitäten werden entwickelt. Ein geplantes Vipassana-Retreat "in Präsenz" wird leider wegen Corona abgesagt; ein späteres soll online stattfinden, ich nehme nicht teil.

Die Gamelangruppe darf seit März nicht mehr im Museum spielen, ein herber Verlust! Das alte Gamelan-Set, das einige Spieler vor etwa 20 Jahren gekauft haben und mit dem wir jahrelang in diversen Kellern geprobt haben, war vor einigen Jahren auf einem Dachboden auf dem Land gelandet und wurde irgendwann gar nicht mehr bespielt. Wir holen es nun nach Köln in die große Wohnung einer Mitspielerin. Zwei *bonang*, drei *saron*, ein *demung*, zwei *kendang*, *gendher*, Gongs, *kethuk* und *kenong*: Wir sitzen zu sechs Leuten zwischen den Instrumenten – alle mit Maske. Eine Schale mit Blüten, einer Banane und Räucherstäbchen liegt am Rand der Instrumente: Ein Mitspieler macht eine kleine Zeremonie zum Willkommenheißen der Instrumente. Ehrfurcht und Freude erfassen uns alle.

*

Panji geht weiter seiner Wege. Im Zuge der *webinar-mania* in Indonesien werde ich dort von Universitäten und Kultureinrichtungen eingeladen für Vorträge zu Themen rund um Panji. Es beglückt mich, Teil des Netzes zu bleiben, nicht fallengelassen zu werden. Auch neue Themen präsentiere ich, es bleibt nicht nur bei Panji. In Deutschland bleibe ich in meinen Universitäts-Seminaren und dem Verfassen eines weiteren Artikels zu Tempelreliefs mit Java verbunden.

Gleichzeitig frage ich mich, ob WhatsApp-/ Zoom- und email-Kontakte mit Freunden in Java ausreichen, die Verbindungen für die kommenden Monate am Leben zu erhalten? Was wäre, wenn sich die Einschränkungen durch Corona länger als ein Jahr oder womöglich noch viel länger hinziehen würden? Würde sich meine Frage, der ich während der geplanten 6 Monate nachgehen wollte, nämlich ob meine Java-Verbindung noch Bestand habe, von selber beantworten oder sogar auflösen? Es freut mich, wenn gelegentlich eine WhatsApp kommt, ohne besonderen Anlass, einfach mit der Frage, wie es geht, *sehat-sehat, baik-baik*? ("Bist Du gesund, geht es gut?") Ebensolche kurze WhatsApps verschicke ich selber. Man muss nicht viel erzählen, der Kontakt genügt. Der *juru kunci* von Panataran schickt manchmal aus heiterem Himmel eine WhatsApp, oder es kommt ein Anruf; einfach um zu wissen, wie es mir geht. Wir nehmen aneinander teil, erleben das gleiche Corona-"Schicksal". A. und ich schicken uns gelegentlich per WhatsApp Photos von Landschaften und Schönheit der Natur.

Manchmal fühle ich ein starkes *kangen Jawa* – Sehnsucht nach Java –, und dann tritt es wieder in den Hintergrund. Ich kann ganz gut in Deutschland sein. Die innere *passion* verstummt jedoch nicht.

40

PLÄNE

Die Corona-Zeit bringt weitere alte, liegengelassene Pläne hervor.

Warum soll ich nicht in Deutschland damit beginnen, das Buch über mich und meine Beziehung zu Java zu schreiben? Anstatt mit Ausblick auf einen javanischen Vulkan zu sitzen und mich dort inspirieren zu lassen, könnte ich mich im Corona-Modus in Deutschland in die schöne Eifel mit Grün, Wald, Hügeln zurückziehen und mich dort inspirieren lassen. Ich erzähle einer Freundin davon, die auch schreibt. Sie springt sofort auf die Idee an, wir finden im ersten Corona-Sommer für 10 Tage eine Ferienwohnung in der Eifel. Schnell entsteht ein Rhythmus, in dem wir still für uns sind, mit unserem jeweiligen Platz im weitläufigen Garten, in der Sommerhitze unter großen Sonnenschirmen. Wir essen gemeinsam, gehen kleine Runden spazieren, zusammen oder alleine, tauschen uns über unseren Schreibprozess aus. Das Schreib-Retreat ist sehr produktiv: Ich fülle die ersten 32 Seiten. Ein anderes Mal ziehen wir uns für ein paar Tage zurück in das Häuschen eines Freundes außerhalb der Stadt. Während des "normalen" Lebens in der Stadt fließt das Schreiben nicht gut, wir schieben uns gelegentlich gegenseitig an, Disziplin aufzubringen. Wir verabreden Uhrzeiten, zu denen wir jeweils zuhause am Schreibtisch sitzen, z.B. "kommende Woche Montag und Dienstag 10-12 Uhr; in der Woche danach passt besser: Donnerstag und Freitag 9-11 Uhr". Es wird klar: Ein langer Prozess liegt vor mir.

Ein zweiter alter Plan: Ich will aus meiner Brumm-Wohnung ausziehen. Während vieler Sommer, immer wieder mit schöner Regelmäßigkeit über Jahre hinweg, wenn mich das Klimaanlagen-Gebrumm draußen wahnsinnig machte, kam dieser Drang hoch, aber nie habe ich es geschafft, dem wirklich nachzugehen. Ich hatte immer Ausflüchte oder machte tatsächliche Ausflüchte mit Reisen, ich versuchte, es meditativ anzugehen und den Ratschlägen von Freunden zu folgen, schaltete das städtische Umweltamt ein, richtete Beschwerden an Bäckerei und Bank und andere Brumm-Quellen – alles ohne nennenswerten Erfolg bis auf eine leichte Geräuschreduzierung von der Bäckerei. Nun in der Corona-Zeit und mit der Perspektive, dass diese uns noch lange begleiten wird und mich vom Reisen nach Indonesien, geschweige denn von einem halben Jahr in Indonesien, abhalten wird, wird mein Anliegen immer dringlicher.

Der Lärm der Renovierung im Haus ist im Mai überstanden. Mitte Mai beginnt wie üblich die Saison der Klimaanlagen. Mehrtägige Aufenthalte an anderen Orten bringen Linderung, aber sobald ich in der Wohnung bin und beim Öffnen der Fenster das Gebrumm höre, bin ich wieder auf 180. "Ich muss hier raus! Nicht noch mal einen weiteren Sommer hier sein!" Diesmal meine ich es ernst und will nicht wieder so lange warten, bis die Temperaturen und ich selber im Herbst abkühlen und dann ein friedliches halbes stilles Jahr ins Land zieht. Nein, ich will vorsorgen, diesmal wirklich! Hinzu kommt gleichzeitig eine weitere Idee auf, die in mir schwelt: ganz aus der Stadt aufs Land zu ziehen. Wenn schon nicht der große Plan des halben Jahres Indonesien geklappt hat, warum dann nicht eine andere große Veränderung angehen, die realisierbar ist? Ich entwickle Pläne: Plan A und Plan B und Plan C. Ich – die Pläne-Schmiederin! Plan A: eine ruhige Wohnung in der Stadt suchen; Plan B: parallel dazu eine Wohnung auf dem Land in der Eifel suchen. Ich würde mich für diejenige Variante entscheiden, die schnelleren Erfolg haben würde. Plan C (falls weder Plan A noch Plan B funktionieren): eine Ferienwohnung für 3 Sommermonate in der Eifel. Nach Neujahr 2021 beginne ich mit der Suche. Ich werde vertraut mit Immoscout und dergleichen Suchportalen, mache für Plan A Aushänge in meiner näheren Umgebung, schicke Rund-emails an Freunde und Bekannte, kontaktiere Wohnungsbaugenossenschaften. Für Plan B fahre ich alle zwei Wochen in die Eifel, mache in meinem favorisierten Ort einen Aushang am schwarzen Brett neben der Kirche, spaziere durch das Dorf und die Umgebung, spreche Leute an und frage nach freiwerdenden Mietwohnungen. "Oh, das ist schwierig", ist jedes Mal die Antwort. Auf dem Land kauft man Häuser oder baut sie, aber mieten und vermieten ist nicht üblich. Von drei Objekten erfahre ich, sie sind nicht geeignet: zu dunkel oder zu klein. Ich möchte raus in die Natur, mich also nicht in Enge und Dunkelheit begeben! Erschwerend kommt hinzu, dass auch wegen Corona immer mehr Menschen aus der Stadt aufs Land ziehen, weil sie für das Arbeiten im Homeoffice nicht in einer Stadtwohnung sitzen müssen. Mein favorisierter Ort in der Eifel erfüllt viele für mich gute Bedingungen: Er ist mit dem Zug in einer Stunde von Köln aus zu erreichen, der Bahnhof liegt mitten im Ort, das Dorf ist kein verschlafenes Nest, sondern es gibt kulturelle Einrichtungen und eine Szene von "Stadtflüchtigen". Die Gegend ist mir sehr vertraut von vielen Wanderungen; in der Nähe ist Kloster Steinfeld, mein Refugium. Es ist schön hier.

Für Plan A in Köln ist es genauso "schwierig": Ich möchte in der Gegend meines jetzigen Stadtteils wohnen bleiben, ziehe nur wenige andere Stadtteile in Betracht – ich bin anspruchs- voll! Diese Gegend ist sehr beliebt und die Mieten sind dement- sprechend hoch. Ich könnte doch aber Glück haben, bleibe dran, habe ein paar Besichtigungstermine, aber entweder dun- kel, laut, teuer, schlechter Zustand; mir wird bewusst, wie "gut" meine jetzige Wohnung ist, bis auf das Gebrumm! Manchmal komme ich doch ins Schwanken. Soll ich mich auf Ohropax und geschlossene Fenster im Sommer einstellen, und so oft wie möglich kleine Fluchten machen? Die Rettung scheint auf einmal nahe zu sein: Mir wird von den neuen AirpodPro mit Noise Canceling erzählt – Ohrstecker, die je nach Bedarf alle oder bestimmte Teile der Außengeräusche ausblenden. Ich kaufe sie für einen stolzen Preis, stecke sie glücklich in meine Ohren und probiere herum. Nach einer Stunde tut der Kopf weh. Ich probiere später wieder: Der Kopf tut nach einer Stunde wieder weh. Am folgenden Tag wieder: Der Kopf tut weh. Ich möchte heulen! Eine Woche lang probiere ich herum. Schließlich verkaufe ich die Dinger bei eBay. Ohropax tut's genauso gut.

*

Vier Monate Wohnungssuche haben kein Ergebnis erbracht: kein Erfolg bei keiner der Varianten Plan A und Plan B und Plan C.

Schließlich entstand Plan C1: Ich buchte vier Wochen Ferienwohnung in der Eifel. Zum Ausprobieren und um ein Gefühl dafür zu kriegen, wie es ist, weit ab von der Stadt zu wohnen, wie mir die Ruhe bekommt, die "Einsamkeit" erleben, diverse Arbeiten am Computer erledigen, spazieren in der Natur, Besuche mit Übernachtung in meinem Extra-Schlafzimmer einladen. Und vor allem: das Wiederaufnehmen des Schreibens an meinem Buch. Dieser Plan fühlte sich gut an!

Dann kam die Flut: Die Bahnstrecken in die Eifel wurden bei der Flut vollkommen zerstört. Auf unabsehbare Zeit wird Schienenersatzverkehr ein Leben in der Eifel viel zu schwierig machen. Plan B und Plan C und auch Plan C1 sind "ins Wasser gefallen".

Brechts Satz – *"Mach einen Plan, sei ein helles Licht, mach einen zweiten Plan, geh'n tun sie beide nicht"*! – ist zu erweitern: "Mach einen dritten Plan........!" und so weiter.

41

FÜNFUNDZWANZIG

Meinen Geburtstag im Frühling 2021 will ich auf besondere Weise begehen. Diese Zahl und dieses Jahr haben besondere Bedeutungen für mich. 25 Jahre ist es her, dass ich das Relief mit der Darstellung Panjis und seiner Liebsten Candrakirana zum ersten Mal in Candi Kendalisodo sah. 25 Jahre ist es her, dass ich mit 40 die erste Krebs-Operation hatte. 25 Jahre ist es her, dass das Gamelanspielen in Köln seinen Anfang nahm. Und 30 Jahre ist es her, dass ich das Relief mit der Darstellung Arjunas und den verführerischen Himmelsnymphen in Goa Selomangleng zum ersten Mal sah.

*

Zwei hölzerne Stäbe in meinen Händen, der obere Teil jeweils mit roter dünner Kordel umwickelt – diese oberen Teile lasse ich leicht auf kleine bronzene Gongs fallen, die wie umgedrehte Kessel auf einem Holzgestell vor mir liegen. Leichte Klänge entstehen, ähnlich wie Wassertropfen – von feinen zarten einzelnen Tropfen bis hin zu tiefen kräftigen Tropfen, die sich steigern zu einem ineinander verzahnten Tropfen aus vielen einzelnen Quellen, verwoben wie zu einem Teppich. Es ertönen weitere Fäden des Klangteppichs, die von anderen Stäben und Holzhämmerchen auf Metallophonen und auf Gongs hervorgebracht werden: von ganz zart mit dem Erscheinen der Einzelklänge bis zum berauschenden Verwobensein. Hinzu kommt gelegentlich meine Singstimme als weiteres Musikinstrument, eine Zither füllt das Klangensemble, ein hölzernes Xylophon bringt eine trippelnde Klangfarbe hinzu. Die Trommel schlägt mit ihrem *tak tak dung da* den Rhythmus, dem der Instrumententeppich folgt. Schnelligkeit, Langsamkeit, Dynamik, laut und leise, zart und heftig: Wir – die Spieler und Spielerinnen – folgen der Trommel. Zumindest ist es idealerweise so, wir folgen jedoch häufiger unserer eigenen Dynamik und Vorstellung anstatt uns einfach abzugeben und mitzugehen – häufig ist dieses Verhalten Anlass für Diskussionen in der Gruppe. Ein Lehrer meint zu uns, dass dieses Verhalten typisch deutsch ist: immer individualistisch alles selbst bestimmen wollen! Wir lernen und üben seit vielen Jahren; ich glaube nicht, dass wir das Deutsch-Sein jeweils ganz ablegen werden, ich selber auch nicht. Jedoch, das Spielen ist immer eine Quelle großer Freude.

Unsere Gamelangruppe hat sich im Laufe der Jahre vielfach verändert: Spieler und Spielerinnen kamen und gingen, neue Stücke wurden gelernt, es gab sowohl Rückschritte in ein reduziertes Repertoire als auch neuen drive und erfüllende Erweiterungen nach intensivem Unterricht von Gamelanlehrern. Seit etwa 10 Jahren ist die Gruppe ziemlich stabil, uns verbindet die Liebe zu dieser Musik; darin lebt Java, auch wenn nicht alle dort gewesen sind. Wie von Beginn an ist Javanisches Gamelan für mich heilsam. Der Mittwochabend mit der regelmäßigen Probe ist für mich der heilige Abend der Woche.

*

Nach der ersten Krebs-Operation hatte ich mir vorgestellt, dass es schön wäre, wenn ich ein Alter von 65 Jahren schaffen würde. Seitdem ich 64 war, tauchte dieser Gedanke gelegentlich wieder auf. Dann kam Corona: Okay, wenn mich Corona erwischt, dann habe ich es immerhin bis knapp 65 geschafft, habe Gutes erlebt, getan und bewirkt, habe mich in der Welt gezeigt und meinen Beitrag geleistet, mit viel Freude und Dankbarkeit, mit Tiefs und Durststrecken und Hochs. Das Leben geht irgendwann zu Ende, egal ob mit Corona oder an Krebs oder an Altersschwäche oder was auch immer. Jetzt habe ich 2021 tatsächlich das Alter von 65 Jahren erreicht! Es fühlt sich an wie eine große Freiheit und Offenheit, die nun vor mir liegt! Was jetzt kommt, ist Geschenk!

Für den fünfundsechzigsten Geburtstag lade ich eine Schar von Freunden zur gemeinsamen Wanderung zu Kloster Steinfeld ein. Wir würden genug Luft und Abstand halten, sodass sich auch die Corona-Ängstlichen wohlfühlen würden. Einige Tage vorher wird Sturm mit orkanartigen Böen angekündigt. Nach und nach sagen die Freunde ab, weil sie das Umkippen von Bäumen fürchten. Nur mein alter Freund K. lässt sich genauso wenig wie ich selbst beirren. Wir wollen uns in der Eifel treffen und vor Ort sehen, was das Wetter macht. Wir wollen den schönen Weg gehen, der mir gut vertraut ist, durch das Wiesental hinauf. In den letzten Monaten sind viele Fichten am Wegesrand wegen des Borkenkäferbefalls abgeholzt wurden. Ich glaube, dass keine wackligen Bäume mehr dort stehen; und wenn sich einer im Sturm neigen würde, dann würden wir zurückweichen oder nach vorn ausweichen. Ich habe keine Angst, K. auch nicht. Wir gehen, die Haare werden zerzaust vom kalten Wind, es rauscht in den Bäumen, es ist ein klarer blauer Himmel, manchmal mit schnell ziehenden weißen und grauen Wolken, wir kommen zur Höhe, die frei von Bäumen ist, Wolkengetürme füllen den Himmel mit schnellen Bewegungen, Regen strömt plötzlich, ich ziehe mein Regencape an, wir sind Regen und Sonne und Wolken und der Natur ausgesetzt. In der Klosteranlage ist nach dem langen Corona-Lockdown genau heute zum allerersten Mal das Café geöffnet, wir setzen uns draußen auf die Bank – drinnen sitzen ist noch nicht erlaubt – wir essen "mit Abstand" Kuchen und trinken Kaffee – es schmeckt zwar nicht besonders, aber wir sind glücklich. Ich hole das mitgebrachte Piccolo-Fläschchen heraus, um mit Sekt auf meinen Geburtstag anzustoßen. Schreck: Die kleine Flasche ist leer, ich habe dummerweise in meiner Flaschensammlung ins Leergut gegriffen! Die ursprünglich für die Wandergruppe bereitgestellten großen Sektflaschen waren obsolet geworden und ich wollte zumindest mit einem kleinen Piccolo anstoßen. Wir haben gelacht und gelacht! Alternativ habe ich Listerine aus meinem Rucksack geholt, das ich seit Monaten immer in der Tasche habe: Gurgeln, Mund spülen, Corona-Virus weg! Wir lachen und lachen!

Rabenschwarze Wolken ziehen auf, wir sehen den weitgespannten Regenbogen und bringen uns schnell in der Klosterkirche in Sicherheit. Kaum im Innenraum angekommen, rauscht und trommelt draußen der Regen in Strömen. In der Kirche ist es ruhig, warm, gemütlich. Ich habe hier bei meinen Besuchen über die Jahre hinweg immer ein erhebendes Gefühl. Ich erinnere mich an einen anderen Geburtstag, an dem ich alleine hierher gewandert bin. In der Klosterkirche übte ein Organist, der Raum und ich selber waren erfüllt von den tiefen und hohen berauschenden Orgelklängen. Ich traute mich, die gewundene enge steinerne Treppe zur Empore zu steigen und den Organisten zu fragen, ob er "Großer Gott wir loben Dich" spielen würde für mich, und ob ich dazu singen dürfe. Ja, er war bereit. Es war eine Sternstunde meines Lebens, hier in der Kirche mit ihrer wunderbaren Akustik meine Stimme hallen zu lassen! Jetzt gehe ich mit K. zur kleinen Taufkapelle, hier singe ich bei meinen Besuchen leise ein Lied oder lasse einfach Töne aus meinem Mund fließen. Ich singe "Maria Maienkönigin" für meine Mutter. K. ist ein bisschen irritiert, es macht nichts. Draußen spazieren wir durch die Anlage, zur Rückseite der Kirche, eine steinerne Mauer umfasst den Friedhof, ich berühre die alten Steine, es fühlt sich an wie wenn ich eine *candi*-Mauer berühre. Ich liebe altes Gemäuer in der ganzen Welt. Später

schicke ich ein Photo an meinen lieben *juru kunci*-Freund Mas
Bondan in Candi Panataran.

Wir wandern wieder hinunter ins Tal; am Bahnhof will ich
den Zug nehmen. Das Display zeigt an, dass der Zug ausfällt
und der nächste in einer Stunde fährt. Grund ist ein Schaden an
der Bahnlinie. Zweifel, ob der Schaden behoben sein wird für
den Folge-Zug! Gemeinsames Überlegen und Beratschlagen.
Wegen Corona ist K. etwas in Sorge, mit mir dicht nebeneinander im Auto zu sitzen. Schließlich tun wir es, und er fährt mich
bis zu einer Straßenbahnhaltestelle, die mich nachhause bringt.
Ein Tag mit so vielen Überraschungen, Änderungen, scheinba-
ren Schwierigkeiten, alles ist überwindbar! Wieder einmal erlebe ich meine Lebens-Leitsätze. Abends kommen zwei Freundinnen zu mir, wir trinken Sekt und erzählen. Es war ein guter,
runder, spannender 65. Geburtstag!

42

KEEP GOING

Gemeinsam mit meiner Kollegin Clara Brakel aus Holland und dem Verlag, der im Frühjahr 2020 das Journal mit dem Titel *"Panji stories"* herausgegeben hatte, organisieren wir im Sommer ein Panji-meeting per *zoom*, um die Veröffentlichung der 14 Artikel zu feiern. Kollegen aus aller Welt kommen zusammen auf der Computer-Bildfläche, neue Ideen für die Panji-Forschung werden beigetragen, es gibt lebhafte Diskussionen, wir freuen uns über den Austausch und darüber, dass wir uns wenigstens auf dem Bildschirm sehen. Wir prosten uns mit einem Glas Sekt oder anderem Getränk zu. Es fehlen das Umarmen, das gemeinsame Kaffee-Trinken, das Zusammenstehen und Zusammensitzen in kleinen Gruppen und essen und Bier trinken. Aber immerhin: *Zoom* ist besser als gar nichts!

Der Austausch ist anregend, es gibt so viele Themen zu Panji, sodass für das folgende Jahr ein zweites Treffen vereinbart wird. Neue Forschungsideen sollen vorgestellt und diskutiert werden, die internationale Kooperation und die potentiellen Synergien sollen weiter ausgebaut werden. Im September 2021 findet das zweite Treffen statt, wieder organisiert vom Verlag des *Panji-Stories*-Journals und inhaltlich gut vorbereitet mit Clara Brakel. Eine stattliche Teilnehmerzahl ist auf dem Bildschirm, wieder ergeben sich fruchtbare Diskussionen. Mein Anliegen, Verbindungen zu schaffen, Forschungen und Gemeinsamkeiten zu teilen, Ideen zur Weiterbelebung der Panji-Traditionen in Indonesien und in der ganzen Welt zu diskutieren, hat wieder einmal eine Umsetzung erfahren. Ein äußerst trauriger Wermutstropfen ist, dass Clara Brakel schwer erkrankt ist und dass sie nur im Hintergrund – ohne ihr Bild – teilnimmt.

Als es in Holland eine Corona-Lockerung gibt, bin ich in Leiden und organisiere ein persönliches Treffen mit Kollegen: Zu viert essen wir in einem indonesischen Restaurant, wir alle haben mit Java und Panji zu tun, forschen, lesen, schreiben, haben neue Ideen. Wir essen gemeinsam, trinken, lachen, reden, denken nach, tauschen uns aus. Und dann alleine ein paar Tage am Meer! Am Strand im Wind bei strahlendem Sonnenschein und mit dem Rauschen der Wellen im Hintergrund telefoniere ich mit meiner kranken holländischen Kollegin, die für Besuche zu schwach ist. Sie sagt mehrmals: *"Lydia, keep going with Panji!"*

*

Einer der Panji-Freunde in Java will einen Artikel über mich und meinen Weg mit Panji schreiben und bittet mich um die wichtigsten Daten und Aktionen in meinem Leben. Ich setze mich sofort an den Schreibtisch und fülle zwei Seiten. Später fallen mir viele weitere Punkte ein, ich ergänze eine dritte Seite. Panji ist in schierer Fülle in meinem Leben. Der Freund bittet mich um Photos, die mich in Verbindung mit Panji zeigen. Mein Hirn arbeitet, mir kommen Bilder in den Sinn, wo ich im Candi Panataran eine Gruppe von javanischen Freunden führe und ihnen die Panji-Reliefs erkläre. Ich stehe mit energischen Gesten, strahle Energie aus, schaue die Reliefs an und zeige mit der Hand auf sie, ich schaue die Leute an: Interaktion zwischen Menschen und Steinen. Bei vielen Besuchen im Candi Panataran habe ich mich photographieren lassen, wenn ich vor meinem Lieblingsrelief hocke, es ist die Szene, wo Panji seine Liebste auf den Schoß nehmen will; dieses Bild ist das Cover meiner Doktorarbeit. In diesen Situationen berühre ich den Kopf oder den Arm Panjis oder das Gewand Sekartajis. Ich trage jeweils unterschiedliche Kleidung, immer sehe ich zart, zärtlich aus. Ich durchforste alle Photos von Candi Panataran seit dem Benutzen der Digitalkamera im Jahr 2006. Die Ordner aus den ersten Jahren umfassen fast nur Photos von Steinen: Bauten, Reliefs, Skulpturen, Mauern; dies waren meine Forschungsobjekte. In den weiteren Jahren beleben sich die Steine mit Menschen, Freunde dienen mir als Größenmaß, mit Mas Bondan hocke oder stehe ich vor Reliefs und Skulpturen, wir sitzen auf einer Bank beim Kaffee. Es gibt Photos von nächtlichem Beisammensein und Erzählen mit Freunden, Erinnerung an die kühle Luft und die von der Tageshitze aufgewärmten Steine kommt auf. Auf einem Photo stehen Kh. und ich uns gegenüber auf dem Plateau des Haupttempels von Panataran, vor dem Abendhimmel, er weist mit seinem Arm schräg nach oben, wo ein Vogel fliegt – eine Zufallsaufnahme.

Eine ähnliche Zufallsaufnahme zeigt mich am Strand in Bali auf einem großen Stein sitzend wie die Meeresjungfrau in Kopenhagen; ich weise mit dem Arm schräg nach oben, auch dort fliegt ein Vogel. "Nicht müde werden, sondern dem Wunder leise wie einem Vogel die Hand hinhalten" – diese Verse von Hilde Domin sind wie Bildunterschriften unter den beiden Photos. Ein anderes Photo zeigt zwei meiner jungen javanischen Freunde, die in intensivem Gespräch zu sein scheinen; der eine von beiden hält den Arm schräg nach oben, wie wenn hier ein Vogel fliegt. In meinem Photo vom Berg Penanggungan, das ich als Bildschirmschoner verwende, fliegt ein kleiner Vogel im Himmel, über dem Hügel Bekel, dort, wo der Tempel Kendalisodo liegt.

Juli 2023, Ziegenhof

Im Juli und August 2022 reiste ich wieder nach Indonesien.

In Blitar auf der Straßenseite gegenüber dem Hotel Sri Lestari blättert die Farbe des dickbäuchigen Semar weiter ab, ähnlich wie der von meinem Vater gesprühte Specht am Baum in der Au.

Im PPLH gibt es lärmige Musik von neuen Cafés unten an der Straße. Ich werde einen neuen Platz am Penanggungan suchen müssen.

Das geliebte Guesthouse Mercury wurde in der Pandemie zum Wohnheim umfunktioniert. Ich fand ein anderes kleines Hotel in der Nähe.

Pak Semar gestorben: Den Artikel, den er über mich schreiben wollte, und auch den Film habe ich nicht vollendet erlebt; ob die Materialien irgendwo herumliegen, weiß ich nicht.

Andere Panji-Freunde sterben 2022 und in den Folgejahren.

Der Gebäudetrakt im Hotel in Blitar, in dem mein geliebtes Stamm-Zimmer liegt, ist kürzlich abgerissen worden. Ich werde in einem anderen Trakt Vergünstigungen bekommen.

*

Anfang 2023 fahre ich mit meiner Cousine D. nach Berchtesgaden. In ihrer Familie war ich seinerzeit als Kind geparkt worden, als meine Eltern und meine Schwester ohne mich nach Berchtesgaden gereist sind. Wir machen Photos vom Königssee, und von mir neben der Kirche St. Bartholomä stehend.

Nach der Flut war ich einige Male im zerstörten Städtchen in der Eifel. Es erholt sich zusehends. Im Juli 2023 bin ich wieder in der Ferienwohnung mit Blick auf die Ziegen und überarbeite den Text. Im Städtchen trinke ich Kaffee neben der neu aufgerichteten Mauer, unten fließt das Flüsschen. Der große landwirtschaftliche Betrieb in der Nähe der Ferienwohnung hat eine neue große Halle für die Kühe mit einer modernen Klimaanlage gebaut. Ich entfliehe dem Gebrumm in der Stadt, und nun bei Sommertemperaturen von mehr als 27 Grad brummt es hier in der Idylle – Tag und Nacht! Ich benutze Ohrenstöpsel.

*

2023 bin ich wieder in Java. Ich folge der Einladung zu einem internationalen Panji-Festival, besuche Freunde und mir liebe Orte und Stätten.

Im August 2024 reise ich mit selbstarrangierten Programmen und Treffen. Bei Vorträgen und Diskussionsrunden erläutere und revidiere ich meine Forschungen; besonders froh bin ich – wie bei vielen anderen Gelegenheiten im Laufe der Jahre –, wenn junge Wissenschaftler und Studierende meine Forschungsergebnisse für eigene Forschungen nutzen und weitertragen. Zu mehreren Freunden besuchen wir eine kleinen Tempelanlage; bei untergehender Sonne wird es frisch. Kh. hat eine Sitzmatte ausgebreitet, daneben einen Kocher und Päckchen mit Tee Kaffeepulver platziert. Der runde gelbe Vollmond geht auf, wir wärmen uns am heißen Getränk. Stille. Aus der Nähe dringt Motorengeräusch zu uns: Dutzende Trucks werden mit Kies aus dem trockenen Flussbett beladen – 24 Stunden lang. Die großen Tempelwärter-Figuren *dwarapala* – mit wilden Haaren, weit aufgerissenen Augen und mit Keulen bewaffnet –, die Böses abhalten sollen, vermögen nichts auszurichten.

Mit einem jungen Kollegen besuche ich Candi Panataran; wir verbringen Stunden damit, die Vogeldarstellungen in den Medallions zwischen den *Ramayana*-Reliefs zu betrachten. Er weiß als Botaniker die Vögel zu identifizieren, kann die verschiedenen Arten von Enten und Gänsen unterscheiden, wir versuchen die Symbolik zu entziffern. Am nächsten Tag teilen wir unsere Überlegungen mit Mas Bondan, mit Kh. und anderen, die begierig schauen und zuhören. Wieder erlebe ich beglückende Stunden im *candi*. In Solo nehme ich Gesangstunden im javanischen *sindhenan,* ich besuche die Bibliothek des ehrwürdigen Palastes Mangkunegaran und schaue *wayang-beber*-Malereien an, begleitet von einer jungen dynamischen PhD-Studentin.

*

Weitere kleine Artikel über Java und die Tempel sind entstanden, andere liegen in der Schublade – "Der wandernde Poet in Tempelreliefs", "Der tanzende Ganesha in Candi Sukuh", "Durga und Panji", "Möbel" und "Vögel" in Candi Panataran, die Veröffentlichung von Übersetzungen meiner englischen Artikel ins Indonesische. Irgendwann steht vielleicht Bhima an: der dritte von den drei Helden in Candi Kendalisodo neben Arjuna und Panji!

Der Horizont über Panji und Java hinaus hat vieles zu bieten: Ich besuche die große Tempelanlage Muara Jambi in Sumatra, möchte zu den Gewürzinseln, zur Insel Madura. Ich verfolge die Wege der wunderschönen Statuen, die von niederländischen Museen zurück nach Indonesien gebracht wurden, und die Aufarbeitung der Kolonialzeit. Weiterhin bringen mich neue Themen zum Strahlen.

*

Arjuna und Panji lassen grüßen, Sekartaji/Candrakirana sowieso, und Kilisuci winkt aus der Ferne mit zarter Hand.

"Last but not least I want to express my deepest thanks to the creators of Javanese culture which has attracted and inspired me over and over again, and to Panji who taught me never to give up."

ist der Satz am Ende der Einleitung zu meiner Doktorarbeit - und er ist der Satz am Ende dieses meines Buches.

Köln, März 2025

335

AUSSPRACHE der wichtigsten javanischen Namen im Text:
Panji: wie "Pandschi"
Sekartaji: wie "Sekartadschi", mit scharfem S, Betonung auf
                            ta-dji

Candrakirana: "C" wie "Tsch", Betonung auf ki-**ra**-na
Candi   wie "Tschandi"

GLOSSAR

alun-alun	großer Platz vor dem *kraton*, oder in Stadtmitte
amerta	heiliges Wasser der Unsterblichkeit
angkut	Sammeltaxi
Arjunawiwaha	Altjavanischer poetischer Text: Arjuna meditiert, und *bidadari*s versuchen ihn zu stören
asmaratantrayoga	Liebe im tantrischen Yoga
becak	Fahrradrikscha
berani	mutig
Bhimasuci	mythologische, spirituell tiefgehende Geschichte um den Helden Bhima
bidadari	Himmelsnymphe
bonang	Kesselgong im Gamelan
Bu	Frau (Anrede), verkürzt von *Ibu*
candi	Tempel
dalang	Puppenspieler im Schattenspiel *wayang*
dangdut	beliebte rhythmische Art indonesischer Popmusik, gerne sehr laut gespielt
daun dewa	Blatt Gottes (Heilpflanze)
demung	Metallophon im Gamelan
dwarapala	Türwächter-Figur im Tempel
gamelan	Musikinstrumentarium, bestehend aus Gongs, Metallophonen, Trommeln, Xylophon und anderen
gender	weich klingendes Metallophon im Gamelan
Ibu	Frau (Anrede)
juru kunci	Tempelwärter

kakawin	altjavanisches poetisches Werk
kala	Dämonenkopf
Kala-Cakra-Ritual	aufwändiges tantrisches Ritual
kamar	Zimmer
kampung	Dorf / Ortsteil
kangen	sehnsüchtig
kapal api	indonesische Kaffeemarke
kayon	Szenentrenner im Schattenspiel, in Form des Lebensbaumes
kebaya	traditionelle javanische Bluse für Frauen
kendhang	Trommel im Gamelan
kenong	Kesselgong im Gamelan
kethuk	Kesselgong im Gamelan
Kilisuci	weise Einsiedlerin und Ratgeberin in den Panji-Geschichten, Tante des Panji
kopi	Kaffee
kraton	Sultanspalast
kretek	Nelkenzigaretten
langö	Schönheit, Verzückung (in der altjavanischen Literatur *kakawin*)
lesehan	auf dem Boden sitzen
lingga	Symbol des männlichen Phallus, vielfacher Bestandteil in altjavanischen Tempeln; Pendant der weiblichen *yoni*
lukat	rituelle Reinigung (in Bali)
macapat	traditioneller javanischer Gesang von poetischen Versen
Mahabharata	in Java adaptiertes, aus Indien stammendes Epos
makan	essen
Mas	Anrede für junge Männer (im Javanischen)
Mbak	Anrede für junge Frauen (im Javanischen)
menerima (nerima)	annehmen
mie goreng	gebratene Nudeln
minum	trinken

nasi goreng	gebratener Reis
nasi gudeg	Reis mit gekochter Jackfruit
nerima	annehmen
ngamen	betteln mit Singen oder Musizieren
ngopi (ngopi dulu)	Kaffee trinken (erst mal einen Kaffee trinken!)
ojek	Mopedtaxi
padmasana	Lotusthron, auf dem Götterstatuen stehen
Pak	Herr (Anrede)
pendopo	offene Halle
PPLH	
= Pusat Pendidikan Lingkungan Hidup	
	Zentrum für Umweltbildung in Trawas, Ostjava
pradakshina	Umrundung eines Tempelgebäudes im Uhrzeigersinn
pranayama	Atemübungen
pulang	nachhause gehen, nachhause kommen
purnama	Vollmond
ramai	viel los (viele Menschen sind beisammen)
Ramayana	in Java adaptiertes, aus Indien stammendes Epos
rasa	Gefühl
ronde	heißes Ingwergetränk
Samudramanthana	Quirlen des Milchozeans, altjavanischer Mythos, auf indischer Mythologie basierend; Hervorbringen von *amerta*
santai	entspannt, gelassen
santai saja!	Sei gelassen!
saron	Metallophon im Gamelan
sarong	Hüfttuch aus Batik
Semar	einer der Spaßmacher im Schattenspiel, von göttlicher Herkunft
sendiri	alleine
sindhenan	weiblicher Gesang bei Gamelanstücken
slenthem	Metallophon im Gamelan
soto ayam	Hühnersuppe
teh mawar	Tee mit Rosenaroma

<table>
<tr><td>tunggu</td><td>warten</td></tr>
<tr><td>tunggu dulu!</td><td>Warte erst mal!</td></tr>
<tr><td>upawita</td><td>Heilige Schnur in Götterdarstellungen</td></tr>
<tr><td>vina</td><td>aus Indien stammendes Saiteninstrument, ähnlich einer Sitar</td></tr>
<tr><td>warung</td><td>eine Art Imbissstand</td></tr>
<tr><td>wayang beber</td><td>Papierrollentheater</td></tr>
<tr><td>wayang kulit</td><td>Schattenspiel</td></tr>
<tr><td>wayang topeng</td><td>Maskentanz (meist Panji-Geschichten darstellend)</td></tr>
<tr><td>yoni</td><td>Symbol des weiblichen Geschlechts, vielfacher Bestandteil in altjavanischen Tempeln; Pendant des männlichen lingga</td></tr>
</table>

Danke

Ich danke all denen, die mir mit Anregungen, Lesen, Kommentieren und Korrigieren geholfen haben. In chronologischer Reihenfolge sind das: Veronika Schenk, Eva Streifeneder, Maria Beuting, Susana Miranti Kröber, Brigitte Büsken, Martin Drebs. Viele andere haben wertvolle Hilfe in der letzten Phase beim Finden eines Titels gegeben, besonderen Dank an Marion Armbruster für das Entwerfen des Covers.

Auch all denen, die immer wieder mal nachgefragt haben, wie es mit dem Buch steht, sage ich meinen Dank.

Besonderer Dank gilt Vanessa und David Rauch, deren Kolvenbacher Ziegenhof mir mehrere Male die nötige Muße und Naturnähe zum Schreiben ermöglicht hat.

Natürlich bedanke ich mich bei all denen und all den Orten und all den inspirierenden Quellen in Java und anderswo in der Welt, die mein Buch und mein Leben gefüllt haben.